Benjamin Cohen

Und New York blieb dunkel

BENJAMIN COHEN

Und New York blieb dunkel

Roman

PIPER

Mehr über unsere Autorinnen, Autoren und Bücher:
www.piper.de

Wenn Ihnen dieser Roman gefallen hat, schreiben Sie uns unter Nennung des Titels »Und New York blieb dunkel« an *empfehlungen@piper.de*, und wir empfehlen Ihnen gerne vergleichbare Bücher.

Das Zitat von Martin Luther King Jr., (Jazz Festival Berlin 1964), ist eine Übersetzung des Autors.

ISBN 978-3-492-06627-3

Redaktion: Kerstin von Dobschütz
Satz: Satz für Satz, Wangen im Allgäu
Gesetzt aus der Dante MT Pro
Druck und Bindung: CPI Books GmbH, Leck
Printed in the EU

New York City

MITTWOCH, 13. JULI 1977

5:35 p.m.

WPLJ-RADIO AUF FREQUENZ 95.5 FM

»Listen to W-P-L-J!

The best Radio Station in the City.«

(Jingle – Wettervorhersage)

»Hier noch das Wetter für die Stadt. Und was soll ich sagen? Haltet euch gut fest. Am besten an einer Riesenportion Coco-Choco-Vanilla-Eiscreme. Denn es wird noch heißer! Heute waren es schon 96 Grad Fahrenheit in South Bronx, und in den nächsten Tagen knacken wir die 100er-Marke. Von Norden ziehen zwar ein paar Gewitter heran, die aber ihr ersehntes Gepäck wohl noch vor der Stadt abwerfen. Nur ein paar Tropfen hier und da, also Tropical Heat in Big Apple.«

1

Ein infernalischer Gestank lag über dem Hinterhof und winzigen Garten des gepflegten Wohnhauses in Northwest Yonkers. Man schmeckte ihn mehr, als dass man ihn roch. Die Nachbarn hatten sich bereits gestern beschwert. Und die drückende, schwülwarme Luft lag wie eine Glocke über den Wohnblöcken, hielt die Pestilenz fest, band sie an diesen Ort. David ließ das Fenster nach hinten geöffnet. Er stand hinter der Gardine verborgen und beobachtete, was geschehen würde.

Die Anlage mit ihren Zweizimmerapartments war ebenso typisch für den Vorort, wie es der Vorort für die Metropole New York war. Die hier residierenden Darsteller suburbanen Lebensstils, welche Besucher – die meisten fuhren an dem Ort vorbei – auf der Straße zu Gesicht bekamen, waren die bunte Mischung einer vielleicht nicht reinweißen, aber immerhin ausreichend weißen unteren Mittelschicht. Die sich zwar rühmen durfte, die ganze Chose im Land am Laufen zu halten. Die jedoch nie den großen Wurf im Leben gelandet hatte oder je landen würde. Froh, nicht in den Fabriken schuften zu müssen. Und doch unzufrieden, weil sich der ihnen vorherbestimmte Weg als Sackgasse erwiesen hatte. Sie schienen wie müde, wenn auch nicht völlig abgehängte Wanderer auf dem allzu steinigen American Way of Life. Immer darauf bedacht, den Anschluss nicht völlig zu verlieren. Und immer in Sorge, dass ebendies geschehen könnte. Hier kaufte die Dauerwelle neben der Föhnfrisur bei *Wegmans Markets* ein, lebte der grantige Kriegsveteran neben dem späten Hippie und dem frustrierten Samstagnacht-Disco-Eintänzer. Natürlich waren Hunde in Yonkers erlaubt. Wenn sie nicht bellten. Und sie waren in den Nebenstraßen weitaus öfter zu sehen als Kinder. Alles in allem wirkte alles so, als läge hier eine Sehnsucht nach den ordentlichen Fünfzigern in stillem Clinch mit dem Verlangen der ordinären Siebziger. Der amerikanische Traum löste sich langsam auf wie ein Zuckerwürfel in einem Glas Wasser. Aber niemand würde sich beschweren. Nicht laut. Nicht sichtbar. Was sollten schließlich die Nachbarn denken? Horizonte bemaßen sich an Orten wie diesem von jeher an der Länge des Rasens. Nur einige Freigeister – es waren wahrscheinlich Sozialisten – ließen Unkraut auf ihren Zufahrten wuchern. Man grüßte solche Leute nicht.

Eine unerträgliche Mischung aus Schweiß und Ammoniak. Und Blut. David sog den Duft ein. Er stach wohltuend in der Nase, selbst hier oben. Das Ehepaar Thompson hatte die Polizei endlich dazu bewegen können, einen Streifenwagen vorbeizuschicken. Millie Thompson gehörte das Haus. Sie war Davids Vermieterin und hackte auf ihm herum, wann immer sie den kleinsten Anlass fand. Sie beschwerte sich, wenn er sie nicht freundlich genug grüßte oder seinen Wagen zu dicht an der Auffahrt zur Garage parkte. Wenn er die Musik zu laut aufdrehte. Wenn er um 3 Uhr nachts duschte. Die Alte war eine Furie, die ihr Pestizid versprühte, weil sie die Eigenheiten anderer Leute für Unkraut hielt, das es auszumerzen galt. Das Schlimmste an ihr war jedoch der Maine-Coon-Kater Oscar, ein ein Meter langes Schlachtschiff von Katze. Fett und boshaft wie seine Besitzerin. Seit David ihn einmal getreten hatte, urinierte er regelmäßig auf die Fußmatte. Er fand, dass es schon lange Zeit war, den beiden eine Lektion zu erteilen.

David betrachtete die Szene, die sich unten im Hinterhof abspielte. Es war still genug, sodass er auch die Worte, die gesprochen wurden, gut verstehen konnte. Der Polizist hatte sich als Officer Crowley vorgestellt. Er war ein rundlicher Mann in den frühen Vierzigern mit schütterem Haar. Wahrscheinlich Ire. Und er hatte gerade das seitlich gelegene Holztor zum rückwärtigen Bereich geöffnet.

»Was lagern Sie denn hier hinten?«, fragte er Fred Thompson.

David wusste, Millies gnomenhafter Ehemann war schwer krebskrank. Die Rache des Marlboro Man, die sich gerade auch durch John Waynes Lunge fraß. Er hatte es im *Star* gelesen. Fred tat ihm nicht leid. Im Gegenteil, der Kerl hatte eigentlich Glück, so musste er nicht noch weitere zwanzig Jahre lang diese Hexe ertragen. Crowley war kaum zu verstehen, da er sein Gesicht immer tiefer in die eigene Achselhöhle schraubte, je näher er der Ursache dieses Gestanks kam.

»Nichts.« Mr Thompson blickte den Polizisten mit ausdruckslosem Gesicht an.

Crowley kämpfte offenbar gegen eine aufsteigende Übelkeit an, denn er blieb kurz stehen und hielt sich die Flanke. David grinste.

»Mann«, sagte er zu seinem Kollegen, dessen Name David nicht verstanden hatte. »Erinnert mich an das Schlachthaus beim Gansevoort Center. Wollte mir damals ein paar Nickel dazuverdienen. Hab nach drei Wochen aufgegeben, weil ich mir ständig die Seele aus dem Leib gekotzt habe.«

»Du hast im Meatpacking District gearbeitet und das Handtuch geworfen?«, fragte der andere Officer. Er war ebenfalls schlecht zu verstehen, da er sich sein Halstuch um Mund und Nase gebunden hatte. »Ihr Italiener seid doch ein verweichlichtes Pack. Kommt von den Nudeln.« Er lachte.

Hab mich geirrt. Kein Ire, dachte David. Er mochte es nicht, wenn er sich irrte. *Irren ist menschlich* hatte seine Adoptivmutter oft gesagt, wenn er mit einer schlechten Note nach Hause gekommen war. *Wir machen alle Fehler.* Unsinnige Phrase, die nur den Anspruch klein halten sollte. Wer weit kommen wollte, musste die Möglichkeiten den Erwartungen anpassen. Nicht umgekehrt.

»Meine Großeltern kamen aus Spanien, du dämlicher Sack!«, schimpfte Crowley unten. »Halt den Mund und frag die Nachbarn, ob sie etwas wissen. Je eher wir hier durch sind, desto besser.«

Fleisch. Rohes Fleisch. Blutiges Fleisch, dachte David. Crowley würde sich freuen. Und Millie erst. Jeder Mensch kannte einen Geruch, an den er sich einfach nicht gewöhnen konnte. Uralte Nervenbahnen zwischen der Nase und dem Gehirn waren dafür verantwortlich. Die Angst der Vorfahren wurde auf diese Weise zur eigenen Angst. Der Muff von speckigem Leder eines Gürtels, der einen Jungen regelmäßig vertrimmt hatte. Die sauren Ausdünstungen des Alten, der eine junge Angestellte wieder und wieder missbrauchte. Der Brandgeruch, wenn man erwachte, weil der Dachstuhl brannte. Solche Aromen des Unheils hinterließen eine Spur im Verstand, einen ausgetretenen Weg der Erinnerung, der immer und immer wieder beschritten wurde. Auch darüber hatte David einen Artikel im *Reader's Digest* gelesen. Ihn faszinierten diese Themen. Vor allem interessierte ihn, wie Menschen auf starke Belastungen reagierten. Denn in solchen Momenten zeigte sich ihr wahrer Charakter. Kummer und Sorge schienen ihre Seelen förmlich zu entblößen. Und wenn sie dem Tod ins Auge blickten, dann waren sie nackt.

»Die Nachbarskinder spielen manchmal hier«, ergänzte Mrs Thompson. Ihr Gesichtsspeck bewegte sich dabei wie die Lefzen einer Bulldogge, wackelte hin und her. Ihre viel zu enge Bluse klebte unter den Achseln, und der Schweiß hatte unter ihren mächtigen Brüsten ein dunkles, flächiges Muster im Stoff hinterlassen.

Wildes Gras und krautige Sträucher hatten sich zwischen Autoreifen, einem Bettgestell, alten Rohren und Abfallsäcken kleine Lebensräume erkämpft und reckten magere Geiltriebe ins Licht. Der Streifenpolizist ging den schmalen Weg entlang und erreichte einen baufälligen Schuppen. Ein viel zu großes Schloss sicherte die Tür.

»Haben Sie einen Schlüssel?«, fragte er nach hinten.

»Ist sonst immer offen«, sagte Mr Thompson.

»Jetzt nicht mehr.« Crowleys Stimme klang ungeduldig.

David konnte sich ein Lächeln nicht verkneifen. Die Thompsons waren stolz auf ihre irische Abstammung. Dabei waren diese Leute noch vor hundert Jahren die reinsten Hungerleider gewesen. Jetzt allerdings hielten sie sich für den Adel der Ostküste. Zumindest im Vergleich zu Männern wie diesem Crowley. Sie glaubten, sich gegenüber Menschen mit nur leicht anderer Hautfarbe alles herausnehmen zu können. Nur weil die meisten Polizisten in Big Apple aus den alten irischen Einwandererfamilien kamen. Crowley hingegen hatte offenbar spanische Vorfahren. Und für viele Halbidioten auf seinem Revier – und die nicht weniger beschränkten weißen Bürger dieses Vororts erst recht – war er deshalb sicher nur ein Hispanic oder Mex.

»Der Schuppen darf von allen Mietern genutzt werden«, erklärte Mrs Thompson, die offenbar den wachsenden Unmut des Officers bemerkt hatte. Sie gehörte zu jener Spezies, die nach unten trat und nach oben katzbuckelte. »Das Seitentor wird abgeschlossen, aber der Schuppen ist eigentlich immer offen.«

»Wollte keine Klage riskieren, weil ich ein Schloss aufbreche«, sagte Mr Thompson. Seine Stimme klang, als käme sie von einem Tonband. »Privateigentum, Sie wissen schon. Sieht man ja im Fernsehen. Kann Ärger geben.«

Diese beschissenen Anwaltsserien machen den Cops bestimmt mächtig zu schaffen, dachte David. Seit *Kate McShane* und *Owen Marshall* hielt sich jeder Trottel für den nächsten Bundesrichter. Seit seiner Entlassung aus der Army hatte er ein paarmal aufs Revier gemusst. Einmal war sein Wagen aufgebrochen worden, dann hatte ihn ein Kunde – zu Unrecht – beschuldigt, er hätte eine Geldsendung gestohlen. Die Cops hatten dort die meiste Zeit damit verbracht, an überladenen Schreibtischen Formulare auszufüllen. Es war so, als wollte man nur ein paar Krümel zusammenfegen. Und musste erst eine Stunde damit verbringen, nach Besen und Kehrblech zu suchen. Auf der Wache hatten die Besucher zudem ständig Ratschläge gegeben, weil sie seit *Straßen von San Francisco* und *Kojak* doch ganz genau wussten, wie die Sache lief.

Offenbar wurde es Crowley jetzt zu bunt. Er zog seinen Einsatzstock aus dem Halfter und schlug mit dem kurzen Ende gezielt auf den Türriegel. Das Holz gab nach, und der Beschlag fiel samt Schloss nach unten.

Einen Moment schien es, als wollte er die Waffe ziehen. Aber der Polizist entschied sich nach nur kurzem Zögern dagegen. Wahrscheinlich befürchtete er, man könnte ihn beobachten. Mit Pech machte dann irgendein Penner ein Foto, das ihn mit dem Colt 1911 zeigte, wie er eine illegale Latrine stürmte. Darauf und auf das Gelächter der Kollegen konnte er getrost verzichten.

»O nein!« Millie Thompson hatte sich an ihm vorbeigeschoben, stand an der Türschwelle und starrte ins Dunkel. Sie stieß einen derart schrillen Schrei aus, dass der Polizist reflexhaft sein rechtes Ohr mit der Hand bedeckte. Dadurch versetzte er sich selbst jedoch einen Hieb mit dem Schlagstock, den er noch in der Rechten gehalten hatte. Er fluchte laut.

»Sieh nur, Fred!« Das Kreischen ähnelte mehr einer Kreissäge als einem menschlichen Ausruf. Dieses *Fred!* hatte der arme Mann sicherlich Tausende Male in seinem Leben erdulden müssen. »Es ist Oscars Halsband! Ich hatte es ihm zu deinem Geburtstag vor vier Jahren geschenkt.«

Der dämliche Kater bekam also Geschenke zu Freds Geburtstag. Besser konnte es in *Another World* auch nicht sein. Zufrieden beobachtete David, dass der Cop einige Zeit wie angewurzelt dastand. Unfähig, der Frau zu folgen. Erst dann schienen seine Augen bereit, das Gesehene an seinen Verstand weiterzugeben. In solchen Momenten hoffte ein Mensch inständig, alles könnte ein schlechter Traum sein. Hoffte, er würde erwachen und erleichtert feststellen, dass die Welt, wie man sie kannte, noch da war. Mrs Thompson schrie ein weiteres Mal. Crowley hob wie in Zeitlupe seinen Schlagstock, und David dachte schon, er würde sich erneut eine verpassen. Dieses Mal jedoch absichtlich. Nur um endlich wach zu werden.

Aus Mr Thompsons Kehle drang ein Urlaut. Eine Mischung aus Knurren und Röcheln. Dabei hatte er weiterhin die Mimik einer Wachsfigur. Starr, glatt, kalt.

Myriaden Fliegen stürzten sich als schwarze Wolke aus dem Inneren. Wahrscheinlich hatten sie einfach genug vom Aas, fielen jetzt wie irre über frische Augen, Nasen und Münder her. Crowley und die Thompsons stolperten ein paar Schritte zurück, bis sich die Schwarmattacke nach einigen Sekunden aufgelöst hatte.

»Bleiben Sie hinter mir!«, fauchte der Officer das Ehepaar an, obwohl Millie Thompson vor ihm stand.

Er streckte sich, so gut dies bei seinen gestauchten Körpermaßen ging, und zog nun doch den Colt. In der Linken hielt er seine Taschenlampe und trat zwei Schritte vor. *Mut* stand im Alphabet vor *Tod*. Im Leben auch. Er erinnerte sich an diese Worte seiner Mutter, nachdem er die Polizeiprüfung bestanden hatte. Sie hatte ihn ermahnt, sein Glück für tausend Mäuse im Monat plus Zulagen nicht allzu sehr zu strapazieren. Das Licht der Taschenlampe suchte den Boden ab, kroch quälend langsam vom Eingang des Verhaus zu dessen hinterer Ecke. Der Kegel zuckte dabei unruhig und verriet das Zittern von Crowleys Hand. Weshalb leuchtete er nach unten? Ahnte er, dass er nur das Unvermeidliche vermeiden wollte? Wusste er bereits, was ihn erwartete? Wenigstens musste er noch etwas Zeit gewinnen. Er atmete tief durch. Er spuckte aus, weil sich in seinem Mund Säure gesammelt hatte. Der verdammte Magen. Die Übelkeit. Endlich, nach weiteren langen Sekunden schob sich das Hell Zentimeter für Zentimeter nach oben. Es blieb kurz hängen an einer träge nach unten tropfenden Masse. Kein Faden, eher eine bräunliche Gallerte. Sie bildete zunächst eine Halbkugel, gab schließlich der Schwerkraft nach und erreichte mit einem leisen Schmatzen den staubigen Boden. Dort lag auch das Halsband, das Millie Thompson offenbar erkannt hatte.

»Oscar!«, schrie die Frauenstimme neben Crowley. Dann stießen ihn zweihundertzwanzig verzweifelte Pfund zur Seite, als wäre er eine Spielzeugpuppe.

Sie lief zum Lichtkegel seiner Lampe, stolperte und ruderte für den Bruchteil einer Sekunde mit den Armen, bevor sie nach vorn stürzte. Hinein in ein dunkles Etwas, das sie fast zu erwarten schien. Ihr Schreien wurde gedämpft, und ihr Körper verschwand in einem pelzigen Schwarz. Crowley würgte und überlegte, ob er schießen sollte. In fünfzehn Jahren hatte er die Waffe nie abgefeuert. Er konnte die Frau treffen. Die Situation überforderte ihn. Er hätte jetzt ein Bier gebraucht, um über alles nachzudenken.

»Tun Sie doch etwas.« Fred Thompsons Stimme war nur unmerklich lauter als vorher und hatte immer noch diesen unnatürlichen Tonbandklang.

Aus der Dunkelheit, die Mrs Thompson verschluckt hatte, war ein Saugen und Schmatzen zu hören. Dann schob sich ein Fell an Crowley vorbei. Als er die Arme der Frau erkannte, die sich ruckartig und seltsam verdreht bewegten, löste sich endlich seine Paralyse. Er schwankte, beugte sich nach vorn und erbrach sich auf das rostige Gestell eines Kinderwagens.

*

David stand unbeweglich hinter dem Vorhang. Die Szene, die sich unten im Garten abspielte, war makaber und entwürdigend. Er ahnte, dass es der Anstand geboten hätte, den Blick abzuwenden. Um seinem Verstand zu signalisieren, dass er nicht beabsichtigt hatte, dass es so weit kommt. Aber dann hätte er sich belogen. Scheinheiligkeit war die Ausrede der Sünder. Und schließlich war er kein Sünder. Er lächelte, war beeindruckt von dem Schauspiel, das sich ihm bot. Alles war eingetreten, wie er es geplant hatte. Eigentlich sogar noch besser. Diese arrogante Millie hatte bekommen, was sie verdiente. Kroch jetzt winselnd auf dem Boden herum und streichelte ein Halsband. Und der alte Thompson durchlitt in seinem Inneren gewiss Höllenqualen. Das Wissen, jemanden verloren zu haben, den man liebte, war das Schlimmste an einem Verlust. Die Verzweiflung, die das Bewusstwerden der endgültigen Wahrheit auslöste, setzte für immer ihr Brandzeichen auf die Seele eines Menschen. David kannte den Mann zu gut, als dass ihn die Fassade aus Selbstbeherrschung und Teilnahmslosigkeit hätte täuschen können. Er war sicher, Fred tat nur so, als ginge ihn das alles nichts an. Er war wie diese Keksfiguren, die zu Halloween gebacken wurden. Außen eine feste Teigkruste, aber innen hohl. Nur Luft, die entwich, wenn man die Hülle zerbrach.

Du bist schwach, dachte er. Und in deiner Leere wächst schon längst heran, was dich verschlingen wird. David hatte das Gefühl, dass er die Krankheit des Mannes jetzt sehen konnte. Da draußen waren alle krank. In ihren Adern floss Gier. Neid zerfraß ihr Fleisch, ließ es altern, runzlig und grau werden. Sie stopften so viel in sich hinein, bis sie platzten. Sie waren böse. Dieser Jesus hatte gelehrt, dem Bösen wäre mit Gutem zu begegnen. Das Gute könnte es auflösen. Unsinn. Zweitausend Jahre Verblendung. Auge um Auge. So lautete die Antwort. Feuer bekämpfte man mit Feuer. Böses mit Bösem. Harvey war der Prophet der Hölle. Und er, David, sein Diener.

»Mutter und Vater, ich reinige euch«, summte er leise vor sich hin. Er zeigte auf die drei Wesen, die im Garten standen. »Mutter und Vater, ich läutere euch.«

Es störte David nicht, dass die beiden Thompsons gar nicht seine Eltern waren. Nicht einmal seine Adoptiveltern. Ältere Menschen, mit denen er Kontakt hatte, wurden in seiner Vorstellung schnell zu seinen Eltern. Er hatte im Laufe der Jahre viele Eltern gehabt. Aber eine ihn gebärende Mutter nie. Nur eine Schlampe, die abgehauen war, nachdem sie ihn auf die Welt geworfen hatte. David spürte das Brennen und Würgen in sich. Seine Fingernägel gruben sich in seine Handflächen.

»Du hattest recht«, sagte er. »Es war Zeit, ihnen eine Lektion zu erteilen.«

Wie hast du es angestellt?

»Im Buttermilk Falls State Park machen sie einmal im Monat diese Auktionen für Tiertrophäen«, antwortete David. »Die Jäger verkaufen Felle, Geweihe und Schädel.«

Widerwärtig.

»Du hast recht. Die Kerle sind abstoßend. Ich könnte niemals einem Tier etwas antun.«

Was hast du gekauft? Worin steckt die Alte da unten?

»Das Fell eines Luchses. Dazu ein bisschen Blut und Innereien vom Schlachter. Sieh nur!« David lachte.

Millie hatte sich mittlerweile aus dem Fell befreit, das im Schuppen auf sie gefallen war. Sie saß weinend auf einem Stapel Reifen und liebkoste das Halsband. Ihre Lippen formten fortwährend den Namen ihres Katers. *Oscar.* Der Polizist stand unschlüssig herum und kratzte sich verlegen abwechselnd am Kopf und im Schritt. Mr Thompson schien sich während der letzten Minuten nicht bewegt zu haben.

Es ist wieder so weit, David.

»Kann ich bitte noch etwas Zeit bekommen? Es ist heiß. Ich bin müde. Und ich habe dir meine Treue doch schon so oft bewiesen.«

David.

»Bitte, etwas Zeit noch.«

Nein.

»Wann?«

Heute Nacht.

David stöhnte. Die Freude über die Lektion, die er dem Ehepaar, vor allem dieser widerlichen Fettqualle, erteilt hatte, war augenblicklich verflogen. Er musste sich jetzt vorbereiten. Das Thermometer an seiner Scheibe zeigte knapp unter hundert Grad Fahrenheit. Alles, was er tat, bekam nur dann einen wirklichen Sinn, wenn Planung und Ablauf stimmten. Die meisten Leute glaubten, dass nur das Ergebnis zählte. Bullshit. Der Weg war bereits Teil des Ziels. Ein Ritual ergab nur Sinn, wenn man sich an die Abläufe hielt. Und Harvey würde ein Opfer nur annehmen, wenn David in seinem Kopf bereit dazu war. Er musste sich nur ausreichend konzentrieren, nur der Meister zählte. Er atmete tief ein, schloss für einen Moment die Augen und wollte seine Gedanken ordnen. Die Menschen um ihn herum lebten von einem Zufall zum nächsten. Und die Aneinanderreihung dieser Zufälle nannten sie Leben, bis ein letzter Zufall es dann beendete. Wenn David ihr Schicksal war, dann tat er diesen armseligen Kreaturen sogar einen Gefallen.

David streichelte den Kopf des Tieres neben sich. Der Labrador saß am Durchgang zur Küchenzeile. Er hatte sich in der letzten halben Stunde nicht bewegt, wirkte wie ein Schulexponat aus dem Biologieunterricht. Starr, glatt, kalt. Menschen waren die wahren Bestien in dieser Welt, schienen seine Augen auszudrücken. Davon war auch David überzeugt.

2

Brooklyn bedeutete, du warst unten. Noch nicht an der Endstation, aber knapp davor. Brooklyn hieß, jeden Tag aufs Neue zu verlieren. Mit Glück nur ein weiteres kleines Stück Selbstachtung. Mit Pech das sauer verdiente Geld. Mit sehr viel Pech auch das Leben. Und doch gab es Leute wie Ellington Simmons, die sich gegen den Moloch zu stemmen schienen. Die glaubten, mit Zuversicht und ehrlicher Arbeit eine Zukunft für ihre Familien schaffen zu können, in der nicht alle noch so kleinen Träume wie Seifenblasen zerplatzten.

»Leute, macht euch keine Hoffnung.« Die Moderatoren von WCBS-FM hatten ein Faible fürs Wetter. Kaum eine Stunde verging, in der sie nicht über Blizzards, Minusgrade, Orkane, Inversionswetterlagen, tropische Regenfälle und Hitzerekorde philosophierten. Aktuell war eine sich seit Anfang der Woche ankündigende schwülheiße Wetterfront ihr Thema. Zwischen die Songs der Eagles und Bee Gees passte dann immer ein müder Scherz oder eine frisch eingetroffene Anekdote.

»Wie ich gerade erfahre, sind unsere verlässlichsten Wetterfrösche bereits verdurstet, es bleibt also heiß bis Neujahr.«

»Auf dem Queens Boulevard hat sich ein Mann die Fußsohlen auf dem glühenden Asphalt verbrannt, als er barfuß aus seinem Wagen stieg.«

»Ich sage euch, es wird in Zukunft schwerer werden, zwischen Schwarz und Weiß zu unterscheiden. Denn wenn die Sonne weiter so brennt, sind wir bald alle dunkel.«

Simmons hörte der Radiostimme kaum zu. Er verspürte wieder eine starke Unruhe in sich. Seit er sein Geschäft vor drei Monaten eröffnet hatte, war er kaum in der Lage gewesen, nur eine Minute still zu sitzen. Er betrachtete die Auslagen im Schaufenster und schob einen Fernseher etwas näher an die Scheibe. Morgen musste er den Kerl anrufen, der das *Sale*-Schild angeklebt hatte. Die Buchstaben waren allesamt verschoben und schief. Wie konnte man so dämlich sein? Es waren nur vier Buchstaben. Dreißig Dollar für einen Schriftzug, der von außen wirkte, als wäre der Laden bereits am Ende. Nein, dafür würde er keine dreißig Mäuse lockermachen, entschied er. Er wollte eben in sein Sandwich beißen, das ihm seine Frau Cynthia belegt hatte, als der Summer an der Ladentür – hoffentlich – einen Kunden ankündigte.

»Hi, El. Wie läuft's?« Jemand rief von vorn, stemmte sich mit seinem Bass gegen die Klänge von ABBA, die ihre *Dancing Queen* in den Äther plärrten. »Mann, die Radios von Roberts sind echt eine Wucht.«

Ellington Simmons seufzte, denn er erkannte die Stimme von Bobby Holt, einem alten Kumpel aus gemeinsamen Zeiten bei RadioShack. Es versetzte ihm einen Stich, an seinen ehemaligen Arbeitgeber zu denken. Die Manager in der Fabrik des Radioherstellers hatten vor einem halben Jahr entschieden, dass ein neuer Plan das Unternehmen vor der Pleite retten sollte. Die Kunden wollten bessere Geräte für weniger Geld. Wie immer. Und die Japsen machten den traditionellen Unternehmen das Leben schwer. Also lautete die Devise: Nur noch halb so viele Leute. Für doppelt so viel Arbeit. Wie immer waren deutlich mehr Schwarze als Weiße entlassen worden. Und Ellington hatte dazugehört. Fünfhundert Dollar Abfindung für zehn Jahre Plackerei.

»Ganz gut. Schon drei Kunden heute«, log Ellington. Er verspürte keine Lust, mit Bobby Holt wieder über Strategien zu sprechen, wie man mehr Leute für das Geschäft anlocken konnte. Die drei Kunden, von denen er jetzt sprach, waren Leute gewesen, die länger als zehn Sekunden ins Fenster gestarrt hatten.

»Unser Land ist im Arsch«, sagte Holt in seiner typischen Art. »Sinatra und die Mafia haben unsere Wirtschaft kaputt gemacht. Die Guidos und Abbies ruinieren dieses Land. Und die Kennedys sind die Schlimmsten ...«

Einen Augenblick sah Ellington den alten Freund an, als hoffte er, doch noch den Schalter zu finden, mit dem man das Geschwätz abstellen konnte. Bobbys gegen Italiener und Juden gerichtetes Geschwafel ging ihm auf die Nerven. Dann zwang er sich zu einem Lächeln und bot Holt einen Kaffee an. Bei dieser Gelegenheit drückte er ihm ein paar übrig gebliebene Werbezettel in die Hand.

»Rühr mal wieder ein bisschen die Trommel für mich, Bobby.«

Die stille Hoffnung, den Kumpel schnell wieder loszuwerden, zerschlug sich, als Holt eine gefaltete *New York Post* aus dem Jackett zog, das er sich über den Arm gelegt hatte.

»Hier steht, dass sie im Süden Arbeiter suchen«, sagte er. »Verdammte Sauerei. Die Politiker wollen wohl, dass wir wieder auf die Felder gehen. In zehn Jahren führen sie die Sklaverei wieder ein. Verstehst du, El? Sie wollen wieder Nigger aus uns machen!«

Ellington hörte nicht zu. Er ging zum dritten Mal die

Zahlenkolonnen durch, die er gestern Abend mit seiner Frau zusammengestellt hatte. Einnahmen links. Ausgaben rechts. Die rechte Spalte passte gerade eben auf ein Blatt Papier. Links war schon nach fünf Zeilen Schluss. Gestern hatte er wenigstens einen Posten streichen können. Er hatte die Versicherung gekündigt. Nur die Bestätigung musste noch raus. Das hier war Brooklyn, und Prudential verlangte für das kleine Elektronikgeschäft in dieser Lage eine gigantische Risikoprämie, die sich Simmons einfach nicht leisten konnte. Wozu sollte er den Kerlen das Geld in den Rachen werfen? Er selbst war hier geboren. Er war Schwarzer. Man kannte ihn. Er hatte mit niemandem Ärger. Was konnte also passieren?

»Mann, der Kerl ist immer noch ein Star«, riss ihn Holt aus den trüben Gedanken.

»Wer?«

»Der .44-Kaliber-Killer! Dabei ist der letzte Überfall schon drei Monate her. *Summer of Sam.* Unsinn. Sie wollen, dass die Leute Angst bekommen. Also berichten sie über den Scheißkerl. Siehst du, El, Aufmerksamkeit ist alles. Dann brummt der Laden.«

»Du meinst, ich soll vorn jemanden umlegen und schon klingelt die Kasse?« Ellington schüttelte den Kopf. Holt war dabei, wieder eine seiner genialen Ideen unters Volk zu bringen. »Du hast sie doch nicht alle, Bob.«

»Du brauchst natürlich was anderes, Bruder. Was du brauchst, ist eine Kampagne. So nennen die das. Verschenke zwei oder drei Radios. Als Gegenleistung sollen die Leute dann behaupten, dass bei ihnen eine Glückssträhne eingesetzt hat, nachdem sie die Dinger von dir gekriegt haben. Schon kommen die anderen. Glück braucht schließlich jeder.«

»Du solltest weniger trinken. Oder lass dir die Haare schneiden, damit Luft ans Hirn kommt.«

Eine Viertelstunde später war es Ellington endlich doch gelungen, seinen ungebetenen Gast zu vergraulen. So war das bei ihnen. Sie mochten sich, gingen ein Bier trinken. Oder auch zwei. Und dann redeten sie aneinander vorbei. Ihre Interessen gingen eindeutig in verschiedene Richtungen, aber das zeigte sich immer erst, wenn ihre Gedankenzüge an einer Weiche in unterschiedliche Richtungen davonbrausten. Und dennoch kam Ellington mit dem Kerl besser zurecht als mit seinem eigenen Bruder. Er seufzte und blickte hinaus auf die belebte Myrtle Avenue. Die Sonne stand bereits tief, sodass die gegenüberliegende Häuserfront wohltuende Schatten auf seinen Laden warf. Drinnen war es heiß wie in einem Brutkasten. Ließ Ellington jedoch die Tür längere Zeit offen, musste er abends den Staub von allen Geräten wischen. Und die Klimaanlage gab seit vier Wochen nur noch rülpsende Geräusche von sich. Wenigstens hatte Ellington dafür einen Mietnachlass erhalten. Aus Langeweile begann er jetzt, die ohnehin saubere Fensterscheibe ein weiteres Mal zu putzen.

»Haben Sie Sicherungen?«, sprach ihn eine ältere Frau von hinten an, und er stieß vor Schreck den Putzeimer um. »Oder sind Sie gar nicht der Besitzer?«

Sie mochte um die achtzig sein und trug Kleidung, die vor dreißig Jahren kostspielig gewesen war. Brooklyn Adel, dachte Ellington und bemühte sich um das freundliche Lächeln eines Inhabers, der Umsatz witterte. Die Dame gehörte sehr wahrscheinlich zu jener weißen, ehemaligen Oberschicht, die nach dem Weltkrieg nicht die Fliege gemacht und den Bezirk verlassen hatte. Deren uralte Häuser waren zwar ebenso heruntergekommen wie die der Schwarzen. Aber immer wieder hörte man Gerüchte, dass dort bei Entrümpelungen in den Kellern alte Tresore mit riesigen Bündeln von Bucks zu finden wären. Ellington kannte einen Mann, der in ein solches Haus eingestiegen war. Es hatte ihm nichts eingebracht außer vier Jahren Knast auf Rikers Island.

»Der Apparat schnarrt nur noch«, meinte die Frau.

Erst jetzt bemerkte Ellington, dass sie einen kleinen Handwagen hinter sich herzog. Es musste eine umgebaute Kinderkarre aus den Zwanzigern sein. Unter einer leicht verrutschten Decke erkannte er ein unförmiges Monster aus der Frühgeschichte des Radioempfangs.

»Ein Airline von Montgomery Ward & Co.«, stellte Ellington anerkennend fest.

»Ganz recht, junger Mann. Von 1941«, sagte sie energisch. »*Vor* Pearl Harbour«, fügte sie noch hinzu, als wäre es für den Wert des alten Kastens von Bedeutung. »Also, haben Sie eine Sicherung?«

»Ich muss mir das Gerät anschauen, Ma'am. Da drin stecken noch Röhren. Heute verwenden wir Transistoren. Ich könnte Ihnen da etwas Moderneres zeigen.« Ellington wies viel zu zaghaft auf seine Auslagen im Schaufenster. Sein großes Problem bestand darin, dass er einfach nicht dem Typus des Verkäufers entsprach. Ein Cousin seiner Frau hatte im Autohandel angefangen. Nach drei Jahren waren er und seine Familie nach Staten Island umgezogen. Mit den Provisionen kam er auf über zwanzigtausend im Jahr. Aber der Kerl hatte früh das Talent gehabt, sogar Gott ein Zeitungsabonnement aufzuschwatzen. Und jetzt pries er alte, verrostete Möhren von Buick oder Ford wie Sportwagen an. Und die Leute kauften sie ihm tatsächlich ab.

»Hören Sie mir mit diesem neuen Kram auf!«, krähte die

Alte jetzt unwirsch. »Wohin uns die Mode gebracht hat, erleben wir ja, wenn wir uns umsehen. Präsident Eisenhower hätte seine Jungs hier ordentlich aufräumen lassen. Verstehen Sie mich nicht falsch, junger Mann. Ich bin gegen die Sklaverei und habe nichts gegen Leute wie Sie. Aber Sie müssen zugeben, dass die Neigung zum Kriminellen gewissen Menschen im Blut liegt.«

Leute wie Sie. Im Blut. Immer freundlich bleiben, ermahnte Ellington sich und versuchte sich an einem gequälten Lächeln. Hundewelpen und alte Damen genossen bei Ellington Simmons normalerweise einen Sympathievorschuss. Aber diese Frau machte es einem wirklich nicht leicht, sie zu mögen. Er nahm den Auftrag an und versprach, sich den antiquierten Kasten anzusehen. Er wusste jetzt bereits, dass für eine Reparatur kaum mehr als zehn Dollar in die Kasse kämen.

Kurze Zeit später kam seine Frau Cynthia zu ihm in den Laden. Um Geld zu sparen, hatten sie ihre alte Wohnung aufgegeben und einen Teil der Lagerräume zum Hinterhof umgebaut. Die neue Wohnung war zwar recht dunkel, aber sie war geräumig. Und als Gesamtpaket hatten sie das Lager und die Verkaufsräume günstig bekommen. Es gab einen seitlichen Zugang durchs Treppenhaus. Aber man kam auch direkt von der Wohnung ins Geschäft. Cynthia Simmons hatte seine alte Lunchbox dabei. Wieder verspürte er den Stich in der Brust, weil sie ihn an seinen Job bei RadioShack erinnerte.

»Wie geht es dir?«, fragte sie und legte ihre Hand auf seinen Unterarm, nachdem sie sich flüchtig geküsst hatten. Diese Geste war ihm immer ein Trost gewesen. Am Grab seiner Mutter. Bei dem tränenreichen Abschied von einem Freund, den es nach Hawaii gezogen hatte. Und nach der Kündigung in der Fabrik. Cynthia war für ihn da. Und er hatte ein schlechtes

Gewissen, dass er ihr im Moment nicht genug zurückgeben konnte. Wenn sie in letzter Zeit miteinander sprachen, dann ging es meist um ihn und seine Sorgen, um das Geschäft oder die beschissene Wirtschaftslage.

Er antwortete ihr nicht, wollte sich seine Mutlosigkeit nicht anmerken lassen. Er selbst war in der südlichen Bronx aufgewachsen, die schon vor vierzig Jahren ein unruhiges Pflaster gewesen war. Seine Eltern kamen aus Deep South, dem tiefsten Süden der Staaten, hatten dort als vermeintlich freie Menschen weiterhin geschuftet wie rechtlose Sklaven. Erst in New York fanden sie später ein bescheidenes Lebensglück. Ihrer Vorliebe für Duke Ellington und den frühen Harlem-Jazz verdankte Simmons letztlich seinen Vornamen. Er hatte früh seine Lektionen über das Leben lernen müssen. Nachdem er seine Frau kennengelernt hatte, war er zu ihr nach Brooklyn gezogen. Dort hatte es damals so ausgesehen, als ginge es für den Stadtbezirk nach oben. Aber weit gefehlt. Zumindest die Viertel Bushwick und Bedford-Stuyvesant befanden sich seit Jahren im freien sozialen Fall. Und es gab in allen Ghettos der Welt genau zwei Arten von Menschen. Jene, die aufgegeben hatten. Die ihre Tage lebten, wie sie kamen. Mal besser, oft schlechter. Die soffen und kriminell wurden. Und neuerdings fixten. Und dann gab es noch Leute wie Ellington und Cynthia, die sich kleine Träume bewahrt und kleinere Fluchten geschaffen hatten. Die darauf vertrauten, dass es sich lohnte, auf ein Ziel hinzuarbeiten. Neben Kriminalität und Arbeitslosigkeit gedieh vor allem die Hoffnungslosigkeit in diesen Vierteln wie Unkraut, wucherte in die Herzen, verdrängte jede Sehnsucht, bis nur noch ein Vegetieren blieb.

»Denk dran, Schatz, du bist jetzt dein eigener Boss!«, versuchte seine Frau, ihn aufzumuntern. »Die Leute kennen dich, Ellington. Gib ihnen etwas Zeit, und sie rennen dir die Bude ein.«

Seine Cynthia. Er sah sie an. Die ersten Silberfäden in ihrem Haar hatten sich in nur wenigen Monaten zu flächigem Grau zusammengefunden. Die Falten unter den Lidern und um den Mund wurden tiefer. Aber ihm war es egal, solange das Leuchten in ihren Augen ihm weiterhin einen Weg durch diese Zeiten wies. Sie war seine Königin von Saba, eine Weise aus dem fernen Morgenland, die ihm jeden Tag Kraft gab. Sie schien ein Ziel zu kennen, von dem er nicht einmal ahnte, dass es existierte.

»Wie war es bei der Arbeit?«, fragte er zurück.

»Putzlappen und Eimer sind erneut ein Duo gewesen wie Ginger und Fred. Zusammen sind wir tanzend über die Flure unserer Kunden geschwebt. Leise, schnell, unsichtbar.« Sie lachte, wurde dann aber wieder ernst. »Ich kann heute Nacht eine Schicht drüben in Manhattan übernehmen.«

»Nein, Cynthia!« Er griff nach ihren Händen. Sie waren rau von Wasser, Reinigungsmitteln und Lauge. »Es ist unser Abend! Du wolltest etwas kochen. Und ich habe gutes Bier und Kerzen besorgt.«

»Bier und Kerzen?«, zog sie ihn auf. »Und ich darf kochen? Du weißt wirklich, wie man eine Frau herumkriegt.«

Er sah sie beleidigt an. Mit Frauen hatte er seine liebe Not. Er verstand sie oft nicht. Umso verwirrter war er, wenn Cynthia sich geheimnisvoll oder ironisch gab.

»Morgen sind wir auch noch ein Paar«, fügte sie hinzu und versuchte, fröhlich zu klingen. »Und nächstes Jahr ist wieder ein Hochzeitstag.« Sie strich ihm durch sein dichtes Haar. »Wir brauchen das Geld, Ellington. Zwei Kolleginnen sind krank.

Der Chef hat jedem zehn Dollar extra versprochen, wenn wir den Tower trotz der Engpässe in derselben Zeit schaffen.«

Der elektrische Gong der Ladentür weckte in Ellington die Hoffnung, dass das Geschäft heute endlich in Gang kam. Aber es war der alte Jesse, der auf seinen Runden durchs Viertel gern vorbeischaute. Der Mann ging gebeugt, seit ihn bei der Landung in der Normandie ein Schrapnell im Kreuz getroffen hatte. Ellington sah seine Frau an, rollte mit den Augen und bereitete sich auf eine der vielen Anekdoten vor, die Jesse zu erzählen hatte.

»Lass ihn«, flüsterte Cynthia. »Er hat doch sonst niemanden.«

Sie wandte sich um und ging zurück in die Wohnung, bevor Jesse Papernik den Kassentresen erreicht hatte. Der Alte kam aus Polen, war unter abenteuerlichen Umständen vor den Nazis in die Staaten geflohen. Ellington wusste, dass sich sein Kumpel Bobby die meisten Geschichten, die er auf Lager hatte, nur ausdachte. Gern gab er auch Storys zum Besten von dem berühmt-berüchtigten Cousin eines Schwagers, dessen Bekannter etwas Haarsträubendes erlebt hatte. Dagegen hatte Papernik das, was er – manchmal stockend und mit feuchten Augen – erzählte, wirklich durchgemacht. Und manches Mal konnte Ellington nach dessen Schilderungen nicht schlafen, weil ihn Hunde jagten oder weil ihm schwarze Gestalten einen Gewehrkolben ins Gesicht droschen. Der alte Mann war jedoch heute guter Dinge, die Schatten auf seiner Seele schienen weniger lang und dunkel zu sein. Er dozierte, dass das Telefon eigentlich nicht von Alexander Bell erfunden worden war. Und er regte sich wieder einmal darüber auf, wie perfide Thomas Edison seinen Konkurrenten Nikola Tesla ins Abseits gestellt hatte.

»Ich liebe dieses Land«, sagte er nach einer Weile völlig außer Atem. »Und ich bin dankbar, dass es mich aufgenommen hat in Zeiten größter Not. Und dennoch bleibe ich bei meiner Meinung, Mr Simmons. Hier leben die größten Schurken. Und sie haben ihre Schurkerei zu einer Tugend gemacht, die in der Verfassung verankert ist!«

Schurkerei. Ellington verkniff sich ein Schmunzeln. Der Alte konnte recht verschwurbelt reden. Er verfügte über jene Art von Scharfsinn, der sich unter anderen Umständen und zu anderen Zeiten in Gewitztheit verwandelt hätte. Aber die Umstände und Zeiten hatten es vorgezogen, ihn zu brechen. Und nun suchte Jesse Papernik seit bald vierzig Jahren nach den Puzzleteilen seines Selbst. Bisher hatte er offenkundig noch nicht alle Teile wiedergefunden.

Erst nach gut einer Stunde verließ der Besucher das Radiogeschäft. Wie jedes Mal nahm er einen Prospekt in die Hand und zeigte auf eine orangefarbene Plastikkugel.

»Ich spare auf einen Weltron 2001«, sagte er. »Und bei dir werde ich ihn kaufen, El.«

Sicher, dachte Ellington und nickte freundlich. Was wollte Papernik mit dem 8-Track-Player, den alle nur »Space-Ball« nannten? Er hatte sicherlich nicht einmal Tapes dafür.

»Die Kids sind verrückt nach den Dingern. Man wird Ihnen die Bude einrennen, Mr Simmons«, hatte der gewiefte Handelsvertreter vor einem Monat gesagt.

Von den zehn Stück, die Ellington genommen hatte, war noch nicht eins verkauft. Im Supercenter in Williamsburg kosteten sie zehn Dollar weniger. Er seufzte, lächelte Jesse an und gab ihm die Post des Tages mit.

»Klar, stecke ich ein, Mr Simmons«, meinte der alte Mann und schloss die Tür hinter sich. Zum Ritual gehörte es, dass er sich dreimal umdrehte und winkte. Ellington blieb am Fenster stehen, bis Papernik in der Seitenstraße verschwand.

*

»Hier sind die ABC-News mit einem Update zum Fall des .44-Kaliber-Killers. Ich beginne mit einer Beschreibung des Verdächtigen. Es handelt sich um einen männlichen Weißen im Alter zwischen fünfundzwanzig und fünfunddreißig Jahren. Er ist zwischen einem Meter siebzig und einem Meter achtzig groß, von kräftigem Wuchs. Er sucht sich seine Opfer in der Nähe von Highways und Parkways. Dabei handelte es sich in fünf von sechs Fällen um in der Nähe dieser Straßen geparkte Wagen, in denen sich ein Pärchen befand. Er näherte sich auf der Beifahrerseite von hinten. Fast immer feuerte er vier Schüsse aus einem Revolver vom Typ Bulldog ab. Bei der Munition handelt es sich um Winchester-Projektile vom Kaliber .44 …«

»Musst du dir diese furchtbaren Nachrichten ansehen?«, fragte Cynthia. »Unfälle, Katastrophen, Morde und Unruhen. Ich glaube, du solltest dem Kind lieber etwas Ruhe gönnen.«

Ihre Tochter Pamela verdrehte die Augen. Sie wusste zwar, dass ihre Mutter es nur gut meinte. Doch sie fand, dass Cynthia es mit ihrer Fürsorglichkeit etwas übertrieb.

»Dann ist der Auswurfschock nicht so groß, wenn das Kleine auf die Welt kommt«, entgegnete sie. »Man kann die Kinder vielleicht eine Zeit lang abschirmen, aber irgendwann erfahren sie doch die Wahrheit. Spätestens, wenn sie auf dem Spielplatz mit einer Spritze angelaufen kommen und fragen, um was es sich dabei handelt. Wir leben in einer schlimmen Welt, Mom. Was bringt es, die Augen davor zu verschließen?«

»Ach, du kannst manchmal ganz schön hart sein, meine Süße.«

Pamela verfolgte wieder die Nachrichten im Fernsehen. Gerade befragte ein Reporter ein paar junge Leute auf der Straße zum Fall dieses Irren, der bereits fünf Menschen getötet und weitere verletzt hatte. Offenbar beschränkte sich das Nachrichtenteam von ABC gezielt auf Interviews mit Pärchen, die dem Beuteschema des Killers entsprachen. Höchstens Mitte zwanzig, die Frauen schlank, mit längeren, dunklen Haaren. Bisher hatte der Killer nur Weiße getötet, aber Pamela war sich nicht sicher, ob sie das beruhigte.

»Ich habe wirklich Angst und mag gar nicht mehr ausgehen«, sagte eine hagere Brünette, ihr Freund nickte eifrig und blickte mit Dackelaugen in die Kamera.

»Warum macht der Kerl das?«, fragte eine andere. Sie trug eine große Brille und schielte leicht. »Hat so jemand Freude am Töten? Macht ihn das an? Will er sich rächen, weil ihn keine haben will? Oder kommt er einfach nicht mit Frauen klar?«

»Ich war beim Friseur wegen dem Typen«, meinte eine Wasserstoffblonde. Mit dem restlichen Kopfhaar wäre sie ohne Weiteres bei den Marines genommen worden.

»Mit dem Schwein sollte man kurzen Prozess machen, sage ich«, ging ihr Freund dazwischen. Pamela vermutete, dass der Mann Steroide nahm, denn seine Muskeln schienen fast zu platzen. »Aufhängen oder Gaskammer, sage ich.«

Auf den Einwand des Befragers, es gäbe in New York keine Todesstrafe, antwortete er, dass man die Drecksau dann eben verhungern lassen sollte. Danach wurde wieder ins Studio zum ABC-Moderator umgeschaltet, der sich zu der überaus weisen Einschätzung verstieg, die Situation auf den Straßen wäre doch deutlich angespannt. Pamela schaltete den 71er Zenith ab.

»Mom!«, rief sie. »Ich mache mich gleich auf den Weg.«

»Ist der Weg ins Bellevue jetzt bei der Hitze nicht zu weit?«, fragte ihre Mutter. »Du überanstrengst dich.«

»Ich kann doch nicht auf den letzten Meter den Arzt wechseln. Außerdem macht die Vorsorge im Bellevue viel mehr als die Frauenarztpraxen.« Und nun kam für Pamela das entscheidende Argument. »Für mich als Angestellte sind die Untersuchungen kostenlos.«

»Ich bin nachher auch weg. Ich mache Doppelschicht.«

»Du überanstrengst dich.« Pamela imitierte die Stimmlage ihrer Mutter. Die Retourkutsche musste sein. Dabei war ihr keineswegs zum Scherzen zumute. Sie machte sich Sorgen.

3

»Gibt es hier keine Klimaanlage?« Ein Drogenabhängiger, bei dem sich offenbar erste Anzeichen eines Entzugs bemerkbar machten, schimpfte und schwitzte seit einer halben Stunde auf dem Gang der Notaufnahme. Man hatte ihn dort auf einer ausgemusterten Trage der Feuerwehr untergebracht, da alle regulären Plätze im Bellevue – wieder einmal – belegt waren. Nun wartete er darauf, dass sich endlich jemand der Vereiterung an seinem Fuß annahm. Bis es so weit war, vertrieb er sich die Zeit damit, die vielen Einstichstellen an seinen Armen wieder aufzukratzen. Das Blut hatte bereits ein Punktmuster auf dem weißen Laken hinterlassen.

Es war tatsächlich unerträglich heiß in der Ambulanz des Bellevue Hospitals. Dabei war von den Wetterexperten gerade erst der Beginn einer Hitzewelle vorhergesagt worden. Die verrosteten Stromfresser von General Electric waren lange nicht gewartet worden. Sie kühlten nicht mehr, sondern wälzten die keimbelastete und muffig riechende Tropenluft nur noch um. Neulich erst hatte einer der letzten Meatpacker aus Chelsea, dem an der Konservenpresse ein Finger abhandengekommen war, gemeint, dass die Behörden jeden Fleischhof unter solchen Bedingungen längst dichtgemacht hätten.

Pamela Simmons hatte ein Taxi genommen, um von

Brooklyn zu dem Krankenhaus in East Manhattan zu kommen. Sie fand, dass es Geldverschwendung war, aber ihre Mutter hatte darauf bestanden, dass sie nicht mehr U-Bahn fuhr.

Wenn das so weitergeht, brauche ich ohnehin bald einen Waggon für mich alleine, dachte sie und lächelte. Insgeheim war sie dankbar, denn das Gedrängel und Schubsen in den Zugängen zur NY City Subway machte ihr jedes Mal ein wenig Angst. Sie stand jetzt im Eingangsbereich zur Ambulanz und rieb sich den kugelrunden Bauch. Sie hatte sich diese typische Geste werdender Mütter eigentlich nicht angewöhnen wollen. Aber irgendwann war es doch geschehen. Einfach wie Nägelkauen oder Haardrehen. Ihre Kolleginnen grüßten sie flüchtig, fragten kurz nach ihrem Befinden und eilten wieder davon. Die Rufe genervter Patienten, das Stöhnen der Kranken und Verletzten, ein beständiges Piepen von Maschinen, das Quietschen der Schuhsohlen auf dem ausgetretenen Linoleum. Dazu dieser typische Geruch nach Medizin. Eine Mischung aus Heftpflaster, Desinfektionsmitteln und den Ausdünstungen der Leute. Pamela hatte hier gleich nach ihrer Ausbildung zur Krankenschwester angefangen. Über zehn Jahre war sie bereits auf der Notaufnahme, und sie liebte ihren Beruf wie am ersten Tag.

Beinahe reflexhaft nahm sie den feinen süßlichen Duft nach überreifem Obst wahr, der aus einer Kabine drang. Sie sah dort eine hagere junge Frau sitzen, die gierig ein Glas Wasser trank. Unbehandelter Diabetes, da war sich Pamela sicher. Die Leute rochen manchmal wie eine Mosterei. Kein gutes Zeichen. Ein Patient wurde auf einer Trage an ihr vorbeigeschoben. Augen und Haut waren gelb, und die Lippen glänzten, als hätte er sie sich eben mit Revlon Deep Glossy

Red nachgezogen. Fast eine Blickdiagnose. Der Mann litt sehr wahrscheinlich an fortgeschrittener Leberzirrhose. Alles war wie immer. Pamela lauschte den vertrauten Geräuschen, spähte durch einen breiten Spalt, den der Vorhang vor einer Liege offen ließ, auf der ein uralter Mann festgebunden war. Das Chaos beruhigte sie. Sie sog die Eindrücke förmlich in sich auf, beobachtete die Pflegekräfte und Patienten. Berufliche Neugier. Sie musste einfach wissen, ob es allen gut ging. Oder wenigstens, dass sie versorgt wurden.

Sie sah dem hektischen Hin und Her noch eine Weile zu. Sie hatte jetzt quasi die Seiten gewechselt. Denn sie war nicht gekommen, um ihren Dienst anzutreten. Sie hatte einen Termin zur Vorsorge auf der gynäkologischen Station. Jetzt war sie Patientin, nicht mehr Schwester. Bisher hatte sie die Untersuchungen immer vor oder nach ihrer Arbeitszeit machen lassen. Seltsames Gefühl, denn eigentlich war sonst sie diejenige, die sich um die Hilfesuchenden kümmerte. In ihrem Unterleib kollerte es. Entweder musste sie auf Toilette, oder ihr Kind hatte sich bewegt. Die Zeichen, die der Körper ihr gab, waren einfach nur verwirrend. Weil sich ständig etwas änderte. Eben hatte sie sich an die Übelkeit am Anfang gewöhnt, da wurden plötzlich die Füße dick und die Hosen passten nicht mehr. Dann kamen Fressattacken und illustre, erotische Träume hinzu. Schwitzen, Haarausfall, ständiges Pinkeln, kein Schlafen mehr in Rückenlage. Bei der letzten Untersuchung hatte sie im Wartezimmer sogar eine Privatpatientin kennengelernt, die sämtliche Symptome ihrer Schwangerschaft notiert hatte. Es waren drei beschriebene Seiten gewesen. Was Pamela Sorgen bereitete, waren die leichten Krämpfe. Vor einem Monat hatte alles mit einem Ziehen begonnen, dann hatte sich immer öfter etwas in ihrem Bauch zusammengezogen. Als ob dort eine Qualle säße, die sich mit ihren Pumpbewegungen durchs Wasser bewegte. Der Frauenarzt hatte sie an einen neumodischen Wehenschreiber angeschlossen, und Gott sei Dank war alles in Ordnung gewesen.

Im nächsten Moment geschah es wieder. Aus dem einfachen Darmkollern wurde die Qualle. Kein Schmerz. Wellen. Pamela fühlte sich nicht wohl. Der achte Monat war der Schlimmste. Es war noch zu früh, um die Ziellinie zu sehen. Und die Füße waren zu dick für die schicken Schuhe, die sie im Frühjahr gekauft hatte. Alles an ihr war rund, wabbelig und verschwitzt. Achter Monat im Juli. Hundert Grad Fahrenheit in der Stadt. Glückwunsch. Welcher Armleuchter hatte gesagt, dass die Schwangerschaft das Schönste im Leben einer Frau war? Bei solchen Gedanken wurde sie immer grimmig, fast streitlustig, hätte am liebsten jemanden gewürgt. Ihr wurde schwindlig. Sie hoffte, dass ihr nicht die Tasche aus der Hand fiel. Ein Walross hatte es nämlich unheimlich schwer, sich zu bücken. Sie sah nach unten. Dort lag dieses schreckliche, schöne, pinke, glänzende Kelly-Bag-Imitat aus Kunstleder, das sie unbedingt hatte haben müssen. Der Boden schien weit weg zu sein. Ihre Füße sah sie nicht. War sie ein Ballon, der schwebte? Weshalb sonst wurde die Tasche kleiner, und woher kam dieses Schaukeln?

*

»Es war nur der Blutdruck«, sagte der junge Assistent wenig später. »Nur gut, dass der Bursche von der Feuerwehr sie aufgefangen hat, Pamela. Bei einem Druck von systolisch unter hundert kommt oben …« Er tippte sich an die Stirn. »… nicht mehr viel an. Dann gehen einfach die Lichter aus.«

Er schob noch ein paar Sätze hinterher, Ratschläge und Gemeinplätze. Der junge Arzt redete immer viel, wollte seine Unsicherheit dadurch verbergen.

»Sie haben ja noch den Vorsorgetermin«, fuhr er fort. »Ich habe auf der Gyn angerufen. Sie sollen sich hier ein bisschen ausruhen, die sind mit den Terminen in Verzug. In einer halben Stunde holt Sie jemand ab. Ist das okay, Pamela?« Er schwieg und blickte sie an. Dass sich der Verstand seiner Zuhörerin erst durch den Wortschwall durcharbeiten musste, kam ihm offenbar nicht in den Sinn. »Pamela?«, hakte er nach, als sie nicht gleich antwortete.

»Hm, wie? Ja, geht klar. Im Moment ist alles ruhig. Gehen Sie nur, Dr. Dorson.«

Also nur ein niedriger Blutdruck, dachte Pamela. Es war ihr zwar nicht wirklich peinlich, dass sie hier für Unruhe gesorgt hatte. Aber unangenehm war es schon. Ihre Mutter hatte sie inständig gebeten, die leichten Krämpfe ernst zu nehmen, als Pamela sie um Rat gefragt hatte. Nun war Cynthia Simmons wahrscheinlich nicht die beste Adresse, wenn es um Fragen der Schwangerschaft ging. Zwei Fehlgeburten hatten sie geprägt, und so hatte sie auf Pamelas Andeutungen beinahe panisch reagiert. Pamela selbst war unklar, wie sie sich fühlte. Ein Teil von ihr – der professionelle – wollte alles ganz abgeklärt betrachten. Ein anderer – der mütterliche – verspürte aber auch Sorge. Wie sollte man mit einer solchen Zerrissenheit umgehen? So war sie, wie jetzt, jedes Mal froh, wenn sich die Symptome verzogen hatten. Irgendwo in ihrem Inneren öffnete sie dann eine Besenkammer, stellte ihre Ängste hinein und schloss die Tür. Ihr war jedoch klar, dass sie einen Patienten für ein solches Vorgehen gescholten hätte.

In den folgenden Minuten hing Pamela ihren Gedanken nach und starrte an die Decke. Plötzlich vernahm sie hinter dem Vorhang neben sich ein leises Wimmern. Es war die Stimme eines Kindes. Niemand reagierte. Wie so oft waren die Stillen auch die Verlorenen. Pamela erhob sich schwerfällig aus ihrem Bett. Rückenschmerz. Füße über die Bettkante. Durchatmen. Schwindel. Endlich gelang es ihr, sich aufzurichten. Sie horchte. Das Weinen und Schluchzen war verstummt. War das Kind vielleicht eingeschlafen, die ganze Mühe also umsonst gewesen? Pamela zog den Sichtschutz vorsichtig zur Seite. Und blickte in große, dunkle verweinte Augen. Ein Mädchen starrte sie an, hielt sich die Hand vor den Mund, als wollte sie sich selbst zum Schweigen bringen. Wahrscheinlich hatte sie schon allzu oft in ihrem Leben ein *Sei still!* gehört.

»Hallo«, sagte Pamela sanft. Sie kannte diese verschreckten kleinen Wesen, die in Harlem, Bushwick oder der Bronx viel zu schnell erwachsen werden mussten. »Ich heiße Pam. Und wer bist du?«

»Abigail«, flüsterte das Mädchen. »Aber alle nennen mich Abby.«

»Und wie alt bist du, Abby?«

»Neun.«

»Wo sind denn deine Eltern? Du bist doch sicher nicht alleine hier?«

»Doch.« Pamela sah, dass das Mädchen alle Kraft aufwendete, um nicht erneut in Tränen auszubrechen. »Mom und Dad arbeiten im Moment in Kanada. Ich bin bei Grandma, bis sie wieder da sind.«

»Und wo ist deine Großmutter jetzt?«

»Granny ist krank. Sie hat zu viel Süßigkeiten im Blut.«

Die Kleine stockte. »Glaub ich. Sie kann nicht gut sehen und braucht Verbände an den Beinen. Sie ist zu Hause.«

Süßigkeiten im Blut, dachte Pamela. Zuckerkrank. Auf diese anschauliche Weise erklärte man gern Kindern, was es bedeutete, wenn Ärzte von Diabetes sprachen.

»Und was ist mit dir? Hast du Schmerzen?«

»Manchmal tut der Bauch weh.«

»Mir auch«, sagte Pamela. Sie zeigte auf die riesige Wölbung, die sich unter ihrem Hemd abzeichnete.

»Glaubst du, ich bekomme auch ein Kind?«, fragte das Mädchen durchaus ernst gemeint.

»Nein, Abby. Bauchweh kann viele Gründe haben.« Pamela war erfahren genug, um zu erkennen, dass diese kleine Patientin ernsthaft krank war. Krankenschwestern konnten es an den Augen sehen, aus der Stimme heraushören.

Vielleicht der Blinddarm, überlegte sie.

»Ich hab Angst.«

»Ich lasse den Vorhang ein Stück offen, dann können wir uns sehen.«

»Kann ich zu dir ins Bett kommen?«

Pamela dachte kurz nach und traf eine Entscheidung. Sie hatte von ihrem Team vor zwei Monaten ein kleines Stofftier geschenkt bekommen, das sie seitdem als Maskottchen mit sich herumtrug.

»Das ist Bob«, sagte sie, nachdem sie das Ding aus ihrer Tasche hervorgeholt hatte. »Er hat mir schon vorhin verraten, dass er viel lieber bei Abby wäre.«

Sie legte den Affen in Abigails Hände. Dann zog sie die Raumtrennung vollkommen zur Seite und löste die Rollbremsen an der Krankenliege des Mädchens.

»Ich schiebe dich jetzt ganz dicht zu mir heran. Dann ist es, als ob wir in einem Bett liegen. Und dann hole ich eine gute Freundin. Sie arbeitet nämlich hier und wird sich um dich kümmern, damit das Bauchweh schnell aufhört.«

*

Pamela musste kurz eingenickt sein. Sie schwitzte, denn es schien noch wärmer geworden zu sein. Aber sie schenkte den Bächen, die sich aus Achseln, Bauchfalten und zwischen den Schenkeln ergossen, keine Beachtung. Denn da war es erneut, dieses leichte Ziehen, das sich wie eine Welle durch den Unterbauch schob. Und wieder schlugen zwei Seelen in ihrer Brust. Besser gesagt drei, denn den ungeborenen Simmons-Nachwuchs musste man ja bereits dazuzählen. Da war die erfahrene Krankenschwester in ihr, die in zehn Jahren am Bellevue Hospital schon beinahe alles gesehen hatte, was Freud und Leid dem menschlichen Körper abforderten. Da war aber auch die Mutter, die die vergangenen acht Monate eingestimmt worden war auf das, was ihre Hebamme »eine ewig währende Sorge« nannte. Ihr Leben hatte sich von dem Moment an geändert, in dem sie erfahren hatte, dass sie schwanger war. Und in den letzten Tagen hatten diese drei Identitäten miteinander gerungen. Simmons junior boxte und strampelte. Ihr oder ihm wurde es offenbar in der Unterkunft zu eng. Die unerfahrene Mutter horchte indes auf jedes noch so kleine Signal. Und sie kämpfte gegen die Ängste und Ahnungen, die ebenfalls in Wellen kamen, seit die Übungswehen erstmals eingesetzt hatten. Zu allem Überfluss gab die abgeklärte Krankenschwester in ihr noch Kommentare dazu. Und hätte wohl am liebsten einfach weitergearbeitet.

Pamela sah auf die Uhr und stellte erstaunt fest, dass nur

eine halbe Stunde vergangen war. Abigail war inzwischen offenbar zu einer Untersuchung abgeholt worden. Als sie sich bewegte, meldete sich der Rücken. Die Alcatraz-Pritschen der Ambulanz waren eine Zumutung. Wer länger als zwei Stunden darauf lag, konnte gleich auch einen Termin beim Orthopäden machen. Der Behandlungsraum glich eher einer Art Umkleidekabine mit Vorhang. Viele Patienten nannten die Dinger nur Zellen.

Pritschen und Zellen. Die martialischen Bezeichnungen passten gut zum Bellevue. Es war das älteste Krankenhaus der Stadt und setzte alles daran, diesen Status auch nach außen zu behaupten. In den vergangenen drei Jahren, in denen die Wirtschaftskrise sich immer mehr zugespitzt hatte, wurde härter gespart als je zuvor. Die Ausrüstung war veraltet, der Personalschlüssel wurde ausgedünnt. Die Pflegekräfte schufteten am Limit. In den Operationssälen arbeitete ein erfahrener Chirurg als »Dirigent« an drei Patienten gleichzeitig, indem er Studenten und junge Assistenzärzte darin unterwies, was zu tun war. Die Krankenhausleitung hatte Anfang des Jahres – natürlich nur inoffiziell – die sogenannte Gomer-Weisung herausgegeben: *Get Out of My Emergency Room.* Jeder Patient, der finanziell erkennbar nichts einbringen würde, sollte unverzüglich wieder vor die Tür gesetzt werden. Es kam schon nach kurzer Zeit zu unhaltbaren Zuständen, weil eine große Anzahl von Alkoholkranken, Drogenabhängigen, älteren Menschen und Sozialfällen auf der First Avenue vor dem Haupteingang zum Krankenhaus herumgelungert und den Verkehr behindert hatte. Zudem war die PR-Wirkung denkbar schlecht gewesen. Eigens hierfür war schließlich der Sicherheitsdienst verstärkt und angewiesen worden, die Leute in die kleineren Seitenstraßen abzudrängen. Aus den Augen, aus dem Sinn.

Trotz allem war das Bellevue bei den Leuten immer noch beliebt. Wer in Hell's Kitchen oder Harlem wohnte, konnte nicht wählerisch sein. Selbst aus Brooklyn pilgerten Kranke zur Kips Bay, denn das Krankenhaus genoss durch seine Lage in Manhattan eine Art Vertrauensbonus. Sosehr es sich auch bemühte, diesen jeden Tag aufs Neue zu verspielen. Pamela Simmons verband eine Art Hassliebe mit ihrem Arbeitsplatz. Mehr als einmal hatte sie alles hinwerfen wollen, zuletzt nach der Lohnkürzung für geleistete Überstunden. Aber sie war auch mit Leib und Seele Krankenschwester. Am Bellevue genoss sie Ansehen, das sie sich durch ihr Wissen und ihren Charakter erarbeitet hatte. In vielen anderen Krankenhäusern wäre sie wieder die dreißigjährige »Afroamerikanerin mit der großen Klappe«. Ja, es gab sie immer noch, diese leidigen Rassenvorurteile. Mitten in New York gediehen sie an allen Ecken. Auf beiden Seiten. Pamela wusste genau, dass sie als Schwarze bei renommierten Kliniken wie dem New York Hospital oder Presbyterian Hospital keine Chance hatte. Allenfalls würde man sie dort die Drecksarbeit machen lassen. Und an eine lukrative Stelle in einer der wohlhabenden »weißen« Privatpraxen Manhattans käme sie ebenfalls nicht. Abgesehen davon würde sie sich dort nur unwohl fühlen. So seltsam es klang, sie mochte die Arbeit an der Basis, die Arbeit mit jenen, die man gemeinhin zum »Bodensatz« der Gesellschaft zählte. Vielleicht hatte es mit ihrer Erziehung zu tun – ihre Eltern waren gläubige Baptisten. Vielleicht hatte sie auch in ihrer Kindheit und Jugend zu oft erlebt, dass Geld und Hautfarbe die Zukunft entscheidend bestimmten.

»Wie geht es dir, Pam?«, riss sie Karen aus ihren Gedanken. In der Zelle nebenan wurde gerade die Platzwunde eines Betrunkenen genäht. Der Mann beschwerte sich lallend über die Schmerzen. Aber aus Zeit- und Kostengründen waren die Ambulanzärzte angehalten, bei Alkies auf ein lokales Betäubungsmittel zu verzichten. Denn angeblich spürte man im Rausch nichts. Oder man erinnerte sich später wenigstens nicht daran.

»Danke, dass du dich um Abby gekümmert hast«, meinte Pamela.

»Ist doch klar. Die Süße wird schon wieder. Ich halte dich auf dem Laufenden. Aber ich habe gefragt, wie es *dir* geht.«

»Gut. Ich weiß gar nicht, warum ich hier liege«, entgegnete Pamela. Ihre Kollegin sah ihr in die Augen und legte den Kopf schief. Pam seufzte. »Ja, du hast recht. Ich mache mir Sorgen. Die Kontraktionen sind stärker als an den anderen Tagen. Und sie kommen häufiger. Ich bin froh, dass ich gleich noch die Untersuchung habe. Mal sehen, was die Gynäkologen sagen.«

»Also, trink brav deinen Magnesium-Cocktail, entspann dich und lass dich von uns verwöhnen.«

»O ja, fantastischer Service hier. Lauwarmes Wasser und Elektrolyte. Mit Glück ein Käsesandwich, das noch nicht von selbst läuft.« Pamela zwinkerte ihrer Kollegin zu. Das Bellevue Hospital stand in dem Ruf, durch sein schlechtes Essen den Heilungsprozess beschleunigen zu wollen. Weil die Leute einfach nur wieder wegwollten. »Die Cornflakes sind aus Pappe. Dazu gibt es Blaumilch und dünnen Kamillentee.«

»Jetzt übertreibst du aber, meine Liebe. Ich sehe, ob ich etwas Ordentliches auftreiben kann. Aber vorher rufe ich oben an und mache denen Dampf, dass sie dich endlich drannehmen.«

»Kann ich telefonieren? Ich muss unbedingt mit Mom sprechen, sonst darf ich demnächst gar nichts mehr allein tun.«

Pamela blickte wieder auf ihre Uhr. »Ich hatte versprochen, mich zu melden.«

»So schlimm mit ihr?«, fragte Karen.

»Schlimmer.« Pamela lachte. »Sie ist ja hart im Nehmen, aber wenn es um mich und ihr zukünftiges Enkelkind geht, versteht sie keinen Spaß. Es ist wie vor zehn Jahren. Da hat sie an jeder Ecke einen Überfall befürchtet, wenn ich mal ausgehen wollte. Seit sie weiß, dass ich schwanger bin, ist ihr Glucken-Komplex wieder da. Neulich hat sie sogar den Schlüssel von der Toilettentür versteckt, damit ich nicht abschließe. Ich könnte ja beim Pullern einen Schwindelanfall bekommen.« Pamela setzte sich mit einem lauten Stöhnen halb auf. »Bitte, lass mich doch im Schwesternzimmer kurz mit ihr telefonieren.«

»Sorry, Pam. Nichts zu machen. Der *Drache* hat Dienst. Sie hat mitbekommen, dass du als Patientin hier bist. Und du weißt, wie sie ist.«

Pamela stöhnte abermals. Ludmilla Dragović war die Leitende Schwester der Notaufnahme. Hinter vorgehaltener Hand war sie für alle nur der Drache. Ihr Führungsstil passte recht gut zu den Pritschen und Zellen. Und die Dienstanweisungen hatte sie eher beherrscht als die englische Sprache.

»Wie geht es eigentlich deinem Vater?«, wechselte Karen das Thema.

»Es sieht aus, als ob Daddy sich fängt«, entgegnete Pamela. »Du solltest seinen neuen Laden sehen! Vorgestern hat er zwei Fernseher in drei Stunden verkauft.« Pamela verspürte keine Lust, mit Karen über die Probleme ihres Vaters zu sprechen. »Dabei war er nach der Entlassung bei RadioShack total fertig.«

Karen verschwand. Kurz darauf kam sie zurück und

musste Pamela schonend beibringen, dass man sie in der Gynäkologie offenbar schlicht vergessen hatte.

»Die Sekretärin hat es falsch verstanden. Sie dachte, du hättest abgesagt.« Bevor Pamela sich aufregen konnte, hob Karen beschwichtigend die Hand. »Aber du kommst ganz sicher heute noch dran.«

Pamela spürte, dass ihr Tränen in die Augen traten. Sie konnte in letzter Zeit nichts dagegen tun, dass sie aus nichtigen Gründen plötzlich losheulte. Sie hatte sich auf einen freien Abend vor dem Fernseher gefreut. Bei Chips, Schokolade und sauer eingelegtem Kürbis.

»Pete kommt jeden Moment mit einem Verlängerungskabel«, versuchte Karen, sie zu trösten. »Dann kriegst du das Telefon ans Bett und kannst mit deiner Mutter sprechen. Aber auf mich warten jetzt eine Schürfwunde, ein ausgerissener Fingernagel und eine Verstopfung. Wenn da nicht gleich was geschieht, erwacht der Drache.«

Sie rollte die Augen nach oben, und beide Frauen lachten. Plötzlich flackerten kurz die Lampen.

»War vorhin schon einmal«, meinte Karen und zuckte mit den Schultern. Spannungsschwankungen waren im New Yorker Stromnetz nichts Ungewöhnliches. »Vielleicht ist im Keller eine Sicherung herausgesprungen. Sie sollten diese Dinger endlich abbauen.« Sie zeigte auf das Wandgerät von GE, ein Fossil aus der Frühzeit der Klimaanlagen, das leise knackte und vor sich hin ratterte.

Pamela Simmons nickte dankbar. Es war bereits kurz vor sieben. Hier unten in der Ambulanz war es so laut wie an der Central Station. An Ruhe und Entspannung war hier eigentlich nicht zu denken. Immerhin würde sie doch noch die geplante Vorsorge bekommen. Mit Glück war sie dann gegen neun zu Hause und konnte sich gemütlich durch Quizshows, Serien und Late-Talk zappen.

»Sind Sie Ms Simmons?« Der Hausmeister Peter McNamara trat an ihr Bett. In der Hand hielt er eine Kabelrolle und ein Telefon.

Endlich, dachte Pamela und nickte. Die Anrede versetzte ihr einen kleinen Stich. Peter war ein überaus höflicher und korrekter Mensch. Und da er nicht wusste, ob sie verheiratet war, hielt er sich an dieses seltsame »Ms«, das sie sofort an ein weiteres Problem in ihrem Leben erinnerte: Jeffrey, den Vater ihres Kindes. Er hatte ihr wehgetan. Sehr weh sogar. Und sie rang seit Wochen mit sich, ob sie diesem Dummkopf vergeben konnte. Einem Dummkopf, den sie immer noch liebte.

»Über zehn Meter, Ms Simmons. Da wird die Verbindung etwas leise sein«, sagte der Hausmeister und legte letzte Hand an die Verbindung. Dann plötzlich strahlten seine Augen. »Oh, Schwester Pamela! Entschuldigung, ich habe Sie gar nicht erkannt. Mit dem …« Er zeigte auf den riesigen »Medizinball« unter der dünnen Bettdecke. »Ich meine, dass auch … Sie sind … Ja. Ähm.« Er räusperte sich.

Die Lichter im Obergeschoss brannten bei ihm nicht allzu hell, das wusste Pamela. Aber er war ein herzensguter Mensch, sodass sie darauf verzichtete, ihn jetzt auch noch wegen seiner Verlegenheit aufzuziehen. Augenblicke später stellte McNamara den grauen Telefonapparat seitlich auf ihr Bett. Sie griff sofort nach dem Hörer und tippte die Zahlen der Rufnummer ein. In der Wohnung ihrer Eltern ging niemand dran, also wählte sie die Nummer des Elektroladens.

»Ihr Dad ist gerade Zigaretten holen«, erfuhr sie kurz darauf von Jesse Papernik, der statt ihres Vaters ans Telefon ging. Sie wusste, dass der ältere Mann manchmal im Laden beim

Staubwischen und Sortieren aushalf. Meist jedoch kam er, um seine Weisheiten und Geschichten zum Besten zu geben.

»Ich passe nur kurz auf, dass niemand lange Finger macht«, fügte er unnötigerweise hinzu. »Mr Simmons … Ich meine, Ihr Vater wollte nicht abschließen, weil vielleicht noch Kundschaft kommt. Die Leute denken sonst, er wäre faul. Oder hätte es nicht nötig …«

Pamela bat ihn, kurz beim Arbeitgeber ihrer Mutter anzurufen. Sie wollte vermeiden, dass sie sich zu viele Sorgen machte.

»Sie sollen ihr ausrichten, dass sich mein Arzttermin nur verschoben hat. Ich werde später kommen und ein Taxi nehmen. Ansonsten ist alles in Ordnung.«

»Mrs Simmons ist heute im Empire State eingesetzt. Habe ich von Ihrem Vater erfahren«, meinte Papernik.

Pamela hörte, wie der Mann offenbar im Telefonregister blätterte. Dabei murmelte er unverständliche Worte vor sich hin. Nach einer endlos scheinenden Minute hatte er offenbar gefunden, wonach er suchte.

»Ich hab es. ABC-Services, Absolute Best Cleaning. Ja, da steht es. Ich rufe dort an und gebe die Nachricht durch.« Jetzt hörte Pamela, wie ihr Gesprächspartner den Hörer zur Seite legte, dann ein Rascheln und das Kratzen eines Bleistifts auf Papier. »Arzttermin verschoben. Später zu Hause. Taxi. Alles in Ordnung«, sagte er gedehnt bei jedem Wort, das er aufschrieb.

»Zur Sicherheit gebe ich Ihnen noch die Nummer meines Apparats. Ich weiß allerdings nicht, wie lange ich noch zu erreichen bin.« Kaum hatte Pamela die Nummer durchgegeben, hatte sie bereits das Gefühl, dass es ein Fehler gewesen war.

Es dauerte keine fünf Minuten, da riss sie das Klingeln des

Telefons aus ihren Gedanken. Pamela ahnte, was ihr jetzt bevorstand.

»Was ist geschehen, Schatz? Soll ich kommen? Ich kann mich gleich auf den Weg machen.« Cynthia Simmons ließ ihre Tochter zunächst gar nicht zu Wort kommen. Pamela dachte an die arme Abigail, die ohne Begleitung ins Bellevue gekommen war. Es hatte etwas ungemein Tröstliches zu wissen, dass man nicht allein war. Mutterliebe konnte nerven, aber sie war wie eine Kuscheldecke. Pamela blickte auf ihr völlig verschwitztes Laken und lächelte. Nein, im Moment wäre wohl ein leichter Sommerregen besser. Sie gab alles, um ihre Mutter davon abzubringen, sich sofort auf den Weg zu ihr zu machen.

»Nein, es geht mir wirklich gut, Mom.«

»Du brauchst nicht zu kommen ...«

»Ich soll mich nur etwas ausruhen und schlafen.«

»Nein, nur Übungswehen ... Zur Beobachtung ... ja, ganz sicher.«

Plötzlich wurde die Verbindung unterbrochen, und das Licht ging aus. Ein Stöhnen und Raunen, dann gefolgt von mehreren Flüchen, erhob sich durch die Aufnahme. Schon vor einer halben Stunde hatte es Spannungsschwankungen gegeben, die Wandlampen hatten geflackert, und einige Neonröhren waren durchgebrannt. New York kannte den Ärger mit seinem uralten Versorgungssystem.

»Verdammt«, schnauzte der Assistent in der Kabine nebenan, der die Kopfplatzwunde versorgte. »Die Nadel steckt direkt über dem Auge! Wäre wohl jemand so freundlich, eine Taschenlampe zu besorgen? Sonst nähe ich dem Kerl noch das Augenlid zu.«

»Keine Panik, er hat doch zwei«, rief irgendein Witzbold in die Dunkelheit.

Pamela wurde unruhig. Sie konnte nichts dagegen tun. Es gehörte zu ihrem Beruf und ihrem Wesen, dass sie sich sofort um die Patienten sorgte. Denn diese Menschen waren äußerst empfindsam. Wer wusste das besser als eine Krankenschwester? Ihr Schmerz und ihre Ängste hatten sie meist schon zermürbt, bevor sie Hilfe suchten. Licht und Wärme, physikalisch und menschlich, waren immens wichtig, um diese Menschen einigermaßen stabil zu halten.

»Ich komme schon«, hörte Pamela Karens Stimme auf dem Flur.

Ein winziges Licht huschte durch die Dunkelheit. Pamela erkannte, dass ihre Kollegin eine Pupillenleuchte als Taschenlampe benutzte. Jemand stolperte über das von Peter verlegte Kabel, das Telefon wurde wie von Geisterhand von Pamelas Bett gezogen und landete mit einem unguten Scheppern auf dem Boden. Karen riss den Vorhang zur Seite, da von der Straßenfront etwas Licht in den Flur der Notaufnahme fiel. Der Medizinstudent, der gerade die Wunde nebenan nähte, beendete seine Arbeit im Schein dieser Funzel, die eher an eine Tranlampe erinnerte.

Plötzlich ging das Licht wieder an. Die Erleichterung aller wurde beinahe greifbar. Es mochten höchstens fünf Minuten gewesen sein, aber die Arbeit hier war etwas anderes als ein Schreibtischjob. Eine Akte konnte man liegen lassen, aber im OP oder in der Notaufnahme entschieden oft nur Sekunden über Leben und Tod eines Menschen. Pamela durchfuhr ein Schreck. Sie dachte an Abigail, das Mädchen mit den Bauchschmerzen. Wenn es wirklich der Blinddarm war, konnte die Kleine gerade auf dem Operationstisch liegen!

»Karen! Karen, bist du da?« Pams Stimme überschlug sich leicht. Sie erhielt keine Antwort und leitete wieder das Manöver ein, durch das sie sich schwerfällig von der Liege wuchtete. Kurz darauf stand sie im Gang, der alle Zellen und die Funktionsräume miteinander verband. Sie stieß mit einer Lehrschwester zusammen, die sie nicht kannte.

»Ich muss mit Milla sprechen. Sofort!«

»Bitte ...« Die junge Frau war selbst verunsichert, spulte aber das Mantra aller Pflegekräfte ab. »Es wird alles gut. Beruhigen Sie sich. Wir kümmern uns gleich um Sie. Bitte, legen Sie sich wieder in Ihr Bett.«

Plötzlich drang eine kräftige Stimme durch die Räume und Gänge der Ambulanz. Radebrechendes Englisch mit diesem harten slawischen Akzent. Ludmilla Dragović. Der Drache.

»Es ist alles gut! Nur eine kleine Strompause. Wird nicht Problem sein. Alle Schwestern und Ärzte da, um sich für euch zu kümmern. Ihr Lieben braucht nicht haben Angst, wir uns machen an Lösung. Keiner allein. Wollen singen kleine Lied. Aber nicht zu laut.«

Was jetzt folgte, war der schrecklichste und zugleich schönste *Yankee Doodle,* den Pamela je gehört hatte. Aber er wirkte. Ludmillas Stimme gab Text und Melodie vor, und immer mehr Patienten stimmten leise ein. Nebenan hatte der Student im vierten Jahr seine Arbeit an dem versehrten Alkie endlich beendet.

»Warum hatten wir keinen Strom?«, hörte Pamela, wie er ihre Kollegin anfuhr, als ob sie die Schuld am ganzen Schlamassel träfe.

Der Haustechniker kam mit Taschenlampen, die er aus einem Rucksack an die Schwestern und Pfleger verteilte.

»Ich bin nicht schuld!«, rief er beinahe verzweifelt. »Ich habe sofort nach den Hauptsicherungen gesehen, aber da war alles in Ordnung.« Er gehörte zu den Menschen, die ihre Aufgabe sehr ernst nahmen. Entsprechend zerknirscht wirkte er angesichts eines Vorfalls, den er gar nicht zu verantworten hatte. »Ich bin nicht schuld«, stellte er noch einmal klar.

»Nur gut, dass der Spuk gleich wieder vorbei war«, meinte eine Pflegerin und schüttelte ungläubig den Kopf. »Zum Mond fliegen, aber nicht verlässlich für Strom sorgen. So was hab ich gern.«

»Ist ja nichts passiert«, versuchte Karen, die leidige Diskussion, die ohnehin zu nichts führen würde, zu beenden.

»Von wegen!«, krakeelte ein missgelaunter Gefäßpatient aus Zelle acht. Die Adern des Mannes waren derart verkalkt, dass man seine Hauptschlagader aus einem Meter Entfernung rauschen hörte. »Ich habe den Tee über meine Zigaretten gekippt. Selbst wenn ich die trockne, schmecken sie nach Pfefferminze. Ich werd euch den Schaden von der Rechnung abziehen!«

»Ein Irrenhaus«, flüsterte Karen.

»Nein, ein Zirkus«, meinte der Arzt. »Fehlen nur noch das Zelt und die roten Nasen.« Es schien, als ob er seine Bemerkung keinesfalls als Witz gemeint hatte.

Welcome to my life, dachte Pamela, schwieg jedoch, um nicht noch Öl ins Feuer zu gießen.

»Hoffentlich ist im OP nichts passiert«, sagte der Assistenzarzt, nachdem er einen weiteren Patienten kurz untersucht hatte. »Standen die auch fünf Minuten im Dunkeln? Wir haben doch vorhin erst den Verkehrsunfall mit Verdacht auf Milzruptur reinbekommen und nach oben geschickt. Und die Beatmungen! Wenn keine Maschine läuft?«

»Könnten Sie sich erkundigen?« Pamela dachte wieder an Abigail. Nicht auszudenken, wenn es wirklich der Blinddarm bei ihr war. Pamela war zwar keine OP-Schwester, aber sie wusste natürlich, dass ein einziger Fehlschnitt mit dem Skalpell zu einer Katastrophe führen konnte. Gerade bei Kindern. »Fragen Sie unbedingt nach dem Mädchen mit der Appendizitis. Greg hat sie vorhin untersucht und gleich mitgenommen. Bitte.«

»Pam, du solltest dich wieder hinlegen«, meinte Karen, die herbeigeeilt war. »Ich habe Angst, dass dich in dem Chaos jemand anrempelt. Du könntest stürzen. Denk an dein Baby! Wir kümmern uns um alles.«

»Der Chirurg stand vielleicht im Dunkeln vor einem offenen Kinderbauch! Ihr müsst etwas unternehmen.« Pamela hatte jetzt Farbblitze vor den Augen und gab jede Gegenwehr auf, als Karen sie zum Bett zurückführte.

»Machen sich nicht Kopf kaputt über Probleme, was andere haben«, radebrechte die Stimme des Drachen. »Das alles ist nur Hirngespenst.«

Zerbrechen, dachte Pamela genervt. Es heißt *den Kopf zerbrechen.* Und *Gespinst,* nicht Gespenst. Karen drückte sie auf der Liege sanft in die Horizontale. Sie war müde. Sie legte die Hand an den Bauch und spürte ein feines Klopfen, das sich eher wie ein unbeholfenes Streicheln anfühlte. Als tastete eine Hand von innen an einer Zeltplane. Pamela wünschte so sehr, sich in diesem Moment einfach fallen lassen zu können. Je älter sie wurde, desto mehr schien sie sich in Zwängen und Notwendigkeiten zu verstricken. Das Leben wurde immer öfter zu einem Labyrinth, durch das man irrlichterte, während ungezählte Arme nach einem griffen. Aber Streicheln half ein wenig dabei, sich nicht ganz darin zu verlieren.

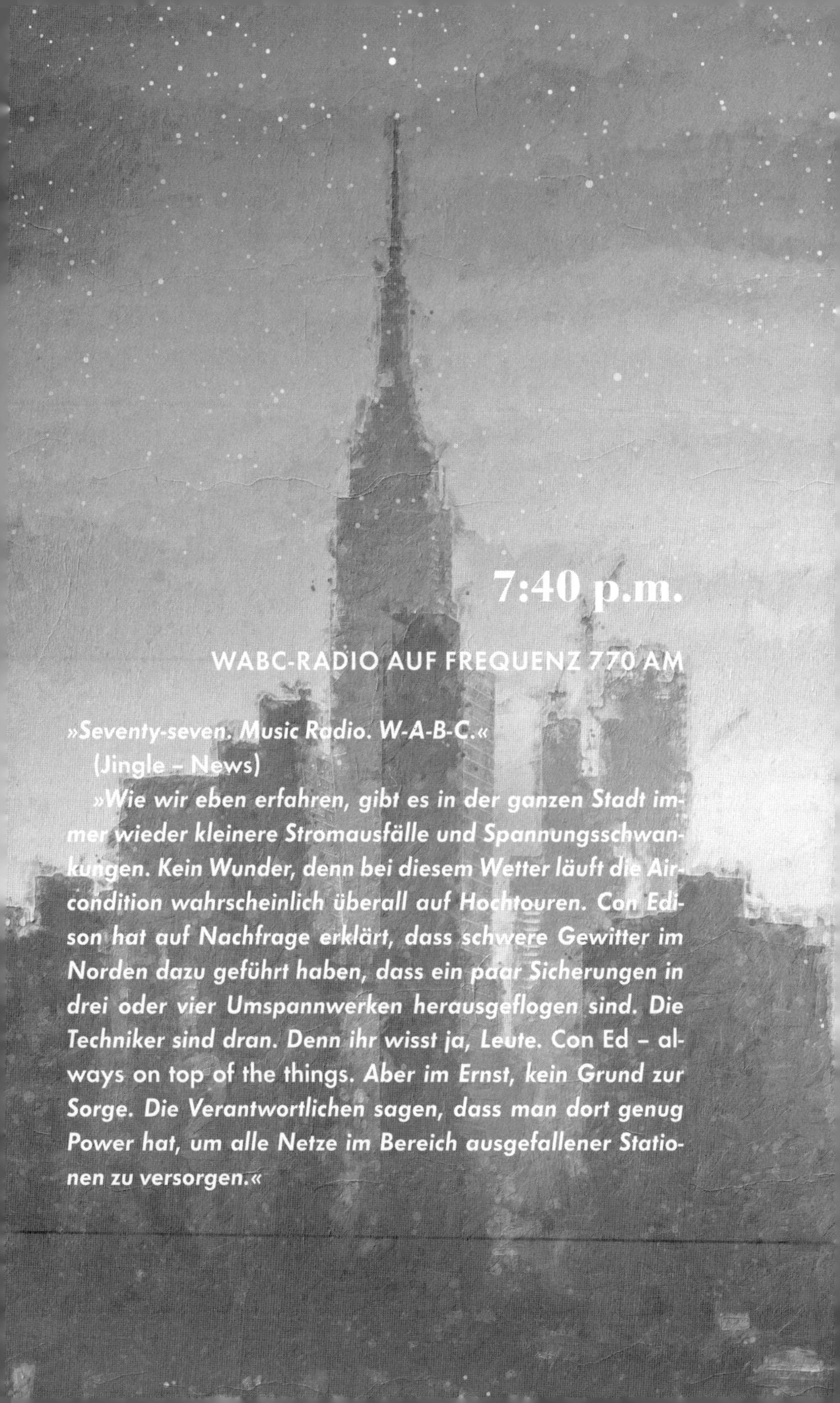

7:40 p.m.

WABC-RADIO AUF FREQUENZ 770 AM

»Seventy-seven. Music Radio. W-A-B-C.«

(Jingle – News)

»Wie wir eben erfahren, gibt es in der ganzen Stadt immer wieder kleinere Stromausfälle und Spannungsschwankungen. Kein Wunder, denn bei diesem Wetter läuft die Aircondition wahrscheinlich überall auf Hochtouren. Con Edison hat auf Nachfrage erklärt, dass schwere Gewitter im Norden dazu geführt haben, dass ein paar Sicherungen in drei oder vier Umspannwerken herausgeflogen sind. Die Techniker sind dran. Denn ihr wisst ja, Leute. Con Ed – always on top of the things. *Aber im Ernst, kein Grund zur Sorge. Die Verantwortlichen sagen, dass man dort genug Power hat, um alle Netze im Bereich ausgefallener Stationen zu versorgen.«*

4

David las den Brief zum zehnten Mal. Er wollte sichergehen, dass alles so formuliert war, wie er es sich vorgenommen hatte. Hände taten nicht immer das, was der Verstand wollte. Oft funkte Wut dazwischen, manchmal auch Traurigkeit. In der Schule hatte er andere Jungs verprügelt, ohne in diesen Momenten überhaupt bei der Sache zu sein. Sein Kopf hatte ihm sagen wollen, er sollte es bleiben lassen. Aber seine Fäuste hatten unbarmherzig zugeschlagen. Wieder und wieder. So war es auch mit den Vögeln gewesen. Sie flogen nicht mehr, wenn er ihnen die Federn ausgerissen hatte. Seltsam, dabei hatte er sie doch wieder freigelassen. Sein Körper konnte hassen. Und sein Verstand sah unbeteiligt zu. Seine Gedanken rangen dann mit seinen Gefühlen. Eine Art Wrestling, das sie austrugen. Ein Schaukampf, bei dem der Sieger – wie immer – bereits feststand. Es war für den einen David nicht leicht gewesen, den anderen zu ertragen. Fische schwammen nicht mehr, wenn man ihnen in die Schwimmblase gestochen hatte. Ratten wurden von Artgenossen gefressen, wenn man sie in der Nähe eines fremden Nestes festband. Und Kids schlugen sich die Gesichter blutig, wenn er dem Sieger fünf Bucks versprach. Manchmal weinte er, weil die Welt so brutal war.

Dieses ständige Flirren in seinem Kopf war der Grund,

weshalb er alles Geschriebene zehnmal las. Er durfte keine Fehler machen. Wenn er beim neunten Mal etwas fand, das ihm missfiel, dann begann alles von vorn. Fehler waren Versagen. Versagen war Scheitern. Es wurde bestraft. Sein Adoptivvater war viel zu weich gewesen. Er hatte David nie geschlagen. Aber Väter waren nicht da, um zu umarmen. Ihre Aufgabe war es zuzuschlagen. Ein Gesetz aus Urzeiten, davon war er fest überzeugt. Das einzige Gesetz, das die Menschheit wirklich weitergebracht hatte. Das einzige Lob des Vaters bestand darin, den Sohn nicht zu strafen. Nicht bestraft zu werden, war Liebe genug. In seinem Inneren arbeitete David an seinen Bildern. Er spürte, dass in seiner Seele etwas fehlte. Er musste einen Vater und eine Mutter in sich abbilden, aber wie erschuf man etwas, das man nie erfahren hatte? Für das es keine Vorlage gab? Er war ein blinder Maler ohne Farben, ein tauber Komponist ohne Noten, ein gelähmter Bildhauer ohne Werkstoff. So war im Laufe der Jahre eine rohe Philosophie entstanden, verwachsen und vergiftet. Aber immerhin war es eine. Manche mussten mit weniger zurechtkommen. Wie sehr hatte er sich einen echten Vater gewünscht! Prügel mit dem Riemen. Eine schwielige, abgearbeitete Pranke, die ihn spüren ließ, dass er da war. Ein Fausthieb, ein Tritt. Alles wäre ihm recht gewesen, wenn es nur von *seinem* Vater gekommen wäre.

Der Brief, ermahnte er sich. Diese Gedanken mussten aufhören. Es war das dritte Schreiben, das er an die Polizei richtete. David zog eine Mappe aus dem Regal. Früher hatte er jede Kleinigkeit notiert. Seine Gedanken, wenn er Frauen in der Umkleide des Schwimmbads beobachtet hatte. Die seltsame Taubheit, die er empfunden hatte, als ihm eine Nutte das erste Mal einen geblasen hatte. Die Feuer, die er gelegt hatte. Die Tiere. Die Kids. Der Heiligabend vor zwei Jahren hatte dann alles verändert. Das Mädchen. Er kannte ihren Namen bis heute nicht. Dabei hatte er sie höflich danach gefragt, bevor er auf sie eingestochen hatte. Schließlich hatte er keine Unbekannte töten wollen. Er war verwirrt gewesen. Auch beim zweiten Mal. Die Frauen wehrten sich, sie kreischten, schlugen um sich.

Ich dachte, es wäre wie der Verkehr, den man mit ihnen hat. Man dringt ein und erledigt es. Ein Messer, vermutete ich, ist doch ganz ähnlich. Nur der Einstich und Schluss. Wie unerfahren war ich? Diese jungen Frauen wollten mehr. Ist aber zu gefährlich. Bei der zweiten habe ich mindestens zehnmal zugestochen. Und sie? Schreit und kratzt. Aber ich lerne schnell. Ich will ihnen auch nicht wirklich wehtun. Das Messer scheint fürchterlich zu schmerzen. Musste unbedingt besser werden. Der Revolver, den ich drüben in Philly besorgt hatte, ist perfekt. Ein Bulldog. Für Sky Marshals entwickelt. Auf fünf Meter das perfekte Werkzeug. Dadurch halte ich auch Abstand zu ihnen. Nicht, dass sie mir gefährlich werden könnten. Aber sie sind unheimlich.

David überflog seine Zeilen ein weiteres Mal. Sehr intim. Gut. Es wurde Zeit, dass die Öffentlichkeit ihn verstand. Die Presse hatte vor Monaten begonnen, ihn als Monster hinzustellen. Zugegeben, er hatte dies durch seinen ersten Brief an Captain Borrelli von der Detective Squad in Queens unglücklicherweise provoziert. Er zog ihn aus seinen Unterlagen hervor und las ihn zum sicherlich hundertsten Mal.

Sehr geehrter Captain Joseph Borrelli,
es hat mich schwer getroffen, dass Sie mich einen Frauenhasser nennen. Bin ich nicht. Aber ich bin ein Monster. Ich bin der Son of Sam. Ich bin ein kleiner ungezogener Bengel. Wenn Vater Sam betrunken wird, wird er gemein. Er schlägt seine Familie. Manchmal kettet er mich an der Rückseite des Hauses fest. Sonst sperrt er mich in die Garage ein. Sam dürstet es nach Blut. Zieh los und töte, befiehlt Vater Sam.

Er musste ein paar Dinge richtigstellen. Im April hatte er noch befürchtet, sie könnten ihm auf die Schliche kommen. Deshalb hatte er ein paar falsche Spuren gelegt. Sich als Irren, als Monster bezeichnet. Und Sam die Schuld in die Schuhe geschoben. Eigentlich wäre Son of Harvey passender gewesen. Schließlich war Harvey der Meister. Allerdings war er in seiner jetzigen Gestalt ein Hund. Zur Tarnung. Und Sam Carr war sein Besitzer. David konnte ja nicht der Sohn eines Hundes sein. Man hätte ihn schlicht für verrückt erklärt. Er konnte auch nicht erwarten, dass diese einfältigen Idioten von der Polizei es verstanden. Also hatte er damals die Bezeichnung Son of Sam gewählt. Auch hatte er gedacht, dass die Polizei die Logik hinter dem Ganzen sonst zu schnell durchschauen könnte. Aber es zeigte sich jetzt, dass den Cops einfach der Grips fehlte, eins und eins zusammenzuzählen. Sie begriffen die einfachsten Dinge nicht.

Es war keine Zeit mehr, den Brief noch zu Ende zu bringen. David musste sich vorbereiten.

5

»Pam!«, rief eine bekannte Stimme hinter dem Vorhang. Gleich darauf stand Theodora Hartfield neben der Liege und beugte sich zu Pamela vor. »Hab schon gehört. Die Gyn lässt dich hier versauern.« Sie nahm Pamelas Hand. »Alles okay, Schätzchen?«

Pamela nickte und schilderte kurz die Ereignisse. Sie hatte sich in ihr Schicksal ergeben und wartete geduldig, bis sie an der Reihe war. Schließlich wusste sie nur zu gut, wie nervtötend es war, wenn die Patienten drängelten und nörgelten.

»Warum tust du dir das bloß an?«, fragte Theodora. »Der Weg hierher. Bei dieser Hitze! Meine Füße kochen jetzt schon. Dabei hat mein Dienst noch nicht mal angefangen. Und du? In deinem Zustand!«

Zustand. Umstand. Aufstand. Füße. Falsches Thema. Pamela wandte den Kopf nach links, aber ihre Freundin Teddie hüpfte am Bett einfach auf die andere Seite und stupste sie an. Quirlig und hyperaktiv wie immer. Wehmütig dachte Pamela daran, dass sie noch vor einem halben Jahr ebenso beweglich – und schlank – gewesen war. Ihre Freude darüber, dass Teddie als Erstes bei ihr vorbeigeschaut hatte, trübte sich merklich ein. Die dämlichen Hormone. Aber ihr konnte man nicht lange böse sein. Beide Frauen hatten Mitte der Sechziger gemeinsam die Ausbildung zur Krankenschwester durchgestanden. Sie waren unzertrennlich gewesen. *Team PT* nannte man sie noch heute. Pam war immer schon die praktisch Veranlagte gewesen, während Teddie mehr Gefallen an der Theorie fand. Gemeinsam füllten sie die jeweiligen Lücken, gaben sich Rückendeckung, waren einfach unschlagbar. Einer derartigen Freundschaft konnte selbst eine Schwangerschaft nichts anhaben.

»Die Gyn ist einfach gut«, entgegnete Pamela. »Außerdem kennen die Ärzte mich. Und sie haben diese neuen Geräte, die in den Bauch leuchten.«

»Ultraschall. Wann merkst du dir das Wort endlich?« Teddie verdrehte die Augen. »Und da leuchtet nichts. Aber ich kann dich verstehen. Schon toll, wenn man weiß, dass alles dran ist.« Sie zwinkerte ihrer Freundin zu und tippte gegen ihren Bauch. Ein Privileg, das nur wenige hatten.

»Ich könnte nach der Untersuchung noch runterkommen«, schlug Pamela vor. Sie wusste selbst nicht recht, ob sie es ernst meinte oder ob sie Teddie aufziehen wollte. Vielleicht war sie einfach frustriert, weil der geplante Fernsehabend definitiv ins Wasser fiel. »Ist ja einiges los hier. Vorhin gab es einen längeren Stromausfall. Ihr könntet etwas Hilfe gebrauchen.«

»Damit der Drache wieder eine Aufgabe für dich findet? Vergiss es, du musst jetzt wirklich mal an dich denken.«

Pamela drehte sich mühsam zur anderen Seite, da plötzlich der Rücken schmerzte. Sie lächelte, als sie sah, dass Teddie gehorsam folgte und das Bett erneut umrundete. Dann fächelte die Freundin ihr auch noch etwas Luft mit der dünnen Decke zu. Fürsorglichkeit konnte etwas Wunderbares sein. Oder aber total nerven. Ihre Mutter Cynthia und Teddie fanden immer das richtige Maß. Es war wie mit dem Honig. Ein Löffel auf Toast war köstlich. Zu viel davon, und es wurde zu süß und zu klebrig.

»Der Drache hat Spätdienst«, stellte sie fest und sah ihre Freundin mitleidig an. Ludmilla Dragović hatte als Stationsleitung ihrem Namen von Anfang an alle Ehre gemacht. Und damit viele Anträge auf Versetzung oder Kündigungen bei den Angestellten provoziert. »Egal. Erst die Untersuchung, und danach komme ich auf einen Kaffee vorbei.« Bereits die Erwähnung des Getränks ließ jedoch erfahrungsgemäß die Säure bei ihr schießen. »Pfefferminztee«, korrigierte sie sich schnell.

»Wie läuft es mit Jeffrey?«, fragte Theodora nach einer Weile. »Renkt es sich wieder ein?«

»Er ist und bleibt ein Kindskopf. Vielleicht hatte mein Vater doch recht, als er mich vor ihm gewarnt hat«, knurrte Pamela und vermied den Blick in Richtung Spiegelwand.

»Komm, das meinst du doch nicht ernst, Pam. Ihr beide schafft das.«

»Er will unbedingt weiter Musik machen. Und damit Geld verdienen. Einen Job im Büro kann er sich nicht vorstellen. Sagt er. Tolle Wahl, die ich da habe. Entweder bekomme ich einen glücklichen Lover, der keinen Dollar nach Hause bringt. Oder einen unzufriedenen Kerl, der wahrscheinlich aus Frust nach sechs Monaten anfängt, zu saufen und um sich zu schlagen.«

»Sorry, ich wollte dich nicht nerven, Pam. Ich werde jetzt mit der Gyn telefonieren und androhen, meine Kontakte zu Präsident Carter zu nutzen, wenn sie dich nicht sofort drannehmen. «

Theodora verschwand und überließ Pamela ihren Gedanken. Klar, jeder fragte im Moment nach dem Vater des Kindes.

Noch vor zwei Monaten hatte es ausgesehen, als könnten sie das glücklichste Paar im Staat New York werden. Und jedem, der die Nase rümpfte über das schwarz-weiße Bild, das sie abgaben, hatten sie den Mittelfinger gezeigt.

Gerade als sich die Talsperren zu den Stauseen hinter ihren Augen wieder öffnen und die Umgebung fluten wollten, kam Teddie zurück. Pamela schmeckte das Salz auf der Zunge, als sie ihre Tränen hinunterschluckte.

»Es kann losgehen.« Sie grinste. »Mein Charme und meine Kontakte haben das Unmögliche möglich gemacht. Wir rollen jetzt diesen Berg ...« Sie deutete auf Pamelas Bauch. »... zum Propheten.«

Pamela knurrte nur halblaut, verkniff sich jedoch eine Bemerkung. Teddie schob die Liege zum Fahrstuhl.

»Ich soll dir übrigens von den Ärzten ausrichten, dass es dem Mädchen von vorhin gut geht«, sagte sie, als sich die Tür schloss. »Abigail heißt sie, nicht wahr? Es waren keine Blinddarmbeschwerden, sondern Koliken wegen eines Darminfekts. Sie musste nicht operiert werden.«

»Schöne Nachricht, ich hatte Sorge wegen der Schwankungen im Stromnetz.« Pamela wirkte erleichtert.

Als sie gemeinsam in den dritten Stock fuhren, blickte sie in den Spiegel, der an einer Seite angebracht war. Welcher Idiot machte so etwas? Aus welchem Grund montierte man Spiegel im Aufzug eines Krankenhauses? Damit die armen Kreaturen, die hier auf Hilfe hofften, ihr Elend auch sahen? Damit sie erkannten, wie schlecht es um sie stand? Damit sie die Erinnerung an Schmerzen, Übelkeit und Ängste mit einem Gesicht – ihrem Gesicht – verbanden? Pamela konnte ebenfalls nicht widerstehen, sich zu betrachten. Schulnote fünf minus, dachte sie nur. Mit den verweinten Augen, die tief in ihren Höhlen lagen, und der zerzausten Frisur sah sie furchtbar aus. Sie konnte die Tränen nicht zurückhalten, als sie sanft über den halben Medizinball strich, der sich unter der Decke abzeichnete. Täuschte sie sich, oder war das Ding schon wieder größer geworden? Sie musste plötzlich lachen, als Simmons junior in ihrem Bauch boxte. Der Oberarzt war nach der letzten Untersuchung sicher gewesen, dass es ein Mädchen wurde. Pamela ebenfalls. Angeblich spürten Mütter so etwas. Die Chance, dass sie recht behielten, lag immerhin bei fifty-fifty. Aber dieser neue Ultraschall hatte es angeblich bewiesen, auch wenn Pamela nur schwarzgraue Schatten und helle Flecken gesehen hatte, die angeblich das Kind zeigten. Immerhin war es schwarz-weiß, hatte sie gewitzelt. Was zweifelsfrei bewies, dass Jeffrey der Vater war. Jetzt schien es ihr, als wollte die Kleine sie mit einem Knuff aufmuntern.

»Hey, wird schon alles klappen«, flüsterte Pamela. Sie wusste in diesem Moment nicht, wer da eigentlich sprach. Sie oder ihr Mädchen. Aber sie hoffte inständig, dass das, was sie sagte, auch stimmte.

*

Ihre Tränen hatten bereits das Kopfkissen durchnässt. Pamela lag seit einer Stunde in dem Krankenzimmer und wehrte sich gegen die immer wieder anbrandende Verzweiflung. Unten in der Ambulanz hatte sie ihren Zustand noch als Folge von Stress und Ärger sehen wollen. Aber nun hatte sie Angst, die sie in Wogen überfiel. Es war eine Angst, die nicht richtig zu verorten war. Eine Angst irgendwo zwischen innen und außen. Sie sorgte sich nicht um sich. Oder doch? Der Frauenarzt hatte gerade erst diverse Untersuchungen an ihr durchgeführt. Den Ultraschall hatten sie sogar zweimal gemacht. Endlich war das Ergebnis eindeutig. Keine akute Gefahr, aber dennoch. Dieses Aber machte sie fast verrückt. Seitenwechsel nannten Pflegekräfte es, wenn eine der ihren plötzlich selbst Patientin war. Und jetzt verstand sie erstmals wirklich, was es bedeutete.

»Wir behalten Sie nur zur Vorsicht da, Pamela«, sagte der Stationsarzt zum wiederholten Mal. Er war noch einmal ins Zimmer gekommen. »Kleine Kontraktionen und eine etwas ungewöhnliche Lage. Mehr nicht.«

Verdammt. Ja, da war mehrmals ein winziges Ziehen im Bauch gewesen. Einmal auch stärker, als sie sich mit Jeffrey gestritten hatte. Eine einzige Schmierblutung vor drei Wochen. Manchmal Blutdruckprobleme. Pamela wusste, dass ihr ungeborenes Mädchen keinen Stress mochte. Und keinen Kaffee. Keine Treppen. Kein Schlafen auf dem Rücken. Kein Bücken. Keinen Lärm. Keine Hitze. Sonst war alles so wie immer. Sehr witzig. Milliarden Frauen hatten Kinder geboren. Da konnte es bei Pamela Simmons natürlich nicht einfach glattlaufen! Verdammt.

»Sie sollten sich nicht aufregen«, fuhr der Mann an ihrem Bett fort, als hätte er in diesem Moment ihre Gedanken gelesen.

Der beste Spruch, den Ärzte draufhatten. Was sollte sie denn tun gegen diese Angst? Sie war wütend. Auf sich, auf die Welt, auf alles. Nur nicht aufregen? Sie merkte, dass sie kurz davor war, in diesem Bett auszurasten. Plötzlich öffnete sich die Tür zum Krankenzimmer, und Teddie stürmte herein. Team PT, darauf war Verlass. Augenblicklich wurde es besser, obwohl die Freundin nur ihre Hand nahm und sie streichelte. Das Lächeln tat auch gut. Minutenlange Stille. Beide Frauen schwiegen den Arzt weg, der erst nach zwei weiteren Minuten bemerkte, dass er hier vollkommen überflüssig geworden war.

»Möchtest du, dass ich jemanden anrufe, Kleines?«, fragte Theodora.

»Gib bitte meiner Mutter Bescheid«, erwiderte Pamela. »Sonst macht sie sich Sorgen. Sag ihr, dass ich morgen früh wieder entlassen werde.«

Teddie nickte. Sie kannte Pamelas Eltern. Cynthia Simmons war in ihrer Kindheit eine Art Ersatzmutter für sie gewesen, da ihre eigene Mom sich und drei Kinder mit zwei Jobs durchbringen musste. Ihren Dad hatte sie zum Teufel gejagt, aber dann einen hohen Preis für diese Entscheidung gezahlt. Cynthia verdankte Teddie es, dass sie war, wie sie war. Die Bronx hätte sie vor fünfzehn Jahren ohne Weiteres auch verschlingen können. Dann liefe jetzt eine abgetakelte, grell bemalte Hure mehr durch die Straßen, vollgepumpt mit Drogen und zerfressen von Geschlechtskrankheiten. Die Lebenserwartung der New Yorker Prostituierten lag bei unter dreißig Jahren.

»Klar«, sagte sie. »Ich rufe sie an und fahre nach meiner Schicht hin. Sie wird sich beruhigen, wenn wir in den alten Fotoalben blättern.«

»Irrtum, meine Liebe.« Pamela lachte. »Du wirst die zwanzig Kataloge mit Babysachen und Kindermöbeln mit ihr durchgehen müssen. Und sie wird dich zwanzigmal fragen, ob wirklich alles in Ordnung ist. Wehe dir, wenn sie Zweifel an deinen Beteuerungen kriegt.«

Das Licht flackerte, und aus Richtung der Klimaanlage kamen seltsame Geräusche. Plötzlich knirschte es, und das Ding gab seinen Geist auf. Pamela und die zwei anderen Frauen im Zimmer stöhnten beinahe gleichzeitig auf. Niemand schien begeistert von der Aussicht, dass die schwüle Hitze der Stadt bald hierher vordringen könnte.

»Schon ein paarmal heute Nachmittag«, sagte Teddie. Niemand wunderte sich wirklich über die Eskapaden der New Yorker Stromversorgung. Immer wieder kappten Bagger bei Bauarbeiten Kabel, die keiner dort vermutet hatte. Oft gingen dann in mehreren Blocks gleichzeitig die Lichter aus. Die Mitarbeiter der Kraftwerke und die Techniker der Stadt leiteten beständig um, zapften an, besserten aus. Dabei entdeckten sie sogar Schaltwerke, die auf keiner Karte eingezeichnet gewesen waren. Die folglich seit fünfzig Jahren auch niemand gewartet hatte. Neulich erst war eine solche Anlage im Keller der NY Public Library entdeckt worden. Unten zehntausend Volt, die über längst verrostete Sicherungen liefen. Oben zehntausend alte Folianten, die sicherlich nicht feuerfest waren. Die Stromversorgung war wie der Verkehr in der Stadt. Ein Chaos.

6

»Ist mit den beiden wirklich alles in Ordnung?«, fragte Ellington besorgt.

Theodora hatte vor wenigen Minuten bei ihm im Laden angerufen, weil sie privat niemanden erreicht hatte. Ellington hatte ihr erklärt, dass seine Frau unterwegs war, um eine zweite Schicht bei der Reinigungsfirma zu übernehmen. Jetzt stellte er dieselbe Frage bereits zum dritten Mal.

»Soll ich versuchen, Cynthia zu erreichen?«, hakte er nach. Mit solchen Nachrichten konnte er nur schlecht umgehen. Er schien dann seinen inneren Halt, um den es ohnehin seit jeher schlecht bestellt war, gänzlich zu verlieren. Er brauchte immer jemanden zum Reden, um sich seiner Gefühle klar zu werden. Und normalerweise war dieser Jemand natürlich seine Frau.

»Nein. Der Großen und der Kleinen geht es gut, El«, wiederholte Theodora ebenfalls zum dritten Mal. »Pam bleibt eine Nacht zur Beobachtung im Bellevue. Und wenn Cynthia morgen von der Schicht zurückkommt, ist alles so wie vorher. Warum willst du, dass sie jetzt davon erfährt? Du kennst sie doch. Sie hat dann keine ruhige Minute mehr.«

»Ich weiß nicht.« Ellington zupfte am Preisschild einer Zimmerantenne, die er eben ins Schaufenster hatte stellen wollen. Wenn es Zeit wurde, den Laden zu schließen, überfiel ihn stets eine Unruhe. Die Sorge, er könnte einen Kunden verpassen, der nur eine Minute zu spät kam. »Wenn du meinst, Theodora. Ich gehe gleich nach oben und sehe fern. Sag deinen Kolleginnen auf der Frauenstation, dass sie mich sofort unter der privaten Nummer anrufen sollen, wenn etwas ist. Versprichst du mir das, Liebes?« Plötzlich öffnete sich die Ladentür. »Du, ich muss Schluss machen. Da kommt noch ein Kunde.«

»Verleihen Sie Fernseher?«, rief der Mann, ohne zu grüßen oder darauf zu achten, dass der Besitzer gerade am Telefon sprach. Er war am Eingang stehen geblieben und blickte in die Auslage. Seine rechte Hand hatte er in der Jacke vergraben. Er schwitzte.

Ellington blieb unschlüssig am Tresen stehen, auf dem auch das Telefon stand. In einer Schublade lag der Revolver. Ein Colt, nichts Besonderes. Ein Bekannter hatte ihm das Ding aufgedrängt, nachdem er von Ellingtons Plänen erfahren hatte, einen Laden in Bedford-Stuyvesant zu eröffnen. Cynthia hatte jedoch darauf bestanden, dass er die Patronen entfernte. Damit er sich nicht aus Versehen in den Fuß schoss, hatte sie gemeint. Aber was nutzte ein Revolver, wenn er quasi nur Attrappe war?

»Mann, viel zu heiß, um was zu unternehmen«, sagte der Mann und zog eine Packung Wrigley's aus der Tasche. »Ich wollte mir heute ansehen, wie die Chicago Cubs die Mets auffressen. Mann, Bobby Mercer könnte unsere Jungs allein fertigmachen. Jetzt ist die Dreckskiste aber plötzlich verreckt.«

»Welchen Fernseher haben Sie?«, fragte Ellington und entspannte sich ein wenig. Die Berichte von Überfällen betrafen meist die kleinen Drugstores. Da konnten die Kerle ein bisschen Geld und jede Menge Alkohol sowie Zigaretten abgreifen. Mit vier Radios und zwei Fernsehern unter dem Arm würde niemand weit kommen. Selbst in Bed-Stu oder Bushwick nicht. Also, Ruhe bewahren.

»Solid State«, antwortete der Kunde. »Farbe.«

»Die Geräte sind empfindlich bei Spannungsschwankungen. Da ist vielleicht eine Sicherung durch. Könnte aber auch die Röhre sein, Mister.«

Ellington hatte die Fernseher in seinem Schaufenster am späten Nachmittag ausgestellt. Normalerweise lockten die flimmernden Farbbilder der Shows und Sportübertragungen immer Interessierte an. Aber es hatte ungewöhnlich viele Netzstörungen gegeben, und er hatte entschieden, die Geräte auszuschalten. Denn das häufige An- und Ausschalten konnte später zu nervigen Garantiefällen führen, wenn die Bildröhre Schaden nahm.

»Was ist nun, Mann? Verleihen Sie die Dinger?«

»Nein.«

»Fuck. Wollte *M*A*S*H.* sehen, danach das Schlachtfest im Shea Stadium. Fuck, Mann. Haben Sie einen Fernseher für zehn Mäuse?«

»Für zehn komme ich mit und sehe mir das Gerät an. Wenn es die Sicherung ist, dann tausche ich sie aus.«

»Und wenn das Ding kaputt ist?«

»Trotzdem zehn Mäuse. Ihr Risiko. Wohnen Sie weit weg?«

»Nur zwei Straßen.«

»In Ordnung. Sie haben Glück. Ich wollte den Laden gerade schließen.«

Mit den zehn werden es heute knapp sechzig Bucks Umsatz sein, dachte Ellington und spürte die Enge im Hals, die sich immer einstellte, wenn er Angst bekam. Es gab Tage, da lief es recht gut. Aber bisher bekam er am Ende des Monats gerade eben so die Miete zusammen. Die Familie Simmons lebte im Moment von Cynthias Gehalt. Da war er es seiner Frau schuldig, dass er jetzt mitging, obwohl seine ehemaligen Kollegen bei RadioShack längst Feierabend hatten. Sie saßen sicherlich zu Hause und spülten mit einem Budweiser den ekelhaften Geschmack hinunter, der sich durch die Lötdämpfe und den Plastikdunst in der Fabrikhalle auf ihre Zungen gelegt hatte.

7

David stieg in den Wagen. Er mochte den goldgelben Ford Galaxie. Vorher hatte er einen Buick besessen, aber darin hatte er sich gefühlt wie Grandpa auf dem Weg zu seinen zehn Enkeln. Der V8 im Ford brummte im Leerlauf sanft, erwachte beim Gasgeben zum Leben, schüttelte sich. *The Tiger Awakens. In You.* David lächelte, als er an den Slogan aus dem Fernsehspot dachte. Werbung war etwas für Idioten, die leere Versprechungen nicht von der Wirklichkeit trennen konnten. Denn nicht der Wagen war das Raubtier.

Die Fahrt von Yonkers nach Süden war kurz. Der Hudson zu seiner Rechten verlor hier schnell seine letzte ländliche Idylle, wurde endgültig zu einer Industriekloake. David nahm solche Veränderungen aufmerksam wahr, sie veränderten auch etwas in ihm. In dem Vorort Yonkers war er nur ein weiterer träger Mittzwanziger mit zurückweichendem Haaransatz, käsig-teigiger Haut und ersten Anzeichen eines Bierbauchs. Als Junge hatte er noch versucht, nicht aufzufallen. Er hatte werden wollen wie alle anderen. Aber er hatte beobachtet, wie die Ameisen, die Hügelbauten rund um die große Stadt bewohnten, liebevoll ihre Wagen wuschen und Rasen mähten. Sie grüßten einander, streichelten die Hunde, ereiferten sich über den Lärm, der vom Spielplatz kam. Dann mussten sie zurück an den Grill oder griffen nach einem Werkzeug, um die lockere Zaunlatte endlich anzunageln oder den Fleck zu übermalen, den ein Vogelschiss an der Hauswand hinterlassen hatte. Das Los dieser Menschen schien auf seltsame Weise vorherbestimmt, entschied sich irgendwo zwischen BBQ und Hypothekenzins. David hatte dagegen rebelliert. Er mied die Schule, stahl und prügelte sich. Er fühlte sich in seinem Inneren beschmutzt durch die Lügen, die ihn umgaben. Er spürte, dass dieses Leben unter seiner keimfreien Oberfläche in Wahrheit verfaulte. Er musste nur aus dem Wagenfenster auf den Hudson blicken. Aus einem herrlichen Fluss war nach nur wenigen Kilometern ein verseuchtes Abwasser geworden. Und die Stadt veränderte auch die Menschen, ihre Seelen. Wer hier lebte, war verloren. Wie das Gift der Fabriken die Natur versaute, so krochen Gier und Neid in die Herzen der Stadtbewohner. David fühlte sich in seinem Ford, als würde er in das Zentrum des Bösen vordringen. Je weiter er nach NY City hineinfuhr, desto größer wurde seine Abneigung. Auf der Gegenfahrbahn quälte sich eine riesige Schlange aus Stahl in den Feierabend. Er blickte in müde, tote Gesichter. In der Ferne vor ihm, aus dem Dunst Manhattans schälte sich die Silhouette des World Trade Center. Die zwei Türme Babylons. Diese Hure schlief nie. David nahm den Highway 9a und bog links auf die Zufahrt zur Interstate 95 ab. Nach wenigen Minuten hatte er die West Bronx erreicht. Er wusste, hier gab es noch Menschen, die er retten konnte. Er musste sie erlösen von dem Schicksal einer ewigen Wiedergeburt. Sie kamen auf die Welt, wurden bereits in jungen Jahren alt, spien drei oder vier Kinder auf den Planeten und verreckten an einem Ende, das keines war. Denn ihre Brut drehte weiter an einem Rad, das niemals zur Ruhe kam. *The city that never sleeps.* Da war sie wieder, die Stimme in Davids Kopf. Kurz nur bäumte sich etwas in ihm auf, wehrte sich dagegen, besetzt zu werden. Er schlug erst gegen das Lenkrad, dann auf das Armaturenbrett. Er keuchte, gab dann auf. Es war zwecklos, sich zu sträuben.

Du bist aufsässig, David, drang es in seinen Verstand. *Ich werde das nicht dulden. Gib dir Mühe, dann werde ich dir vielleicht vergeben. Du musst sie sorgfältig auswählen.*

Er nickte nur. New York City war sein Revier. Er öffnete das Handschuhfach und griff nach dem kühlen Metall des Bulldog-Revolvers. Es beruhigte ihn.

*

Die Bronx war ehrlicher als die Vorstädte. Hier trat das Elend offen zutage, verbarg sich nicht hinter Vorhängen, Sichtschutzzäunen und Zypressenhecken. Die Bronx war grau. Hausfassaden, Fabriken, Parks, Gesichter. Alles hatte einen ölig-aschigen Belag, der sich auf das Leben der Menschen zu legen schien, sobald sie sich länger als ein paar Tage hier aufhielten. David hatte die 95 am Grand Concourse verlassen, war dann bis zur 161st gefahren. Dort kannte er einen Laden, der die Chips machte, in die die Engländer so vernarrt waren. Mama Pauline, die Besitzerin, schwor auf Malzessig bei der Zubereitung und servierte die Frites mit Chili-Lime-Mushy-Peas. Davids Mutter, seine Adoptivmutter, hatte sie so gemacht. Immer ohne Fisch, denn er bekam davon Ausschlag. Er dachte jedes Mal an sie, wenn er hier war und die Kartoffelstreifen in das Erbsenmus tauchte. Ja, Pearl Berkowitz war ein guter Mensch gewesen. Und sie hätte eine gute Mutter sein können. Hätte er eine gehabt.

»Wieder unterwegs, David«, stellte Pauline eher fest, als

dass sie fragte. Die alte Frau sprach seinen Namen nicht amerikanisch aus, sondern mit klarem, gedehntem a. Pearl hatte Verwandte gehabt, die ihm über den Kopf gestreichelt hatten, als er noch ein Junge war. Dabei waren ihnen Tränen in die Augen getreten, und sie hatten *Ach, meejn kleejner Daavid. Daaavid. Daaaavid* geflüstert. Jedes Mal, wenn sie ihn aussprachen, war der Vokal in seinem Namen noch länger geworden. Danach waren sie in ein Kauderwelsch verfallen, von dem er nichts verstanden hatte. Erst nachdem Pearl den Likör das dritte Mal nachgeschenkt hatte, waren die Tränenflüsse versiegt.

»Wie geht es Ihrem Mann, Pauline?«, fragte David.

»Das Bein wird nicht mehr heilen, sagt der Arzt«, antwortete sie.

Ihr Mann war auf einer Baustelle vom Gerüst gefallen, weil ein betrunkener Vorarbeiter die Sicherungsbolzen nicht überprüft und das Ding einfach freigegeben hatte. Die Versicherung zahlte nicht, und die Firma wartete lieber auf eine Klage, als von sich aus Verantwortung zu übernehmen. Der ehemalige Vorarbeiter hatte sich mittlerweile mit seinem Chevy um einen Baum gewickelt. So war der Unfall für Paulines Mann zu einem freien Fall ganz anderer Art geworden. Seither nahm er Tabletten, starrte in die Glotze, und die gesamte Arbeit blieb an ihr hängen.

»Tut mir leid«, meinte David. »Solltest die Preise erhöhen. Ich komme trotzdem.«

Er bestellte eine zweite Portion und sah sich in dem Imbiss um. Das brodelnde Frittierfett schickte blaue Wolken an den Küchenfliesen hinauf. An der Decke darüber hatte sich bereits ein dunkler Fleck gebildet. Wahrscheinlich hatte sich das gesamte Gemäuer in den letzten zwanzig Jahren damit vollgesogen. In den Wohnungen über der Bude musste alles nach dem Zeug schmecken. Vielleicht erkannte man sogar die Bewohner an dem typischen Geruch. Wie eine Visitenkarte. 161st, Ecke Sherman. Die Taxifahrer würden Bescheid wissen, wenn die Leute einstiegen. Aber hier hatte niemand Geld für ein Taxi, da war David sicher. Und ihre Welt war vier Blocks klein. Da brauchte man auch keines.

Er liebte die Bronx. Hier gab es fast nur Leute wie Pauline und ihren Mann. Hier fiel man oder bekam was aufs Maul. Meistens beides. Und wer am Boden lag, hatte keine Deckung mehr. Kein Versteckspiel, keine Maskerade. Am Boden konntest du dich nur zusammenkauern, versuchen, die Weichteile und den Kopf zu schützen. Der letzte Rest Würde verabschiedete sich hier ebenso wie der letzte Zahn. Man spuckte beides einfach aus, sah sie in der roten Soße, die das Leben aus einem herausprügelte, davonschwimmen.

»Spielste 'ne Runde mit?«, fragte ein junger Latino, als David vor die Tür trat und inbrünstig die Kohlensäure seines Miller Lite herausrülpste.

Drei Männer saßen vor dem Imbiss an einem klapprigen Campingtisch und spielten Tonk. David sah auf die Uhr und entschied, dass er die Zeit hatte. Die Sonne stand zwar schon tief, aber die Nacht war noch weit entfernt. Er nickte und musterte die beiden anderen Männer. Ein älterer Schwarzer kaute auf etwas herum, das vor ein paar Tagen vielleicht eine Zigarre gewesen war. Der dritte Kerl war den Gesichtszügen nach ein Spaghetti. Er sah aus wie Sonny Wortzik in *Dog Day Afternoon*. Ein Al-Pacino-Verschnitt der misslungenen Sorte. Und er war offenbar ebenso nervös wie Sonny Wortzik in dem ganzen Film. Seine Knie wippten unruhig auf und ab, sodass der kleine Tisch vibrierte und die Getränke in den Gläsern Kreise warfen.

David nahm die sieben Karten. Er rechnete und warf sie sofort wieder auf den Tisch. Er hatte neunundvierzig Punkte auf der Hand.

»Tonk«, rief er. Automatischer Gewinn. Er griff nach dem Grundeinsatz. Zehn Cent von jedem.

Dreißig, dachte David und grinste beinahe unverschämt. Wenn mir das ein paarmal gelingt, dann waren die Chips umsonst.

Der Latino nahm den Stapel auf. Es dauerte eine halbe Ewigkeit, bis er den Wert von Davids Karten nachgezählt hatte.

»Mann, neunundvierzig«, stellte er fest und wirkte fast erschöpft.

»Klar, sonst wäre es nicht Tonk.«

David fühlte sich wohl. Hier saßen die vier Musketiere der Bronx. Keine Edelmänner, sondern Ausgestoßene. Für die anderen drei war er ein Whitey, der böse weiße Mann, der sein Glück von jeher darauf aufbaute, dass er anderen etwas wegnahm. Eigentlich war ein Tonk gleich auf der ersten Hand ein passender Einstieg. Dabei war David Jude. Aber im Gegensatz zu den drei anderen konnte man ihm nicht auf den ersten Blick ansehen, aus welchem Stall er kam. Schließlich trug er weder Kaftan noch Hut, Kippa oder Löckchen. Insofern waren Juden in Amerika klar im Vorteil. Sie waren Weiße, bis irgendein Arsch auf die Idee kam, nach der Herkunft zu fragen. Aber selbst dann konnte man lügen, wenn es nötig war. Zumindest der Latino und der Schwarze hatten es da deutlich schwerer.

David gewann, verlor, gewann und verlor wieder. Niemand an dem Tisch nahm irgendwem irgendetwas krumm. Kurz schien es, als wären die vier Männer nur Kinder, die ausgelassen auf einem Spielplatz herumtollten. Und es stand keine besorgte, vergiftete Supermom hinter ihnen, die sie davon abhielt. Dann merkte David, dass es ihm zu viel wurde. Sein Hals schnürte sich umso mehr zu, je öfter alle miteinander lachten. In seinen Ohren legte sich ein Grundrauschen über die Sprüche und Witze der anderen. Sein Herz begann zu rasen. Er schwitzte.

Habe ich dir erlaubt, meine Zeit zu vergeuden?

Da war sie wieder.

Glaubst du, es ist leicht für mich?

Nein.

Willst du es dir gemütlich machen in einer Welt, die dich verachtet? Und hast du dich jemals gefragt, weshalb sie dich verachtet? Ich sage es dir. Der Grund ist, dass du verachtenswert bist. Ich bin der Einzige, der dir den Weg weisen kann aus dieser Hölle.

David sprang auf. Dabei stieß er gegen den Tisch, und die Gläser kippten um. Seine drei Mitspieler blickten ihn entgeistert an.

»Alter, was ist los? Ist dir Jesus erschienen?«, fragte der Afroamerikaner. »Oder musst du Stoff nachtanken?«

»Ich hatte gerade 'nen Lauf, Mann«, rief dieser Sonny Wortzik. »Du schuldest mir 'nen Dollar dafür.«

»Ja genau.« Mehr brachte der Latino nicht heraus.

Jeder Spaß, alles Schöne ist die wahre Hölle.

David ließ das Kleingeld liegen, das vom Tisch zu Boden gefallen war. Es reichte aus, um diese drei Stooges von sich abzulenken. Er rannte zu seinem Wagen. Wer ihn sah, musste denken, der Teufel wäre hinter ihm her. Niemand konnte ahnen, dass es wirklich so war. David riss den Strafzettel unter dem Wischer von der Windschutzscheibe. Wieder zu nah am Hydranten geparkt. Verdammt, dachte er. Passierte ihm immer wieder.

Bald ist alles vorbei.

8

Eine merkwürdige Unruhe lag über der Stadt. Es war jene Art von Anspannung, die sich bei einer allzu starken Erschöpfung einstellen konnte. Als würde der Wunsch, sich auszuruhen, durch eine unerklärliche Nervosität zunichtegemacht. Ein ständiges Vibrieren und Zittern erfüllte die Luft. Die Schwüle schien sogar in die Köpfe der Menschen eingedrungen zu sein. Löste darin, was vormals fest gewesen war. Überzeugungen, Vorsätze, Regeln. Machte alles zu dem dumpfen, breiigen Wunsch nach einer kalten Dusche und einem eiskalten Bier. Cynthia Simmons spürte, dass die nach Hause strömende Masse – ein Koloss schwitzender, mürrischer Leiber – in den U-Bahnen und auf den Straßen noch unaufmerksamer, hektischer und rücksichtsloser war als sonst. Bei der Hinfahrt war am Durchlass zum Bahnsteig ein älterer Mann kollabiert. Die Leute hatten nur geflucht und sich beschwert, dass die Schlange noch länger wurde. Schließlich waren einige einfach über den am Boden Liegenden hinweggestiegen. Bei den Predigten hieß es, dass sich das wahre Gesicht der Menschen am Tag des Jüngsten Gerichts zeigen würde. Alles Unfug. Ein Feierabend in New York reichte dafür allemal aus. Alle drängelten, fluchten und stanken. Dabei hatte die Hitzewelle doch gerade erst begonnen, hieß es in den Nachrichten.

Cynthia stieg an der Station East Broadway in Manhattan aus und kämpfte sich gegen den Feierabendstrom nach oben, da die Rolltreppen ausgefallen waren. Ihr erster Einsatzort lag in der Lower Eastside. Sie war schon spät dran. Und als sie endlich das Bürogebäude an der Bowery erreicht hatte, fühlte sie sich bereits vollkommen ausgelaugt. Ihr Leben hatte sich in den letzten Wochen zu einer Achterbahnfahrt der Gefühle entwickelt. Dabei schien noch vor zwei Monaten alles in Ordnung. Cynthia hatte ohnehin gelernt, bescheiden zu sein. Wer nicht viel erwartete, konnte nicht zu sehr enttäuscht werden. Auf die harte Tour hatte ihr das Leben schon früh Lektionen verpasst, an denen andere zerbrachen. Ihr Vater war ein Säufer gewesen. Er hatte Cynthia zwar nie angefasst, aber ihre Mutter mehrmals halb totgeprügelt. Zu sehen, wie ihre Eltern langsam zugrunde gegangen waren, hatte die Jugendliche nachhaltig geprägt. Als Erwachsene suchte sie nun das Harmonische, liebte das Kleine und Leise. Und immer bemühte sie sich darum, dass es ihrer Umgebung gut ging. Zwei Fehlgeburten in jungen Jahren hätten sie beinahe in eine dunkle Verzweiflung getrieben, aber sie hatte sich aufgerappelt, hatte ihre einzige Tochter Pamela liebevoll erzogen. Gut, mit Ellington war es nicht immer einfach gewesen. Er war ein Mann, der der Familie gern Besseres geboten hätte, war deshalb oft unzufrieden und steckte anfangs viel Geld in Pläne, die sich später als Seifenblasen entpuppten. Aber seine Frustration hatte nachgelassen. Die Ecken und Kanten waren vom Leben etwas geglättet worden. Und Cynthia wusste, dass die Wut, die er als junger Mann empfunden hatte, im Grunde nur Sorge gewesen war, die er nicht anders hatte ausdrücken können. Und aus dieser Wut war im Laufe vieler Jahre sogar eine Sanftmut geworden, die sie an ihm immer noch liebte. Als Pamela dann schwanger wurde, schien sich für Cynthia ein Kreis zu schließen. Es war, als käme endlich etwas zur Vollendung. Viele Menschen in ihrer Nähe sprachen von Sinnlosigkeit und Leere. Aber Cynthia hatte nie Größeres und Sinnvolleres in sich verspürt wie in dem Moment, als ihre Tochter mit der Nachricht herausrückte, dass sie Nachwuchs erwartete.

Dann Pamelas Streit mit Jeffrey, dem Vater ihres Kindes. Davor Ellingtons Rauswurf bei RadioShack. Eine lächerliche Abfindung, die Arbeitslosigkeit. Sie lebten im Moment von den Ersparnissen und ihrem Job bei der Reinigungsfirma. Die Stelle bei ABC-Services war zwar sicher, wurde aber schlecht bezahlt. Cynthia hatte sich auf fünfzig Stunden in der Woche setzen lassen und sprang trotzdem noch ein, wenn jemand ausfiel. Wie jetzt. In der Bowery musste ihre Kolonne zwar nur ein Stockwerk reinigen. Aber solche Aufträge hatten es meistens in sich. Denn die Eigentümer der Gebäude in dieser Gegend ließen oft nur das Nötigste machen. Meist dann, wenn der Dreck anfing, den Arbeitsablauf zu beeinträchtigen. Das Fabrikgebäude, vor dem Cynthia wenige Minuten später stand, wirkte bereits von außen schmuddelig. Wer hier stand und auf die rissigen und von Abgasen geschwärzten Fassaden blickte, konnte kaum glauben, dass nur eine Meile südwestlich, hinter Chinatown, eine ganz andere Welt begann. *Where is the money, man?* hieß es. *Downtown Manhattan, man!* Genauer gesagt, konzentrierte sich das Geld im Finanzdistrikt um die Wall Street herum.

Cynthia musste kurz verschnaufen, inhalierte auf die Schnelle eine Everest Menthol Cooled. Auf der Kreuzung vor ihr quälte sich die übliche Blechlawine vorbei und mischte noch ein wenig Benzolduft in den Zigarettenrauch. Auf der Verkehrsinsel richtete sich gerade ein Obdachloser für die

Nacht ein. Solche Plätze waren beliebt, da dort die Wahrscheinlichkeit etwas geringer war, von umherstreifenden Kids ausgeraubt oder getreten zu werden. Gerade als Cynthia den letzten Zug ihrer Kippe nahm, kamen ihre Kolleginnen um die Ecke. Offenbar gingen alle Uhren bei dieser Hitze anders. Auch die anderen Frauen blickten eher skeptisch auf den schmierigen Bau, in dem sich das Büro befand, das sie auf Vordermann bringen sollten.

»Ich hoffe, ihr habt nicht gerade gegessen«, witzelte eine Puerto Ricanerin, deren Gesicht seltsam flach und mit breiten Falten übersät war, die eher den Rillen eines abgefahrenen Reifens ähnelten. »Neulich in Spanish Harlem haben wir einen Wurf Hundewelpen gefunden, die gerade von Ratten angenagt wurden. Da vergeht dir alles.«

»Ich weiß, es ist nicht das Hilton, aber wir müssen da jetzt durch. Dafür geht es nachher ins Empire State«, sagte Betty Randerburgh, die mit ihrem Mann Herbert die Reinigungsfirma leitete.

»Großartig«, murrte eine sehr schlanke Mitarbeiterin, die Cynthia nicht kannte. Sie musste bereits sechzig sein und hatte ausgeprägte indigene Gesichtszüge. »Kaugummis, Kondome und verschimmelte Sandwiches. Kennen wir alles.«

C & F Fabrics importierte Wolle und Kleidung aus Mexiko. Hier schufteten Illegale und die ganz Verzweifelten für acht Dollar am Tag in den beiden unteren Etagen und Werkhallen. Zehn bis zwölf Stunden waren dabei eher die Regel. Cynthia lief ein Schauer über den Rücken. Die Arbeitslosigkeit ließ viele Menschen ins Bodenlose stürzen. Und dann nutzten findige Unternehmer deren Verzweiflung auch noch gnadenlos aus.

»Die Mitarbeiter sind noch nicht alle gegangen«, meinte Betty, als ihre Truppe im dritten Stock ankam.

In dem Großraumbüro arbeiteten die Verkäufer gemeinsam mit den Akquisiteuren und Disponenten. Hinzu kamen die Buchhalter und Logistik-Planer. Cynthia hatte noch nie derart viele Telefone gesehen, deren Hunderte Meter Kabel sich längst unentwirrbar ineinander verdreht hatten. Sie streckte den Rücken durch und sog die abgestandene, leicht saure Luft ein. Sie schätzte, dass sie zusammen mit den Büros im State Building sechs bis sieben Stunden für diese Schicht brauchen würden. Mit Glück konnte sie also um drei zu Hause sein und noch ein paar Stunden schlafen.

Mehrere Kolleginnen schüttelten ihre Köpfe und stöhnten unwillig. In letzter Zeit kam es immer öfter vor, dass das Team seine Arbeit beginnen musste, obwohl noch Angestellte in den Büros saßen und teilweise bis Mitternacht arbeiteten. Die Wirtschaftskrise ging ins vierte Jahr, und die Leute hatten einfach Angst, auf der Straße zu landen. Und in dieser Fabrik waren die möglichen Abstürze aus der dritten Etage in die unteren Hallen quasi vorgezeichnet. Irgendwo dazwischen war das, was man die »Wasserlinie« nannte. Bist du drüber, kriegst du gerade noch Luft. Wenn du viel strampelst und ruderst. Bist du drunter, dann ist es aus. *Titanic.* Nur noch abwärts. Cynthia hatte gelesen, dass in den Staaten jährlich Milliarden unbezahlte Überstunden gemacht wurden, weil niemand es wagte, die Mehrarbeit aufzuschreiben. Sie blickte vom Flur aus in Richtung Großraumbüro. Auf vielen Tischen ratterten trotz vorgerückter Stunde noch die großen, halb automatischen Olivetti-Schreibmaschinen. Daneben gaben die Ungetüme der Telex-Geräte ihren typischen schnarrenden Klang von sich. In drei abgetrennten Abteilen standen jedoch bereits diese neuen Computer. Die Mitarbeiter saßen dort vor riesigen Kästen, die unförmigen Fernsehgeräten glichen und auf denen eine winzige grüne Leuchtschrift flackerte. Vor ihnen lag eine flache Tastatur auf dem Tisch, die offenbar die Schreibmaschine ersetzte. Und manchmal wurde eine Plastikscheibe, die etwa die Größe eines Esstellers hatte, in einen anderen Apparat geschoben, der auf dem Boden stand. Jedes Mal schien es dann, als würde der Mitarbeiter einen Hund füttern, der da neben seinem Stuhl saß.

»Vorsicht mit dem Wasser, Mädels. Nur leicht feucht drüberwischen. Nichts in die Öffnungen der Geräte stecken. Klar?« Die Schichtleiterin unterwies ihre Truppe mit monotoner Stimme. Alle nickten brav. Schäden an den Geräten führten immer zu nervigem Schreibkram. Und die Versicherungen versuchten dann gern, den Mitarbeitern Fehlverhalten zu unterstellen. Eine Kollegin stotterte seit drei Jahren fünfhundert Dollar ab, weil sie die Oberfläche einer Olivetti mit Fensterreiniger eingesprüht hatte. Falsches Mittel, falsche Menge, teurer Fehler.

»Habt ihr in Bushwick auch Probleme mit dem Strom?«, fragte Mary-Ann, die von einer der Antilleninseln stammte. Eben erst hatten die Leuchtstoffröhren auf der Etage erneut geflackert.

Cynthia kannte die junge Kollegin bereits von anderen gemeinsamen Sonderschichten. Sie hatte eine ungewöhnlich dunkle Hautfarbe und zudem noch eine starke Überfunktion der Schilddrüse. Dadurch erschien das Weiß ihrer Augen auf zweifache Weise betont. In schlecht beleuchteten Ecken sah man oft nur zwei Lichtpunkte umherhuschen. Diese Eigenheit hatte ihr den Spitznamen *Firefly* – Glühwürmchen – eingebracht.

»In Bed-Stu gab es auch kurze Unterbrechungen. Mein Mann hat vorsichtshalber zwei Sicherungen herausgedreht.

Und im Radio sagen sie, dass es an den vielen Klimaanlagen liegt. Millionen von den Dingern laufen in der Stadt auf Anschlag«, erwiderte Cynthia. Sie war jedoch mit ihren Gedanken längst woanders. Sie war überzeugt, dass Mütter über die Gabe der Gänse verfügen mussten, mit einer Gehirnhälfte zu schlafen, während die andere arbeitete. Wie sonst war zu erklären, dass sie es fertiggebracht hatte, Pamelas Säuglingszeit zu überstehen, eine Ziehtochter mit zu umsorgen, oft für ihren Mann mitzudenken und anderthalb Jobs plus Haushaltsarbeit zu erledigen?

»Es soll Regen geben.« Firefly ließ nicht locker. »Aber nur in den nördlichen Randgebieten. Ein Gewitter wäre echt super.«

Da einige Büroangestellte weiterhin keine Anstalten machten zu gehen, durfte die Putzkolonne keine laute Musik bei der Arbeit hören. Die Leiterin hatte zwar ein Radiogerät dabei, ließ es jedoch im Vorraum stehen. Während der kurzen Pausen konnten die Frauen auf diese Weise wenigstens einen Song genießen.

»Hier ist Seventy-seven WABC-Radio. Der heißeste Sender in der heißesten Stadt auf diesem Planeten«, plärrte die Stimme von George Michael, dem bekannten Radiomoderator, aus dem Lautsprecher. Der Empfang hier drinnen war miserabel. »Und Leute, zieht euch warm an! Denn es wird noch heißer! Den Rekord hatten wir heute übrigens in Jackson Heights mit kuscheligen 98 Grad Fahrenheit. Verdammt, da brauchen wir Abkühlung.«

Wahrscheinlich sollte der Hit *Summer in the City* nach dieser Ansage als Witz gemeint sein. Aber niemand im Vorraum lachte.

8:40 p.m.

WPIX-RADIO AUF FREQUENZ 102.0 FM

»Stereo 102. W-P-I-X. It make you feel good!«

(Jingle – DJ Dick Summers)

»Heiß, heißer, New York City! Bekommen wir einen neuen Dust Bowl? Wer weiß? Träumen wir uns doch lieber weit weg. Hier ist John Denver mit seinem Windsong. Für alle, die mitfliegen wollen, heißt es: Einsteigen, anschnallen, relaxen. The Wind knows the Songs of the Cities and Canyons. *Here we go.«*

9

Betty Randerburgh hatte versehentlich die Klimaanlage des Kleintransporters laufen lassen. Und nun war natürlich die Batterie des VW-Busses mausetot. Ihr Mann hatte im Frühjahr eine eigentlich unzulässige Überbrückung der Elektrik vorgenommen, damit das Ding auch bei ausgestelltem Motor für Abkühlung sorgen konnte. Nach kurzen Einkäufen oder kleinen Aufträgen sollten Betty und ihre Angestellten von ABC-Services schließlich nicht in einen Backofen steigen.

»Kurz, Betty. Herb sagte *kurz*«, maulte Firefly ihre Chefin an. »Nicht zwei Stunden.«

Die Aussicht, die gesamte Ausrüstung bis nach Midtown schleppen zu müssen, begeisterte niemanden. Obwohl es von der Bowery bis zur 34th höchstens eine Meile war. Für eine Taxifahrt war die Strecke eindeutig nicht lang genug. Und die New Yorker Fahrer konnten dann echt pampig werden und verlangten fünf Dollar extra. Im Voraus. Ohne Quittung.

»Okay, wir rufen einen Wagen für den Kram«, meinte Betty schuldbewusst. »Geht aufs Haus. Aber laufen müsst ihr schon selbst, meine Hübschen.«

Die fünf Frauen hatten sich nicht umgezogen und trugen ihre Arbeitsmontur samt Kitteln. Und natürlich fielen sie damit auf wie eine Zirkustruppe aus P. T. Barnums skurrilen Wunderwelten. Die ABC-Freakshow live aus Manhattan.

Mehrmals pfiffen ihnen feixende Kerle hinterher, mussten sie sich anzügliche Sprüche anhören, wurden sogar von einer Gruppe feiernder Südstaatler gefragt, in welchem Club sie heute noch auftreten würden. Und ob sie bei ihrem Auftritt die Wäsche anbehielten. Die Luftfeuchte schien manchen Leuten die Hohlräume zu füllen, die sie zwischen den Ohren mit sich herumtrugen. Cynthia atmete schwer. Die Abgase legten sich als pelzig-süßlicher Belag auf die Zunge. Schon nach einer Viertelmeile klebten ihr die blaugrauen Arbeitsklamotten aus Acryl am Körper. Das ganze Viertel schien zu kochen. Nicht nur wegen der Temperaturen. Die Lower Eastside war bekannt dafür, dass hier vieles auf der Straße stattfand, wofür man anderswo in der Wohnung verschwand. Manche Leute behaupteten sogar, sie wären auf der Straße gezeugt und geboren worden. Cynthia wunderte sich immer wieder, wie gegensätzlich die Eindrücke auf Manhattan Island sein konnten. Eben hatten sie noch im Dreck eines sozialen Brennpunkts gewühlt, schon kamen sie jetzt hinter dem Union Square in eine ganz andere Gegend. Hier waren bereits die ersten Ausläufer des Time-is-Money-Business zu erkennen. Mit ihrem allgegenwärtigen Stress und einem Hauch von Luxus. Ersterer schien der Taktgeber dieser Welt. Eine Rhythmmachine des Mammon. Letzterer war der Trostpreis dafür, dass man seine Seele verkauft hatte, um mitzutanzen. Drei Straßen weiter südlich gärte noch die Gosse. Und hier glänzte ein schwer bewachtes Geschäft von Cartier. Gott hatte einen seltsamen Geschmack, oder vielleicht war es seine Art von Humor.

Als sie endlich den riesigen Wolkenkratzer an der Fifth Avenue, Höhe 34th Straße erreichten, war es bereits nach neun. Cynthia war klar, dass sie ihre verwegene Hoffnung, schon gegen 2 Uhr ins Bett fallen zu können, spätestens nach diesem Fußmarsch begraben konnte. Für die drei Kanzleien, die von ABC-Services im Empire State Building betreut wurden, würden sie mindestens vier Stunden brauchen. Dieser Einsatz war eindeutig keine Spätschicht mehr, sondern ein Nachteinsatz.

»Betty und Herb müssen da etwas drauflegen«, meinte Firefly, die offenbar gerade ähnliche Überlegungen angestellt hatte, leise. Sie blickte nach oben.

Das Gebäude mit seiner Fassade aus Granit und Kalkstein verjüngte sich in drei großen Blöcken, wobei der mittlere kleine Rücksprünge aufwies. Auch mehr als vierzig Jahre nach seiner Errichtung wirkte der Skyscraper einschüchternd, ein Monument, das für den Übergang des alten zum neuen New York stand. Er war zwar nicht mehr das höchste Gebäude der Stadt, seit man das World Trade Center errichtet hatte. Aber er hatte die weitaus größere Anziehungskraft. Die Twin Towers standen für das neue Amerika. Schnell und grell. Und natürlich für *the big money.* Cynthia mochte hingegen die etwas altbackenen Formen des State Buildings. Die nach oben kleiner werdenden Quader hatten etwas Beruhigendes, ohne langweilig zu wirken.

Die Büroräume, die ihre Truppe zu reinigen hatte, lagen alle in den sogenannten Brot-und-Butter-Stockwerken, also recht weit unten. Hier arbeiteten Anwälte und Architekten, die sich – im wahrsten Sinn – auf dem Weg nach oben sahen. Die Adresse versprach Erfolg, verdammte förmlich dazu. Jedes Jahrfünft zog man ein paar Etagen höher, um zu zeigen, dass man dranblieb. Und der Statusgewinn war zweitausend Dollar Monatsmiete für vierzig Quadratmeter allemal wert. Gern hätte Cynthia bei dieser Gelegenheit – sie hatte nur selten im State Building zu tun – den Expresslift genommen, um endlich einmal die Plattform in der 86. Etage aufzusuchen. Seit zwanzig Jahren nahm sie es sich immer mal wieder vor, aber nie hatte es sich ergeben. Andererseits waren viele alteingesessene New Yorker auch noch nie auf Liberty Island gewesen. Sehenswürdigkeiten waren für Einheimische keine. Cynthia seufzte dennoch und warf einen Blick in Richtung des mit Marmor ausgekleideten Foyers. Sie war sicher, dass der gutaussehende Liftboy und der weit weniger gut gebaute, grimmig blickende Wachmann im Fahrstuhlbereich eine Afro in Gummischuhen und Putzkittel hochkant hinauswerfen würden. Sie lächelte dennoch bei dem Gedanken, dort oben zufällig auf einen Sprössling der Rockefellers, Gettys oder Waltons zu treffen. Sie würden dann ein wenig über den Sommer und diese neue, seltsame Discomusik plaudern. Cynthia würde versprechen, ausnahmsweise ihr Geheimrezept für die fantastische Eiscremetorte herauszurücken. Und der smarte Paul Getty würde ihr ein paar Tipps geben, wie man eine Decke strich, ohne danach Kopfschmerzen zu bekommen.

»Auf der Toilette und dem Sterbebett sind alle Menschen gleich«, hatte ihre Grandma immer gesagt, wenn Cynthia als Kind ehrfürchtig in einem Magazin geblättert hatte, in dem die Bilder der Schönen und Reichen abgebildet gewesen waren.

Plötzlich wurde sie aus ihren Gedanken gerissen, als der korpulente Wachmann laut zu fluchen begann. Offenbar hatte er gerade über sein Funkgerät eine unangenehme Meldung bekommen.

»Tom, ich muss unten helfen«, sagte er zu dem jungen Mann, der gelangweilt neben den Aufzügen stand und gerade seine Pillbox zurechtrückte.

»Okay.« Der Aufzugführer blickte nicht auf, suchte und fand stattdessen einige nicht sichtbare Staubkörner auf seinem roten Jackett.

»Zwei Generatoren spinnen«, fuhr der Wachmann fort. »Du kriegst mein Funkgerät und meldest dich, wenn etwas ist.«

»Okay.«

Natürlich mussten Betty und ihr Putzteam die Fahrstühle für die Lieferanten nehmen, die etwas abseits lagen. Dort gab es weder glänzende Granitböden noch diese todschicken Deckenleuchten, die es Cynthia sofort angetan hatten.

»Cyn, wir fangen in der zwölften an«, sagte die Teamleiterin. »Du fährst zur fünfzehnten und schaust in den Räumen von Crickley & Waters, wie viel dort zu tun ist. Dann können wir besser planen.«

Cynthia nickte und fühlte sich geschmeichelt. Betty hatte ihr vor einigen Wochen von ihren Plänen berichtet, sich vom aktiven Reinigungsdienst zurückzuziehen. Mit Glück konnte Cynthia ab nächstem Jahr in eine Leitungsfunktion aufsteigen. Dass ihr die Chefin jetzt den Schlüsselbund für die Kanzlei in der fünfzehnten Etage in die Hand drückte, bedeutete, dass sie ihr vertraute. Es war allgemein bekannt, dass seit Beginn der Wirtschaftskrise Diebstähle durch Reinigungsmitarbeiter zugenommen hatten. Immer wieder ließen die Angestellten eine Brieftasche liegen. In den Schubladen fand man schnell ein paar Dollar. Sogar Schreibmaschinen waren in Wäschesäcken fortgeschafft worden.

Cynthia wechselte einige Worte mit ihrer Chefin. Alles Routine. Tausendfach einstudierte Abläufe. Jeder perfekt sitzende Handgriff sparte fünf Sekunden. Hundert perfekte Handgriffe, und man sparte zehn Minuten. Ihre Kolleginnen hatten jetzt wieder deutlich bessere Laune als noch auf der Straße. Alle, bis auf Cynthia, verließen den Fahrstuhl, als er im zwölften Stockwerk hielt. Cynthia arbeitete gern allein. Bei kleinen Aufträgen waren sie oft nur zu zweit. Dann nahm sie ihr Kofferradio und hörte während der Arbeit WHBI, einen New Yorker Sender, der klassische Musik spielte. Sie konnte mit dem Mainstream der »weißen« Musikbranche nichts anfangen. Aber auch die »Black Music« war nicht wirklich ihr Geschmack, abgesehen vielleicht vom alten Chicago-Blues.

Crickley & Waters war eine Sozietät, die etwas auf sich hielt. Hier schufteten die Angestellten nicht bis weit nach Mitternacht. Zudem ging es hier tagsüber offenbar deutlich gesitteter zu als in der Fabrik an der Bowery. Der Abfall lag in den Körben, die Schreibtische wirkten aufgeräumt. Hier musste das Team vor allem abstauben, fegen und wischen. Eingetrocknete Speisereste oder gar Körpersekrete standen hier nicht auf dem Arbeitsplan. In Gedanken versunken legte sich Cynthia gerade ihren »Schlachtplan« zurecht, als es plötzlich dunkel wurde. Für einen kurzen Moment wurde auch die Radioübertragung unterbrochen, nur das schwache Leuchten der Skala des mintgrünen Empfängers ließ noch einen Rest Orientierung zu. Sie war keineswegs schreckhaft, aber sie spürte in diesem Moment, dass das Herz ihr förmlich bis zum Hals zu schlagen schien. Eine Glühbirne konnte durchbrennen, eine Sicherung flog heraus, oder die Tür zum Keller fiel zu. So etwas kannte sie. Aber hier in den Büroräumen hüllte sie unerwartet eine furchterregende Schwärze ein, legte sich um sie wie ein dunkles Tuch. Sie befand sich in dem großen Büro der Schreibkräfte. Tagsüber ratterten hier die Telex-Apparate und Schreibmaschinen, sorgten Dutzende Finger auf den Tastaturen dafür, dass die Verbindung zwischen Verstand und Papier nicht abriss. Jetzt allerdings war es gespenstisch still. Zudem hatten Räume wie dieser in den Bürotürmen keine Fenster, sodass nicht einmal der schwächste Lichtstrahl von außen ins Innere drang. Zuerst hatte Cynthia befürchtet, ihre Augen könnten der Grund für die schlagartige Düsternis sein. Im *Digest* hatte gestanden, dass Blutgerinnsel im Kopf großen Schaden anrichten konnten. Gott sei Dank rettete sie jetzt die winzige Lampe in ihrem Radiogerät vor diesem schrecklichen Gedanken. Sie atmete durch. Ein Gerinnsel würde sicherlich nicht die Glühbirne im Radio vergessen.

Irgendwo in dieser Stadt durchfluteten immer Lichter die Stadt. Am Broadway und rund um den Times Square hatte man sogar oft den Eindruck, als wäre es nachts heller als am Tag. Cynthia nahm die Umrisse des Mobiliars wahr und tastete sich vorsichtig in Richtung des Fensters im Empfangsbereich der Kanzlei. Sie hatte hier einen recht guten Blick über das Viertel, das fast vollständig im Dunkeln lag. Für einen Moment erkannte Cynthia andere Gebäude in der Umgebung, erinnerte sich daran, dass sie sich ja nur im fünfzehnten Stock des State Buildings befand. Die dunklen Schemen der näheren Umgebung hoben sich gegen einen nur unmerklich helleren Nachthimmel ab. Gegen Abend hatten sich Wolken aufgetürmt, aber es regnete nicht. Dann sah sie ihn. Einen Moment schien es, als wollte etwas im Norden die Welt zerreißen. Noch nie in ihrem Leben hatte sie einen derart riesigen Blitz gesehen. Es war, als wollte alles in Dunkelheit gesammelte Licht sich vereinigen und durch sie, ihre Augen, ihren Körper in die Erde dringen. Irgendwo am Nordhimmel vereinigten sich mehrere Lichtadern, die wie grelle Finger ineinandergriffen und zu einem gigantischen Strahl wurden, der in Richtung Boden schoss.

Cynthia schrie auf und presste die Handflächen gegen ihre Lider. Aber natürlich kam sie mit dieser reflexhaften Bewegung zu spät. Sie spürte einen stechenden Schmerz, als wäre der Sehnerv missbraucht worden für eine gänzlich andere Sinnesempfindung. Plötzlich ging das Licht in den Räumen wieder an. Es war gedämpfter, als würde nur jede zweite oder dritte Leuchte arbeiten. Sie erinnerte sich an den Wachmann, der wegen eines Aggregats in den Keller gerufen worden war. Hatten diese Leute irgendetwas gewusst? Vielleicht waren es lediglich einige Sicherungen gewesen. Andererseits wäre dann nicht halb Manhattan dunkel geworden.

Ein Angriff? Die Russen oder Kubaner, ging es Cynthia durch den Kopf. Aber dann versuchte sie sofort, sich zu beruhigen. Auf New York waren angeblich vierzig Atomraketen gerichtet. Da wäre dann das Licht sicherlich das geringste Problem. Sie atmete ein paarmal tief durch und spürte, dass der Herzschlag sich beruhigte. Sie war noch immer leicht geblendet von dem Blitz und musste quasi an den Dingen im Raum vorbeisehen, um etwas zu erkennen. Aus dem Radio kam nur Rauschen.

Nachrichten, dachte sie jäh und drehte hektisch am Sendeknopf. 77WABC. Natürlich! Auf Frequenz 770. Die Kerle quatschten den ganzen Tag, spulten dazwischen die Top 40 der Billboard Charts ab und wussten über jeden Stau, jede Baustelle, jeden Verkehrsunfall in der Stadt Bescheid. Tatsächlich wurde das Rauschen kurz zu einem sphärischen Klirren, als der kleine Sendezeiger knapp vor 770 AM stand. Dann drang die Stimme aus dem Lautsprecher. Und plötzlich fühlte sich Cynthia nicht mehr allein. Sie mochte den Moderator George Michael eigentlich nicht, aber jetzt hätte sie ihm glatt einen Kaffee spendiert, so froh war sie, seine Stimme zu hören.

»Da draußen ist offenbar eine Menge los, wie ich höre«, plapperte der Anchorman von WABC in gewohnter Manier. »Es ist zwanzig nach neun, und in einigen Teilen der Stadt ist der Strom weg. Und im Umland schüttet es aus Kübeln.« Seine Stimme wurde kurz schwächer. Es schien, als spräche jemand aus dem Hintergrund mit ihm. »Bei WABC erfahren Sie immer das Neueste zuerst«, kam seine Stimme dann zurück, danach der kurze Jingle des Senders. Ein Ritual, mit dem Michael immer Zeit gewinnen wollte, um seine Gedanken etwas zu ordnen. »Wie wir soeben erfahren, hat es vor einer halben Stunde zwei Blitzeinschläge im Umspannwerk Buchanan gegeben. Dadurch flogen dort natürlich die Sicherungen raus. Also, Leute, ganz ruhig. Alles ist bei Edison so wie immer.« Er lachte. »Wie wir es kennen.«

Cynthia war erleichtert. Stromausfälle waren in NY City nicht außergewöhnlich. Erst vor zwölf Jahren hatte irgendein Zwischenfall in Kanada zu einer Kettenreaktion geführt, in deren Folge dreißig Millionen Menschen im Nordosten für einen halben Tag keinen Strom gehabt hatten. Die Leute hatten es damals gelassen genommen und taten es in der Folgezeit bei kleineren Störungen ebenfalls.

»Eine erste Stellungnahme der Jungs von Con Ed aus Westchester County kommt gerade herein«, sagte George Michael. »Indian Point ist sicher, also kein Grund zur Sorge. Na, wenn das keine guten Nachrichten sind!«

Indian Point war das Kernkraftwerk vierzig Meilen nördlich von New York. Was konnte ein Stromausfall denen auch anhaben?, fragte sich Cynthia. Dort wurde der Strom doch schließlich produziert. Außerdem konnte das Ding angeblich sogar einen Raketenangriff überstehen. Sie sah auf die Uhr. Wieder war wertvolle Zeit vergangen. Sie entschied sich, zu

Betty und den Kolleginnen zurückzukehren. Der Schreck von eben saß tief, und ein bisschen Klatsch und Gekicher konnte sie auf andere Gedanken bringen. Auf den Gängen vor der Kanzlei brannten wieder alle Lampen.

Vielleicht war alles ein bisschen viel für die Nerven in letzter Zeit, dachte sie und wunderte sich über die eigene Schreckhaftigkeit. Sie war eher bekannt dafür, dass sie Belastungen gut wegstecken konnte. Gerade hatte sie entschieden, die Sache einfach zu vergessen, als sich die Aufzugtür öffnete und sie erneut zusammenzuckte. Auf dem Boden des Fahrstuhls saß ein junger Mann und rauchte. Und weder die typische Form der Selbstgedrehten noch der penetrante Geruch in der Kabine ließen einen Zweifel daran, dass es sich dabei um einen Joint handelte. In der kurzen Zeit, die sie bei Crickley & Waters nach dem Rechten gesehen hatte, war dieser Kerl offenbar nicht untätig geblieben. Die Wände des Aufzugs waren – sofern es sich um dieselbe Kabine handelte – innerhalb von einer Viertelstunde mit zwei Gemälden verziert worden, die Cynthia in die Kategorie »Horrorkabinett« einordnete. Es handelte sich um seltsame maschinenartige Wesen, deren Form sich erst durch das Zusammenwirken verschiedenfarbiger Linien erahnen ließ. Neben dem sichtlich zufriedenen Künstler lagen ein gutes Dutzend Wachsmalstifte am Boden, die zum Teil zerbrochen waren. Finger und Kleidung des Jugendlichen zeugten von einem gewissen Fanatismus beim Malen.

»Wenn sie dich erwischen, verbringst du die Nacht auf der Wache«, meinte Cynthia. Sie überlegte kurz, ob sie nach dem zweiten Lastenaufzug suchen sollte. Er lag sehr wahrscheinlich am anderen Ende des Versorgungsgangs. Als sich die Tür gerade wieder schließen wollte, trat sie jedoch energisch vor und schob ihren Fuß dazwischen.

Bald fünfzig Jahre hast du jedem erdenklichen Unsinn, den sich dieses Leben für dich ausdenkt, die Stirn geboten, überlegte sie und setzte eine entschlossene Miene auf. Da wirst du jetzt nicht anfangen zu kneifen, Cyn.

»Auch mal ziehen?«, fragte der junge Möchtegernkünstler. »Siehst etwas verspannt aus, Schwester.«

»Das mit der *Schwester* vergiss mal ganz schnell«, erwiderte Cynthia schärfer als beabsichtigt. Sie reagierte allergisch auf das Bro- und Sisso-Gehabe, das viele ihrer Landsleute betont lässig, aber auch latent aggressiv an den Tag legten. Obwohl sie Martin Luther King verehrte, gehörte sie zu jenen Afroamerikanerinnen, die verinnerlicht hatten, dass Leistung ihre Stellung in der Gesellschaft bestimmten. Hingegen hatte ihr Vater sich in einer Mischung aus Wut und Weinerlichkeit sein Leben lang als benachteiligt gesehen und in den Alkohol geflüchtet. Die Wunden, die sein Verhalten in ihre Seele geschlagen hatte, waren vielleicht verheilt. Aber die Narben blieben für immer.

»Wie heißt du?«, fragte sie versöhnlicher und drückte auf die Zwölf.

»Jean-Michel.«

Er zog an seinem Joint und blies eine Wolke in Cynthias Richtung. Da sich die Tür gerade schloss, kam sie in den vollen Genuss dieses zweifelhaften Vergnügens. Diese krude Mischung aus süßlichem Blütenduft, dem Gestank von gärendem Blumenwasser und fauligen Kartoffeln verursachte ihr seit jeher Übelkeit. Vor fünfzehn Jahren, zu Beginn der weißen Hippiezeit, waren sie und Ellington auch öfters um die Häuser gezogen. Sie hatte sogar ein paarmal Peyote und Marihuana probiert. Andere hatten davon geschwärmt, sie hatte nur Albträume und Kopfschmerzen bekommen.

»Basquiat«, fügte er in einem Tonfall hinzu, als müsste sie spätestens jetzt wissen, wer er war.

Überhaupt wirkte der junge Mann recht selbstbewusst, ja beinahe von sich eingenommen. Er konnte kaum älter als sechzehn oder siebzehn sein. Aber was suchte der Kerl um diese Zeit im ESB? Klar, er hatte seine Schmierereien an die Wände eines Fahrstuhls bringen wollen. Die Chance, dass man ihn dafür zur Verantwortung zog, war groß.

»Musst du nicht längst zu Hause sein?«, fragte Cynthia und biss sich sofort auf die Unterlippe. Sie hörte sich an wie Grandma Bandele, die ihren Enkeln Vorhaltungen machte.

»Ich bin zu Hause«, antwortete er.

Bevor sie fragen konnte, was er damit meinte, blieb der Aufzug mit einem leichten Ruck stehen. Nur einen winzigen Augenblick später wurde es wieder dunkel. Und dieses Mal war es zu viel für Cynthia. Sie begann zu schreien. Die Sorgen, die Doppelschicht, der nervtötende Fußmarsch nach Midtown, der erste Stromausfall. Irgendetwas in ihr schien der Ansicht, dass es Zeit war, ein wenig Missfallen auszudrücken ob der widrigen Umstände, die seit Kurzem um Cynthias Leben herumschlichen wie Hyänen um ein verletztes Tier. Kurz darauf ging das Licht wieder an. Zumindest eine Sparversion, denn es war nur das Leuchtschild am Tastenfeld.

»Notstrom. Die Aggregate sind angesprungen«, sagte Basquiat in einem Tonfall, als würde er die Wettervorhersage vorlesen. »Reicht nicht für den Aufzug. Aber keine Sorge, die Bremsen blockieren mechanisch. Uns kann also nichts passieren.« Er hob die Zigarette in seiner Hand. »Besser, Sie nehmen auch einen Zug, Lady. Beruhigt ungemein. Viel zu viel Lärm da draußen.«

Erst *Schwester,* jetzt *Lady.*

»Mach das Ding endlich aus. Die Luft könnte hier drin knapp werden«, fuhr Cynthia ihn an. Sie erschrak selbst über ihre viel zu schrille Stimme.

»Sie haben wohl nie *I Spy* gesehen, Lady?« Er zeigte nach oben. »Lüftungsgitter. Zur Not kommen wir da raus und klettern zur nächsten Tür.«

»Du Dope-Head könntest glatt fliegen.«

Cynthia versuchte, ernst zu bleiben, brach aber in schallendes Gelächter aus. Und offenbar irritierte diese Reaktion den jungen Mann mehr als das Kreischen und die Zurechtweisungen. Eine Beklemmung löste sich in ihr, und sie hatte das Gefühl, wieder frei atmen zu können. Ihr Krisenmotor kam in Gang, ähnlich wie das Stromaggregat des Wolkenkratzers. Sie blickte zur Schalttafel und legte erst einen roten Alarmschalter um, der unter einer kleinen Abdeckung lag. Danach drückte sie den Rufknopf, auf dem ein Mikrofon abgebildet war. Aus dem Lautsprecher der Schalttafel kam ein Knacken.

»Vielleicht ist das nur der Roomservice«, meinte Jean-Michel Basquiat. »Falls man Appetit auf Kaviar oder Kaffee bekommt während der langen Fahrt.« Er lachte jetzt auch. »Für mich eine Coke und zwei Thunfisch-Sandwiches.«

»Bestimmt haben die Sicherheitsleute alle Hände voll zu tun. Wir müssen nur warten.«

Zu Cynthias Erleichterung behielt sie recht, denn einige Minuten später meldete sich tatsächlich eine Stimme aus dem Lautsprecher.

»Die Abschaltung ist eine reine Vorsichtsmaßnahme«, erklärte ein Mann. »Bewahren Sie also bitte Ruhe. Sobald unsere Techniker die Sache geprüft haben und grünes Licht geben, dass die Stromversorgung stabil ist, werden wir Sie nach unten holen.«

»Nein, nicht ganz nach unten«, rief Cynthia ins kleine Mikro und warf Basquiat einen vielsagenden Blick zu. »Sobald das Ding wieder funktioniert, setzen Sie mich gleich im nächsten Stockwerk ab. Ich leide an Platzangst!«

»Vielleicht hast du dann noch eine Chance, dich unbemerkt zu verdrücken«, flüsterte sie dem jungen Mann zu und hielt dabei den Daumen auf das Mikrofon.

»Sie stecken ja voller krimineller Energie, Lady.«

»Was machst du eigentlich hier?«, fragte sie und zeigte auf die beiden Bilder an den Fahrstuhlwänden. »Ich meine, warum machst du das?«

»Mir war danach.«

»Tatsächlich? Du schmierst hier alles voll, weil dir einfach *danach war?*«

»Genau. Wenn du wissen willst, wie das Theater läuft, dann musst du eben hinter die Bühne schauen. Und im Grunde geschieht alles auf dieser Welt grundlos. Wir tun nur so, als ergäbe es einen Sinn. Dabei ist es ebenso sinnlos wie meine Malerei. Es ist einfach nur da.«

»Wenn es sinnlos ist, kannst du es auch bleiben lassen.«

»Eben nicht. Die Sinnlosigkeit enthebt mich nicht der Verantwortung, auf sie hinzuweisen und anderen die Augen zu öffnen.«

Cynthia sah ihn ratlos an. Wahrscheinlich brauchte man ein bisschen Marihuana, um zu verstehen, was er meinte. Sie kannte solche Kids aus ihrem Viertel. Sie waren frustriert. Und sie sahen für sich keine Chance. Andererseits wirkte dieser Basquiat recht aufgeweckt. Man erkannte am Ausdruck der Augen, ob diese Burschen sich nur zudröhnten und heiße Luft im Schädel spazieren führten. Sein Blick hingegen war wach. Er war hungrig, auf der Suche nach etwas.

»Vielleicht solltest du aufhören, Wände zu bemalen«, schlug sie vor. »Du könntest die Bilder verkaufen. Man muss sich dran gewöhnen. Aber ich gebe zu, ich habe schon viel Schlechteres gesehen. «

»Lady, Sie begreifen gar nichts!« Der junge Künstler sprang behänder auf, als es Cynthia ihm in seinem Zustand zugetraut hätte. »Genau so funktioniert es doch da draußen. Wenn ich male, um Geld zu verdienen, dann brauche ich nicht zu malen. Dann kann ich nicht malen. Meine Gefühle benutzen meine Augen und Hände als Werkzeuge. Wenn der Verstand dazukommt, dann ist alles verdorben.«

»Okay, beruhige dich.« Cynthia trat einen Schritt zurück und hob die Hände. »Ich habe es verstanden.« Sie hatte einmal einen Klempner kritisiert, weil er Leitungen nach seinen eigenen Vorstellungen verlegt hatte. Kreuz und quer. Der Mann war damals fast ausgerastet. Und irgendwie waren Künstler auch nur Handwerker. Und noch empfindlicher, wie es schien.

»Aus welchem Viertel kommst du eigentlich?«, fragte sie, um das Thema zu wechseln.

»Brooklyn.«

»Dann sind wir vielleicht Nachbarn.« Cynthia sah ihn nachdenklich an. Der Junge hatte karibische Gesichtszüge wie ihre Kollegin Firefly. »Deine Eltern?«

»Sklaven.«

»Wie bitte?«, fragte sie verdutzt. Seit zwanzig Jahren war das Thema politisch aktuell, aber im Alltag fühlten sich die meisten Blacks vornehmlich als schuftende Malocher. Zwar benachteiligt, aber ganz sicher nicht als Sklaven.

»Gib mir ein Blatt Papier«, meinte Basquiat, anstatt zu antworten.

»Schon bemerkt, dass wir im Fahrstuhl feststecken? Ich

putze hier.« Demonstrativ klapperte sie mit den Sachen aus ihrem Reinigungsset. »Woher soll ich Papier nehmen?«

Der Jugendliche griff plötzlich nach einem trockenen, unbenutzten Putzlappen aus Baumwolle. Dann nahm er seine Wachsstifte, kniete am Boden und bemalte das kleine Tuch in atemberaubender Geschwindigkeit. Kurze Zeit nutzte er dabei sogar beide Hände, hielt die Unterlage geschickt mit seinen Füßen fest. Fasziniert beobachtete Cynthia, wie in drei oder vier Minuten ein gelb-roter Schädel entstand, über dem wenig später eine grüne, dreizackige Krone schwebte. Die Darstellung hatte etwas Primitives, wirkte jedoch dadurch auf fast unheimliche Weise kraftvoll. Zum Schluss kritzelte der junge Mann vier Buchstaben in schwarzer Schrift über die Krone. SAMO.

»King Slave«, sagte Basquiat, deutete auf den gemalten Kopf und wirkte erschöpft, als käme er gerade von einem Geländelauf. »Er gehört Ihnen, Lady.«

»SAMO? Wer ist das?«, fragte sie. »Dein Künstlername?« In Brooklyn waren immer öfter Zeichnungen an den Hauswänden zu sehen, die mit Kürzeln versehen waren. Plötzlich kam ihr ein Gedanke. »Bist du etwa von zu Hause abgehauen?«

»Ich bin nur frei, wenn ich frei bin.«

Der Fahrstuhl setzte sich in Bewegung. Und ein paar Sekunden später hielt er in der zwölften Etage.

»Alles in Ordnung bei Ihnen?«, fragte die Stimme aus dem Lautsprecher. »Brauchen Sie Hilfe?«

»Alles okay. Wir …« Cynthia gab Basquiat ein Zeichen, den Aufzug zu verlassen. »Ich bin im zwölften Stock und habe noch mit ein paar Büros zu tun. Wissen Sie, ich arbeite für eine Reinigungsfirma. Später werde ich dann wohl lieber das Treppenhaus nehmen.«

Jean-Michel Basquiat warf sein kleines Werk über ihren Putzeimer und tippte sich zum Abschied wortlos gegen die Stirn. Er wirkte immer noch erschöpft. Im nächsten Moment war er bereits im großen Flurbereich verschwunden. Cynthia blickte auf die frisch umgestalteten Wände des Fahrstuhls und schüttelte den Kopf. Die Sauerei sollte jemand anderes wegmachen. Dafür wurde sie schließlich nicht bezahlt.

10

Pamela weinte leisc. Sie fühlte sich schwach. Jedoch nicht körperlich. Sie war es gewohnt, Belastungen auszuhalten. Alles durchzustehen. Immer. Irgendwie. Und jetzt fesselten sie ein paar Kontraktionen ihrer Gebärmutter ans Bett. Plötzlich musste sie lächeln, als sie sich erinnerte, was ihre Mutter über die Schwangerschaft erzählt hatte.

»Du warst von Anfang an ein Dickkopf, Pam«, hatte sie gesagt. »Schon vor deiner Geburt. Wenn dir nicht gefiel, was ich aß, dann hast du so lange getreten, bis ich das Zeug wieder ausgespuckt habe. Wenn dich jemand genervt hat, hat dein Kopf die Venen im Bauch abgedrückt, bis ich mich hinlegen musste. War es zu laut, dann hast du geboxt.«

Cynthias Enkelin kam offenbar nach ihrer Mutter und Großmutter.

»Na, meine Liebe«, sagte ihre Bettnachbarin im Zimmer. Sie war deutlich älter als Pamela und wurde wegen einer Entzündung der Eierstöcke behandelt. »Du tanzt den Baby Blues ja schon vorher, wie mir scheint. Aber denk immer dran. Wenn es gleichzeitig regnet und die Sonne scheint, dann gibt es schöne Regenbögen.«

Pamela musste jetzt laut lachen und wischte sich die letzten Tränen von der Wange. Vielleicht sollte sie ihre Tochter Rainbow nennen, wie es einige Hippiemütter vor zehn Jahren getan hatten. Rainbow Simmons. Eigentlich würde sie Wilson heißen, wenn sie Jeffrey geheiratet hätte. So war es noch vor sechs Wochen geplant gewesen. Rainbow Wilson. Aber Jeffrey, dieser verdammte Idiot! Pamela schluchzte erneut. Die neuen Tränen nutzten dieselben Wege, die sie gerade mit dem Taschentuch trockengelegt hatte. Jeffrey konnte nicht einmal auf sich selbst achtgeben. Wie sollte er dann Vater sein und eine Familie versorgen? Pamelas Freundin hatte sich einen Angestellten der Chase Manhattan Bank geangelt. Der Kerl verdiente elftausend Dollar im Jahr! Plus Bonus. Pamela biss vor Wut ins Kopfkissen. Sie wollte eigentlich gar nicht nach Männern angeln. Und sie wollte ihre Tochter auch nicht Rainbow nennen. Wer tat seinem Kind so etwas an? Und Jeffrey war wirklich ein Volltrottel. Kindskopf. Schaumschläger. Träumer. Und doch war er irgendwie süß. Sie prügelte jetzt auf das bereits arg durchnässte und geschundene Kopfkissen ein und gab dabei quiekende und grunzende Laute von sich.

»Ist gut, meine Liebe«, meinte ihre Mitpatientin. »Gibt sich alles wieder.«

*

Pamela war über ihren Ungefühlen eingenickt. *Ungefühle.* Ihr selbst war dieses Wort eingefallen. Für das Chaos, das die Hormone in ihrem limbischen System anrichteten. Man sagte schließlich auch ungeheuer, wenn einem etwas nicht geheuer war. Warum nur konnte sie nicht einfach einschlafen? Oder schlief sie bereits? Sie schreckte auf, als ein Scheppern durchs Krankenzimmer ging, gefolgt von einem Stöhnen. Sie öffnete die Augen, aber da war nichts. Außer Dunkelheit. Wahrscheinlich waren ihre Augen gar nicht offen. Typisch für diese

Träume, die einen damit foppten, dass man schlief und dachte, man wäre wach. Wieder ein Poltern. Dann ein Rufen. Fast hätte sie selbst aufschreien wollen, mehr aus Protest gegen die Wirrnis in ihrem Kopf.

»Bitte, ich brauche Hilfe. Ich bin ausgerutscht«, kam eine Stimme aus dem Dunkel.

In Augenblicken, in denen andere die Nerven verloren, stellte sich bei Pamela Gelassenheit ein, eine seltsame Ruhe, als stünde sie im Auge eines Orkans. Blutüberströmte Patienten in der Notaufnahme, die mit ihren verzweifelten Angehörigen eintrafen, wiesen das in ihr tobende Adrenalin auf magische Weise in seine Schranken. Wenn es in anderen Köpfen summte und rauschte, wurde ihr Denken klar und geordnet. Neben ihrem freundlichen Wesen und attraktiven Äußeren war es wohl der entscheidende Grund dafür, dass die jungen Assistenzärzte immer erleichtert waren, wenn sie im Dienst war.

»Was ist passiert?«, rief sie jetzt in den Raum.

»Ich liege hier auf dem Boden, bin über irgendetwas gestolpert, und der Knöchel tut höllisch weh.« Es war die Stimme ihrer Bettnachbarin. »Das Nachtlicht an der Tür war plötzlich weg. Und ich mache mir gleich ins Nachthemd, weil ich auf Toilette muss.«

In einem Buster-Keaton-Film hätte man gelacht. Pamela hatte eine erste Orientierung gefunden, da von draußen ein schwacher Lichtschein durch den Vorhang fiel. Sie griff nach dem Schalter ihrer Nachttischlampe. Nichts. Auch durch den unteren Türspalt kroch nicht wie üblich das grelle Licht vom Gang hindurch.

»Ich sehe, was ich tun kann.«

»Damit Sie auch noch stürzen? In Ihrem Zustand?«

»Ich bin schwanger, nicht krank«, erwiderte Pamela bestimmt und tastete sich im nächsten Moment bereits aus dem Bett. Sie hatte wohl doch geschlafen, sodass ihre Augen mit dem wenigen Licht recht gut zurechtkamen. Rechts und links. Oben und unten. Vorn und hinten. Das Wesentliche war also da, wo man es vermutete. Jetzt wünschte sie sich nur, sie hätte den Rat dieses alten Mannes befolgt, der seit der Eröffnung jeden Tag in das Geschäft ihres Vaters kam. Jesse Papernik kannte offenbar eine Geheimwaffe, mit der man dem Leben entgegentreten konnte, wenn es mal wieder besonders mies mit einem umsprang.

»Zündhölzer und eine Kerze musst du immer dabeihaben, mein Kind«, hatte er ihr gleich zu Anfang gesagt. »Wenn es gut geht, noch ein Stück Brot und etwas Speck dazu. Dann kann der Mensch alles überstehen.« Pamela hörte ihn gern sprechen, denn er hatte diesen typischen Dialekt jüdischstämmiger Osteuropäer, die nach dem Krieg in die Staaten gekommen waren. Tragisch nur, dass der Alte sich mit Not und Flucht auskannte. Und leider hatten die guten Ratschläge seiner Familie in Polen nicht geholfen, als die Deutschen gekommen waren und alle Angehörigen in ihre Lager gesperrt hatten. Aber eine Kerze wäre jetzt in der Tat ein Segen.

»Hallo?«, rief Pamela, als sie die Zimmertür endlich erreicht hatte und im dunklen Krankenhausflur stand. »Wäre nett, wenn jemand in die Neun kommen könnte. Wahrscheinlich eine Distorsion nach Sturz.« Auch als Patientin, quasi auf der anderen Seite des Bettes, konnte sie den Schwesternmodus in sich nicht ablegen.

»Sofort«, kam es aus Richtung des Stationszimmers zurück. Wahrscheinlich war es die Nachtschwester, die durch den Stromausfall aus ihrem Arbeitsrhythmus gerissen worden war. »Ich suche nach Taschenlampen, dann bin ich bei Ihnen.« Es wurde kurz still, bevor die Stimme wieder zu hören war. Dieses Mal deutlich unleidlicher, und Pamela war sicher, dass die Worte nicht für die Ohren der Patientinnen bestimmt waren. »Holy shit! Funktioniert in diesem Saftladen denn gar nichts? Über Lohnkürzungen können diese Idioten debattieren. Aber an ein Notstromaggregat denkt wohl niemand.«

Aus den anderen Zimmern waren ebenfalls Rufe aufgeschreckter Frauen zu hören. Pamela spürte, dass die Atmosphäre zunehmend mit Angst aufgeladen war. Unruhe und Panik waren jedoch immer die schlechtesten Ratgeber bei der Versorgung von Kranken oder Verletzten.

»Funktioniert das Telefon, Schwester Kate?«, rief Pamela nach vorn und tastete sich an der Wand entlang.

Selbst die Notlichter waren ausgefallen. Es war stockfinster, da der Gang keine Fenster hatte. Und diesen Streifen von grüner Farbe, die von selbst leuchtete, hatten die Handwerker letztes Jahr abgetragen. Angeblich waren darin radioaktive Stoffe verarbeitet gewesen. Auf einer Station, die sehr viele Schwangere versorgte, wollte man auf diese Relikte der strahlenden Vierzigerjahre dann doch lieber verzichten.

»Rufen Sie den Hausmeister an, Kate!« Pamelas Tonfall machte allen klar, dass sie in manchen Situationen keinen Widerspruch duldete. Seit Kurzem hatte ihr dieser Wesenszug den Spitznamen *Drill Sergeant* eingebracht. Daran musste sie definitiv arbeiten, denn sie wollte im Alter nicht als unsympathische Ziege wie der Drache Ludmilla Dragović enden. »Bitte. Pete kennt sich aus«, fügte sie milder hinzu. »Und er hat immer Ideen.«

Nach den kleinen Störungen am späten Nachmittag und Abend hatten viele, einschließlich Pamela, gehofft, dass auch diese Unterbrechung der Stromversorgung nur von kurzer Dauer sein würde. Aber es blieb dunkel. Es mussten jetzt bereits mehrere Minuten sein. Nach einem zähen Kampf gegen das Dunkel erreichte sie endlich das Schwesternzimmer.

»Warum bleiben Sie nicht auf dem Zimmer?«, fauchte die Kollegin sie an. Offenbar lagen ihre Nerven blank.

Im Raum gab die Frequenzwählscheibe eines Kofferradios ein schwaches Licht von sich, das jedoch nach der Schwärze im Flurbereich geradezu verschwenderisch hell erschien. Pamela, die meist in der Notaufnahme und Ambulanz arbeitete, stellte sich kurz vor und bot ihre Hilfe an. Sie sah, dass Kate gerade alle Schubladen und Schränke durchsucht hatte.

»Keine Lampe«, meinte sie.

Pamela tastete sich zu den Haken neben der Tür vor, an die manche Ärzte nach Feierabend ihre Arztkittel hängten. Heute waren es ungewöhnlich viele, da es auf Station trotz der Klimaanlage zu warm war, um zwei Schichten Kleidung zu tragen. Dort fanden ihre Hände schließlich, worauf sie gehofft hatte. Ein kleines grelles Licht flutete im nächsten Moment den Raum.

»Du bist auf Zack, Kollegin«, meinte Kate, als sie erkannte, womit Pamela beinahe triumphierend die Decke anleuchtete. Es war eine Pupillenleuchte, für viele Patienten neben dem Stethoskop *das* Instrument eines Arztes schlechthin. *Er hat mich abgehört* war das Mindeste, was die Assistenten tun mussten, damit die Leute sich ernst genommen fühlten. *Er hat mir in die Augen geleuchtet* kam hingegen einem Ritterschlag gleich. Im Ansehen von Laien lag diese Aussage nur knapp hinter *Die Ärzte müssen operieren.* Die heilsame Wirkung einer solchen Patientenkarriere durfte nicht unterschätzt werden. Die beiden Krankenschwestern fanden noch zwei weitere Lämpchen.

»Was jetzt?«, fragte Kate, nachdem das erste Hochgefühl abgeklungen war. »Das Telefon ist tot. Ich kann doch nicht nach unten laufen. Und du? In diesem Zustand?«

»Kümmere dich um die Patienten. Ich sehe zu, dass wir Hilfe bekommen«, antwortete Pamela. Rainbow boxte in ihrem Bauch. Offenbar brauchte das Kind seinen Schlaf. Aber Pamela hatte in diesem Moment wieder die Seiten gewechselt. Sie war Notaufnahme-Schwester.

*

Die Telefonanlage gab tatsächlich keinen Laut von sich. Alle elektrischen Funktionen, die die hausinterne Vermittlung betrafen, benötigten natürlich Strom. Pamela ging zur Tür und war bereits ein paar Schritte in Richtung Treppenhaus gegangen, als sie innehielt. Was hatte ihr Vater vor Jahren gesagt, als er einen seiner vielen Vorträge über die Erfinder Edison, Tesla und Bell gehalten hatte? Er liebte es, die Familie mit Technikdetails zu langweilen. Leitungsquerschnitte, Widerstände, Induktion, Signalwandler und Sprechwechselstrom waren Begriffe gewesen, für die Pamelas Gehirn offenbar keine Synapsen hatte. Ihr Vater hatte zwar versucht, sein Wissen in ihren Kopf zu bekommen, aber es schien jedes Mal umgehend aus Ohren und Nase wieder zu entweichen.

Was aber war ihr jetzt gerade durch den Kopf gegangen? Sie überlegte, versuchte einen Gedanken zu fassen, der offenbar nur kurz geläutet und dann fortgelaufen war. Eine Art geistiger Klingelstreich. Natürlich! Endlich hatte sie die Erinnerung zu fassen gekriegt, drehte sich um und ging zurück ins Schwesternzimmer. Dort prüfte sie noch einmal das Telefon. Die Leitungen in der Stadt wurden von AT&T unterhalten.

Und die minimale Spannung, die Telefonleitungen benötigten, wurde meist vollkommen unabhängig von der städtischen Versorgung bereitgestellt. Strom brauchten nur die Hausanlagen, damit man viele Apparate miteinander verschalten und verbinden konnte. Pamela suchte und fand den Wandanschluss. Jetzt brauchte sie nur ein ganz normales Telefon, und mit etwas Glück konnte sie über die Vermittlung von außerhalb wieder eine Verbindung zurück ins Krankenhaus herstellen lassen. Klang kompliziert, war aber ganz einfach. Sie sah auf den Belegungsplan der Zimmer. Die beiden Einzelzimmer für besonders gut Versicherte oder betuchte Patienten verfügten sicherlich über Telefonanschlüsse. Oft hatten sie sogar einen Kühlschrank und natürlich immer einen Fernseher. Entschlossen ging Pamela in Richtung des nächstgelegenen Privatzimmers.

»Entschuldigen Sie die …«, wollte sie beginnen, als sie die Tür geöffnet hatte. Vor Erstaunen wäre ihr fast die Lampe aus der Hand gefallen, als sie eine rundliche Frau auf dem Bett sitzen sah, die gerade telefonierte und dabei rauchte. Auf dem Betttisch stand – Pamela mochte es kaum glauben – eine Campinglampe, die den Raum in ein gemütliches Licht tauchte. Es roch nach einer Mischung aus Petroleum und süßem Honig. Die beleibte Patientin starrte ihre Besucherin an und wollte etwas sagen. Allerdings hielt sie eine größere Marshmallow-Masse, die sie sich offenbar gerade in den Mund gestopft hatte, davon ab, mehr als ein Grunzen von sich zu geben.

»Verzeihung, aber wir werden Ihr Telefon brauchen«, sagte Pamela, als sie sich etwas gefasst hatte. »Und die Lampe.« Sie zeigte in Richtung Tisch. »Offenes Feuer ist im gesamten Haus ohnehin verboten. Und meine Kollegin kann damit sicherlich besser sehen als mit diesem Ding.« Sie wedelte mit der winzigen Stableuchte umher.

»Na, hören Sie!«, brachte die Dicke mümmelnd hervor. »Ich bin gerade mitten in einem Gespräch! Was fällt Ihnen ein, hier hereinzuplatzen? Wer sind Sie überhaupt?« Die Patientin presste ihren fleischigen Zeigefinger auf den Rufknopf. Der natürlich, wie sie jetzt feststellte, seine Funktion auch für Privatpatienten eingestellt hatte.

Erst in diesem Moment wurde Pamela klar, dass sie im Nachthemd vor dieser Frau stand. Im Halbdunkel musste sie zudem auf jeden Betrachter wie ein feister, kugeliger Hausgeist wirken. Fast wäre sie in diesem Aufzug durchs Treppenhaus ins Erdgeschoss gegangen.

»Ich bin Krankenschwester. Mein Name ist Pamela. Pamela Simmons«, sagte sie. »Normalerweise arbeite ich in der Ambulanz, aber gewisse Umstände brachten mich hierher.« Sie leuchtete auf ihren Medizinball-Bauch. Rainbow trat fast im selben Augenblick dagegen.

»Hey, das tut weh!«, rief sie. »Jetzt ist es mal gut, junge Dame. Reiß dich gefälligst ein bisschen zusammen! Ich werde hier gebraucht.«

»Wie reden Sie mit mir?«, keifte die Patientin zurück und begann, ihren Körper in Bewegung zu setzen. Das Bett stöhnte. »Ich bin im Bezirksrat. Ich werde …«

»Sitzen bleiben.«

Pamela wählte ihren Tonfall so, dass nicht klar erkennbar war, ob sie es als Vorschlag oder als Anweisung verstanden wissen wollte. Dann nahm sie der verdutzten Frau den Telefonhörer aus der Hand. Er sah exakt aus wie eine Banane, die jedoch ein offenbar Farbenblinder blau angemalt hatte. Die schwarzen Wähltasten waren auf der Innenseite eingelassen.

»Hallo?«, sprach sie in die Telefonfrucht hinein. »Frau Bezirksrätin wird Sie später zurückrufen. Aufgrund eines Notfalls benötigt die Leitung des Bellevue Hospitals diesen Apparat. Ich danke für Ihr Verständnis.«

Pamela drückte die Taste zum Beenden des Gesprächs. Dann ließ sie sich von der Vermittlung mit der Wohnung des Hausmeisters verbinden. Die Mitarbeiterin von AT&T war zunächst erstaunt, dass sich das Bellevue quasi zu sich selbst durchstellen ließ. Peter McNamara war mehr oder weniger mit seinem Job verheiratet. Tatsächlich hatte seine Frau ihn verlassen, da er fast nur zum Schlafen nach Hause gekommen war. Er hatte zwar keine abgeschlossene Ausbildung, aber wann immer man ihn um Rat fragte, er konnte alles. Zumindest in handwerklichen Belangen.

»Gib Pete etwas Draht, eine Schaufel Sand und einen Dollar, und er baut dir ein Haus«, hieß es halb scherzhaft, halb ehrfürchtig bei der Belegschaft des Bellevue. Wenn jemand fragte, wofür der Dollar war, bekam er zur Antwort: »Fürs Käse-Sandwich.«

Pete McNamara musste jetzt nicht einmal mehr fürs Schlafen nach Hause, denn die Klinikleitung hatte ihm eine kleine Dienstwohnung im Keller einrichten lassen. Im Gegenzug war er quasi im Dauerdienst, denn immer gab es irgendwo irgendetwas zu reparieren. Nicht zuletzt lag dies daran, dass das Krankenhaus nicht nur in die Jahre gekommen, sondern auch erheblich vernachlässigt worden war. Pamela hatte Glück. Pete war in seine Wohnung zurückgekehrt, nachdem er am frühen Abend auf der Notaufnahme den ersten Stromausfall mitbekommen hatte. Danach schien alles wieder in Ordnung zu sein, und er war nach zwei Bier selig eingeschlafen, während im Nebenraum die Aggregate brummten und Verteilerkästen sirrten. Als er den Hörer abnahm, fiel ihm sofort auf, dass etwas anders war.

»Ist so still«, waren seine ersten Worte nach der Begrüßung. »Ist was passiert?«

Offenbar war bisher niemand auf die Idee gekommen, den Haustechniker zu informieren. Pamela war überrascht, dass die Leute manchmal nicht auf die naheliegendsten Ideen kamen. Dann sah sie jedoch auf ihre Armbanduhr. Sie trug sie jetzt immer, damit sie im Fall von einsetzenden Wehen exakte Angaben über Dauer und Abstand machen konnte. Es war ein paar Minuten vor zehn. Somit war kaum eine Viertelstunde vergangen, seit sie ihr Zimmer verlassen hatte.

»Verdammt«, meinte McNamara, nachdem sie ihm in wenigen Sätzen geschildert hatte, was geschehen war. »Neulich habe ich die großen Generatoren geprüft. Beide waren hinüber. Vielleicht hat mein Vorgänger sie mit dreckigem Heizöl betankt. Vielleicht sind sie auch einfach an Altersschwäche eingegangen. Stammen noch aus den Beständen, die die Army nach dem Krieg billig verscheuert hat.«

»Sie meinen, es gibt keinen Notstrom?«, fragte Pamela ungläubig.

»Vor sechs Wochen habe ich den Bericht eingereicht. Ist nichts geschehen. Es stehen zwar noch kleine Geräte herum, aber die habe ich nie angefasst. Stinken wahrscheinlich wie die Pest und machen Lärm wie ein Dutzend Trucks auf der Interstate 95. Wenn sie überhaupt anspringen.«

Erst in diesem Moment wurde Pamela klar, dass sie sich hier oben auf der Gyn auf einer Art Insel der Seligen befinden musste. Das Krankenhaus in Kips Bay versorgte eine Viertelmillion Menschen im Raum Manhattan und Brooklyn. In die Notaufnahme strömten rund um die Uhr Verletzte und

Kranke. Dauereinsatz. Nicht anders verhielt es sich mit den chirurgischen Eingriffen. Die OP-Einheiten arbeiteten achtzehn Stunden im Regeldienst und die restlichen sechs in Bereitschaft. Wenn es zutraf, dass es Orte in dieser Stadt gab, die niemals schliefen, dann war das Bellevue ganz sicher einer von ihnen.

»Mein Gott«, flüsterte sie. »Was ist, wenn gerade operiert wird?« Und sie dachte an das alltägliche Chaos in der Ambulanz. Ganz sicher warteten dort wieder Betrunkene mit Platzwunden, ältere Herzpatienten, die vielen Hitzeopfer und Leute, die sich versehentlich das Küchenmesser in die Hand gerammt hatten, auf ihre Behandlung. Im Dunkeln.

»Shit, verdammt«, wiederholte McNamara zum hundertsten Mal. »Ich werde nach den alten Ladys sehen. Vielleicht bekomme ich die Dinger zum Laufen. Aber ich kann nichts versprechen«, fügte er grimmig hinzu.

Draht und Sand, dachte Pamela. Und den Dollar bekommst du auch. Bau kein Haus, Pete, sondern bring diese dämlichen Generatoren zum Laufen.

»Zuerst zwei Dinger in die Operationssäle«, sagte sie entschlossen. »Danach zwei in die Ambulanz. Wir treffen uns in einer halben Stunde im Besprechungsraum der Aufnahme.«

»Sind Sie denn im Dienst, Schwester Pamela?« Seine Zweifel waren unüberhörbar. »Ich meine, das Kind …«.

»Ich bin hier, das reicht.« *Wir* sind hier, fügte sie für sich hinzu und überlegte, ob sie den Boxhieben in ihrem Bauch irgendwie ausweichen konnte.

11

Der Süden der Bronx schien eine Bestätigung für das, woran er glaubte. Denn die South Bronx war in den Augen vieler gleichbedeutend mit Abfall. Dort stapelte sich der Dreck nicht nur in den Straßen, sondern in den Herzen der Menschen. Hier trat offen zutage, was David bereits seit Langem wusste. Adam und Eva waren längst tot in diesen verlorenen Wesen, die jetzt durch ihr Leben krochen wie Maden über verwesendes Fleisch. Immer auf der Suche nach ein paar Dollar, einer Flasche Fusel und Zigaretten. Zwischen Yankee Stadium und St. Mary's Park, keine fünf Meilen nördlich des schicken Broadway-Glamours, schienen Hass und Gewalt die einzigen Konstanten eines Daseins, das es kaum wert war, so bezeichnet zu werden. David erschrak, als eine Hand ihn am Arm berührte, den er lässig angewinkelt aus dem Türfenster seines Fords hängen ließ. Eine Kinderhand. Ein Mädchen. Wie in Zeitlupe wandte er sich um, nahm die schmutzigen Fingernägel wahr, die rissige Haut, die sich anfühlte, als gehörte sie einem pergamentenen Greis. Er spürte ein winziges Stechen am Arm, als sögen ihm tausend Mücken das Leben aus.

»Wanna fuck, white nigga?« Die Stimme klang verbraucht und alt. Älter, als die kleine Puerto Ricanerin, die jetzt ihr billiges Kleid zwischen den Schenkeln nach oben schob, je werden würde. Darunter war sie nackt. Ein ekelhaft sauer-fischiger Gestank schlug David fast im selben Moment entgegen. Uralte Ahnungen. Tierischer, als es Tiere jemals sein konnten. Die vertriebene Eva. Das verwundete Paradies.

»Verzieh dich, Bitch«, blaffte er sie an.

Er griff beinahe reflexhaft nach dem .44er-Bulldog-Revolver im Handschuhfach. In dieser Gegend verstanden die Leute nur eine Sprache. Er schwitzte. Er hatte Angst, der Zuhälter der Babywhore könnte in der Nähe stehen und sie beobachten. Angst war das Gefühl, das David am meisten hasste. Wer Angst hatte, war ein Opfer. Und das Gefühl, ein Opfer zu sein, hasste er fast noch mehr. Das kühle Metall der Waffe versprach Ruhe. Erlösung.

»Deadass!«, keifte die Kleine zurück, als sie die Waffe erblickte. »Fuck yo'self, yaheardme.« Sie schlug mit der flachen Hand auf das Dach des Wagens, schrie Zeter und Mordio, trat aber instinktiv ein paar Schritte zurück.

David überlegte einen Moment. Natürlich konnte er die Nutte mitnehmen, sie im Glauben lassen, sie würde sich zwei Dollar mit einem Blowjob verdienen. Südlich der 149th interessierte es niemanden, wer wen wo wie fickte. Oder umbrachte. Er sah sie an. Sie stand jetzt drei oder vier Meter entfernt und schimpfte. In ihrem verwüsteten Gesicht erkannte er letzte Reste einer Kindheit. Ihre Zähne waren braune Stumpen, die beim Sprechen zuckten und mit gelben Speichelfäden bedeckt waren. Wie winzige Schlangen, die nur warteten, bis sie zustoßen und ihn vergiften konnten. Ihm wurde übel. Nein. Diese kleine Chicano-Schlampe war absolut unwürdig. Sie war keine Gabe, die Harvey besänftigen konnte. Die Stimme in Davids Kopf schnitt gerade seinen Verstand in Scheiben. Mit einem stumpfen Messer. Die kleine Nutte schimpfte weiter. Er stieg aus, stieß einen Schrei aus und fasste sich an beide Ohren, als wollte er nichts mehr hören. Dabei vergaß David, dass er den Revolver in der Rechten hielt, und hämmerte sich nun den Griff mehrmals gegen die eigene Schläfe. Und offenbar war sein Gebaren sogar für diese Hölle zu viel. Oder genau richtig. Wer auf diesen Straßen lebte, gab nicht viel auf ebendieses Leben. Und wer die Verachtung für dieses beschissene Dasein offen zeigte, verdiente sich – paradox – den Respekt dieser Kreaturen. Das Mädchen gab keinen Laut mehr von sich. Die Leute in der Nähe schienen sich leise davonzustehlen. Wenn die Gangs ein solches Theater veranstalteten, dann flogen kurz darauf die Fetzen. Und irgendwo in den zerstörten Hirnen dieser Wesen gab es offenbar noch einen letzten Rest Selbsterhaltungstrieb. Die Erkenntnis, dass es für das eigene kleine Leben allemal besser war, jetzt nicht von einem durchgeknallten Weißbrot erschossen zu werden.

»Nicht heute!«, brüllte er in den Nachthimmel. Er hatte den Kopf in den Nacken gelegt, und es klang wie das Heulen eines Wolfs.

Woher sollten die Leute auch wissen, dass er in diesem Moment nicht sie meinte?

Plötzlich wurde es stockfinster. Ein Zeichen, ging es David durch den Kopf.

»Whatta ya do, breadhead?« Irgendwo links in der Dunkelheit musste die junge Prostituierte stehen. Sie klang verunsichert. Es schien, als gäbe sie ihm die Schuld an dem Ganzen. Was im Umkehrschluss bedeutete, dass sie ihn für mächtig genug hielt, mal eben im ganzen Block die Lichter ausgehen zu lassen.

Nicht heute. Bitte, flehte er stumm.

David traten Tränen in die Augen. Er war bestürzt und gerührt zugleich. Er hatte ein Zeichen bekommen. Finsternis.

Die Reiter nahten. Es war, wie es Harvey vorhergesagt hatte. Er versuchte, sich zu orientieren. Und war enttäuscht. Die Apokalypse verschonte offenbar die Lichter der Autos. Man sah in einiger Entfernung die Scheinwerfer auf der 149th. Irgendwo auf der Brook Avenue quietschten Reifen, dann knallte es blechern. David sah, dass die nahe gelegene Ampel ausgefallen war. Auch in den Häusern, den Wohnungen und Geschäften war es dunkel. Irritiert und ohne weiter auf seine Umgebung zu achten, stieg David wieder in den Wagen. Er musste fort von hier. Wenn die Kleine einen Zuhälter hatte oder ihre Freunde rief, konnte es Ärger geben. Er blickte zum Armaturenbrett. Die Leuchtziffern der Uhr zeigten, dass es kurz nach halb zehn war. Er stellte das Radio an.

»Nine forty-one«, drang George Michaels Stimme aus den Lautsprecherboxen.

Nein, es konnte nicht die Apokalypse sein, wenn der Anchorman von WABC noch auf Sendung war. David wusste nicht recht, ob ihn diese Erkenntnis wirklich beruhigte.

»There is a total blackout in the city«, fuhr der Sprecher in ungewöhnlich ernstem Tonfall fort. »Wir bekommen gerade die Meldung rein, dass große Teile der Stadt ohne Strom sind. Manhattan, Bronx, Brooklyn sowie Teile von Queens hat es dabei am stärksten erwischt.«

Draußen waren Schreie zu hören. Wahrscheinlich nutzten ein paar Blacks und Chicos die Gelegenheit, um an schnelles Geld zu kommen. David beobachtete, wie zwei Gestalten einer alten Frau, die sich zufällig im Lichtkegel der Scheinwerfer seines Wagens befand, eine Tasche entrissen und davonliefen.

»Wir hören gerade, dass Con Ed eine Stellungnahme für die Presse vorbereitet«, plärrte Michael ins Mikro. »Leute, das hört sich so an, als ob es eine größere Sache ist.«

Musik. *The Night the Lights Went Out in Georgia.* Der Song war ein paar Jahre alt. Und das hier war sicher nicht Georgia. David lachte. Offenbar versuchten die Kerle vom Radio, die Sache mit Humor zu nehmen. Beim großen Northeast Blackout vor zwölf Jahren war er noch ein Kind gewesen. Aber er hatte mitbekommen, dass die Leute die Sache wie eine große Party aufgezogen hatten. Man hatte sich mit Kerzen und Lebensmitteln ausgeholfen, warf den Grill an und lud die Nachbarn zum Essen ein, wenn sie das Bier und Batterien mitbrachten. Später hatte es sogar einen Kinofilm mit Doris Day gegeben. David war sicher, dass ihn hier in der Bronx niemand einladen würde, man würde ihn in einem verlassenen Lagerhaus an der 143rd höchstens grillen. Er ließ den Ford an und fuhr los. An der nächsten Kreuzung bog er in die Third Avenue ab. Er wollte ein wenig das Viertel erkunden. Die Ampeln waren tatsächlich überall ausgefallen. Jetzt galt das Recht des Stärkeren. Die Abgebrühten und Wissenden übernahmen das Zepter. Die Nacht war noch jung, und es schien David, als läge ein Versprechen in der Luft. Er drehte das Radio lauter, als wieder eine Nachricht über den Sender kam.

»Der Sprecher von Con Ed erklärte gerade, dass ein Blitzschlag im Umspannwerk Buchanan die Ursache für die technischen Probleme ist. Ein Verschulden des Unternehmens oder seiner Mitarbeiter kann seiner Meinung nach bereits jetzt ausgeschlossen werden.«

Natürlich, dachte David. Was sollen die Kerle denn auch anderes sagen? Dass sie Starkstromleitungen mit Klingeldraht flicken? Dass arbeitslose Lehrer in zwei Wochen umgeschult werden, um als Techniker in einem Atomkraftwerk zu arbeiten? Bei halbem Gehalt, da sie nicht voll qualifiziert sind. Der Stromkonzern Consolidated Edison war ein übler Misthaufen. Und die Politiker deckten dessen Mauscheleien, weil sie mit Wahlspenden geschmiert wurden. Willkommen in Amerika, dem Land der unbegrenzten Widerlichkeiten.

Dennoch, überlegte er. Die ganze Sache ist ein Zeichen. Er kannte sich aus mit dem Gefühl der Angst. Er wusste aus seiner Zeit im Heim, wie es war, wenn sie ihm im Nacken saß und ihre gierigen, kalten Finger seine Wirbelsäule entlangglitten. Und nun spürte er sie. Nicht bei sich, sondern auf den Straßen. Etwas kroch heran. Die Leute huschten über die Gehwege, blickten sich um, zuckten zusammen, wenn eine Tür ins Schloss fiel oder zwei Straßen weiter ein Auto hupte. Harveys Zeit nahte. Und er war sein Diener. Diese Kreaturen würden leiden. Heute Nacht. Vielleicht entließ der Herr ihn jetzt endlich aus seiner Pflicht, entband ihn von der Aufgabe. Welchen Sinn hatte es zu jagen, wenn die Beute sich freiwillig hingab? Harvey würde es verstehen.

*

»Wohnen Sie hier, Mister?«

Ein Police Officer klopfte mit seiner Taschenlampe ans Seitenfenster von Davids geparktem Wagen. Die rechte Hand hielt er in typischer Weise über der Waffe, die jedoch noch im Holster steckte. Böse Zungen behaupteten, dass man irische Streifenbeamten aus der Bronx auch in ihrer Freizeit daran erkannte, dass sie die Haltung mit seitlich abgewinkeltem Arm beibehielten. Allzeit bereit, allem, was dunkler war als ein Blatt Papier, die Rübe wegzublasen.

»Nein, Sir. Entschuldigen Sie, ich muss eingeschlafen sein«, antwortete David und legte beide Hände langsam und gut sichtbar auf das Lenkrad.

Der Mann legt mich um, dachte er in diesem Moment. Wenn er kurz auf die Rückbank leuchtet, sieht der den Bulldog. Wie hatte er so leichtsinnig sein können, das Ding hinten hinzulegen statt zurück ins Handschuhfach? Polizisten in der South Bronx waren bekannt dafür, dass sie lieber einmal mehr schossen, als zu viele Fragen zu stellen. Und Waffenbesitz war in NY City so eine Sache. In Texas oder nahe der Rockies konnte ein Mann mit einer Panzerfaust auf dem Rücken in den Kindergarten gehen, um seine Tochter abzuholen. In dieser Stadt gab es zwar auch mehr Waffen als Einwohner, aber das offene Tragen oder Zurschaustellen konnten schnell zum Verhängnis werden. Und dieser Stromausfall war sicher nicht dazu angetan, die Nerven des Officers zu beruhigen.

»Sie stehen vor einem Hydranten, Mister.«

Schon wieder. Ich muss mir das abgewöhnen.

»Sorry, Officer O'Brian.« David versuchte sich an einem Lächeln, nachdem er das Namensschild des Polizisten im Gegenlicht entziffert hatte. »Kommt nicht wieder vor.«

Er mochte die Schafzüchter. Raue Burschen. Gut für das Land. Besser jedenfalls als das ganze Pack aus der Karibik. Er legte den Schalthebel der Automatik um, behielt jedoch den Fuß auf der Bremse.

»Bin schon weg, Sir.«

Langsam, kaum merklich rollte der Ford Galaxie an. David hoffte, dass der Mann das Interesse an ihm verloren hatte. Er nickte Officer O'Brian noch einmal zu und fuhr los. Nicht hektisch werden. Durchatmen. Nicht in den Rückspiegel sehen, ermahnte er sich. Irgendjemand hatte ihm erzählt, dass Verdächtige immer in den Rückspiegel blickten oder sich sogar umdrehten. Und dass Polizisten es immer bemerkten.

Obwohl er sich fragte, ob der Kerl bei dieser Dunkelheit überhaupt seine Füße sehen konnte.

Die Bronx ist ein zu heißes Pflaster, entschied er, nachdem er Westchester, Ecke Longwood auf zwei Streifenwagen getroffen war. Wenn es in dieser Nacht zu Problemen kam, dann in diesem Bezirk. Drei Morde und Dutzende Verletzte täglich sprachen eine deutliche Sprache der Gewalt. Hier hatten Outlaws das Sagen.

Und die Gefahr, dass David bei seiner Tour durch die Stadt zwischen die Fronten geriet, schien ihm zu groß. Er brauchte Ruhe für seine Suche. Und er brauchte Ruhe, um mit Harvey zu sprechen.

Queens hatte ihm immer gefallen, aber vor zweieinhalb Wochen war die Sache vor der Diskothek am Queens Boulevard gründlich schiefgegangen. David war nervös gewesen. 3 Uhr morgens, viele betrunkene Weiber waren dort umhergezogen, weil sie hofften, noch einen Drink abstauben zu können. Er hatte nicht genau genug gezielt und nur drei statt vier Schüsse abgefeuert. Die beiden Nachtschwärmer, auf die er geschossen hatte, waren mit Fleischwunden davongekommen, hatten unter Qualen überlebt. Dabei verabscheute er es, den Leuten Schmerzen zuzufügen.

Solche Zeichen musste er ernst nehmen. Man durfte sein Schicksal nicht herausfordern und musste akzeptieren, dass eine höhere Macht die Menschen lenkte. Eine Fahrt nach Long Island schied aus. Der Verkehr würde auf dem Highway sicher zum Erliegen kommen, sobald die Abfahrten durch Staus blockiert waren. Blieb also noch Brooklyn. Dort gab es sie zur Genüge. Die Leute, die immer noch glaubten, dass ihnen ein kleines Glück zustand. Die sich ihr Leben lang abrackerten für ein bisschen Wohlstand. Die von Disneyland und der Mondlandung träumten. Die Kinder bekamen, sparten, soffen und stritten, starben. Die hässlichen Nachgeburten des amerikanischen Albtraums.

9:42 p.m.

WABC-RADIO AUF FREQUENZ 770 AM

»There is a total blackout in the city.«

(Moderator George Michael)

»Wir unterbrechen kurz, da ich gerade die Meldung hereinbekomme, dass seit 9:39 in weiten Teilen der Stadt der Strom ausgefallen ist. Ich wiederhole, offenbar gibt es einen totalen Blackout in der Stadt. Manhattan, Brooklyn und Teile von Queens liegen im Dunkeln. Wir bleiben dran und melden uns, sobald wir etwas Neues erfahren.«

12

Ellington Simmons befand sich auf dem Weg nach Hause, und er fühlte sich unwohl. Er hatte noch einige Besorgungen erledigt und im Drugstore bei einem Plausch mit dem Besitzer Will Petersen über Wetter, Wirtschaft und Politik die Zeit vergessen. Die Männer kannten sich seit der Schulzeit, und Ellington nahm die Meile Fußmarsch entlang der Bushwick Avenue in Richtung Saratoga Park gern in Kauf, um auf andere Gedanken zu kommen. Plötzlich waren die Lichter ausgegangen. Anfangs hatten die Kunden gelacht und die üblichen Witze über Con Ed gemacht. Aber Will hatte das Radio lauter gedreht. Nach den Breaking News bei WABC und eine gute Viertelstunde später schien allen klar zu sein, dass die Sache dieses Mal länger dauern würde.

Wills Laden lag in der Nähe des rechteckigen Parks, in dem sich seit zwei Jahren Notunterkünfte für Obdachlose befanden. Ellington erahnte die Silhouetten der kleinen Zelte, und die Schutzplanen flatterten im Wind. Irgendwo hustete sich jemand die Seele aus dem Leib, und zwei Hunde stritten miteinander. Cynthia hatte ihm erzählt, dass hier in ihrer Kindheit zweimal im Jahr ein Zirkus sein Lager aufgeschlagen hatte. Ellingtons Fantasie war ebenso ausgeprägt wie die Fähigkeit, sich immer gleich das Schlimmste auszumalen. Die Äste der Bäume schienen sich ihm jetzt bedrohlich entgegenzustrecken. Das Rauschen der Blätter war ein Flüstern, eine unheilvolle Verkündigung. Vielleicht wollte es ihn warnen, vielleicht aber auch ins Verderben locken. Trotz der schwülen Hitze, die ihn an jeder Straßenecke wie die Luft eines Heißluftföhns anfiel, fröstelte ihn. Für Stadtbewohner war Licht in den Straßen und Häusern wie das Blut in ihren Adern. Lebenswichtig, aber man nahm es die meiste Zeit über gar nicht wahr. Bis etwas geschah. Als Ellington die Hälfte des Wegs zurückgelegt hatte, fiel ihm ein, dass er noch Batterien gebraucht hätte. Er hatte gestern ein Dutzend verkauft und wahrscheinlich noch vier Stück im Laden. Wenn der Stromausfall länger dauerte, würde er mehr benötigen. Die Vorstellung, noch einmal am Saratoga Park vorbeizumüssen, hielt ihn jedoch davon ab, noch einmal umzukehren. Es war fast zehn, also musste er nur eine Stunde überbrücken und würde einfach früh ins Bett gehen. Am Morgen wurde es wieder hell. Mit oder ohne Strom. Dann war seine Cynthia wieder da, und alles wäre vergessen.

Vor dem *McDonald's* an der Bushwick Avenue standen die Mitarbeiter. Sie rauchten, und die roten Glühpunkte tanzten in der Dunkelheit umher, während sie sich angeregt unterhielten. Offenbar gab es in dem Schnellrestaurant kein Stromaggregat. Sehr vertrauenswürdig. Nicht auszudenken, wenn öfter die Kühlanlagen ausfielen. Bei dieser Hitze wurde das Fleisch wahrscheinlich nach einer Stunde wieder lebendig. Ellington entschied, in nächster Zeit lieber auf Burger zu verzichten. Auf der Hauptstraße, die die Stadtteile Bushwick und Bedford-Stuyvesant voneinander trennte, war es etwas heller als in den Wohnstraßen. Der Autoverkehr kroch wegen der ausgefallenen Ampeln quälend langsam voran, und die Abgase verpesteten die Luft nur noch mehr. Zumal einige Fahrzeuge mit laufendem Motor am Straßenrand standen. Ihre

Scheinwerfer tauchten Teile des Gehwegs in grelles Licht. Da es von unten kam, fielen die Schatten hart und auf ungewohnte Weise auf die Gesichter. Alles wirkte wie in diesem Horrorfilm, den Ellington letztes Jahr im Kino gesehen hatte. Da waren irgendwelche Untote über Friedhöfe gelaufen und hatten die Leute abgemurkst. Leider hatte er nur eine Viertelstunde mitbekommen, da Cynthia keine Minute länger hatte bleiben wollen.

Offenbar hatten sich hier ein paar Gangmitglieder der Renegados und Chicos Malos vor einem Drugstore eingefunden, um bei Bier und Musik den ungewöhnlichen Abend ausklingen zu lassen. Ellington hatte keine Probleme mit den Jungs an sich. Sie waren lärmende Angeber. Meist harmlos. Allerdings hatten die Gangs seit zehn oder fünfzehn Jahren alles verändert. In der Gruppe fühlten sich auch Kerle stark, die sonst eher den Schwanz einzogen. Früher hatte Ellington Paroli geboten, wenn ihm jemand dämlich kam. Jetzt hielt er allerdings lieber die Klappe. Zu schnell schlug eine Faust zu, oder es blitzte ein Messer auf, wenn die Burschen zu viert oder zu fünft waren. Da war es besser, eine Beleidigung hinzunehmen, als den Helden zu spielen.

*

»Lass ihn. Der Kerl hat genug«, rief eine junge Stimme aus Richtung Brooklyn Broadway.

Ellington war gerade in die Myrtle Avenue abgebogen, in der sein Geschäft und die Wohnung der Familie lagen. Hier war es ruhiger als auf der Bushwick Avenue. Dort hatten einige Besitzer sogar ihre Läden wieder geöffnet und Stühle auf die Gehwege gestellt. Wahrscheinlich hofften sie auf eine große Party wie beim letzten großen Blackout vor zwölf Jahren und einen unerwarteten Nebenverdienst durch den Verkauf von Alkohol und Zigaretten. Ellington wurde stutzig, als er ein Röcheln und dumpfes Husten hörte. Im nächsten Moment rannten drei Männer an ihm vorbei. Zögernd stand er jetzt vor seiner Ladentür. In den letzten Jahren hatte es immer wieder Überfälle auf Unbeteiligte gegeben, nachdem man sie durch Hilferufe in eine Seitengasse gelockt hatte. Die Hilfsbereitschaft in der Stadt hatte entsprechend stark nachgelassen. Er überlegte. Von den Burschen war nichts mehr zu sehen. Und das Röcheln wurde eher leiser als lauter. Er stellte die Einkäufe vor die Glastür und ging in Richtung Straßenecke, die zum Broadway führte und aus der die Geräusche kamen. Kaum war er abgebogen, sah er einen Schatten am Boden.

»Mister? Alles in Ordnung?«, fragte er zögerlich und ärgerte sich sofort über die Frage. Jemand, der um diese Zeit in Bedford-Stuyvesant auf der Straße saß oder lag, war ganz sicher nicht in Ordnung. »Soll ich Hilfe holen? Sind Sie verletzt?«

In diesem Augenblick durchbrach ein Lichtstrahl die Finsternis. Er kam aus einem Fenster über ihnen und bohrte sich fast senkrecht nach unten ins Dunkel, traf abwechselnd Ellington und den Unbekannten. Der Mann hatte sich aufgerappelt und saß am Bordstein, die Beine unbeholfen abgewinkelt, die Arme rudernd nach Halt suchend. Ellington sah etwas Blut neben ihn am Boden. Offenbar war er getreten und zusammengeschlagen worden.

»Sind Sie das, Mr Simmons?«, kam eine Stimme von oben, die zu der Taschenlampe gehören musste. »Passen Sie bloß auf! Im Radio sagen sie, dass der Strom die ganze Nacht wegbleiben wird. Solche Kerle …« Der Lichtkegel tanzte um den

Verletzten herum. »Ich meine, es gibt genug Leute, die das ausnutzen.«

Der Mann versuchte aufzustehen, stöhnte und hielt sich die Flanke. Das Blut um die Nase herum trocknete bereits ein. Der billige Anzug und das Hemd waren verschmutzt. Ellington half ihm auf.

»Das Krankenhaus ist nur hundert Meter weiter«, schlug er vor. »Vielleicht sollte sich ein Arzt die Verletzungen ansehen.«

»Geht schon. Pech gehabt.«

»Soll ich die Polizei rufen?«

»Damit ich die halbe Nacht auf dem Revier verbringen kann, um meine Aussage zu machen und einen lustlos getippten Bericht zu unterschreiben, der danach sofort im Archiv landet? Nein danke.« Der Unbekannte lachte heiser und hustete dann unter sichtlichen Schmerzen.

»Gehen Sie lieber Richtung Bushwick Avenue«, sagte Ellington, als der Mann sich etwas ratlos umblickte. »Da ist es heller. Durch die vielen Wagen.«

Er selbst stand kurz darauf vor seiner Ladentür. Der Vorfall gab ihm zu denken. Er erinnerte sich daran, wie es Mitte der Sechziger gewesen war, als im gesamten Nordosten der Vereinigten Staaten der Strom ausgefallen war. Die Leute hatten auf den Straßen gefeiert. Wildfremde Menschen, die es hierher verschlagen hatte, waren eingeladen worden, sie alle hatten miteinander getanzt, gelacht, gegessen. Aber die Stadt hatte sich in den letzten zehn Jahren verändert. Nicht zum Guten. In vielen Familien war das Geld knapp. Jeder Dritte in den Problemvierteln war arbeitslos oder lebte von Jobs mit Hungerlöhnen. Die Zahl der Einbrüche und Überfälle hatte dramatisch zugenommen. Brooklyn stand auf der Kippe. Es war zwar noch nicht so schlimm wie in der Bronx, aber rivalisierende Gangs machten auch hier viele Straßenzüge unsicher. Offen diskutierte das weiße New York, das um seine Sicherheit fürchtete, die angeblich vorwiegend von Schwarzen und Latinos ausgehende Kriminalität. Man sprach ungeniert von »Good Blacks« und »Bad Blacks«. Und die schlechten waren in der Fantasie dieser Mehlköpfe natürlich weitaus häufiger anzutreffen. Wie lange würden Viertel wie Bushwick, Bedford-Stuyvesant und East Williamsburg dem Druck von Verzweiflung und Hoffnungslosigkeit noch standhalten können? Wann begann die Spirale, sich auch hier nach unten zu drehen? Ellington versuchte, die trüben Gedanken abzuschütteln. Wer es sich leisten konnte, zog in die Vororte, tauschte graue Tristesse gegen bunte ein. Vermieter zündeten ihre heruntergekommenen Buden an, um die Versicherungsprämie zu kassieren und sich damit nach Florida abzusetzen. Und ehemals gute Adressen für Familien waren aus Profitgier in Einzimmerapartments umgebaut worden.

Ellington tastete sich vorsichtig durch den Hauptgang seines kleinen Geschäfts, sorgsam darauf bedacht, die teuren Geräte nicht mit seinen Tüten von den Auslagen zu fegen. Hinter dem Kassentresen durchsuchte er die Schubladen nach Batterien. Tatsächlich fand er noch vier Stück, wusste jedoch nicht, wo seine Taschenlampe war. Schließlich griff er seufzend nach einer USALite vom Ständer, an dem allerlei Bedarf für – so das Werbeschild – den *Little Handyman at Home,* den kleinen Handwerker im Haus, hing. Kurz darauf hatte er wieder Licht. Ein Instinkt riet ihm jedoch, nicht nur die Vordertür abzuschließen, sondern möglichst wenig Aufmerksamkeit zu erregen. Schnell deckte er zwei gute Fernseher und eine teure Stereoanlage mit Tüchern ab, dann knipste er seine Lampe aus und blickte hinaus auf die Straße. Er fragte sich, was es war, was ihn ängstigte. Und plötzlich kannte er die Antwort. Wäre er in einem Wald gewesen, dann hätte ihn die Stille, das Verstummen der Vögel, stutzig gemacht. Da draußen schienen alle den Atem anzuhalten. Er hatte es jedes Mal als Kind getan, wenn er seine nicht gerade prächtigen Zeugnisse nach Hause gebracht hatte. Abwarten, still sein, schauen, was kommt. Manchmal hatte er sich ein paar eingefangen, manchmal hatte er Glück gehabt.

13

Cynthia Simmons stand mit ihren Kolleginnen unschlüssig im Eingangsbereich von Crickley & Waters. Rauchen war zwar nur in den Pausen erlaubt. Aber die allgemeine Nervosität hatte schließlich alle Bedenken beseitigt, und gerade machte die zweite Packung Kool die Runde.

»Sollen wir nach Hause fahren?«, fragte Firefly zum wiederholten Mal.

»Keine Arbeit, kein Geld«, erwiderte Betty. »Nichts für ungut, aber diese Schnösel werden ABC-Services die Nacht von der Rechnung abziehen.«

»Sollen wir im Dunkeln Wollmäuse jagen?«, fragte eine andere Kollegin.

In den Büros waren nur die Notbeleuchtungen, kleine Lichtleisten und einzelne Spots, wieder angesprungen. Bettys Nachfrage beim Nachtmanagement des ESB hatte ergeben, dass die hauseigenen Aggregate zwar arbeiteten, aber dass der Strom vor allem für die Anlagen der im Gebäude befindlichen Radiosender und für die Aufzüge gebraucht wurde. Cynthia war überzeugt davon, dass auch die in den obersten Etagen gelegenen Edelapartments Notstrom bekamen. Aber sie behielt ihre Vermutung lieber für sich, um nicht irgendwelche nervtötenden Diskussionen über die Vorrechte der Reichen loszutreten.

»Wir können uns unten zwei Taschenlampen abholen«, meinte Betty resigniert, nachdem sie das Telefonat mit dem Hausmeisterdienst beendet hatte.

Firefly und zwei weitere Frauen hatten versucht, im Dämmerlicht der wenigen Leuchtstofflampen die wesentlichen Arbeiten auszuführen, waren jedoch gescheitert. Ständig stießen sie an Tische, stolperten über Mülleimer oder Kabel. Daraufhin hatte Betty weitere Arbeiten zunächst untersagt, denn die Versicherungen für Reinigungsunternehmen hatten hohe Eigenbeteiligungen. Nun standen die sieben Frauen herum und hofften auf ein Ende des Blackouts. Gerade hatten jedoch die News um halb elf jede Hoffnung darauf zerschlagen.

»Also gut«, meinte die Leiterin, nachdem sie ihren Mann angerufen hatte. »Die Sache wird dauern. Herb hat noch eine Anfrage bekommen. Ein paar Clubs in Midtown und der Upper Side machen Party. Er hat für uns einen Auftrag in der 54th ergattert. Nicht weit von hier.«

»Echt jetzt? Du willst, dass wir wieder durch die City laufen?« Firefly schien den Anwesenden aus dem Herzen zu sprechen, denn sie nickten alle. »Vielleicht sollten wir cinc Show aufmachen, Ladys«, sagte sie an die Kolleginnen gewandt und schwang aufreizend ihren runden Hintern. »*The Cleansing Betty Boops.* Was sagt ihr?«

»Clubs sind eklig«, meinte Cynthia. Sie dachte an all die Dinge, die Menschen unter und neben sich ließen. Und an einigen Orten wie Diskotheken und Nightclubs glaubten sie, dass sie es damit auch noch übertreiben durften, weil sie schließlich Eintritt bezahlt hatten.

»Immerhin«, sagte Betty. »Wir hätten etwas zu tun. Und der Besitzer hat zehn Mäuse als Bonus versprochen. Für jede von uns.« Sie zuckte mit den Schultern und hob dazu die

Hände. »Oder aber es geht nach Hause, und euch fehlen vier Stunden Lohn.«

Betty war zwar nett. Aber sie war auch eine knallharte Geschäftsfrau. Und sie wusste genau, dass da draußen für jede Angestellte zwei andere auf einen Job in ihrem Team warten. Folglich bestand der Protest jetzt nur aus leisem Murren.

»Okay, wir packen zusammen.« Firefly gab auf, und damit war jede mögliche Rebellion der Truppe im Keim erstickt. Wenn sie keinen Stunk mehr machte, dann wagten es ihre Kolleginnen erst recht nicht. »Wohin geht es?«

»Studio 54 heißt der Laden«, antwortete Betty. »Denen fiel in der 54th Straße wohl nichts Besseres ein.«

*

Das wohlhabende Manhattan hatte ein Problem. Denn das Feiern war für viele zu einer Art Glaubensfrage geworden, die sogar Beziehungen scheitern ließ. Wohin sollte man nur gehen, um ordentlich Dampf abzulassen? Immer noch gab es die Ausläufer des guten, alten Rock 'n' Roll, der einfach nicht totzukriegen war. Und dessen weichgespülte Versionen, als späte Elvis- und neue Neil-Diamond-Imitate durch die Straßen und Musikclubs zogen. Ebenso fand man einige übrig gebliebene Beatniks neben Teddy-Boy-Neuauflagen. Die einen bekamen naturgemäß von ihrer Umwelt nur wenig mit, da LSD, Pilzextrakte oder Shit zu einem festen Bestandteil ihres Stoffwechsels geworden waren. Die anderen waren aggressiv und überheblich wie immer. Und sie zeigten jedem mit einem anderem Musikgeschmack oder anderer Hautfarbe ihre Abscheu. Eindeutig bestimmend jedoch war bis vor zwei Jahren der New Yorker Punk gewesen. Die Dolls und Television hatten dabei

Maßstäbe gesetzt, die nun jeder minderbegabte Musiker mit drei Akkorden und ungezogenem Benehmen zu toppen versuchte. Halb gare Bands, talentfrei und flegelhaft, fluteten die Stadt, verdarben den Geschmack und die Preise für Gigs.

Aber all dies war nichts gegen das Discofieber, das Big Apple seit einigen Monaten endgültig und unheilbar befallen hatte. Und David Mancuso war dessen Wegbereiter gewesen, hatte mit seinen Loft-Partys bereits Jahre vorher die Saat gelegt, die nun explosionsartig aufging.

Cynthia staunte nicht schlecht, als sich die Silhouette des Nachtclubs aus dem Halbdunkel zwischen 8th und Broadway schälte. Es schien zunächst, als wäre das Studio 54 nur ein weiteres Theater, das sich im rückwärtigen Glamour der berühmten, teuren Straßenzüge sonnte. Wenn es so war, dann musste dieser Ort äußerst beliebt sein, denn es stand eine Menschenmenge vor dem Eingang, die eher zum Superbowl gepasst hätte. Sie wunderte sich immer wieder über diese Welt der Stars. Klar, sie kannte Elvis, Sinatra und natürlich Sammy Davis. Sie hatte in den Fünfzigern gern getanzt. Aber die Leute, die hier anstanden, konnten doch kein normales Leben füh-ren, wie sie es kannte. Es war fast halb elf, mitten unter der Woche. Wer reinkam, feierte sicherlich bis drei oder vier. Wer konnte danach noch arbeiten? Viele Leute schienen total aufgekratzt. Offenbar machte der Blackout dieses Event nur noch interessanter. Am Eingang standen zwei Muskelprotze, und durch die Menge schritten zwei weitere, die aussahen, als wären sie bei einer Musterung der Army. Immer wieder tippten sie jemandem – meist waren es gutaussehende junge Frauen – an die Stirn. Diese kreischten daraufhin so begeistert, dass man meinen konnte, sie hätten bei Jeopardy! groß abgeräumt. Neidisch und ehrfurchtsvoll machten die übrigen Wartenden dann Platz, und eine Gasse öffnete sich für die wenigen Auserwählten, die in den Club hineingelassen wurden.

»Mick Jagger war auch schon hier«, schwärmte Firefly.

»Ich dachte, du stehst nicht auf magere weiße Ärsche«, ätzte eine Kollegin gegen sie, lachte dann aber.

»Den schmalen Burschen würde ich schon aufpäppeln«, kam es zur Antwort. »Und bei mir hätte er endlich mal etwas zu greifen. Weiße Frauen bringen's doch nicht.«

Alle lachten und machten weitere anzügliche Witze über schwarz-weiße Vorzüge und Nachteile. Cynthia hatte von der Eröffnung des Clubs vor drei Monaten gelesen. In den *Daily News* wurden regelmäßig die Prominenten aufgezählt, die sich hier vergnügten. Sogar Pferde und Affen hatte man hier schon hineingelassen. Manche Leute kamen nackt, andere hatten sich mit Farbe übergossen, um auf sich aufmerksam zu machen. Kaum hatte jetzt die Putzkolonne, ausgestattet mit Eimern, Besen, Wischmopp und Chemikalien, das Ende der Warteschlange erreicht, als sofort ein Türgorilla erschien und die Menge wenig rücksichtsvoll zur Seite schob, um ihnen Platz zu machen. Er grinste zufrieden, hielt sie wohl für eine gute Attraktion des Abends.

»Cleansing Betty Boops. Sag ich doch.« Firefly grinste triumphierend.

»Seid ihr die Black Apes?«, fragte der Mann, dessen Kopf seltsam klein auf dem viel zu massigen Körper saß. Er schien irgendwie direkt zwischen den Schultern angeschraubt, ein Hals fehlte.

»Ich gebe dir gleich mal schwarze Affen, du rosa arschiges Milchgesicht«, schnauzte Firefly ihn an.

Bevor es zum Eklat kommen konnte, hatte Betty das Missverständnis geklärt, und sie wurden ohne weitere Bemerkungen nach vorn durchgelassen. Es schien, als blickten viele Hoffende neidisch auf die schwarzen Frauen, und sicherlich überlegten bereits einige, wie sie beim nächsten Mal an eine ähnliche Ausrüstung kamen. Das Gebäude, in dem sich das Studio 54 befand, war als Theater errichtet worden. Es gab vorn eine Art Foyer, in dem die Leute dicht gedrängt standen, tranken und tanzten. Als Cynthia die Duftmischung aus Rasierwassern, Parfums, Alkoholdunst und Schweiß wahrnahm, hielt sie beinahe reflexhaft nach Essigreiniger und Bleichmittel in ihrem Putzeimer Ausschau. Manche Gäste sahen tatsächlich aus, als wären sie gerade einer Lauge entstiegen. Ihre Gesichter wirkten fast wie gekalkt, und auch die Haut an Oberkörpern und Armen hatte eine ungewöhnliche Blässe. Wahrscheinlich das Licht, überlegte sie. Oder Theaterschminke. Wie immer war die Welt dort, wo das Geld zu Hause war, fast reinweiß. Zwischen vielleicht hundert Gästen bemerkte Cynthia höchstens drei oder vier Farbige.

»Hier entlang, meine Damen«, begrüßte sie ein Mann in sehr knapper Badehose, die hinten beide Pobacken frei ließ. Obenrum war er wie ein Concierge gekleidet. Er trug dazu eine riesige blaue Brille, in der sich jedoch keine Gläser befanden. Auf dem Kopf saß die Schirmmütze eines deutschen Offiziers aus dem Weltkrieg. Entweder war dies hier ein Irrenhaus, oder der Kerl hatte einen schlecht sortierten Kleiderschrank.

»Man wird morgen unsere Leichen finden«, flüsterte Firefly ihren Kolleginnen zu. »Die Bude ist doch voll mit Bekloppten! Lauter Weißbrote, die sich ihren Verstand längst durch die Nase geblasen haben.«

Der Mann geleitete Bettys Trupp zu einer Treppe, die in den ersten Stock führte. Dort gab es noch die ehemaligen Logen und Balkone, während die Sitzplätze im Rund abgebaut worden waren. Hier tanzten einige geisterhafte Figuren gefährlich nahe am Rand, der nur durch ein kniehohes Geländer gesichert war. In einer Ecke gab es eine Tür, die in einen Bereich führte, der durch Wände nachträglich vom ehemaligen Rang des Theaters abgetrennt worden war.

»Wir hatten heute Nacht nicht mit einem derart großen Andrang gerechnet«, meinte der Concierge. »Gegen Mitternacht werden diese Räume …« Er schien nach einem Wort zu suchen. »Man kann sie buchen. Für private Gespräche, Meditationen und Mußestunden. Wir sind ein ordentliches Haus.«

Sicher, dachte Cynthia und sah Firefly wissend an. Gespräche, die im Liegen geführt werden. Auf einem riesigen Wasserbett.

Ein Stapel kleiner Edelstahltabletts lag auf einem Regal. An den Enden des Betts waren Ringe angebracht. Offenbar ließen sich einige Gäste bei ihren Meditationen anketten. Am Fußende stand ein Schrank, dessen Türen geschlossen waren. Der Schlüssel steckte im Schloss. Die Wände waren jedoch das Ungewöhnlichste. Es gab keine Fenster, da sie sich im Zentrum des Gebäudes befanden. Die Tapeten – wenn man sie so nennen wollte – bestanden aus Gummi unterschiedlicher Farbe. Der Boden war gefliest.

OP-Saal oder doch Irrenhaus, überlegte Cynthia. Auf jeden Fall abwaschbar. Und sofort wurde ihr klar, dass ebendies beabsichtigt war. Alle Spuren, die die Nacht und ihre Gäste hier hinterließen, sollten notfalls beseitigt werden können. Restlos.

»Einfach alles auf Vordermann bringen«, sagte der Badehosen-Clown. »Neue Bettwäsche wird im Flur zur Verfügung gestellt. Beseitigen Sie bitte alle Spuren vorheriger Nutzung. Gründlich.«

Habe ich es doch gewusst, dachte Cynthia und lächelte dünn. Als der Mann gegangen war, öffnete die notorisch neugierige Firefly sofort den Schrank, bevor Cynthia sie daran hindern konnte. Die junge Frau stieß einen Laut der Überraschung aus, eine Mischung aus einem Quieken und unterdrücktem Aufschrei. Dann prustete sie los, griff nach einer Reitgerte und schwang sie in der Luft.

»Bei diesen Toys würden die Süßen aus der Christopher Street aber Augen machen«, rief sie dabei.

»Bist doch bloß neidisch«, erwiderte eine Kollegin, die Betty für heute Nacht aus ihrem Queens-Team rekrutiert hatte.

Bevor es jetzt zum Streit kommen konnte, ging ihre Chefin dazwischen und klatschte in die Hände.

»Eine Stunde, Mädels. Und wir bekommen zwei bezahlt. Strengt euch also an«, wies sie ihre Mitarbeiterinnen an.

In diesem Moment kehrte der Concierge zurück und besprach sich kurz mit Betty. Sie winkte Cynthia heran.

»Im Backstage-Bereich brauchen sie eine Fachkraft.« Sie zwinkerte Cynthia zu. »Da haben offenbar ein paar Ferkelchen gehaust. Und vor dem neuen Gig um Mitternacht solltest du da mal etwas aufräumen.«

Cynthia nickte, nahm ihre Sachen und folgte dem Mann, der sie wieder nach unten führte. Das Lokal war mittlerweile gerammelt voll. Sie schätzte, dass allein der Eintrittspreis mehrere Tausend Dollar in die Kasse gespült haben musste. Und die Getränkepreise waren ebenfalls nicht von schlechten Eltern. Drei Mäuse für eine Coke, fünf mit Schuss. Und dann gab es noch *Specials* auf Anfrage, die allerdings in einem gesonderten Raum ausgeschenkt wurden. Mädchen mit bemalten, nackten Oberkörpern wanden sich schlangenartig durch die Menge. Dabei jonglierten sie geschickt mit Tabletts, wie Cynthia sie in dem Gummi-Spielzeug-Zimmer oben gesehen hatte. Und darauf befand sich – nichts. Dennoch winkten Gäste immer wieder eine der Kellnerinnen zu sich. Offenbar wussten sie, was sie bei ihnen bestellen konnten. Auf der ehemaligen Theaterbühne stritten gerade zwei skurrile Gestalten miteinander, die sich mit übergroßen Mikrofonen aus Schaumstoff erst einen Fechtkampf lieferten und dann mit kleinen Sahnetörtchen bewarfen. Sie ähnelten vom Aussehen her verdächtig Sonny & Cher. Offenbar gewollt, denn zu ihrem Treiben erklang *I Got You Babe.* Und seitlich stand seelenruhig eine Schimmelstute, der man ein rosafarbenes Horn auf den Kopf geschnallt hatte, und fraß sich durch einen Sack Hafer.

Und in der *Ed Sullivan Show* war es vor zehn Jahren bereits ein Skandal gewesen, wenn ein Gast gerülpst hatte, erinnerte sich Cynthia amüsiert. Sie sah sich noch einmal um, bevor sie in einen schmalen Gang neben dem roten Vorhang trat. Die meisten Gäste in diesem Club waren zwanzig Jahre jünger als sie. Das Ganze wirkte wie ein großer Sandkasten, in dem sich die Kids reicher Eltern austobten und ihren Spaß hatten. Dabei zündete sich mancher eine Kippe mit einem Greenback an. Sollte wohl amüsant sein. Bitter nur, dass Cynthias Nachbarin in Bedford nicht wusste, wie sie ihre vier Kinder durchbringen sollte, nachdem ihr Mann das Weite gesucht hatte. Es war nun einmal Schicksal, mit welcher Hautfarbe und an welchem Ort du zur Welt kamst. Der Rest war dagegen der reinste Kinderkram.

»Weshalb haben Sie eigentlich Strom im Überfluss?«, fragte sie den Concierge, der vor ihr stand und eine Tür öffnete.

»Überall ist es dunkel, und bei Ihnen brennen die Tausend-Watt-Scheinwerfer.«

»Mr Rubell, der Besitzer ist eben gern vorbereitet«, antwortete der Mann in etwas blasiertem Tonfall, als wäre Cynthias Frage eine Beleidigung. »Wir haben im Keller zwei moderne Stromerzeuger und Brennstoff für zwei Wochen. Falls die Russen mal Ernst machen, werden wir gerüstet sein.«

Die Leute feiern noch Partys, wenn draußen schon längst die Welt brennt, dachte Cynthia, schwieg jedoch.

»Die Umkleide muss in einer halben Stunde fertig sein«, sagte der Concierge und schob sie durch die Tür in einen kleinen Raum mit drei Stühlen, Schminktisch und Spiegel. »Kriegen Sie das hin?«

Cynthia nickte und schaltete in ihren Arbeitsmodus um. Sie griff nach dem Eimer und ordnete die Lappen, Schwämme und Tücher. Zuerst einen Überblick verschaffen, dann planen. Möbel verrücken, das Grobe angehen. Die Feinarbeiten. Und zum Schluss die Eyecatcher, also all jene Zonen – die sie natürlich kannte – säubern, die dem Kunden wichtig waren und die sofort ins Auge fielen. Dreck auf der Seifenschale wog schwerer als Staub auf dem Regal. Und Schlieren auf dem Spiegel galten unter Profis ihrer Branche als Sakrileg. Eine normale Reinigung unterschied sich von einer guten Reinigung durch das entscheidende Detail. Wer im Kleinen pfuschte, konnte im Großen kein Könner sein. Ein Fingerabdruck auf dem Glastisch, die winzigen Spritzer von Zahnpasta am Becherhalter, die kleine Wollmaus hinter der Schuhablage. Ohne Planung war man drei Stunden zugange, Cynthia brauchte exakt dreißig Minuten für ihre Spezialausführung, die sie *Variante Blitzblank* nannte. Gutes Geld für gute Arbeit.

»Kann ich schon rein?«, fragte eine Männerstimme hinter ihr. Passend zur ausgelassenen Stimmung draußen klang sie zunächst jovial, fast schnoddrig-aufgekratzt. Dann jedoch hörte Cynthia, die gerade noch einmal den Make-up-Organizer kontrollierte, eine deutliche Verunsicherung aus ihr heraus. »Cyn? Bist du das?«

Sie hatte gar nicht bemerkt, dass sich die Tür geöffnet hatte, drehte sich um und stieß einen Seufzer aus. Vor ihr stand Jeffrey, Pamelas ehemaliger Freund und zukünftiger Vater von Cynthias Enkelin. Dieser Tag, vielmehr die Nacht hielt offenbar noch weitere Überraschungen bereit. Eine Zusatzschicht. Ein durchgeknallter Maler. Der Blackout. Das 54. Und jetzt Jeffrey. Plötzlich fühlte sie sich müde und sehnte sich nach ihrem Bett.

»Ich … Ja, ich wollte sagen, dass …«, stotterte der junge Mann herum. »Ich meine, wie geht es Pam? Also, ich meine natürlich, wie geht es den beiden?«

»Du könntest sie selbst fragen.« Cynthias Stimme klang unfreundlicher, als sie es beabsichtigt hatte.

Sie mochte Jeffrey. Ihr Mann war anfangs deutlich reservierter gewesen, als Pamela ihnen den jungen Musiker vorgestellt hatte.

»Ich habe nichts gegen Weiße«, hatte sich Ellington gewehrt, als sie ihn damals zur Rede gestellt hatte. »Aber muss es denn ein Musiker sein?«

Natürlich hatte er in dieser Sache nichts zu melden gehabt. Pamela war zu diesem Zeitpunkt bereits Mitte zwanzig gewesen und entschied selbst, wen sie mochte und wen nicht. Und insgeheim hatten sich die Eltern bereits Sorgen gemacht, weil sie vorher nie einen Freund mit nach Hause gebracht hatte. Immerhin fanden Jeffrey und Ellington in der Folgezeit über die für Musiker wichtigen Themen E-Gitarre und Synthesizer zusammen. Cynthia war es egal, ob ein zukünftiger Schwiegersohn blau, grün oder orange war. Hauptsache, sie sah ihre Tochter glücklich. Warum nur hatte er ihr jetzt das Herz brechen müssen? Es gab doch für alles eine Lösung. Aber vielleicht gelangten nur Mütter zu dieser Einsicht und Weisheit, die den Jüngeren verschlossen blieben.

»Wie?«, fragte Jeffrey verdutzt. »Ich habe doch … Hast du schon mit Ellington gesprochen?« Er stotterte noch weiter herum, ein Eiertanz, bei dem er sich offenbar bemühte herauszufinden, was Cynthia wann von wem erfahren hatte.

»Mein lieber Schwiegerfreund.« Sie korrigierte sich. »Ex-Schwiegerfreund. Es wäre schön, wenn du nicht weiter um den Brei herumreden würdest. Ich arbeite seit heute früh, war nur kurz zu Hause und habe noch die Spätschicht übernommen. Was meinst du? Wieso hätte ich mit Ellington sprechen sollen? Und worüber?«

»Du weißt es also nicht?«

»Was denn?« Cynthia wurde laut. Sie kannte Jeffrey gut. Er lebte in seinen eigenen tonalen Welten. Ein paar Akkorde konnten ihn schnell vergessen lassen, dass er weder Milch noch Brot im Haus hatte. Und als Musiker begann das Alphabet für ihn ohnehin mit dem C. »Du machst gleich Bekanntschaft mit meinem Wischlappen, wenn du mir nicht sofort sagst, was los ist!« Sie griff zu dem grauen Baumwollteil, das über dem Wassereimer hing.

»Ich habe bei euch angerufen«, sagte Jeffrey. »Gegen acht. Ellington war irgendwie durch den Wind. Aber dann hat er mir erzählt, dass Pamela im Bellevue zur Vorsorge war. Wegen dem Baby.«

»Jeffrey!« Cynthia spürte, wie sich ihr die Kehle zuschnürte.

»Ja, es ist alles in Ordnung. Also, nein, nicht ganz.« Er hob abwehrend die Hände, als Cynthia zwei Schritte auf ihn zukam. »Sie wird zur Beobachtung eine Nacht in der Klinik bleiben. Aber El sagte, es ist sonst alles okay.«

»Alles okay, sagst du?«, fuhr Cynthia ihn an. »Mein Mädchen liegt mit ihrer Kleinen auf Station? Und die Herren Väter halten es beide nicht für nötig, mir Bescheid zu geben? Weder der alte noch der junge?«

»Ich ... Wie hätte ich ahnen sollen ...? Ich dachte, dass Ellington dir ...«

Cynthia baute sich bedrohlich vor ihm auf. Sie war einen halben Kopf kleiner als er, aber wahrscheinlich hätte niemand in diesem Moment gewagt, auch nur laut zu atmen. Jeffrey sah sie hilflos an. Obwohl er einen Dreitagebart trug, hatte sich sein Gesicht kindliche Züge bewahrt. Er stand einfach da, und seine Miene schien auszudrücken, dass der Teppich und die Gardinen ganz von selbst schmutzig geworden waren. Und dass er sich nicht erklären konnte, wer von dem Kuchen genascht hatte. Dann ging plötzlich alles ganz schnell. Ohne auf ihre Ausrüstung zu achten, verließ Cynthia den Raum und suchte nach dem Badehosen-Mann, der hier offenbar im Moment das Sagen hatte. Als sie ihn gefunden hatte, bestand sie darauf, sofort vom Hausapparat aus zu telefonieren.

Aber bei ihr zu Hause nahm Ellington nicht ab. Und die Leitungen im Bellevue Hospital waren offenbar überlastet. Oder saß man dort etwa vor stromlosen Haustelefon-Anlagen? Cynthias innere Unruhe nahm zu. Sie sah auf die Uhr, dann zu Jeffrey, der unentschlossen in der Tür stand.

»Was machst du eigentlich hier?«, fragte sie und versuchte ihre Stimme zu steuern, sodass sie nicht allzu hysterisch klang. »Deine ... Pamela liegt im Krankenhaus, und du hast nichts Besseres vor, als zu feiern?«

»Ich arbeite«, kam ein müder Protest zurück. »Ich habe doch gesagt, dass ich mir ein paar Kontakte aufbaue. Dass es ernst wird mit der Musik. Für den Auftritt heute bekomme ich fünfzig Piepen. Ich bin nämlich kein Loser!« Er klopfte sich mehrmals gegen die Brust, wie Cynthia es bei jungen Gangmitgliedern in den Straßen von Brooklyn beobachtet hatte, wenn sie einer Aussage über sich selbst Nachdruck verleihen wollten. Offenbar schwappten einige typisch schwarze Gesten ins weiße Lager über.

»Hat auch niemand behauptet. Aber um eine Familie zu ernähren, muss man schon …« Sie hielt inne. Das Thema fraß sie mächtig an. Auch und vor allem, weil sie sich dabei uralt fühlte. Vorhaltungen und Predigten hatte sie sich als Teenager schon zur Genüge von ihrer eigenen Mutter anhören müssen. Und eigentlich hatte sie anders werden wollen. Aber von Luft, Liebe und ein paar Songs konnte wirklich niemand leben. Zudem waren sie und Ellington selbst fast pleite, sodass sie das junge Paar finanziell nicht unterstützen konnten. Im Gegenteil hatte in letzter Zeit sogar Pamela mehrmals die Stromrechnung ihrer Eltern bezahlt. Und in diesem Club kippten ein paar Celebs und über hundert freakige Wannabes Drinks für zehn Dollar und mehr, als wären sie Wasser.

»Ich muss zu ihr«, meinte sie schließlich, mehr wütend auf sich selbst als auf Jeffrey. »Kommst du mit?«

»Wenn ich den Auftritt versaue, dann bin ich draußen. Bitte, sobald ich fertig bin …« Er stockte und wich einen Schritt zurück, als erwartete er, nach dem nächsten Satz Schläge zu bekommen. »Okay, ich muss dann noch kurz hoch in die Upper Side. Gegen 3 Uhr bin ich fertig. Dann komme ich. Versprochen. Und ich bringe auch Blumen mit.«

Auf der Bühne brach offenbar ein Tumult los. Ohrenbetäubender Lärm drang bis hierher in die hinteren Räume, und Cynthia hatte die letzten Worte kaum verstanden. Sie winkte ab und riss sich den Putzkittel vom Körper. Noch einmal würde sie sich nicht zum Tanzäffchen machen, wenn sie jetzt losmarschierte. Sie eilte an dem Vorhang vorbei und warf einen Blick nach oben. Dort war ein Boxring aufgebaut worden.

»Stallion! Stallion! Stallion!«, skandierte die Menge und schwang dabei die Fäuste wie auf einem Wahlkampfabend der Republikaner. Da die Stute immer noch auf der anderen Seite stand, befürchtete Cynthia bereits das Schlimmste. Die Leute wollten nicht wirklich, dass jetzt ein Hengst …? Hier während der Show? Regelrecht erleichtert nahm sie wahr, dass in diesem Moment ein junger Schauspieler in den Ring stieg, den sie aus *Newsweek* kannte. Sie erinnerte sich, dass er einen Boxfilm gedreht hatte, der recht erfolgreich gewesen war. Und den Fight am Ende hatte ausnahmsweise sogar mal ein Schwarzer gewonnen. Komischer Name, seltsames Gesicht. Irgendwie hängend. Es gab Hunde, die ähnlich aussahen. Weder fielen ihr der Name des Schauspielers noch der der Hunderasse ein.

»Hey, ist der Raum fertig?«, fragte der Concierge, der überall und nirgends zu sein schien.

»Yep. Aber ich muss los. Familiensache. Richten Sie meiner Chefin aus, dass es um meine Tochter geht. Und die Kolleginnen sollen den Putzkram noch rausholen.«

14

Pamela hatte sich kurzerhand einen Arztkittel ausgeborgt, um auf dem Weg ins Erdgeschoss nicht allzu sehr aufzufallen. Immer wieder gab es Leute, die einfach ausbüxten. Nestflüchter, die die heimelige Atmosphäre der Klinikzimmer und das gute Essen einfach nicht zu schätzen wussten oder die durch Medikamentengabe verwirrt waren. Bei Schwangeren konnten psychotische Episoden sogar dazu führen, dass manche Frauen ihren Zustand schlicht nicht wahrhaben wollten, sich in enge Jeans zwängten und vorn am Eingang bei den Taxis wieder aufgegriffen wurden. Pamela kamen jetzt erste Zweifel an ihrem Vorhaben, als sie im Treppenhaus stand. Treppauf wäre bereits ein kräftezehrendes Unterfangen für ausgebildete Sumoringer gewesen. Treppab jedoch war schlicht ein Martyrium. Jeder Schritt ein Blindflug. Jedes Aufsetzen der Füße eine gefühlte Detonation in den Eingeweiden. Sie brauchte eine Viertelstunde für die vier Stockwerke. Unten angekommen, überlegte sie, ob sie sich hinsetzen und ausruhen sollte, entschied sich jedoch dagegen, da sie fürchtete, nicht wieder hochzukommen.

»Pam? Was machst du hier?«, fragte eine Kollegin. »Alles gut bei dir? Teddie sagte, dass du zur Beobachtung auf der Gyn geblieben bist.«

»Ihr könnt doch sicherlich jede Hand brauchen.« Pamela

winkte ab, zwang sich, nicht zu schnaufen. Jeder Satz mit mehr als drei Worten verursachte Luftnot.

»Hier ist der Teufel los.« Die andere Schwester nickte. »Seit dem Ausfall ist es zappenduster. Aber Pete sagte, dass er uns zwei Generatoren bringen wird.«

Also hatte der Haustechniker leider recht gehabt mit seiner Befürchtung, dachte Pamela. Unglaublich, dass ein Krankenhaus wie das Bellevue über keine eigene Stromversorgung für Notfälle verfügte. Sie schüttelte die Gedanken ab. Darüber konnte man sich später die Köpfe heißreden.

»Wie viele?«, fragte sie.

»Drei schwere, fünf auf der Kippe«, antwortete ihre Kollegin. »Das Department und die Funkzentrale haben vier Verletzte angekündigt, die wir auf jeden Fall nehmen müssen. Die anderen Häuser melden auch schon Überlastung.«

In der Ambulanz wurde sofort nach dem Eintreffen neuer Patienten eine Bewertung durchgeführt. *Schwer* hieß, dass diese Menschen umgehend versorgt werden mussten. *Auf der Kippe* bedeutete, dass man meist noch etwas Zeit hatte, die Leute jedoch genau im Auge behalten sollte.

»Hammer«, erwiderte Pamela. »Acht ist heftig. Und dann noch vier dazu? Sollen wir etwa Streichhölzer verteilen? Oder die Wundversorgung bei Kerzenschein machen?«

Plötzlich wurde irgendwo auf dem dunklen Flur ein Vorhang zur Seite gerissen. Jede Notfallschwester kannte dieses Geräusch. Und es verhieß nie Gutes. Im besten Fall fühlte sich ein Wichtigtuer oder Anwalt schlecht behandelt und wollte sich nur lauthals beschweren. Weitaus häufiger geschah das, was Pamelas Verstand bereits vorweggenommen hatte.

»In die Zwölf!«, rief eine weibliche Stimme. Energisch, ohne einen Anflug von Angst oder Hektik. Pamela erkannte sofort, dass es ihre Freundin Teddie war. »Herzstillstand! Ein Notfall in der Zwölf!«

Erstaunlich behände folgte Pamela ihrer Kollegin, die sofort losrannte. Beide Krankenschwestern erreichten beinahe gleichzeitig die Kabine zwölf. Man hätte ihnen die Augen verbinden können, und sie hätten den Weg gefunden.

»Myra, du besorgst den Defibrillator. Und sieh zu, dass du einen Arzt findest. Ich helfe Teddie.«

Der Gang der Aufnahmestation war im vorderen Bereich etwas besser beleuchtet. Diffuses, trübes Licht drang durch die oberen Fenster und den Glasbereich am Eingang. Und aus dem abgetrennten Raum der Zwölf schien es zu blinken. Pamela schob den Vorhang ganz zur Seite und sah, dass Teddie sich über dem Körper eines vielleicht sechzigjährigen Mannes abmühte. Sie führte gerade eine Herzdruckmassage aus und hielt dabei eine kleine Taschenlampe im Mund. Das Ding flackerte heftig. Der Patient hatte bereits einen speziellen Tubus im Mund, der verhindern sollte, dass sich die Zunge vor den Kehlkopf legte. Eben ließ Teddie vom Brustkorb ab, legte die Lampe ab, beugte sich über die Röhre, die aus dem Mund des Mannes ragte und blies Luft hinein. Dabei tastete sie mit der flachen Hand abwechselnd an dessen Flanke und Magen. Pamela brauchte keine fünf Sekunden, um aus dem Notfallwagen einen Beatmungsbeutel hervorzuziehen. Kurz darauf tauschte sie mit Teddie die Position. Ruhig und gleichmäßig pumpte sie jetzt Luft über den Tubus in die Lunge des Patienten, während ihre Kollegin die Druckmassage fortsetzte. Erst in diesem Moment schien Teddie überhaupt zu bemerken, dass sie nicht mehr allein war.

»Schön, dass du da bist, Pam.«

Pamela nickte nur.

»Miller und Hughie sind gerade bei einer Not-OP.« Nach Luft schnappend trat Myra in die Kabine. »Ein geplatztes Aneurysma. Kann also dauern. Larson hatte einen Autounfall auf dem Weg hierher. Die Polizei hat angerufen. Es geht ihm gut, aber er kommt später.«

»Wer ist denn von den Docs überhaupt da?«, fragte Pamela.

»Nur noch Chris.«

Na prima, ausgerechnet Chris, dachte Pamela. Er war Assistent im ersten Jahr und für die Aufnahme viel zu unsicher. Im selben Augenblick betrat Christopher Dorson die Kabine. In der Hand hielt er einen Notizblock, eine Unart aus Studentenzeiten, die er auch nach vier Monaten als Assistenzarzt nicht abgelegt hatte. Langsam wurde es eng hier drin. Myra hantierte mit dem Stecker des elektrischen Ungetüms, das sie mitgebracht hatte, herum. Der Defi war mit Abstand das modernste Gerät hier unten. Dann fluchte sie plötzlich und ließ das Kabel fallen. Mit ihrer Taschenlampe leuchtete sie auf die Reihe der Schalter, fand schließlich den Batterietaster und legte ihn um. Nichts geschah. Myra beugte sich zur Seite und fluchte erneut.

»Irgendein Idiot hat die Batterie ausgebaut.«

»Wahrscheinlich ist sie im anderen Gerät«, mischte sich Dr. Dorson ein. »Myra, schauen Sie bitte nach.«

»Vielleicht erst Supra und Dopamin, Dr. Dorson?«, schlug Pamela vor. »Danach ein EKG. Was denken Sie? Mit Glück brauchen wir den Defi dann gar nicht.«

»Ich fürchte, wenn wir noch mehr Zeit verlieren, brauchen wir wirklich gar nichts mehr«, sagte Teddie.

Die Zeit lief ihnen davon, das wussten alle. Wenn die Pumpe des Patienten nicht innerhalb der nächsten zwei Minuten wieder ansprang, musste man trotz der korrekt durchgeführten Wiederbelebungsmaßnahmen Schäden am Gehirn befürchten.

»Ja natürlich.« Dorson blätterte in seinem Block hektisch zu den ersten Seiten. Pamela hatte sich die Notizen vor einigen Wochen einmal angesehen und wusste, dass der junge Arzt dort die Basics notiert hatte. »Einen Milliliter Suprarenin auf zehn Milliliter aufziehen, Myra.«

»Danke, dass Sie mich daran erinnern, Doktor«, gab die Krankenschwester süffisant zurück. »An die Verdünnung hätte ich sonst nicht gedacht.«

Kaum eine halbe Minute später hielt sie die Spritze in der Hand und wartete auf Anweisungen. Dorson bedeutete Pamela und Teddie, die Reanimation kurz zu unterbrechen, und prüfte mit seinem Stethoskop den Herzschlag. Dann gab er Myra ein Zeichen, das Medikament zu spritzen. Erst jetzt stellte Pamela erleichtert fest, dass der Patient bereits einen venösen Dauerzugang am linken Unterarm hatte. Myra injizierte langsam das Mittel. Dorson schüttelte den Kopf, und die beiden Schwestern führten Beatmung und Herzmassage fort.

»Vielleicht doch ein EKG«, sagte der junge Arzt ratlos und verunsichert. »Wenn Restaktivität vorhanden ist, könnten wir doch noch schocken.«

»Myra, noch eine Dosis«, entschied Pamela.

Sie wusste, dass sie mit dieser Anweisung ihre Kompetenzen überschritt. Aber hier ging es unter denkbar schlechtesten Bedingungen um ein Menschenleben. Da durften Inkompetenz und Zögern eines Arztes nicht den Ausschlag geben.

»Es ist zu früh«, meinte Dorson. »Das Handbuch für Anästhesie empfiehlt die Wiederholung der intravenösen Gabe von Suprarenin nach frühestens …«

»Intrakardial, Dr. Dorson.« Pamelas Stimme ließ keinen Widerspruch zu. »Null fünf, jetzt!«

Als hätte ihn ein Professor zur Prüfungsleistung angespornt, funktionierte der Assistenzarzt plötzlich wie ein Uhrwerk. Er flüsterte offenbar auswendig gelernte Merksätze vor sich hin, tastete am Brustkorb des Patienten nach der exakten Injektionsstelle, nahm die Spritze und stieß durch die Haut in die Tiefe.

Keine fünf Sekunden später geschah das Wunder, auf das alle gehofft hatten. Nur Dorson erlebte offenbar das erste Mal, dass Tote auferstehen konnten. Er wich zwei Schritte zurück, erst erschrocken, dann mit einem erleichterten Lächeln im Gesicht. Der Patient hatte die Augen weit aufgerissen und tief eingeatmet. Es war, als wäre er aus der Tiefe des Meeres an die Oberfläche geschossen, um Luft zu holen. Den kleinen Tubus hustete und spuckte er von sich und griff sich im nächsten Moment ans Herz.

»Was soll das Ganze?«, fragte er wenige Augenblicke später, als wäre er nicht eben gerade noch auf dem Weg über den Styx gewesen. »Ich bin wegen meines Blutdrucks hier. Ihr macht den ganzen Zinnober doch nur, um die Rechnung nach oben zu schrauben. Nicht mit mir! Ich bin nämlich Anwalt.«

Der ganz normale Wahnsinn, dachte Pamela. In ihrem Bauch rumorte es. Aber Rainbow schien nicht zu boxen und zu treten. Pamela war sicher, dass ihre Tochter ebenso zufrieden war wie sie. *Gimme five, Sis!*

*

»Was hast du dir dabei nur gedacht, Pamela? Und noch dazu in diesem Anzug?«

Die Konsonanten kamen hart, die Vokale gedehnt, als müsste die Zunge einen Widerstand überwinden, um ein A, O oder U hervorzubringen. Und wahrscheinlich meinte sie *Aufzug*, nicht *Anzug*. Schwester Ludmilla war nicht gerade für ihre Feinfühligkeit bekannt. Und es schien, als verbrauchte sich alle Freundlichkeit, zu der sie fähig war, bei der Arbeit mit den Patienten. Allerdings musste Pamela zugeben, dass sie jetzt in dem Krankenhaus-Nachthemd und den von der Station geliehenen Pantoffeln nicht gerade ein gutes Bild abgab. Den Arztkittel hatte sie gottlob ausgezogen, bevor sie Teddie bei der Wiederbelebung des Patienten unterstützt hatte.

»Du bist nicht im Dienst«, fuhr der Drache fort. »Mehr noch, du bist im Moment selbst Patientin. Nicht auszudenken, wenn etwas schiefgegangen wäre.«

»Ist es aber nicht«, gab Pamela trotzig zurück. »Teddie brauchte Hilfe. Und ich war da.« Sie lächelte dünn. »Mir und dem Kind geht es übrigens gut. Danke der Nachfrage.«

Das Verständnis von Ironie setzte zumindest geringe Grundkenntnisse in Sachen Humor voraus. Die Ludmilla Dragović jedoch eindeutig fehlten.

»Wir besprechen die Sache später noch ausführlich«, sagte die ältere Krankenschwester. Dabei verstärkte sich ihr Akzent und gab ihrer Stimme etwas Fauchendes. »Jeden Moment bekommen wir vier weitere Kritische rein. Dann ist hier die Hölle los.«

»Ich bin fit. Ich kann nicht tatenlos zusehen.«

Pamela hatte nicht den Eindruck, dass Ludmilla den Ernst der Lage richtig einschätzte. Jetzt zählte jede helfende Hand. Die ältere Krankenschwester musterte sie, zeigte auf ihren Bauch.

»Du willst in diesem Zustand arbeiten?«

»Ich breche ab, wenn es zu viel wird«, versicherte Pamela. »Ich hebe nichts Schweres und halte mich von den randalierenden Boozers fern.«

»Na schön. Aber du solltest dich zuerst umziehen.« Dragović schüttelte als Zeichen der Missbilligung noch einmal den Kopf und winkte ab. »Nur leichte Dinge. Erste Sichtung bei Aufnahme, Anamnese, Verbände, Assistenz. Mehr nicht. Bei einer Reanimation will ich dich nicht noch einmal sehen! Haben wir uns verstanden, Pamela?«

Pamela nickte und war froh, dass sie die Standpauke glimpflich überstanden hatte. Die Leitende Schwester hatte im Prinzip recht, schließlich trug sie die Verantwortung. Ohne Regeln würden sie jeden Tag die Hälfte der Patienten verlieren. Aber die Standesdünkel in ihrem Beruf waren Pamela seit der Ausbildung ein Dorn im Auge. Manche ältere Krankenschwester trug noch eine klassische Haube. Dazu ein schickes weißes Kleidchen, Nylonstrümpfe, Halter und sogar Schuhe mit Absatz. Damit hätte sie sich vielleicht abfinden können. Aber die tradierte Ansicht, dass eine Meinung nur deshalb die bessere war, weil sie von einer Oberschwester kam, ging ihr gehörig gegen den Strich.

»Hat Pete sich schon gemeldet?«, fragte sie ihre Vorgesetzte. »Wegen der Generatoren?«

»Ich habe mit ihm gesprochen. Wird nicht klappen.« Ludmilla schüttelte wieder den Kopf und seufzte resigniert. »Abgase, Lärm, geht nicht. Wir müssen mit Batterielampen und Kerzen auskommen.«

Kerzen? Pamela dachte an die vielen Alkoholkranken, die regelmäßig eingeliefert wurden. Oder nur kamen, weil sie hier eine Mahlzeit abstauben konnten. Im Entzug wurden viele unfreiwillig zu Teufeln, die auch mal wild um sich schlagen konnten. Neulich erst hatte ein Boozer zwei Räume ruiniert, weil er die Vorhänge für Erzieher aus dem Waisenhaus gehalten hatte, in dem er aufgewachsen war. Gott allein wusste, was sie ihm dort angetan hatten. Nein, Kerzen schienen Pamela der sicherste Weg, das Bellevue in eine Katastrophe zu steuern.

»Wenn das nächste Mal eine Streife vorbeikommt, dann könnten die Cops ein paar Autofahrer dazu verdonnern, sich vorn quer auf den Gehweg zu stellen«, schlug sie vor. »Die Scheinwerfer würden eine Menge Licht geben.«

Dragović fixierte sie aus schmalen Augen, schien abzuwägen, wie sie mit dem Ratschlag umgehen sollte. Und schließlich nickte sie. Sie ließ Pamela stehen und lief zur Aufnahmeschleuse, da gerade ein Ambulanzwagen vorgefahren war.

»Schlimme Standpauke?«, fragte Teddie hinter ihr halb belustigt, halb besorgt.

»Altes Eisen, aber sie hat es drauf. Organisieren kann sie. Dirigieren eher nicht«, erwiderte Pamela ausweichend. »Was ist mit den Telefonen?«

»Wir haben nur Funk.«

In diesem Augenblick sah Pamela den Haustechniker um die Ecke biegen. Der Mann hielt eine riesige Taschenlampe in der Hand, die sie aus Filmen über Taucher kannte. Das Teil schien ihr in diesem trüben Dämmerlicht wie der Stern von Bethlehem. Sie rief ihn zu sich und schlug vor, die Telefon-Hausanlage zu umgehen, wie sie es auf der Frauenstation gemacht hatte. Er nickte und gab entsprechende Anweisungen über sein Handfunkgerät an einen Mitarbeiter weiter.

»Und wir brauchen Strom, Pete!«, meinte Pamela dann eindringlich.

»Die kleinen Maschinen laufen, aber ihr wärt durch die Abgase nach fünf Minuten hinüber. Außerdem machen die alten Dinger Lärm wie ein Sherman-Panzer. Oberschwester Dragović hat bereits …«

»Ich weiß, Pete. Aber du musst dir was ausdenken. Reiß meinetwegen die Kabel aus der Wand und mach daraus Verlängerungen. Dann stehen die Aggregate auf der Straße, und wir legen die Leitungen durch die Oberlicht-Belüftungen zurück in die Räume.«

»Mensch, Schätzchen!« Petes Auge strahlten plötzlich. Er war einer der ganz wenigen Männer, die sie ungestraft so nennen durften. Es war Pamelas Entgegenkommen dafür, dass er nie den starken Kerl heraushängen ließ, für den Frauen nur eine Mogelpackung der Evolution waren. »Klar, das könnte klappen.«

Ein Elektrofreak als Vater musste doch zu irgendetwas gut sein, dachte Pamela. Gerade erinnerte sie sich daran, dass sie sich endlich umziehen musste, als ein neuerliches Rufen aus einer der nahe dem Eingang liegenden Kabinen kam. Pete sah auf seine Armbanduhr, tippte dann mehrmals gegen das Glas.

»Ich dachte, es ist schon später. Die Zeit schleicht. Wird eine verdammt lange Nacht.«

Aber Pamela hörte schon nicht mehr zu.

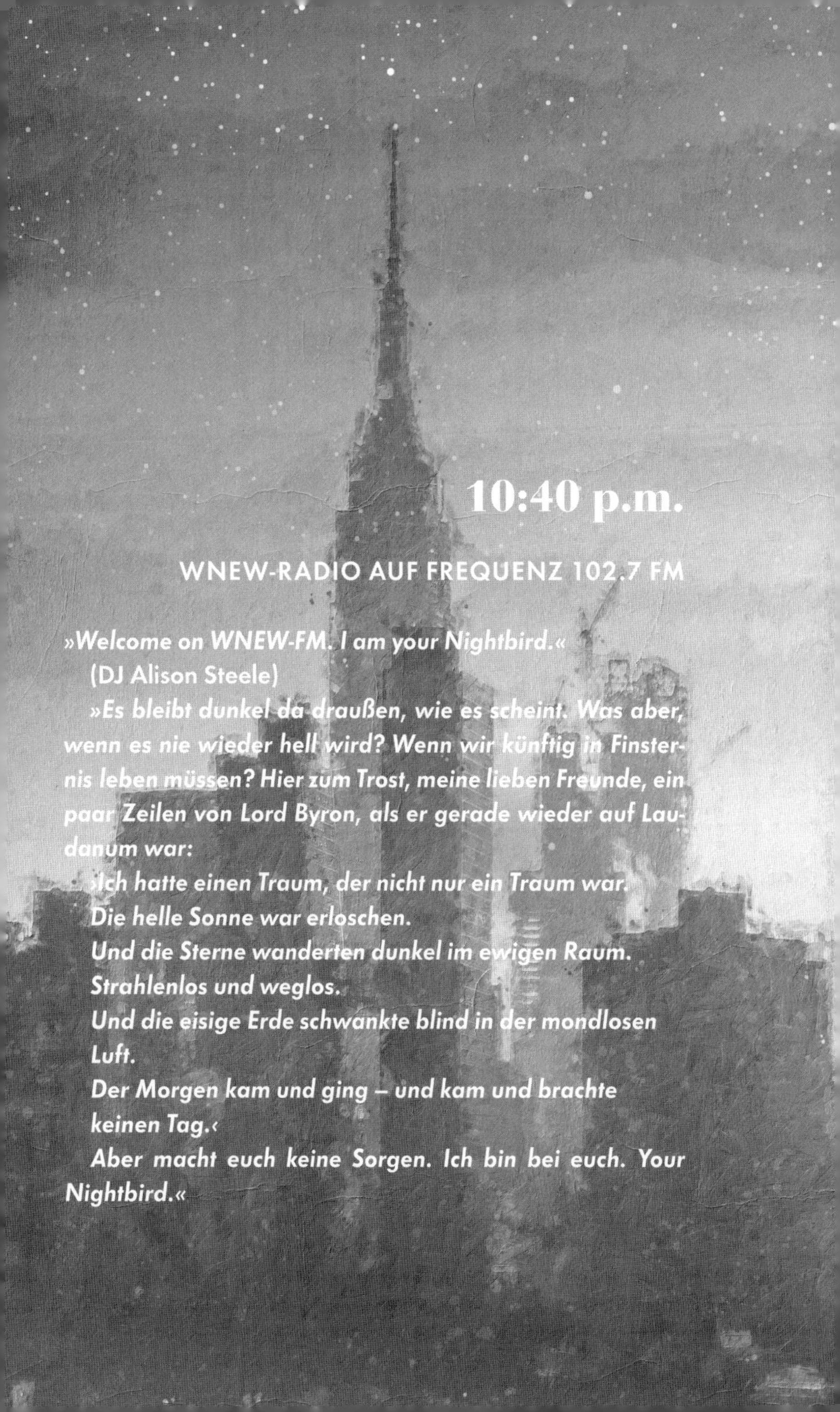

10:40 p.m.

WNEW-RADIO AUF FREQUENZ 102.7 FM

»Welcome on WNEW-FM. I am your Nightbird.«

(DJ Alison Steele)

»Es bleibt dunkel da draußen, wie es scheint. Was aber, wenn es nie wieder hell wird? Wenn wir künftig in Finsternis leben müssen? Hier zum Trost, meine lieben Freunde, ein paar Zeilen von Lord Byron, als er gerade wieder auf Laudanum war:

›Ich hatte einen Traum, der nicht nur ein Traum war.
Die helle Sonne war erloschen.
Und die Sterne wanderten dunkel im ewigen Raum.
Strahlenlos und weglos.
Und die eisige Erde schwankte blind in der mondlosen Luft.
Der Morgen kam und ging – und kam und brachte keinen Tag.‹

Aber macht euch keine Sorgen. Ich bin bei euch. Your Nightbird.«

15

David hatte sich entschieden. Brooklyn würde heute Nacht sein Jagdrevier sein.

»Hier ist WNEW-FM mit den unvergesslichen Songs einer unvergesslichen Nacht«, kam die stadtweit bekannte Stimme der Radiomoderatorin Alison Steele durch den Lautsprecher des Ford Galaxie.

The Nightbird. David schwärmte für sie, seit er vor Jahren ihr Bild in einem Magazin gesehen hatte. Er mochte reifere Frauen. Das machte es nicht nur einfacher für ihn, die jüngeren zu töten. Vielmehr vermittelten ihm Frauen wie Alison Sicherheit. Sie waren in seiner Vorstellung der Schoß, in den er den Kopf betten konnte, ohne sich beweisen zu müssen. Die Stimme der Moderatorin hatte alles, was ein Mann brauchte. Sie klang weich und warm. Da war aber auch die Andeutung einer Raubkatze. Sie konnte knurren, kratzen, beißen. All dies versprach ihre Stimme. Wenn sie dann noch einen Zigarillo live on air entzündete, war es um David geschehen. Er hörte das angerissene Streichholz zischen, das Knistern der Glut, die Ouvertüre des ersten Zugs. Und er stellte sich dann die dazugehörige laszive Geste vor. Das lässige Zurückwerfen ihres Kopfes, wenn sie den Rauch nach oben blies. Manchmal hörte er ihren Atem. Und wieder spürte er die Erregung, die ihn überflutete. Das Leben hielt alles auf einmal für ihn bereit.

Er hatte Angst. Er war Sklave. Er war aber auch Herr. Und er spürte die Wut. Er konnte Leben auslöschen. Er besaß einen Bulldog. Er besaß Alison.

Nicht jetzt, ermahnte er sich und spürte, wie er im Dunkel des Wagens errötete. Wie damals als Jugendlicher, wenn seine Adoptivmutter morgens die feuchte Unterhose entdeckt hatte. Er zog die Hand von seinem Schritt zurück. Er musste auf andere Gedanken kommen, berührte wieder den Revolver. Das kühle Metall lenkte die Erregung um. Das Blut floss von unten nach oben. Wieder fühlte er das heftige Pulsieren in seiner Hand. Es schien, als erwachte das Herz aus Metall zum Leben. Ein leises Bellen riss David aus den Gedanken. Alison. Nein, ihr Hund.

»Genya, mein Schatz.« Steeles Stimme kam jetzt ganz sanft aus dem Lautsprecher. »Ich weiß, du willst Musik hören. Aber da draußen sitzen ein paar Leute in der Finsternis, die wissen wollen, was Sache ist.«

David hörte dem Geschwafel über Con Ed, das Kraftwerk und die Blitzeinschläge nicht zu. Genya war Alisons Pudel, den die Discjockey überallhin mitschleifte. Wieder ein Grund, sie zu mögen. Harvey würde ihr gefallen. Vielleicht ergab sich die Gelegenheit, sie zu treffen, überlegte er kühn. Nachdem er sich befreit hatte. Vorher musste er Sam und Harvey besänftigen, sonst konnte es übel ausgehen für ihn. Oder Alison. Sie konnte ihn verstehen. Denn Genya war ihr Dämon, so wie es Harvey für ihn war. Er wusste, sie waren Seelenverwandte.

Ich bin ein Außenseiter. David lächelte und blickte zum Autoradio. Ja. Und ich bin auf einer anderen Wellenlänge als alle anderen. Alison, *The Nightbird.* David, *The Son of Sam.* Es war sein Sommer. Es war seine Nacht.

In der Nähe zerbarst eine Autoscheibe und riss ihn erneut

aus seinen Gedanken. David hatte kurz in der Flushing Avenue angehalten, weil er sich ein wenig orientieren wollte. Bisher war er nicht allzu oft in der Gegend östlich von Queens gewesen. Jetzt erkannte er das dumpfe Knirschen des Spezialglases sofort. Er sah in den Rückspiegel. Ein Farbiger schwang johlend einen Baseballschläger und zertrümmerte im nächsten Moment den Außenspiegel eines blauen, heruntergerittenen Grand Ville. Zwei Wagen noch, dann war wahrscheinlich seiner dran. David drehte den Zündschlüssel, und der V8 erwachte zum Leben. Er legte den Schalthebel um, entschied sich dann jedoch anders. Er gab ein paarmal ordentlich Gas, sodass die sechseinhalb Liter Hubraum giftig brummten. Der Wagen zuckte wie ein Kampfhund, den der Besitzer jeden Moment von der Leine lassen konnte. David nahm den Revolver und stieg aus. Hinter ihm wurde es still. Er war jetzt Gary Cooper in *Zwölf Uhr mittags*. Sehr langsam drehte er sich um und hielt dem Schwarzen, der nur drei Meter von ihm entfernt stand, den Lauf der Waffe vor das Gesicht.

»Ar' ya nuts, man? Keep it browlin', bruh! 'Na mean?«

Während der Mann sprach, tänzelte er herum, als stünde er barfuß auf heißen Kohlen. Der Slang wurde immer schlimmer, zumal wenn wie in diesem Fall dem Sprecher die Hälfte der Zähne fehlte. David konnte nur ahnen, was der Kerl sagte. Mit der Waffe in der Hand war ohnehin alles egal. Sie reduzierte die Welt auf das Wesentliche. So musste sich der Augenblick anfühlen, bevor man den Löffel abgab. Die Leute hörten den Schlussakkord, betrachteten dann vielleicht ein letztes Mal ihr kleines, beschissenes oder großartiges, reiches Leben. Und? Im nächsten Moment ging ihnen das Licht aus. Das letzte Hemd hatte keine Taschen, wie es so schön hieß. Du konntest weder das Schlechte noch das Gute mitnehmen. Mit dem Revolver stand David quasi schon halb auf der anderen Seite. Er war der, der das Licht ausmachte. Er war in diesem Moment Gott.

»Ar' ya nuts?«, wiederholte der halb Zahnlose.

Auch hier an der Hauptstraße war es relativ dunkel. Wenn der Typ den Schläger hob, dann würde ihm eine Kugel Kaliber .44 das Gehirn in Milchshake verwandeln. David würde ohne große Eile in den Wagen steigen, und niemand würde sich darum scheren. Nur ein weiterer Toter im Krieg der Gangs. Auf magische Weise musste sich diese Gewissheit in seinem Gesicht spiegeln, denn der schlaksige Mann riss plötzlich die Augen auf, ließ den Baseballschläger fallen und gab Fersengeld.

David stieg wieder in den Wagen und warf den Bulldog nach hinten auf die Rückbank. Die Waffe rutschte mit einem angenehmen Geräusch über das Kunstleder. Als würde Mom die Tischdecke glatt streichen, bevor sie den Kuchen abstellte. In dieser Nacht war alles möglich. Niemand konnte ihn aufhalten. Niemand außer Sam. Denn Sam entschied, was mit ihm geschah. Diese Kraft überstieg das Menschenmögliche. Es war Urgewalt. Wenn man am Fuße eines gerade ausbrechenden Vulkans stand, half kein Wimmern und Klagen. Ihm offenbarte sich ein Schicksal, dem David nicht entrinnen konnte. Er würde seine Zeit nicht vergeuden, indem er zu fliehen versuchte. Nein, er wollte dem Großen in die Augen sehen. Die Schönheit der Vernichtung war nur wenigen zugänglich. Und David Berkowitz gehörte zu den Auserwählten.

*

David nannte sie seine New Yorker Odysseen. Die Touren, die ihn scheinbar ziellos durch die Straßen der Stadt führten. Verirrt, auf der Suche nach etwas, von dem er selbst nicht wusste, was es war. Er war der Interstate 495 viel zu weit nach Osten gefolgt. Hinter Lake Success reihten sich die Country- und Golf-Clubs der Upper Class. Hier lebten Neureiche, die es geschafft hatten. Kein Abfall auf den Straßen, kaum Schwarze in den schicken Villenhäusern. Mit den Juden machte man Geschäfte. Und mit den Asiaten konnte man gut leben, die passten sich immer an. Als es David schließlich zu grün wurde, war er abgebogen nach North Hempstead und hatte den Northern Boulevard zurück in die Stadt genommen. Kurz darauf fand er sich in Bayside wieder. Er hatte den Wagen gegenüber der Diskothek Eléphas geparkt. Der Zugang zum Tanzschuppen war mit einer Art Pavillon überdacht, der Eingangsbereich im schrägen Pueblo-Sunshine-Desert-Stil gehalten, der natürlich wunderbar zu Queens passte. Die ganze Gegend war ansonsten eine Mischung aus Industriehallen, Geschäftshäusern und ein paar Wohnbaracken. Interessiert beobachtete David, dass sich immer wieder kleine Gruppen einem Bereich näherten, der seit fast drei Wochen von Absperrband des NYPD abgetrennt war. Ein Tatort. *Sein* Tatort. Leider ein Reinfall. Die beiden im Wagen hatten damals überlebt. Eine fürchterliche Zeit für David. Harvey und Sam hatten ihn bestraft, ihm eine Woche lang verboten, etwas zu essen. Nun gut, er hatte versagt, aber so etwas würde ihm nicht noch einmal passieren. Plötzlich überfiel ihn eine bleierne Müdigkeit. Er schloss die Augen und tauchte ein in einen Halbschlaf, hörte das Rufen und Tuscheln der Passanten, spürte förmlich ihr wohliges Gruseln im Angesicht des Schrecklichen. Manchmal schoss ein Blitz durch seine Lider, wenn ein besonders

Neugieriger seine Kodak oder Polaroid zückte und ein Erinnerungsfoto machte.

Sechsmal war es David bisher gelungen zuzuschlagen, ohne dass man ihn erwischt hatte. Die Hinweise aus der Bevölkerung und die vielen Phantombilder, die irgendwen, aber nicht David zeigten, waren ein Witz. Die Polizei hatte eine Sondereinheit gebildet, die keinen Schimmer hatte, wo sie suchen sollte. Anfangs hatte es ihn amüsiert, wie sie im Dunkeln tappten. Er war stolz gewesen, dass er sie alle an der Nase herumführen konnte. Jetzt langweilte ihn die Sache nur noch. Er war zu Höherem berufen. Auch Harvey musste es endlich verstehen. Selbst bei den Mobstern diente man sich hoch. Ein paar Aufträge am Anfang, Drecksarbeit. Dann stieg man auf, ließ andere für sich arbeiten. Daran hatte David Ende Juni gedacht, als er die beiden junge Leute vor dem Eléphas abknallen wollte. Er war folglich unkonzentriert gewesen, hatte nicht richtig gezielt.

Die Täter kehrten an ihre Tatorte zurück. Ein Krimi-Mantra bei *Owen Marshall* und *Perry Mason.* David überlegte. Es war das erste Mal, dass er sich an einem Ort, an dem er Harveys Willen ausgeführt hatte, noch einmal umsah. War er nur enttäuscht, dass es nicht geklappt hatte? Oder war da eine Sehnsucht, dass man ihn hier schnappte? Dass dann alles vorbei wäre? Wahrscheinlich wäre es gar nicht vorbei. Denn seine Verhaftung würde ihn aus dieser elenden Anonymität hinausheben. Dann endlich würde man erkennen, wer er war. Seine Leistung, sein Opfer würdigen. Er war ein Edelstein, der in einer Kloake schwamm. Es war Zeit, den dritten Brief abzusenden. Er musste diesen Idioten von der Polizei die Hinweise geben, die sie selbst nicht fanden. Jemand klopfte aufs Wagendach, und David zuckte zusammen.

»Hey, Mann, kannst du ein Foto von mir und meiner Freundin machen? Klasse Blick von hier. Alles drauf.«

Ein hagerer Hispano mit Schnauzer steckte seine Fresse durchs Fenster. David ballte die Fäuste. Nie hatte man seine Ruhe. Immer schwirrten die Schmeißfliegen über der Kloake.

»Komm, lass den Kerl, Jorge«, rief die verpickelte Schlampe hinter ihm.

Wahrscheinlich seine Freundin, dachte David. Beide höchstens zwanzig. Sic hatte langes dunkles Haar. Wohl noch nie vom Son of Sam gehört. Er grinste boshaft.

»Verpiss dich, bevor ich dir ein Loch in den Schädel puste«, sagte er leise. Er wollte sich nicht aufregen. Man musste sich beherrschen können.

16

Ellington schreckte hoch. Er hatte eigentlich ins Bett gehen wollen, war dann allerdings im Sessel über der Frage eingenickt, ob er sich vorher einen Drink genehmigen sollte. Dabei trank er selten. Der Alkohol war für Menschen wie ihn Freund und Feind zugleich. Er versprach eine kurzzeitige Erlösung von dieser unseligen Anspannung. Für einen Moment war er eine Art Quelle für die vom Alltag vertrockneten Herzen, ließ noch einmal die fernen Träume erahnen, die sich im dumpfen Nebel der Sorgen verirrt hatten. Aber allzu oft hatte Ellington in seiner Jugend beobachten müssen, dass Bekannte und ganze Familien durch das Dreckszeug zerstört worden waren. Immerhin war Alkohol – neben Krankheiten und Schusswaffen – einer der Apokalyptischen Reiter, mit denen die europäischen Siedler einen ganzen Kontinent erobert hatten. Millionen Hoffnungen waren seither untergegangen im Rausch. Erst Indigene, später Schwarze und Hispanos. Leben, Freundschaften und Ehen zerbrachen wie Tausende Flaschen billigsten Fusels, sie wurden betäubt, vergessen, erbrochen, geprügelt und geschändet. Vor zwanzig Jahren noch waren schwarze Menschen für das weiße Amerika nur Abfall gewesen. Minderwertige Kreaturen, die allenfalls zu schmutzigen Hilfsarbeiten taugten. *The Segregation,* die Rassentrennung, fand dabei schon gar nicht mehr allein in den Köpfen statt. Vielmehr war sie eingewachsen in die Seelen. Sie schien eine Narbe zu sein, eine Entstellung, die schließlich sogar viele Schwarze resigniert hingenommen hatten. Und dieses satte weiße Amerika konnte bis heute gar nicht ermessen, was Reverend King für Menschen wie Ellington und Cynthia getan hatte. Oder vielleicht hatte man es doch geahnt, sonst hätten sie ihn sicherlich nicht erschossen. Nach außen hin hatte sich vielleicht noch nicht viel verändert im Leben vieler Schwarzer, aber in ihrem Inneren war etwas erwacht.

Ellington rieb sich die Muskeln im Nacken. Dann stand er auf und ging zum Wohnzimmerschrank, in dem seine Magnavox-Stereoanlage stand. Sein ganzer Stolz aus besseren Zeiten. Seine Stimmung verlangte nach Musik. *We Shall Overcome* in einer Gospel-Version. Gerade hatte er die Schallplatte aus dem Regal gezogen, als er Schreie und Rufe hörte. Sie kamen von draußen, wahrscheinlich aus Richtung des kleinen, zum Teil aufgegebenen Industrieareals am Broadway, Ecke Myrtle. In diesem Stadtteil war Lärm zwar nicht ungewöhnlich, aber er wuchs sich jetzt offenbar zu einem Tumult aus.

Die Gangs, ging es Ellington durch den Kopf. Dann ermahnte er sich, nicht gleich wieder das Schlimmste zu befürchten. In letzter Zeit kreisten seine Gedanken eindeutig zu oft um das vorstellbar Schlechteste, wuchsen sich förmlich zu Unheil verkündenden Sorgen und Ängsten aus. Vielleicht nur ein paar Leute, die sich auf dem Weg nach Hause stritten. Kurz bevor er eingeschlafen war, hatte er im Radio gehört, dass die U-Bahn nicht mehr fuhr. Klar, wie sollte das ohne Strom gehen? Folglich pilgerten Zehntausende durch die von Autos verstopften Straßen. Die LP fand den Weg auf den Teller, aber Ellington hielt inne, als er den Tonarm anhob.

Cynthia, schoss es ihm durch den Kopf. Wie konnte er die

Sache einfach auf die leichte Schulter nehmen? Er war sogar eingeschlafen! Sofort lief es ihm heiß und kalt über den Rücken. Die U-Bahn! Wie sollte seine Frau nach Hause kommen? Sie würde sicherlich nicht die Hälfte ihres Schichtlohns für ein Taxi opfern wollen. Und bestimmt wollte jetzt jeder ein Cab. Warum hatte er nicht früher daran gedacht? Der Plattenteller drehte sich bereits, und die Nadel kratzte protestierend, als Ellington alles fallen ließ und sich zur Tür umwandte. Er musste Cynthia abholen! Aber wie? Und welchen Weg sollte er nehmen? Mit Pech liefen sie aneinander vorbei. Die Fähren über den East River waren sicherlich überfüllt. Vielleicht hatte eine Kollegin einen Wagen, und sie standen nur im Stau? Ellington spürte, dass sein Herz schneller schlug und er hektisch atmete. Seit der Entlassung bei RadioShack war es um seine ohnehin schwachen Nerven noch schlechter bestellt. Jede Kleinigkeit konnte ihn aus dem Konzept bringen. Und das Schicksal seiner Frau war ganz sicher keine Kleinigkeit! Vielmehr eine Katastrophe! Ihm wurde schwindlig.

Ruhig, ermahnte er sich wieder. Cynthia war nicht auf den Kopf gefallen und würde eine Lösung finden. Ellington ging zurück zu seinem Sessel, allerdings nur, um sich kurz darauf doch einen Whiskey einzuschenken. Doppelt. Er kippte ihn hinunter und spürte fast augenblicklich, wie die Spannung nachließ. Er hob den Tonarm der Magnavox-Anlage und stellte erleichtert fest, dass die Saphirnadel nicht gebrochen war. Kurze Zeit später schloss er die Augen und ließ sich von Laura Duncan und ihrem Backgroundchor entführen.

We shall live in peace some day.

Draußen fiel ein Schuss.

⋆

Die Myrtle Avenue war nicht die beste Lage, sofern man im Stadtviertel Bedford-Stuyvesant überhaupt eine solche Einschätzung treffen wollte. An der Park Avenue in Manhattan wäre Ellingtons liebevoll eingerichtetes und mit viel Fachwissen geführtes Radiogeschäft sicherlich in kurzer Zeit ein Renner geworden. Und Brooklyns eigener Broadway lag zwar unmittelbar in der Nähe, war allerdings alles andere als eine geldgeschwängerte Prachtstraße. Auch hier reihte sich ein Geschäft ans nächste. Aber jede Seitenstraße war aus unternehmerischer Sicht nach zehn Metern bereits »tot«. Und sehr zu Ellingtons Verdruss traf dies leider auch auf die Myrtle zu. Besorgt nahm er den kleinen Durchgang, der von der Wohnung in seinen Laden führte. Er hatte einen Schuss gehört. Lärm prägte den Charakter dieser Gegend. Zank, Pöbeleien, Gegröle, und manchmal flog etwas aus irgendeinem Fenster. Aber Schüsse gehörten nicht zum Repertoire der Nachtklänge in Bed-Stu. Hier war schließlich nicht die Bronx. Er tastete sich im Dämmerlicht zwischen den Auslagen und gestapelten Angeboten nach vorn zum Eingang. Vormals hatte es hier einen kleinen Drugstore und danach ein Kurzwaren-Geschäft gegeben. Die Besitzer hatten aus Kostengründen darauf verzichtet, das Schaufenster und die Tür mit Schiebegittern zu sichern. Die Dinger waren jetzt in ganz Brooklyn Mode geworden. Ellington hatte sich erkundigt. Die Handwerker waren überlastet und boten den Schutz in absehbarer Zeit nur zu Mondpreisen an. Er hatte also ebenfalls darauf verzichtet und anfangs lieber die hohe Versicherungsprämie akzeptiert.

Ellington sah nach draußen. Auf der Straße vor seinem Geschäft schien es ruhig zu sein, aber aus Richtung Broadway kam ein seltsames Licht, eher ein Flackern, ein Feuerschein. Er war sicher, dass dort etwas brannte, denn vereinzelt tauchten Autoscheinwerfer die entfernte Szene in ihr grelles Licht. Und in diesen Momenten konnte er jedes Mal kurz die grauschwarzen Rauchschwaden erkennen, die in den Himmel stiegen.

Mein Gott, dachte er. Wo war die Feuerwehr? Weder hörte er Sirenen, noch sah er die orangeroten Einsatzlichter der Fahrzeuge. Dabei lag das Fire Department nur eine halbe Meile entfernt, oben an der Flushing Avenue. Irgendetwas stimmte nicht. Die Sorge um seine Familie kroch wieder heran und schnürte Ellington die Kehle zu. Pamela war im Bellevue, also in Sicherheit. Cynthia war mit dem Reinigungsteam in Manhattan unterwegs. Aber wie sollte sie nach Hause kommen? Wenn auch anderswo Chaos herrschte, dann war es für eine Frau noch gefährlicher als sonst. Er hatte ihr eingeschärft, immer auf den gut beleuchteten Straßen zu bleiben, niemals eine Seitengasse zu nehmen. Verdammt, jetzt war die ganze Stadt eine dunkle Gasse. Er musste etwas tun. Er ging zurück zum Ladentresen und griff nach dem Telefon. Die Verbindung war da. Immerhin. Also war es tatsächlich nur ein Stromausfall in Teilen der Stadt, wie es in den Nachrichten hieß. Ma Bell versorgte sein Fernsprechnetz mit dem billigsten Strom, den es im Land bekommen konnte. Wahrscheinlich kam er für die New Yorker Telefone aus Kentucky oder Ohio. Zwar lagen auf den Kabeln nur knapp sechzig Volt Rufspannung und ein »Verbrauch« fand auch nur minimal statt. Aber bei über zweihundert Millionen Anschlüssen läpperte sich jeder Zehntel Cent Ersparnis, den die Telefongesellschaft AT&T durch ihr Monopol erzwingen konnte, zu einem Vermögen. Als aus dem Hörer der bekannte Wählton kam, schien es Ellington fast, als hätte er im Lotto gewonnen. Allerdings folgte die Ernüchterung auf dem Fuße. Bei der Vermittlung gab es lediglich die

Bandansage, dass das Telefonnetz derzeit wegen hoher Auslastung eingeschränkt nutzbar wäre. Ellington, der sich berufsbedingt ein wenig mit den Tricks des Telefon-Monopolisten auskannte, versuchte es über die Nummer eines Selbstwähldienstes in New Jersey. Es war zwar, als würde man nach Kanada über New Mexico fahren, aber manchmal heiligte der Zweck die Mittel. Und tatsächlich hatte er nach dem dritten Versuch Glück. Herb Randerburgh, der Besitzer von ABC-Services, ging nach dem fünften Läuten dran.

»Bist du es, Betty?«, fragte er sofort. Offenbar hatte er seine Frau am Telefon erwartet.

»Ellington Simmons, der Mann von Cynthia. Wir kennen uns. Das Barbecue im letzten Jahr wegen des Zwanzigjährigen von ABC. Aber da waren viele Leute …«

»Klar, ich erinnere mich. Ellington, sicher.« Herb war Deutscher, hieß eigentlich Herbert Rundburg und kam aus München. Er herzte jeden und hatte nach eigener Aussage über hundert enge Freunde. Er hatte sich nach seiner Auswanderung eine überfreundliche Art angewöhnt, die er für typisch amerikanisch hielt. Immer nett, immer ein Spruch auf den Lippen. »Sie sind der Radiomann, stimmt's? Was gibt es, El?«, fragte er, als wäre es ein normaler, lauer Sommerabend in den Rockies.

»Ich muss wissen, wie es Cynthia geht. Wissen Sie, wo sie sein könnte?«

»Ich habe zweimal mit Betty telefoniert. Einmal vor dem Blackout. Da war das Team noch in einer Fabrik an der Bowery in Downtown. Ich glaube, danach war das Empire State Building dran. Da hat sie die Sache voll erwischt. Keine Arbeit, kein Geld. Sie verstehen, Ellington, mein Freund?« Er holte tief Luft. Nach eigener Aussage aß er jeden Tag mindestens ein

Kilo Fleisch. Und sah entsprechend aus. Sein miserabler Trainingszustand, der Bluthochdruck und die Leibesfülle ließen nur noch die Tätigkeit in der Akquise zu. Ellington bezweifelte, dass er sich noch selbst die Schuhe zubinden konnte. Und in seinem Unternehmen konnte er längst nicht mehr selbst Hand anlegen. »Aber ich habe gleich eine andere Sache klargemacht. Studio 54. Schon gehört?«

»Nein.«

Herbs Redeflut hatte Ellington schon auf der Party vor einem Jahr fast ertrinken lassen. Normalerweise brauchte man einen Rettungsring oder drei Drinks, um ihn länger als zwei Minuten zu ertragen. Würde er öfter den Mund halten, wäre er wahrscheinlich ein ganz netter Kerl.

»Angesagtes Teil. Flotte Bienen. Gute Musik. Werde wohl meinen Fünfzigsten dort feiern. Sinatra war da. Und Stallone kommt regelmäßig. Ich bewundere den Kerl. Werde mir demnächst einen Fitnesstrainer zulegen. Um wieder ein bisschen in Form zu kommen.« Ellington hörte, dass er offenbar den Hörer zur Seite legte, seine Worte klangen entfernter. »Links, rechts, Deckung, dann von unten der Hammer«, keuchte er. »Sie und Ihre Frau sind natürlich eingeladen, El.«

»Bitte.«

»Was? Ach so, ja. Ich muss erst die Nummer suchen. Der Schuppen liegt an der 54th. Studio 54, Sie verstehen, El? Nur was für Insider.« Er lachte dröhnend. »Falls Sie die U-Bahn nehmen wollen, könnte heute länger dauern.« Sein fetter Bass dröhnte wieder als Lachen durch die Leitung. Dann raschelte er mit Papier. »Halleluja! Ich habe sie.«

Ellington notierte mit zitternder Hand die Rufnummer des Clubs und verabschiedete sich. Mehrmals versuchte er wieder seinen Trick über New Jersey, aber er hatte erst eine Viertelstunde später einen Mitarbeiter des Nachtclubs in Manhattan an der Strippe.

»Wer?«, fragte der Mann. »Cynthia? Betty? Kenne ich nicht … Ach, du meinst die Putzweiber! Klar, sind vorn. Der Boss will bar zahlen … Was? Ich soll diese Betty holen? Bin doch nicht dein Nigger, Mann.«

Ellington tat, was er zuletzt vor fünfzehn Jahren getan hatte. Als jemand seine Tochter auf dem Spielplatz erst angeschrien und dann geohrfeigt hatte. Er flippte aus. Niemand, wirklich niemand nannte ihn in diesem Leben mehr unwidersprochen einen *Nigger.* Natürlich konnte der Mann durchs Telefon seine Hautfarbe nicht erahnen, aber diesem Pisser wollte er zeigen, wo bei einem *Nigger* der Hammer hing. Als er seine Tirade beendet hatte, dachte er zunächst, der Mann am anderen Ende der Leitung hätte einfach aufgehängt. So still war es. Dann hörte er jedoch ein helles Lachen.

»Yo, Bro. Langsam«, sagte der Mann und musste sich offenbar beherrschen. »Ich bin nicht nur auf deiner Seite. Unsere Vorfahren haben vielleicht auf derselben Baumwollfarm gearbeitet, Bruder.«

Nachdem er eben fast eine Minute lang geschimpft hatte, verschlug es Ellington jetzt die Sprache. Es kam in letzter Zeit immer häufiger vor, dass er Dinge vorwegnahm, dass er das Schlimmste befürchtete oder auf Bemerkungen ansprang, die sich dann als harmlos erwiesen. Seine Nerven lagen eindeutig blank. Er hatte ständig das Gefühl, irgendwo in seinem Leben falsch abgebogen zu sein. Entweder erwies sich dieser Weg als Sackgasse, oder er prallte demnächst gegen eine Wand. Der Wutausbruch von eben war ihm jetzt einfach nur noch peinlich.

»Sorry«, murmelte er in den Hörer. Einen Moment lang

war er noch verwirrter, musste sogar überlegen, weshalb er in dem Club angerufen hatte.

»In Ordnung, Bro«, sagte der andere. »Ich sehe die Ladys jetzt. Stehen gerade am Eingang. Warte. Becky, ja? Und du bist Lydias Nigger?«

»Betty!«, korrigierte Ellington. »Und ich bin Cynthias …«

Er hörte, wie der Kerl den Hörer zur Seite legte, erneut auflachte und sich pfeifend entfernte. Kurz darauf hatte er Betty in der Leitung.

»Cynthia?«, sagte sie. »Hat sie dich nicht angerufen? Dein zukünftiger Schwiegersohn hat hier im 54 gerade einen Auftritt. Sie haben vorhin miteinander gesprochen – glaub ich zumindest.« Sie unterbrach sich und atmete hörbar durch. »Es ist wohl irgendetwas mit Pamela. Aber ich weiß nichts, Ellington. Mach dir keine Sorgen, Cynthia wollte ins Bellevue. Alles bestimmt nur halb so schlimm.«

Nun schien sie selbst zu bemerken, dass die Bemerkungen keinesfalls taugten, sich *keine* Sorgen zu machen. Natürlich konnte sie nicht ahnen, dass Ellington schon von Pams Zustand wusste. Was jedoch sein Befinden im Augenblick nicht unbedingt verbesserte. Denn zu den Sorgen kamen jetzt noch die Schuldgefühle. Warum hatte er Cynthia nichts gesagt? Nicht versucht, sie zu erreichen? Der Haussegen bei den Simmons hing bereits schief genug, da schuf sein Verhalten jetzt nicht gerade Vertrauen. Cynthia würde morgen früh wenig Verständnis dafür haben, dass er sie eigentlich nur hatte schützen wollen, aber dieser Schuss ging nach hinten los. Da hatte er sich etwas eingebrockt. Und er würde lange daran zu kauen haben, das wusste er.

»Sie ist trotz des Blackouts los?«, fragte Ellington müde. »Oder ist es bei euch nicht so schlimm?«

»Doch. Wir haben dadurch heute Nacht einen Auftrag verloren. Schöner Mist. Aber viele Läden verfügen offenbar über Notstromaggregate. Überall brummt und stinkt es, und hier im Club sind drei Leute wegen der Abgase umgefallen. Aber im 54 ziehen sich die Gäste ohnehin alles Mögliche durch die Nase. Die Hälfte der Lampen ist aus. Es gibt auch sonst nur Dämmerlicht, das merken die Gäste also gar nicht. Okay, die Gigs sind ein bisschen anders. Jeffrey und die Band vor ihm haben ohne Strom gespielt. Sie haben den Gästen die Stecker gezeigt und nennen ihr Geplärre einfach unplugged. Manche Leute haben es eben drauf und wissen, wie man eine braune Schindmähre als prächtigen Schimmel verkauft.«

Ellington hörte nur mit halbem Ohr zu. Cynthia war also zum Bellevue unterwegs. Das Krankenhaus lag vielleicht eine Meile vom Studio 54 entfernt. Immerhin war Manhattan nicht die Bronx. Dennoch. Eine Frau allein in den Straßen. *Seine* Frau. Und wie sollte sie später vom Bellevue Hospital nach Hause kommen? Im Radio hatten sie gesagt, dass es in Queens und Brooklyn im Moment kaum Taxis gab. Die Fahrer erwartete ein Riesengeschäft in den wohlhabenderen Bezirken. Ellington wog seine Möglichkeiten ab. Wenn er sich jetzt zu Fuß auf den Weg zu den East-River-Fähranlegern machte oder versuchte, über die Williamsburg Bridge zu kommen, wäre er in frühestens drei Stunden beim Bellevue.

Sinnlos, entschied er. Außerdem muss ich ein Auge auf den Laden werfen. WABC berichtete, dass in der South Bronx an der 149th mehrere Geschäfte ausgeraubt worden waren. Die Polizeireviere dort hatten Verstärkung aus Queens und Brooklyn angefordert. Aus Manhattan zog man natürlich keine Kräfte ab. Nein, Ellington entschied sich, im Krankenhaus anzurufen. Vielleicht konnte er Cynthia und Pam eine Nachricht hinterlassen. In ein paar Stunden war der Spuk sicherlich vorüber, und sie würden gemeinsam über das Chaos, das wahrscheinlich gar keines war, lachen. Er nickte entschlossen, obwohl ihn niemand sah. Und er musste an das kleine Buch denken, das ihm seine Frau geschenkt hatte. *Kopf hoch statt in den Sand.* Ein Ratgeber, in dem es hieß, dass das Denken und die Einstellung einen wesentlichen Einfluss darauf hatten, wie sich die Dinge entwickelten. Wird schon alles gut gehen, versuchte er, sich Mut zuzusprechen. Aber er spürte, wie sich seine Kiefermuskeln bei diesem Gedanken verkrampften.

10:49 p.m.

WABC-RADIO AUF FREQUENZ 770 AM

»Seventy-seven. Music Radio. W-A-B-C.«

(Jingle – Steve O'Brian live aus Manhattan)

»Das Verkehrsaufkommen ist quer durch die Stadt und an vielen der großen Kreuzungen sehr hoch. Bleiben Sie also möglichst dort, wo Sie sind. Und wir erinnern daran, dass der Police Commissioner die Weisung an alle Polizisten ausgegeben hat, sich umgehend bei ihrer oder einer benachbarten Dienststelle zu melden. Die U-Bahnen konnten eine Zeit lang mit Hilfsstrom fahren, da sie nicht direkt an Con Ed angeschlossen sind. Aber jetzt erfahren wir, dass viele Züge an der nächstgelegenen Station halten, wo Freiwillige und das Personal versuchen, den Menschen zu helfen und sie auf die Straße zu bringen.«

17 Im Wagen roch es nach einer Mischung aus Aftershave, kaltem Kaffee und Wrigleys. Einem Kenner wäre vielleicht ein Hauch von Outers-445-Waffenöl in die Nase gestiegen. David hatte den Ford Galaxie in einer Seitenstraße geparkt, mit gutem Blick auf die belebte südliche Pennsylvania Avenue. Dort tanzten Gestalten im Schein von Fackeln, Kerzen und Lagerfeuern, als befänden sie sich auf einem Powwow in Montana, nicht mitten in Brooklyn. Um 11 Uhr war es hier in anderen Nächten taghell. Allein die Neonschriftzüge der Geschäfte und die Beleuchtung der Schaufenster reichten locker aus, um die Zeitung zu lesen oder eine Straßenkarte zu studieren.

Helter Skelter, kam es David in den Sinn. Und er lächelte kurz bei dem Gedanken an diesen armen Irren, dessen Leute in LA Sharon Tate abgeschlachtet hatten. Verdammter Dreckskerl. Aber vielleicht hatte auch Charles Manson gelitten. So wie er selbst. Vielleicht hatte er ebenfalls einen persönlichen Sam, dem er Gehorsam schuldete. David drehte am Sendersuchlauf seines Autoradios. Auf WABC laberte George Michael immer denselben Dreck.

»Hier ist WABC mit dem Neuesten zum Big City Blackout. Die Verantwortlichen bei Con Ed sind bisher zu keiner näheren Stellungnahme bereit. Bürgermeister Beame und Commissioner Codd rufen alle Bürger der Stadt auf, ruhig zu bleiben und besonnen die Herausforderungen …«

Denen da oben geht der Arsch auf Grundeis, überlegte David. Hatten Angst, sie könnten die Kontrolle über dieses Gomorrha verlieren. Denn darum ging es immer. Wer kann wem etwas sagen? Und fast noch wichtiger, wer kann wem etwas in die Schuhe schieben, falls es schiefgeht?

David suchte Musik, und auf WCBS wurde er fündig. Barry Manilow. Er liebte diesen Song. *Mandy.* Denn er wusste, dass seine Mandy irgendwo hier draußen auf ihn wartete. Der Text ging ihm unter die Haut, weckte verschüttete Sehnsüchte.

»Happy people pass my way. Looking in their eyes, I see a memory …«

Manilow war der Grund dafür gewesen, dass David sich vor Jahren das erste und einzige Mal in seinem Leben geprügelt hatte. Irgendein Penner hatte im Diner behauptet, Manilow wäre ein Sänger für Tunten und Bettnässer. Und David Berkowitz hatte daraufhin entschieden, dass man sich im Leben nicht alles bieten lassen durfte. Er ballte die Rechte zur Faust, ließ die Erinnerung zu. Spürte den Schmerz, den er damals verspürt hatte, als sie den Kerl am Kiefer traf. Sah im Fernsehen und Kino so einfach aus. Draufhauen und aus. Aber viele Leute hatten sich bei so etwas eher die eigene Hand gebrochen, statt den anderen auszuknocken.

Jetzt aber richtete er seine Aufmerksamkeit wieder auf die Straße. Es war irgendwie seltsam. Obwohl die Nachrichten von stadtweiten Unruhen sprachen, verspürte er in seinem eigenen Inneren eine angenehme Ruhe. Es war, als empfände er nach einem guten Essen die Genugtuung, dass er das richtige Restaurant gewählt hatte. New York war am Arsch. Die Welt war am Arsch. Und der Grund dafür tanzte vor ihm auf der Straße. Der Mensch war eben Abschaum, eine aus Gossenabfall geformte Masse, nur auf den eigenen Vorteil bedacht. Anfangs hatte er noch Zweifel gehabt, als Sam und Harvey ihm die Augen öffnen wollten. Er hatte sich gewehrt, wollte es nicht wahrhaben. Aber in diesem Moment, an diesem Ort tanzten und grölten nur fünfzig Meter von ihm entfernt diese widerlichen Wesen den Beweis ihrer Unwürdigkeit. Sam und Harvey hatten recht behalten.

»Lassen Sie das!«, hörte er plötzlich eine Stimme neben sich. Sie klang entfernt und nah zugleich. Als David den Kopf drehte und aus dem geöffneten Seitenfenster blickte, erkannte er den Grund für die Störung. Dort stand in einer Durchfahrt ein Ehepaar, beide schäbig gekleidet und von gekrümmter Statur. Sie mochte vielleicht Mitte siebzig sein, er undefiniert bereits auf dem Weg zur Mumie. Fasziniert musterte er die beiden. Es schien ihm oft, als bereiteten sich alte Menschen bereits lange vor dem Tod auf ihren Abschied vor. Sie entfernten sich von dieser Welt, obwohl ein Teil von ihnen – das Wrack, das man Körper nannte – noch eine Weile ausharrte. Und so klangen dann auch ihre Stimmen. Irgendwie brüchig, rostig und hohl. Vieh kam zum Abdecker. Schiffe wurden in Werften zerlegt. Aber diese menschlichen Trümmerexistenzen durften umherwanken in ihrem Jammertal, das sie längst nicht mehr verstanden und in das sie längst nicht mehr hineinpassten.

»Wir wohnen hier seit vierzig Jahren«, hörte David die Frau schimpfen. Ihr Mann schwieg, wirkte abwesend. »Und als vor zwölf Jahren der Strom weg war, haben sich die Leute bei den anderen erkundigt, ob sie etwas brauchen. Sie aber sind ein Flegel, junger Mann!«

Es war immer noch unangenehm schwül. Das Thermometer im Auto zeigte sechsundachtzig Grad Fahrenheit. Die Stadt wartete auf Regen. Und die Nacht hatte keinerlei Erleichterung gebracht. Im Gegenteil, durch die vielen kleinen und großen Brände war die Luft mit beißendem Rauch gefüllt, der in der Lunge brannte. Da schien David die Marlboro Menthol, die er jede halbe Stunde inhalierte, eine große Erleichterung.

»Was fällt Ihnen ein? Geben Sie meine Tasche wieder her! Sie sollten sich schämen. Als ich in Ihrem Alter …«

David lächelte wieder. Dieses Gestammel war auch so ein typisches Zeichen dafür, dass die Leute alt wurden. Wenn sie begannen, davon zu faseln, dass früher alles besser gewesen war.

Bullshit, dachte er. Alles besser? Auch früher schon haben Mütter ihre Kinder weggegeben. Einfach so. Weil der Vater verheiratet war. Weil er den Skandal nicht wollte. Weil er den Aufwand scheute. Vater und Mutter. *Sein* Vater. *Seine* Mutter. Schlampe. Neuer Fick, neues Glück. Was hatte der Jugendtherapeut damals zu ihm gesagt? Jugend muss vor allem Respekt lernen. Und was ist mit dem Respekt der Eltern ihrem Kind gegenüber? Darf man Kinder ablegen wie ein paar alte Schuhe, die nicht mehr gefielen? David wusste, dass ihm solche Gedanken nicht guttaten. Aber er suhlte sich gern in ihnen wie ein Schwein im Dreck. Er durfte das, er lebte schließlich nicht koscher. Und er ertappte sich dabei, dass diese Gedanken eine Art Brandbeschleuniger für seine Wut waren. Dann kam er in Fahrt, konnte die scheinheilige Moral dieser Gesellschaft abstreifen wie eine falsche Haut.

»Sie tun mir weh. Und mein Richard ist herzkrank. Mein Gott, dann nehmen Sie das Geld, aber lassen Sie mir die Tasche. Bitte!«

Jetzt reichte es. David war genervt. Er wollte das große Kino auf der Pennsylvania Avenue genießen. Da vorn war die Leinwand, und der Hauptfilm hatte längst begonnen. Da wollte er nicht durch eine Wechselgeld-Diskussion der Eisverkäuferin – noch eine Limo, Candys, Coke? – abgelenkt werden. Konnte dieser Raubüberfallkasper mal zum Ende kommen? Es war doch nicht so schwer, einer Alten in der Nacht die Tasche zu klauen. Noch dazu in solch einer Nacht.

»WCBS. Immer aktuell. Das NYPD hat erste Zahlen bestätigt, nach denen bereits über einhundert Geschäfte zerstört und geplündert wurden …« *Mandy* war längst zu Ende und von *Take Me Home* abgelöst worden. Wie konnte man den Titan Manilow neben diesen bebrillten Späthippie Denver stellen? Unwürdig. Als das Gekeife neben ihm erneut anhob, wurde es David Berkowitz endgültig zu viel. Er stieg aus dem Wagen. Kurz überlegte er, ob er nach der Waffe greifen sollte, ließ es aber sein. Er wirkte durch seine kräftige Statur größer, als er war. Untrainiert zwar, aber er trug weite Hemden, die den Bauchspeck gut verdeckten. Sein Adoptivvater hatte behauptet, seine Kraft wäre der koscheren Kost zu verdanken, sie hätte ihn stark gemacht. Vielleicht hatte er recht. Vielleicht nicht. David war der Ansicht, es war die Army gewesen, die ihn abgehärtet hatte. Er hatte sich mit siebzehn gemeldet. Und in Korea hatte er ein paar Schlitzaugen gefressen, wie er gern behauptete – und mittlerweile auch selbst glaubte. Egal. Jetzt ging er auf diese kleine Gruppe zu, die einfach keine Ruhe geben wollte. An der schmierigen, schimmligen Hauswand lehnte das ältere Paar. Haut wie Dörrobst. Er schien derart klapprig, dass man ihn hätte wegblasen können. Aber seine Alte war eher knorrig, widerspenstig, durchaus noch robust. Vor ihnen und mit dem Rücken zu David stand ein hektisch wirkender Kauz in kurzer

Hose. Er fuchtelte mit einem Arm in der Luft und zerrte mit dem anderen an einer größeren Handtasche, die die Knorrige jedoch nicht hergab.

»Hey, es gibt Leute, die ihre Ruhe haben wollen«, sagte Berkowitz und bemühte ein wenig jenen Sergeant-Tonfall, der ihn zwei Jahre im Koreakrieg begleitet hatte. Marke Arsch-Aufreißen.

Zumindest eine erste Wirkung trat sofort ein, das Gezänk verstummte. Der Taschenräuber drehte sich erschrocken um und ließ das Streitobjekt los. Diesen Moment nutzte die alte Frau, um sich und ihren Mann in Richtung Pennsylvania Avenue zu schieben. Der Kurzhosen-Kasper bemerkte es jedoch und packte sie am Arm. Augenblicklich setzte das Gezeter wieder ein. David verspürte einen Anflug von Kopfschmerz. Ihm wurde dann oft übel. Und das war immer übel für seine Umgebung. Der Schmerz war der Schmerz der anderen. Und wenn sie dies nicht begriffen, musste er ihnen eben Schmerz zufügen. Was war daran nicht zu verstehen?

»Was willst du hier, Weißei?«, fragte die Kurzhose, bemüht, eine Coolness zu zeigen, die nicht da war.

David erkannte erst jetzt, dass der Mann eine leicht dunklere Hautfarbe hatte. Vielleicht war ein Großelternteil schwarz gewesen. Aber in einigen Stadtteilen kam dieser Teint einem Ritterschlag gleich. Und stärkte offenbar enorm das Selbstvertrauen.

»Verpiss dich, *Bruder!*« David spuckte dem Kerl die Worte förmlich vor die Füße. »Spiel mit Gleichaltrigen. Lass die Frau los. Ich zähle bis drei.« Er knurrte. »Eins.«

Mittlerweile hatten sich ein paar Schaulustige eingefunden, die auf eine weitere Prügelei hofften. David war es unangenehm, dass er plötzlich in dem Film mitspielte, den er sich doch nur ansehen wollte. Das ältere Paar hatte Schritt für Schritt die Straßenecke erreicht, sodass auch alle gute Sicht auf die Szene hatten. David Berkowitz war es nicht gewohnt, im Rampenlicht zu stehen. Es verunsicherte ihn, und er reagierte meist unwirsch und ruppig. Diese Situation bot ihm nun ein Ventil für die aufkommenden Gefühle. Die Wut, die die Missachtung seiner Schüchternheit hervorrief, richtete sich gegen den Angreifer.

»Zwei.«

Aus dem Publikum kamen erste Anfeuerungsrufe. Kurzhose schien noch zu überlegen. Er sah in die Gesichter der Umstehenden. Nicht weil er hoffte, Unterstützung zu finden. Sondern vielmehr, weil er befürchtete, jemand könnte ihn erkennen und später vor den Kumpeln über seinen Rückzieher tratschen. Seit *Cincennati Kid* wusste schließlich jeder, dass Bluff und heiße Luft alles im Leben waren. Scheiß auf die Bucks, musste er jedoch jetzt entschieden haben, denn er ließ die Tasche gerade in dem Moment los, als David zur Drei kommen wollte.

»Lang leben King und Malcom X!«, rief der Kerl und reckte die Faust, bevor er in die Seitenstraße zurücklief, aus der sie eben gekommen waren. »Ihr Ku-Klux-Klan-Schweine habt sie getötet«, fügte er noch hinzu, als er weit genug entfernt war, um sich in Sicherheit zu wähnen.

»Er meinte wahrscheinlich Burger King«, witzelte ein Puerto Ricaner, der seltsamerweise zwei Toaster und mehrere Packungen mit Haartrocknern unter seinen Armen trug. Niemand lachte.

»Wir sind Ihnen ja so dankbar.« Jetzt wirkte die Stimme der alten Frau ebenso gebrechlich wie ihr Aussehen.

Berkowitz fühlte sich plötzlich an seine Mutter erinnert.

Die andere. Die zweite. Seine Adoptivmutter. Wäre sie seine wirkliche Mutter gewesen, er hätte gesagt, dass er es nicht schlecht getroffen hatte. Pearl Berkowitz war bis zu ihrem Tod eine Kämpferin gewesen. Selbst als der Krebs bereits die Hälfte von ihr weggefressen hatte, war sie stark geblieben. David hatte nie verstanden, woher diese Kraft gekommen war. Es hieß, Frauen wären so. Und genau aus diesem Grund verunsicherten sie ihn zutiefst. Die Krankheit hatte ihr Werk der Zerstörung bereits fast vollendet, aber Pearl war sich selbst treu geblieben. Fest und sanft zugleich.

»Ich liebe dich, Sohn«, waren ihre letzten Worte gewesen. Kaum hörbar gehaucht, nur von den Lippen ablesbar. Auch das hatte er nicht verstanden, denn zu jener Zeit hatte er sich – nicht nur ihr gegenüber – verhalten wie ein Riesenarschloch. Er hasste sich dafür, dass er sie nie in den Arm genommen hatte. Dass er sich nie bedankt hatte. Sie hatte ihr Bestes gegeben. Dass sie die Leere in Davids Innerem nie hatte ausfüllen können, war nicht ihre Schuld gewesen.

»Junger Mann, ist alles in Ordnung?«, fragte die Alte und zupfte an Davids Hemdsärmel. »Sie sind ja ganz blass!«

»Alles okay, Ma'am«, gab er etwas zu schroff zurück. Seine Anrede klang dabei fast wie »Mom«.

»Wissen Sie, ich hätte ihm das Geld gegeben«, meinte die Frau. »Aber Dicky und ich wollten zu unserer Tochter. Liz ist so ein liebes Kind, wissen Sie? Bei ihr fühlen wir uns sicher. Und sie hat einen guten Mann, der ist bei der Verwaltung. Sie haben ihm nicht gekündigt, denn er hat einen wichtigen Posten …«

»Ma'am, ich habe noch ein paar Dinge zu tun«, sagte David. Er spürte dieses unangenehme Brennen in der Magengegend, das immer auftrat, wenn ihm jemand näher kam.

»Sehen Sie hier«, fuhr die alte Frau unbeirrt fort. »Wir haben das Fotoalbum mitgenommen. Weil es doch kein Fernsehen gibt, dachten wir, wir können uns Bilder ansehen. Liz war so ein hübsches Kind. Hier, ich zeige es Ihnen.« Sie zog das in Leinen eingefasste Album heraus und schlug die erste Seite auf. Das Pergamin, das die Bilder schützte, knisterte in eigentümlicher Weise. Das Foto war eine Schwarz-Weiß-Aufnahme. Es zeigte eine junge Frau mit verschwitztem Haar, offenbar kurz nach der Geburt ihres Kindes. Ihr Gesicht drückte diese Mischung aus Erschöpfung und Glück aus. Und im Arm hielt sie einen hässlichen Wurm. Wieder eine Sache, die David nicht verstand. Neugeborene sahen schrecklich aus, aber alle riefen *»How sweet«* oder *»She is so pretty«*. Er verspürte jetzt leichten Schwindel. Und das Brennen nahm zu. Er wusste, er wurde wütend.

»Kommen Sie doch mit uns. Liz macht uns einen Kaffee. Wenn sie hört, was Sie für uns getan haben, wird sie die guten Kekse herausrücken. Kommen Sie, in diesem Chaos ist ohnehin nicht an Schlaf zu denken.«

David wollte etwas Unfreundliches erwidern und verspürte den Drang, einfach wegzulaufen. Alle standen viel zu dicht um ihn herum. Er brauchte Abstand. Jetzt erst bemerkte er, dass sich noch mehr Leute an der Straßenecke versammelt hatten. Sie sahen ihn an und nickten anerkennend. Eine jüngere Kellnerin im typischen Denny's Outfit drängte sich in seine Richtung.

»Ich hab's von drinnen gesehen«, sagte sie und deutete auf die Glasscheibe des Restaurants, auf der der rote Namenszug der Kette auf seinem gelben Grund klebte. »Super, Mann! Echt mal jemand, der was gegen den Scheiß tut. Die Cops stehen nur rum.«

Sie war es. David bekam weiche Knie. Dunkles langes Haar. Und diese unvollkommene Schönheit, die er mochte. Manchmal waren es die Augen, manchmal die Züge um die Mundpartie oder die Form der Wangenknochen, die ihn faszinierten. Ja, diese Denny-Angestellte hatte ein *Mandy*-Strahlen. Und – das machte sie für Berkowitz perfekt – eine leicht schiefe Nase mit einem kleinen Höcker. So konnte er sicher sein, dass sie kein Engel war. Engel hatten keinen Makel. Und Engel würde er niemals töten.

»Kommen Sie mit rein«, sagte sie. »Ich gebe Ihnen einen Kaffee und Donut aus.«

Bisher hatte er nie einen derart engen Kontakt zu den Auserwählten gehabt. Denn das war sie, eine Auserwählte. Sie war das Opfer, das der Dämon fordern würde. Er war erstaunt und hilflos zugleich, als sie ihn selbstbewusst am Arm nahm und in Richtung Denny's zog. Die alten Leute waren vergessen. Die Umstehenden maulten, als hätten sie die Gelegenheit für ein Schauspiel oder Freibier verpasst. Die relativ friedfertige Lösung war die langweiligere. Eine Schlägerei, vielleicht ein Messer im Bauch, hätte immerhin Szenenapplaus verdient. Aber so? Amerikas Zuschauer liebten eben tote Helden mehr als lebendige. Erstere waren Idioten, auf Letztere war man neidisch.

Das Fast-Food-Restaurant war beinahe menschenleer. Überall lagen Servietten, heruntergefallene Fritten und zertretende Hühnerbeine herum. Zwei Mitarbeiterinnen waren dabei, das Gröbste aufzufegen. David war erstaunt, dass alles heil geblieben war, denn viele Geschäfte in der Umgebung waren bereits verwüstet worden.

»Sorry wegen des Drecks. Sieht sonst nicht so aus hier. Bratt, unser Geschäftsführer, ist ein schlaues Kerlchen«, meinte die Kellnerin, als hätte sie die Verwunderung ihres Begleiters bemerkt. »Als es losging, hat er vorn gestanden und den Leuten zugerufen, dass es heute alles für die Hälfte gibt. Bis vor einer halben Stunde war es hier brechend voll. Außerdem hat er unter den Kunden das Gerücht verbreitet, dass sein Laden unter dem Schutz des Gambino-Clans steht. Und wer legt sich schon gern mit den Mobstern an? Also ist weitgehend alles heil geblieben. Bisher.«

Sie lotste David zwischen den Tischreihen hindurch, die offenbar jemand mit einer Schicht Ketchup versehen hatte, und führte ihn zu einem Tisch, der im hinteren Teil des Restaurants stand und laut einem Pappschild den Angestellten vorbehalten war. Zwei Minuten später kam sie mit Kaffee und Donut zurück.

»Wie gesagt, echt toll von Ihnen, Mister. Kleiner Dank. Geht aufs Haus. Ich muss jetzt wieder loslegen. Die Kollegen nerven schon. Ich bin übrigens Cheryl.« Sie gab ihm die Hand. Die Berührung veränderte etwas in ihm. Er wusste nicht was. Er ließ sie nicht los.

»Da… Da… David …vid«, erwiderte er und hasste sich dafür, dass er dabei wieder einmal stotterte. Dieser Name hatte nur zwei beschissene Silben, aber er brachte es dennoch fertig zu stottern, wenn ein Mädchen nett zu ihm war.

Mandy lächelte. Cheryl, korrigierte er sich. Endlich gab er ihre Hand frei. Sie lächelte ihn immer noch an. Nicht das Walmart-Lächeln an der Kasse, weil man Geld dagelassen hatte. Nicht das abwesende Straßenlächeln, wenn man jemanden angestoßen und sich entschuldigt hatte. Kein Trinkgeld-Lächeln, damit man auch beim nächsten Mal etwas bekam. Ein echtes Lächeln. Er war der Verzweiflung nahe. Was bedeutete das? Was erwartete sie von ihm? Fast wünschte er sich, er könnte jetzt einfach wütend werden, alles zerstören, indem er aufsprang, sie anschrie, ihr eine scheuerte und aus dem Laden rannte. Das Kaputtmachen hatte er gelernt, Pflegen und Behüten nicht. Er musste nur zuschlagen, aber er konnte nicht. Oder sollte er sie doch für Sam und Harvey …? Nein, er würde es ihr nicht antun können. Auch später nicht. Die beiden würden es verstehen. Sie mussten.

David wusste nicht, wie viel Zeit vergangen war. Waren es nur Sekunden gewesen oder Minuten? Hatte er geschlafen? Sie musste ihn mit einem Zauber belegt haben. Als er sich wieder gesammelt hatte, war der Kaffee nur noch lauwarm. Cheryl und der Donut waren verschwunden. Er kannte das Phänomen. Er hatte manchmal selbst Blackouts. Wie die Stadt. Aussetzer hier, Aussetzer dort. Er blickte nach draußen ins dunkle Chaos. Die Denny's Filiale musste ein eigenes Notstromaggregat haben, überlegte er. Wahrscheinlich wegen der vielen verderblichen Lebensmittel. David lächelte bei dem Gedanken an die Worte des Jugendpsychologen, zu dem ihn seine Adoptiveltern vor Jahren geschleppt hatten.

»Bei dir gehen manchmal die Lichter aus, David«, hatte der Mann gesagt. »Wenn dein Gehirn überlastet ist. Wenn es zu viel wird. Dann schaltet es einige Teile ab. Dann ordnet sich dein Verstand neu, wirft Ballast ab und reinigt sich. Wir nennen so etwas Blackout.«

In der Stadt waren ebenfalls die Lichter ausgegangen. New York war überlastet. Die Stadt würgte den Dreck hoch, den sie jahrzehntelang gefressen hatte. Spie ihn aus. Das da draußen war die Reinigung. *The Purge.* Wunderbare Gedanken. David Berkowitz nahm sein Notizheft und schrieb. Nach einer Viertelstunde begann er zu schwitzen. Er war an den Punkt gekommen, an dem er Sam und Harvey alles erklären wollte.

Er zitterte. Der Dämon würde ihn bestrafen. Für seinen Ungehorsam. Für seine Zuneigung. Für das Lächeln. Nur dieses eine Mal würde sich David ihm widersetzen. Und die Strafe auf sich nehmen. Er hatte entschieden.

»Looking in their eyes, I see a memory. I never realized how happy you made me.«

Mandy sollte leben.

18

Pamela hatte es endlich geschafft, sich umzuziehen. Da sie bereits seit dem sechsten Monat aus dem Leim ging, hatte sie sich vorsorglich eine Arbeitshose nähen lassen, in der auch ein Elefantenbaby Platz gehabt hätte. Jetzt war sie also wenigstens ordnungsgemäß als Krankenschwester erkennbar und musste nicht mehr jedem erklären, was sie eigentlich in der Notaufnahme zu suchen hatte.

Der Drache hatte schnell erkannt, dass ihre Crew heute Nacht auf sich allein gestellt überfordert sein würde. Die vielen Belastungen waren bereits jetzt immens. Eine junge Schwester war weinend zusammengebrochen, als sie merkte, dass der neunzigjährige Mann, den sie im Halbdunkel sorgfältig gewaschen und dessen offene Beine sie verbunden hatte, schon geraume Zeit tot war. Eine Putzfrau hatte sich ein Bein gebrochen, als sie über eine lockere Bodenfliese gestolpert war. Einen Mann hatten sie gerade noch retten können, nachdem er versehentlich eine Maske mit Narkosegas anstatt Sauerstoff aufgesetzt bekommen hatte. Das Schicksal schien sich in einer einzigen Nacht für die Sparpolitik der Klinikleitung rächen zu wollen. Viele Renovierungsarbeiten waren immer wieder aufgeschoben worden. Die Anschaffung teurer Akku-Packs für die medizinischen Geräte hatte man für eine unnötige Verschwendung gehalten. Es gab auch keine dezentrale Notstromversorgung, weil deren Erneuerung eine Viertelmillion gekostet hätte. Und zudem wurden während der Schichten immer mehr billige Hilfskräfte und Auszubildende eingesetzt. Auf diese Weise konnte man zugleich auch die Fachkräfte erpressen, möglichst keine Lohnforderungen zu stellen. Alle Versäumnisse waren jetzt wie ein Bumerang, der den Pflegekräften und Ärzten um die Ohren flog.

Dass Theodora heute Dienst schob, war nur dem Umstand zu verdanken, dass die siebenundsiebzigjährige Roberta Hill, die wahrscheinlich dienstälteste Schwester New Yorks, zu Hause einen Schwächeanfall erlitten hatte. Roberta hatte jedoch tapfer erklärt, dass sie nach Einnahme ihrer Goldtropfen, auf die sie seit Jahren schwor, sowie einer Stunde Schlaf später doch noch zum Dienst erscheinen würde. Da glücklicherweise – und umständehalber – Pamela dazugestoßen war, schien der Drache zuversichtlich, dass sie die vor ihnen liegenden Aufgaben bewältigen konnten.

»Wir werden heute Nacht durch die Hölle gehen«, sagte Ludmilla zu den beiden erfahrenen Krankenschwestern. »Aber wir werden dieser verdammten Hölle so viele Leute entreißen wie nur möglich. Sind wir uns da einig?«

Pamela und Teddie nickten. Sie hielten zu dritt eine kurze Besprechung ab. Vier Ambulanzwagen waren auf dem Weg zu ihnen; Bauchwunde nach Messerstecherei, Kopfverletzung nach Verkehrsunfall, Halswirbelbruch nach Sturz im dunklen Treppenhaus, Schlaganfall. Zudem war ein angeschossener Officer über Funk von einem Kollegen angekündigt worden, der den Verletzten mit dem Streifenwagen bringen wollte, da kein Rettungswagen zügig am Tatort sein konnte. Das Telefonnetz war überlastet. Sie konnten nur hoffen, dass die Ärzte und Schwestern, die nicht im Dienst waren, selbst auf die Idee kamen, sich auf den Weg zum Bellevue zu machen.

»Was ist mit Pete?«, fragte Teddie. »Kommt er voran?«

»Zwei Generatoren laufen in den OP-Sälen.« Der Drache nickte. »Jetzt kommt er zu uns.«

»Haben wir endlich Telefon?«, fragte Pamela.

»Petes Gehilfe hat drei Telefone organisiert und umgeht damit die Hausanlage. Aber das Netz ist komplett überlastet. Sicherlich will jeder wissen, wie es der Familie oder den Freunden geht. Angeblich pilgern zweihunderttausend Menschen durch die Stadt. Die Polizei überlegt, ob sie den Midtown Tunnel für Fußgänger freigeben soll.«

»Zwei Kilometer zu Fuß unter dem East River entlang?« Teddie schüttelte ungläubig den Kopf. »Nur mit einer Kerze in der Hand? Stellt euch vor, dieser Irre geht neben dir. Ihr wisst schon, der .44-Kaliber-Killer.«

»Mal den Schatten nicht an die Wand, Theodora«, sagte Ludmilla Dragović.

Teufel. Pam und Teddie sahen sich an und lächelten. Auf manche Dinge war selbst im größten Chaos Verlass.

»Apropos Kerzen. Kein offenes Feuer auf der Station«, fuhr die Leitende Schwester unbeirrt fort. »Weist alle Patienten darauf hin. Der Inder mit der Kopfplatzwunde wollte sich neben dem Bett ein kleines Lagerfeuer machen, um das Essen aufzuwärmen, das seine Verwandten gebracht haben. Die Holzspatel haben schon gebrannt, und es stank fürchterlich nach Plastik.«

»Welche Ärzte sind an Bord?«, fragte Pamela.

»Dr. Miller und Gregory operieren. Susan versucht, die Unterleibsblutung einer Puerto Ricanerin zu stoppen, die ihr Kind einfach mit einer Stricknadel entsorgen wollte.« Der Drache hielt inne. Selbst sie merkte, dass dieser – unter gestressten Pflegekräften übliche – Zynismus zu weit ging. Sie zeigte verlegen auf Pamela. »Sorry. Aber *du* gehst da nicht hin. Verstanden?«

Pamela nickte nur stumm. Sie wusste natürlich, dass in den Straßen der miesen Stadtviertel, in vielen vermüllten Hinterhöfen und dreckigen Motelzimmern jeden Tag Dutzende Schwangere von Quacksalbern, Engelmachern und evangelikalen Predigern »betreut« wurden. Essigwasser, Kleiderbügel und Boxhiebe waren dabei noch die harmloseren »Eingriffe«, mit denen solche Leute die Gebärmütter ihrer verzweifelten Opfer traktierten. Über dieser Stadt mussten mittlerweile mehr abgetriebene unschuldige kleine Seelen schweben, als sie Einwohner hatte.

»Und dann haben wir nur noch Chris.« Die Leitende Schwester seufzte. »Auf den müsst ihr auch aufpassen.«

Pam und Teddie sahen sich kurz an. Sie wussten, dass der Drache den jungen Assistenten auf dem Kieker hatte. Es war das ewige Ringen. Die alte Krankenschwester. Der junge Arzt. Drei Jahrzehnte Erfahrung trafen auf sechs Jahre Studium. Ein ungleicher Machtkampf, den beide Seiten nur verlieren konnten. Und die Aufgabe jüngerer Schwestern war es, die Kollateralschäden dieses Gerangels möglichst klein zu halten. Die drei Frauen verteilten weitere Aufgaben und verließen dann das Schwesternzimmer. Auf dem Gang roch es leicht nach Abgasen. Pamela suchte und fand Peter McNamara, der die Stromaggregate auf dem Bürgersteig vor den Fenstern zur Ambulanz zum Laufen gebracht hatte. Die Motoren waren antiquierte Ungetüme und ähnelten den Außerirdischen in einem billigen Jack-Arnold-Film aus den Fünfzigern. Leider zog ein Teil des Qualms durch die Fenster, aber das war jetzt nicht zu ändern.

»Sieh zu, dass du einen Officer auftreibst, der ein paar Schaulustige dazu verdonnert, auf die Geräte hier aufzupassen«, sagte sie zu dem Haustechniker. »Sonst hält noch ein Transporter, und eine Minute später sind die Dinger geklaut.«

Gerade als Pamela wieder durch den Haupteingang ins Gebäude zurückging, näherte sich ein Einsatzwagen des NYPD mit Sirene von Norden auf der First Avenue. Er flog fast über eine kleine Bodenwelle an der Ecke 29th und hielt mit blockierenden Reifen, leicht schräg gestellt, auf der Zufahrt für die Krankenwagen. So etwas gab es sonst nur bei *Starsky & Hutch* zu sehen. Ein älterer Cop stürmte aus dem Wagen und griff sich einen rauchenden Pflegehelfer samt Trage, der offenbar auf die angekündigten Notfälle wartete. Pamela überlegte, ob sie helfen sollte, entschied sich jedoch dagegen. Drinnen war sie von größerem Nutzen.

»Schusswunde linke Brustseite«, spulte der Pfleger mechanisch herunter, als er kurz darauf mit dem verletzten Polizisten in die Aufnahme kam. »Seit etwa fünf Minuten bewusstlos. Tachykard bei 130. Atmung behindert, schaumig-blutiger Auswurf. Haut kaltschweißig, Abdomen weich.«

Es musste schnell gehen. So viel war Pamela und dem hinzugeeilten Dr. Dorson klar. Der Verletzte war dabei, einen Kreislaufschock zu entwickeln.

»Wie groß war der Blutverlust am Tatort?«, fragte Pamela den kreidebleichen Kollegen, der am Eingang stand und offenbar gegen aufsteigende Übelkeit kämpfte.

»Weiß nicht, nicht besonders viel, glaube ich.«

Die Tür zum Raum, in dem die akute Erstversorgung erfolgte, schloss sich ohne Strom natürlich nicht automatisch. Pamela wies eine Pflegeschülerin, die ebenfalls aussah, als würde sie gleich aus den Schuhen kippen, an, das Ding von Hand zu schließen.

»Was haben wir?«, fragte Dorson mehr sich selbst. Es klang wie ein Ritual, mit dem er sich Mut zusprechen wollte.

»Puls 132, arrhythmisch, Druck systolisch unter neunzig.«

»Einsetzender Schockzustand«, gab sich der junge Arzt selbst zur Antwort. »Bereiten Sie das Dopa vor, Pam.«

»Atmung erschwert, röchelnd.« Ihre Stimme klang eher nach einer Mahnung.

»Natürlich, Sie haben recht.« Dorson nahm sein Stethoskop und setzte es auf den Brustkorb. »Links kein Atemgeräusch, rechts nur schwach.«

»Also?«

»Ich müsste nachsehen …«

Pamela konnte es nicht fassen. Chris Dorson fummelte an seiner Brusttasche herum und war im Begriff, sein Notizbuch hervorzuholen. War der Kerl mit Dünnmilch aufgezogen worden? Hatte er sein Examen in der NY Lottery gewonnen?

»Ich sage es jetzt nur ein einziges Mal, Dr. Dorson.« Pam holte tief Luft. »Chris, legen Sie das verdammte Buch weg, benutzen Sie Ihren Verstand, und sagen Sie mir, was ich tun soll!« Sie wusste ziemlich genau, was zu tun war, aber jeder Mensch verdiente eine Chance. Wenn Dorson die Sache jetzt vergeigte, würde er sein gesamtes Arztleben ein Hosenscheißer bleiben, der Krankenschwestern mit seiner Unsicherheit nervte.

»Natürlich, Pamela.« Dorson straffte sich, als stünde er vor seinem Professor. »Das Projektil steckt noch im Gewebe. Ich vermute, dass es nach mediastinal abgelenkt wurde und da drin eine Menge Unheil angerichtet hat. Hämatothorax und

Pneumothorax. Drainageset bereitstellen. Und lassen Sie einen Eimer bringen, Pamela. Uns erwarten sicherlich zwei Liter Blut. Er hat nach innen geblutet. Erklärt den schockigen Kreislauf und die geringe Blutmenge am Tatort. Wir brauchen also Konserven. Drei Liter. Er ist Polizist, sollte einen Ausweis haben.«

Geht doch, dachte Pamela und nickte.

»Wir brauchen einen Chirurgen«, fuhr Dorson kleinlaut fort. »Sonst übersteht er das nicht.«

»Dr. Miller operiert ein geplatztes Aneurysma. Gregory macht die Assistenz. Ich kann Bescheid sagen, aber es wird dauern.« Sie sah Chris Dorson direkt in die Augen. »Zeit, über sich hinauszuwachsen, Dr. Dorson.« Sie zeigte auf den jungen Verletzten. »Sonst übersteht er das nicht. Haben Sie eben selbst gesagt.«

Von draußen war hektisches Rufen zu hören. Natürlich waren Halswirbelfraktur und Kopfverletzung gleichzeitig eingetroffen. Pamela konnte sich ausmalen, was da vor sich ging. Dragović musste die Entscheidung treffen, wer zuerst versorgt werden sollte. Wenn sich alle verzettelten, würden sie niemanden retten.

»Wir stabilisieren ihn«, entschied Dorson jetzt. Er klang erstaunlich gefasst.

Pamela bereitete alles für eine Drainage des Thorax vor. Als die Schwesternschülerin mit dem Set eintraf, war alles fertig für den Eingriff.

»Ich lasse nur gerade so viel Druck ab, dass der rechte Lungenflügel ventiliert wird«, meinte der Arzt. »Sie geben mir ein Zeichen, wenn Sie hören, dass er wieder Luft bekommt. Dann mache ich zu. Wollen wir hoffen, dass er nicht innerlich verblutet. Wo bleiben die Konserven?«

Was sie hier versuchten, glich einem Drahtseilakt. Aber Pamela ahnte, dass der Verletzte nur diese eine Chance hatte. Wenn Dorson das Blut aus dem Brustkorb komplett drainierte, dann konnte der Patient zwar ordentlich beatmet werden. Gleichzeitig aber würden die verletzten Gefäße im Inneren noch stärker bluten. Der Druck der halb kollabierten Lunge musste also dafür sorgen, dass die Adern abgedrückt wurden. So weit die Theorie. Dorson machte sich gerade am Hals zu schaffen, um dort einen zentralvenösen Zugang zu legen. Dann wies er die junge Helferin an, die Transfusion zu überwachen. Keine Minute später tastete er an den Rippen des Mannes und schüttelte den Kopf.

»Ich nehme die Variante nach Monaldi, nicht Bülau. Da unten ist das Gewebe durch die Schussverletzung zu stark angeschwollen.«

Er suchte den optimalen Punkt für den kleinen Schnitt mit einem Skalpell. Dann schob er den Nadelkatheter durch die Öffnung. Alles ging derart schnell, dass Pamela es gerade noch rechtzeitig schaffte, den Drainagebeutel anzuschließen. Schaumiges Blut schoss sprudelnd und zischend hinein, als der Arzt mit der Nadel den Pleuraspalt erreicht hatte. In diesem Moment schnappte der bewusstlose Patient mit einem Riesenseufzer nach Luft. Auf Laien musste es wie das Wunder einer Auferstehung wirken, zumal sich der Oberkörper sogar ein Stück weit von der Liege hob. Pamela nahm ihr Stethoskop und signalisierte dem Arzt, dass der rechte Lungenflügel belüftet wurde. Dorson ließ etwa einen Liter Flüssigkeit ab und drehte dann den Hahn der Drainage zu.

»Wir brauchen Strom für die Beatmung«, wies er die Schwesternschülerin an. »Sagen Sie Pete Bescheid, dass ich in zwei Minuten ein Kabel hier haben will!«

19

Sie war nett. Aber nicht zu nett. Es war genau die richtige Dosis. Sie wäre ein würdiges Opfer. Denn zu nette Menschen machten David nervös. Er wusste dann nie, ob sie nett zu ihm waren, weil sie ihn nett fanden. Oder ob es einfach in ihrer Natur lag, immer und überall nett zu sein. Wenn er aber jemanden tötete, der ihn nett fand, dann wäre es für ihn, als würde er einen Teil von sich selbst töten. So etwas wollte er nicht tun. Es war quälend kompliziert. Da lebte er inmitten einer Millionenstadt, aber nur wenige dieser Menschen kamen überhaupt infrage. Schon hielt man ihn für einen Geisteskranken, der seine Opfer wahllos tötete. Gequirlter Bullshit! Wahllos wäre sinnlos. Harvey und Sam würden es nie annehmen. Aber das begriffen diese Narren da draußen natürlich nicht. Es war eine harte Arbeit, die Disziplin und Hingabe erforderte. Er, David, nahm das Kreuz an, trug es, ließ sich verhöhnen. Aber langsam war es genug. Die Aufgabe überforderte ihn, machte ihn müde. Er war zu Höherem berufen, wollte nicht länger nur Drecksarbeit machen. Er war ein Priester, kein Henker. David schlug sich gegen die Schläfen. Gedanken, Gedanken, Gedanken. Er begann, laut vor sich hin zu summen. Rituale, die er befolgte, wenn er in seinem Kopf allein sein wollte. Von diesen Gedanken durften seine Gebieter nichts erfahren.

»Migräne?«, fragte sie. Als David kurz aufsah, zeigte sie auf seine Schläfen. Dort hatten sich durch seine Schläge und das Reiben rote Stellen gebildet. »Kenne ich. Ich reibe Pfefferminzöl in den Nacken. Du kriegst das Zeug in jedem China-Drugstore.«

Sie hieß Loretta. Aber im Safeway Markt am Brooklyn Boulevard, Ecke Flushing Avenue nannten sie offenbar alle nur Lori. Es war ein 24/7 Market, denn die Arbeitszeiten vieler Anwohner der Gegend richteten sich nicht am chronometrisch vorgegebenen Nine-to-five-Rhythmus aus. David war langsam die Geschäftsstraße nach Norden gefahren, als er plötzlich Lust auf einen Kaffee verspürte. Am Tresen von Safeway gab es besseren als bei *McDonald's*. David hatte eine Weile dagestanden, sich an seinem Becher festgehalten und den Leuten zugesehen. Es waren nur wenige Kunden im Laden.

»Läuft heute nicht?«, fragte er die Mitarbeiterin und wies mit dem Kopf zur Kasse, an der ein Junkie gerade die fehlenden Cents für eine Dose Katzenfutter zusammenkratzte. Wahrscheinlich fragte sich nicht nur David, ob das Zeug wirklich für einen Vierbeiner bestimmt war.

»Die Leute haben Angst«, erwiderte Lori. »Oben am Hafen wurden zwei Häuser in Brand gesteckt. Und die Gangs machen überall Randale. Kein Licht in den Straßen, die Cops sind überfordert. Alles in allem gute Chancen, auf dem Weg nach Hause ausgeraubt zu werden.«

Er musterte sie, fand, dass sie gut gebaut war. Aber diese Dinge interessierten ihn bei Frauen eigentlich nicht. Er war kein oberflächlicher Typ, der Frauen nur auf Titten und Hintern starrte. Die Stimme war ihm wichtig. Und Loretta hatte eine angenehme Stimme. Klar und harmonisch. Etwas tiefer, als man erwarten würde. Irgendwie erfahren. Und das Wichtigste, sie verschluckte nicht die Hälfte aller Silben. Eine solche Stimme regte seine Fantasie an, konnte ihn um den Verstand bringen. Kichernde, gackernde und kreischende Hühner waren schon in der Highschool nicht sein Fall gewesen.

»Wir schließen, Lori«, rief eine männliche Stimme aus Richtung der hinteren Regale. »Machst du vorn zu?«

»Okay, Mr Fisher.« Sie zuckte mit den Schultern und wandte sich wieder zu David um. »Der Ladenleiter. Wir haben Probleme mit den Kühltruhen. Nicht auszudenken, wie viel Arbeit auf uns zukommt, wenn die Ware verdirbt. Und mir ist es ganz recht. Da draußen braut sich etwas zusammen.«

»Verstehe.« David nickte. »Wenn es Scheiße regnet, will man wenigstens unter einem Schirm stehen.«

»Wenn es ...« Sie lachte kurz auf. »Also, dann möchte ich lieber zu Hause sein. Ein Schirm reicht nicht.«

»Kann ich noch einen Kaffee kriegen?«

»Lori!« Ein Mittvierziger in billigem Anzug kam auf sie zu. Die Achselfalten seines Jacketts waren durchnässt, seine Stirn glänzte. Er trug ein Toupet, das bei seinen Arbeiten verrutscht sein musste. Durch das schief sitzende Kunsthaar war sein Bemühen um Autorität von vornherein sabotiert.

»Wir schließen!«, fuhr er seine Mitarbeiterin an.

»Kann ich noch einen Kaffee kriegen?« Davids Stimme war fest, duldete keinen Widerspruch. Er kannte solche Typen. Erst seine Lehrer, später die Ausbilder in der Army und nun seine Vorgesetzten bei der Expresspost. Immer gab es diese Kläffer, die laut wurden, ohne dass etwas dahintersteckte. Dumme Köter, die es zu nichts gebracht hatten und ihren Frust an anderen ausließen. David schaltete reflexartig auf stur.

Bevor es jetzt zu einer unschönen Szene kommen konnte,

bot Lori an, er könnte bleiben, bis die letzten Kunden durch die Kasse waren. Mr Fisher knurrte, blickte David an und wog offenbar seine Chancen ab. Mutter Natur hatte ihm jedoch nicht viele Argumente mitgegeben, die für ihn sprachen.

Und dennoch konnten es Männer wie er nicht ertragen, wenn sie den Kürzeren zogen. David grinste unverschämt, zog den Bauch ein und streckte sich. Fisher zog maulend ab.

»Freut mich«, sagte Lori und zwinkerte David zu. »Hat er verdient. Sie lassen sich nichts bieten, Mister, was?«

»David.«

War sie tatsächlich zu nett, fragte er sich plötzlich. Weshalb hatte er ihr seinen Namen verraten? Er brauchte Distanz, um zu tun, was Harvey und Sam verlangten.

»Ich muss pinkeln«, sagte er unbeholfen.

»Die Toiletten sind eigentlich nur für Mitarbeiter«, meinte sie. »Aber kommen Sie mit.«

Ihnen kam ein weiterer Mann entgegen. Er war deutlich älter als Fisher. Eine dieser armen Kreaturen, die arbeiten mussten, bis sie umfielen. Und selbst dann wurden ihnen die Nägel für den Sarg in Rechnung gestellt. Fisher war der Typus Kläffer. Dieser Kerl war eindeutig ein Loser. Er trug einen Anzug, der zu Zeiten von Buffalo Bill modern gewesen war. Dazu jedoch eine moderne Halbglatze. Das Resthaar des Kranzes hatte er vom linken Ohr über den kahlen Schädel gebügelt und dort mit Brillantine festgeklebt. Loser und Kläffer verloren offenbar schnell die Haare, überlegte David amüsiert.

»Alles klar, Lori?«, fragte der Mann, dann wandte er sich an David. »Sie müssen jetzt bitte gehen. Wegen des Stromausfalls schließen wir ausnahmsweise.«

»Er gehört zu den Lieferanten«, sagte Lori, lächelte ihn an

und verdrehte die Augen in Davids Richtung, sodass ihr Kollege es nicht sehen konnte. »Muss nur kurz auf Toilette. Alles hat seine Richtigkeit, Mr Holtman.«

Kurz darauf war der Laden gespenstisch leer und nur noch durch zwei schmale Neonlichtleisten beleuchtet. Das tiefe Brummen der Kühlaggregate wirkte beruhigend. Offenbar hatte die Lebensmittelkette hinsichtlich eines möglichen Stromausfalls gut vorgesorgt. Es roch nach Reinigungsmitteln und kaltem Frittierfett. Seltsam, dachte David, als er von der Toilette zurückkam. Der Geruch musste bereits vorher da gewesen sein, aber er fiel ihm erst jetzt, in diesem gedämpften Pufflicht, auf. Widerlich, aber er ließ die Eindrücke zu. Wie immer, wenn er auf der Jagd war, schienen seine Sinne geschärft. Der Gestank nach feuchten Schuhen, nach läufiger Hündin und ranziger Butter. Mrs Green, seine Biologielehrerin an der Highschool, hatte so gerochen. Er ging langsam zum Ausgang. Eine Alte stand an der Kasse und rieb an einer Flasche 7 Up, als wollte sie einen Geist daraus beschwören. Vor ihr stand, auf seine Krücken gelehnt, ein einbeiniger, vielleicht sechzigjähriger Kriegsveteran und blickte sich mit glasigen Augen um. Es schien, als hätte er vergessen, wo er war. Wahrscheinlich verfolgten ihn seine Dämonen, denn er griff nach dem leeren Patronengurt, den er über die Brust gelegt hatte. Eine sinnlose Geste, aber er war offenbar grimmig entschlossen, diesen Safeway, die letzte Bastion menschlicher Zivilisation, gegen anstürmende Nazis und Japse, die durch seinen versoffenen Verstand spukten, zu verteidigen. Am Eingang lamentierte ein Schwarzer, jammerte und bettelte Fisher an, noch etwas bleiben zu dürfen. Dabei wiegte er den Körper hin und her, als stünde er auf einem schwankenden Schiff.

»Ein paar Jugendliche haben ihm vor zwei Monaten eins

übergebraten«, meinte Lori, die plötzlich wieder neben David auftauchte. »Seitdem kommt er jeden Tag, kauft Dosensuppe und steht bis drei am Eingang.« Sie reichte ihm einen Plastikbecher, in dem Kaffee dampfte. »Hier, zum Mitnehmen. Geht aufs Haus.«

Das reinste Irrenhaus hier, dachte David. Draußen der Krieg, drinnen die Übriggebliebenen. Dieses Land geht vor die Hunde. Er lächelte bei diesem Gedanken, denn schließlich wusste er es schon lange. Diese Welt war verdorben, bereit, in die Hölle zurückgeschickt zu werden, aus der sie einst gekrochen war. Er griff sich an den hinteren Hosenbund und stöhnte. Der Revolver drückte unter dem Hemd direkt ins Fleisch. Natürlich. Es war ein Zeichen, das Harvey ihm gab. Er hatte eine Aufgabe. Er war vorhin bereits an Mandy gescheitert. Noch einmal würde man ihm ein Scheitern nicht durchgehen lassen. Wenn das so weiterging, würden Sam und Harvey ihn bestrafen. Wieder stöhnte er und lehnte sich an ein Regal. Der Druck verstärkte den Schmerz.

»Alles in Ordnung?«, fragte die Bedienung. »Sind Sie verletzt?«

Sie ist zu nett, dachte David. Verdammt. Er wühlte auf umständliche Weise mit seiner rechten Hand im Hosenbund herum.

»Nein, alles okay. Habe zu lange im Wagen gesessen.«

Er musste es tun. Jetzt. Keine Ausreden. Fisher würde ihn beschreiben können, der andere auch. Vielleicht hatten sie hier sogar diese modernen Kameras im Laden. Gut, dann war es aus. David konnte hier endlich seine letzte Schuld bezahlen, dann mussten Harvey und Sam ihn freigeben. Ohnehin egal, wenn bald alles den Bach runterging.

»Haben Sie schon hinten abgeschlossen?«, fragte er Loretta. »Ich meine, alle stehen hier vorne herum. Ihr Boss ist abgelenkt, ihr Kollege sitzt an der Kasse. Wir reden hier. Und hinten könnten ein paar Randalierer ungehindert den Laden auseinandernehmen.«

»Sie haben recht!« Loretta sprang auf und blickte zu ihren Kollegen hinüber. »Ich mache das. Bin gleich wieder da.«

Jetzt, dachte David und sah sich um. Die Oma rieb weiterhin an der Flasche und starrte ins Leere. Der Veteran war damit beschäftigt, sein Gleichgewicht zu halten, während er seine Dollars abzählte. Und der Schwachkopf am Eingang klammerte sich an einen Stapel Einkaufskörbe, als wären sie das Rettungsfloß, das ihn vor dem Ertrinken da draußen bewahren konnte. David folgte der Angestellten ins Lager. Hier roch es fleischig. Lori hielt sich die Armbeuge vor die Nase.

»Bob von der Mittagsschicht hat wieder vergessen, die abgelaufene Kühlware zu entsorgen. Er holt das Zeug einfach raus und lässt es liegen. Ekelhaft.«

Offenbar waren ehemals gefrorene Hühnerteile gerade dabei, zu neuem Leben zu erwachen. Eine gelbgrüne Soße lief aus mehreren Packungen Buffalo Wings heraus und tropfte von der Ablage auf den Boden. Bei der Army in Korea hatte David einmal erlebt, dass der Leichnam eines Kameraden nicht ausreichend gekühlt worden war. Der Kerl hatte sich bei neunzig Grad Fahrenheit einfach aufgelöst. Und es hatte in dem Container gerochen wie hier. Wer wusste schon, was sie in die Wings hineintaten?

Er sah Loretta an, die gerade den Lieferanteneingang verriegelte. Offenbar fand sie an einem großen Bund nicht sofort den richtigen Schlüssel. David spürte das Metall in seiner Hand. Es war ganz einfach. Der .44er Bulldog war ein verlässlicher Partner. Nicht nur ein kaltes Ding. Man musste Werkzeuge mit Respekt behandeln, fand er. Ein Chirurg konnte schließlich ohne Skalpell nicht arbeiten. Das Opfermesser in der Hand des Priesters war heilig. David war Chirurg und Priester zugleich. Er brauchte diesen Revolver, um damit die Leben der Geweihten herauszuoperieren. Wie Harvey es wollte. Draußen auf der Straße fiel ein Schuss. Wahrscheinlich sogar nur ein paar Meter entfernt von der Tür, die Loretta eben abgeschlossen hatte. Sie zuckte zusammen und bückte sich dann schnell nach dem Schlüsselbund, den sie vor Schreck fallen gelassen hatte. Die Szene berührte David. Die junge Frau wirkte in diesem Moment so verletzlich. Zerbrechlich.

Ich lebe für die Jagd – das ist meine Bestimmung. Blut für Papa.

Er dachte an den Brief, den er im April an den ermittelnden Polizeibeamten, Captain Borrelli, geschrieben hatte. Seither nannten sie David den »Son of Sam«. Sie hatten nichts verstanden. Dabei hatte er ihnen doch alles erklärt. Vater war alt. Und bald wäre David endlich frei. Er musste nur noch Harvey den Weg bereiten. Er begann zu summen. Harvey durfte nicht hören, was David über ihn dachte. Auch Harvey war nur ein Diener. Ein Diener der »Großen Wesen«. Und er, David war Diener des Dieners.

»David, haben Sie das auch gehört?« Loretta hatte sich zu ihm umgedreht. Wahrscheinlich hatte ihn sein lautes Summen verraten. Jetzt starrte sie auf den Revolver in seiner Hand.

»Wow! Es ist doch gut, wenn man die richtigen Männer an seiner Seite hat«, sagte sie mit dem Anflug eines Lächelns. »Sie wissen sich offenbar zu wehren, Dave.«

Er blickte sie verwirrt an. Dann erst begriff er, dass sie die Situation offenbar vollkommen falsch interpretierte. Es war lächerlich. Sie dachte, dass draußen die Gefahr lauerte. Und in ihren Augen war er hier drinnen der Beschützer. War es nicht andersherum? Wo waren denn innen und außen? Wo die Grenzen? In Davids Kopf setzte das Rauschen ein. Es kam immer dann, wenn ihn seine Gedankenströme zu überfluten drohten.

»Ich glaube, wir sind jetzt sicher«, meinte Lori mit einem leicht gequälten Lächeln und zeigte auf die Waffe. »Sie sollten das Ding wieder einstecken.«

Sie legte die Hand beinahe zärtlich auf den Bulldog und berührte dabei kurz seine Hand. Der Hauch von Intimität elektrisierte ihn, erregte ihn. Die Presse behauptete, er wäre ein Frauenhasser. Eine dreiste Lüge. David tötete Frauen, aber er hasste sie nicht. Er hatte versucht, die Sache im Brief an Borrelli geradezurücken. Aber Harvey hatte recht behalten. Diese Wesen, die sich Menschen nannten, hörten nicht zu. Sie waren verdorben. Opfer, die noch als Futter taugen mochten. Haut, Schenkel, Brustfleisch. *KFH, Kentucky Fried Humans*, Harveys Fast-Food-Kette. David begann zu schwitzen. Wenn ihm solche Gedanken kamen, hatte er früher seine Medikamente nehmen müssen. Ein untrügliches Zeichen, dass er sich der wahren Grenze näherte. Wenn er sie überschritt, konnte er sich später an nichts mehr erinnern. So weit durfte es keinesfalls kommen! Er musste die Kontrolle behalten. Er starrte auf seine leere Hand. Er hatte die Waffe in den Hosenbund gesteckt, ohne es zu bemerken.

»Alles in Ordnung, David?«, fragte Loretta. »Sie sehen mitgenommen aus. Kommen Sie, wir gehen nach vorn. Wenn mein Boss Sie hier sieht, fliege ich raus. Er ist ein richtiges Ekelpaket. Wollte mich sogar schon für eine Gehaltserhöhung flachlegen. Aber man kann froh sein, wenn man einen Job hat, nicht wahr?«

Das einzige Problem, das er mit Frauen hatte, war, dass sie

zu viel redeten. Wenn es in seinem Kopf rauschte, dann war es nicht gut, dass sie ihm auch noch die Ohren vollquatschten. Er schüttelte den Kopf und winkte ab. Sie war ohnehin die Falsche. Harvey hatte ihm eingeschärft, Abstand zu wahren. Diese Nacht wurde allmählich zur Qual für David. Viel zu viel los. Zu laut. Er konnte seine inneren Stimmen nicht ordnen, ihnen nicht folgen. Er musste es Harvey erklären. Er war ein Jäger. Da draußen jedoch war Karneval der Verrückten. Selbst die erschrockene Loretta hatte ihn nur für eine weitere Schießbudenfigur mit Revolver gehalten.

»David, du kannst mich vielleicht mal anrufen. Wir sollten zusammen … Kino oder ins Dancers …«

Er rannte fast hinaus, hörte ihre Worte zwar, aber sie fanden keinen rechten Platz in seinem Verstand. Was wollte sie von ihm? Er hätte ihr einfach von hinten in den Kopf schießen sollen. Ihre Erlösung. Seine Erlösung. Stattdessen würde Sam ihn wieder bestrafen. Schläge, Durst, Hitze.

Aber sie war einfach zu nett.

20

Pamela und der junge Assistenzarzt standen seitlich neben dem Haupteingang des Bellevue Hospital. Sie hatte sich reflexhaft eine Zigarette aus einer Packung gegriffen, die auf dem Tresen der Anmeldung lag. Im letzten Moment hatte sie sich aber an Rainbow erinnert. Nicht, dass eine Zigarette jetzt noch großen Schaden hätte anrichten können, aber dem Stressimpuls eine Ladung Nikotin hinterherzuschicken, wäre gegenüber ihrer Kleinen doch reichlich unfair gewesen. Deshalb sog sie nur an dem Glimmstängel und genoss das kalte Tabakaroma.

»Nur zwei Züge, Chris«, sagte sie. »Sie werden drinnen gebraucht.«

Der Assistenzarzt lächelte sie dankbar an. Dass ihn die erfahrene Krankenschwester jetzt mit Vornamen ansprach, kam einem Ritterschlag gleich. Es bedeutete, er war im Team. *Sie werden drinnen gebraucht.* Damit drückte das Pflegepersonal aus, dass man gute Arbeit machte. Er griff in seine Kitteltasche und nahm sein Notizbuch heraus. Pamela setzte zu einem Seufzer an. Hatte sie sich derart getäuscht? Aber Dorson hob das Ding über den Kopf wie ein Spieler aus der Basketball-League und warf das Heft in hohem Bogen in den Papierkorb neben dem Eingang.

»Yep, ich mach dann mal den Nagelpilz in der Drei«, sagte

er und grinste sie frech an. »Hoffentlich kriege ich das ohne Notizen hin.« Er berührte sie ganz kurz an der Schulter und sah ihr in die Augen. »Danke, Pam. Ohne Sie wäre die Sache in die Hose gegangen. Jetzt sollten Sie sich aber einen Moment ausruhen. Wird eine lange Nacht.«

Er war gerade gegangen, als Pamela plötzlich eine bleierne Müdigkeit in sich aufsteigen spürte. Die Beine schmerzten, und die Augenlider waren schwer. In den letzten Wochen hatte die Erschöpfung zugenommen. Nach immer geringeren Belastungen brauchte sie immer längere Pausen. Sie streichelte zärtlich ihren Bauch und formte ein *Thank you* mit den Lippen. Anfangs hatte sie sich geärgert, dass die Schwangerschaft so viel änderte. Mittlerweile aber hatte sie erkannt, dass es Zeit war umzudenken. Sie liebte ihren Beruf, aber es gab auch noch anderes, das wichtig war. Um Menschen helfen zu können, musste sie vor allem auf einen Menschen achtgeben. Auf sich selbst. Sie wollte nicht mit vierzig oder fünfzig als ein ausgebrannter, zynischer Klinikzombie enden.

»Gott sei Dank«, rief eine Stimme aus der Ferne, die sie kannte. »Da bist du ja, Schatz! Geht es dir gut? Was machst du hier unten vor der Tür? Der Gestank und Lärm sind doch kaum auszuhalten.«

»Mom?« Pamela blickte ihre Mutter an, als wäre ihr ein Geist erschienen. »Ich hatte Dad doch gesagt …«

»Wenn ich den Kerl in die Finger bekomme, dann kann er was erleben, meine Liebe. Er hat es gewusst und mir nicht Bescheid gegeben! Ich habe mir auf dem Weg hierher solche Sorgen gemacht. Die schlimmsten Gedanken gehen mir durch den Kopf. Du weißt, dass ich …« Sie stockte und musste gegen die Tränen ankämpfen.

»Eben. Deshalb habe ich Daddy gebeten, dir nichts zu sagen. Ich wollte verhindern, dass du noch mehr graue Haare bekommst, Mom.«

Cynthia umarmte ihre Tochter lange. Sie stand dabei etwas unbeholfen seitlich von ihr, da der riesige Bauch eine Annäherung von vorn kaum noch zuließ. Pamela spürte das Vibrieren im Körper ihrer Mutter. Cynthia Simmons hatte ihr Leben lang versucht, Haltung zu bewahren. Egal, wie schlecht es ihr ging. Über den Schmerz der anderen vergaß sie oftmals, ihr eigenes verwundetes Inneres zu trösten. Jetzt schien sie kurz davor zu sein, die Fassung zu verlieren. Und nur diese innige Geste zwischen Mutter und Tochter gab ihr die Kraft weiterzumachen. Pamela konnte lediglich ahnen, was in ihr vorging. Eigentlich hätte sie Geschwister haben sollen, wäre dann jetzt vielleicht die Jüngste in der Familie Simmons. Die beiden Fehlgeburten hatten tiefe Narben auf Cynthias Seele hinterlassen.

»Mir geht es gut, Mom«, sagte sie zärtlich und streichelte ihr übers Haar. In letzter Zeit war es immer häufiger zu einer Art Seitenwechsel gekommen. Früher war es ihre Mutter gewesen, die Pamela Trost spendete. Jetzt war es oft umgekehrt. »*Uns* geht es gut.«

»Weshalb ist hier auch alles dunkel?«, fragte ihre Mutter, nachdem sie sich voneinander gelöst hatten. »Und wieso bist du überhaupt hier unten? Du warst doch sicherlich bei den Frauenärzten. Wie sollst du denn bei dem Tohuwabohu zur Ruhe kommen?«

»Mo-mm-y«, erwiderte Pamela gedehnt und griff nach den Händen ihrer Mutter. »Ich kann nicht in einem Zimmer liegen, wenn so viele Leute Hilfe brauchen.«

»Du arbeitest doch nicht etwa?«, rief Cynthia entsetzt.

»Doch, ich arbeite. Und ich habe vor, es zu tun, bis es entweder Rainbow zu viel wird oder wieder Ruhe eingekehrt ist.«

»Wer ist Rainbow?«

»Egal, Mom.« Pamela lachte. »Ich muss wieder rein.«

»Ich komme mit.«

»Und dann? Willst du hinter mir stehen, wenn wir jemanden intubieren, ich eine Spritze gebe oder eine Wunde nähe?«

»O Gott, solche Dinge machst du? In deinem Zustand? Ich dachte, du hilfst ein bisschen bei den Schreibarbeiten. Oder etwas in der Art.«

»Du solltest nach Hause fahren ...« Pamela hielt inne. Das Intermezzo mit ihrer Mutter hatte sie kurz das Chaos dieser Nacht vergessen lassen. Der Drache, Pete und ein paar Patienten hatten von den Scharen der Gestrandeten erzählt, die in Hauseingängen, auf Parkbänken und Bürgersteigen kampierten. Offenbar hatten auch einige findige Leute ihre Wohnungen kurzfristig zu einem Motel umfunktioniert. Zwanzig Dollar für eine gammlige Matratze im Hausflur. New Yorker Nächstenliebe bemaß sich oft am Füllstand der Brieftasche.

»Ich kann versuchen, dir etwas zu organisieren«, schlug sie vor. »Irgendwo auf der Station wird ein Dienstzimmer frei sein, und dort kannst du ein wenig schlafen. Morgen früh sehen wir weiter.«

»Während *du* arbeitest, soll ich im Bett liegen? Und was ist mit deinem Vater? Erstens habe ich mit ihm ein Hühnchen zu rupfen. Und das will ich tun, solange ich noch wütend bin. Außerdem ist er immer so furchtbar kopflos, wenn etwas Unerwartetes geschieht. Du kennst ihn. Ich muss verhindern, dass er irgendwelche Dummheiten macht.«

»Wie willst du denn nach Bedford kommen? Die Subway hat ihren Betrieb eingestellt. Möchtest du fünf Meilen zu Fuß gehen? Bei diesem Chaos? Einige Idioten fahren betrunken Auto und machen sich einen Spaß daraus, direkt auf Passanten zuzuhalten, um im letzten Moment abzubremsen. Wir haben gerade jemanden hereinbekommen, bei dem das spaßige Manöver schiefgegangen ist. Und die Fähren sind überlastet, einige Straßenzüge dunkel. Man muss das Schicksal nicht auch noch herausfordern.«

»Pam! Wir brauchen dich!«, rief Teddie plötzlich von drinnen. Ihre Kleidung war blutverschmiert. »Drei Kritische, wir verlieren sie!«

»O Gott«, entfuhr es Cynthia erneut.

»Du gehst jetzt in den Besucherbereich«, sagte Pamela und setzte sich bereits in Bewegung. Ans Laufen war gar nicht zu denken. Sie spürte, wie sich in ihr wieder ein Schalter umlegte. Für Diskussionen, Jammern oder sonstige Betrachtungen von Befindlichkeiten war jetzt keine Zeit. »Rühr dich nicht vom Fleck, Mom! Sobald ich kann, werde ich etwas organisieren. Hier ist mein Reich, und ich bestimme, wie es läuft. Okay?«

Pamela erschrak über sich selbst und die Härte, mit der sie in solchen Situationen Entscheidungen traf. Ihre Mutter sorgte sich um sie, hatte sich auf den Weg gemacht, um zu sehen, ob es ihr und dem Baby gut ging. Und Pamela gab ihr barsche Anweisungen. Wenn sie allerdings erwartet hatte, dass Cynthia protestieren würde, sah sie sich getäuscht. Fast schien es, als wäre ihre Mutter froh, dass ihr jemand die Entscheidung abnahm. Sie wirkte in diesem Augenblick und im gespenstisch flackernden Licht erschreckend alt. Müde, verbraucht. Pamela schüttelte diese Gedanken ab und ging in Richtung Not-OP-Bereich, so schnell sie konnte.

*

»Sie war schon immer ein Dickkopf«, meinte Cynthia, als sie sich neben eine Mexikanerin setzte, die etwa in ihrem Alter sein musste.

Der Wartebereich schien besser besucht als das Port Authority Bus Terminal vor den Weihnachtstagen. Obwohl es stickig war und unangenehm roch, hatten sich die Leute irgendwie eingerichtet. Neben Angehörigen, die auf gute Nachrichten aus der Ambulanz oder den OPs hofften, saßen hier auch die Leichtverletzten mit verbundener Platzwunde oder verstauchtem Knöchel und Patienten ohne bedrohliche Störungen. Man tauschte munter Zeitschriften und Comics, in einer Ecke horchte ein Greis an seinem Radio und rief alle zusammen, wenn es Neuigkeiten aus der Stadt gab. Cynthia war dankbar, dass die Frau neben ihr einen Burrito mit ihr teilte. Sie revanchierte sich mit einer Flasche Coke, die sie auf dem Weg hierher am Straßenrand für unverschämte zwei Dollar gekauft hatte.

»Dein Tochter arbeiten hier?«, fragte die Mexikanerin.

Ihr Akzent war grauenhaft, Cynthia erahnte das Gesagte mehr, als dass sie es verstand. Schließlich nickte sie.

»Stadt schlecht für Kinder«, fuhr die Frau fort. »*La ciudad está estropeando su carácter. Mi hijo mayor* … Mein alte Sohn macht Sache mit Gang. Dabei er sein *tan buen chico!*«

»Ist er hier?«, fragte Cynthia. »Ihr Sohn?«

»*Mi hijo menor se cayó por la ventana.*« Sie begann, in einer Weise zu jammern, die einem Beerdigungszug in New Orleans alle Ehre gemacht hätte. »Mein Sohn, andere, gefallen aus Fenster!«

»Es hat gebrannt«, sagte das Mädchen neben ihr. »Mamá und ich haben ihn gesucht, aber er ist gesprungen.« Offenbar war sie die Tochter.

»Nacht der Brandstifter«, sagte ein Mann im Anzug.

»Unsinn«, quäkte ein angetrunkener Bauarbeiter, dessen Hand verbunden war. »Die Chicanos rauchen im Bett und kochen auf Lagerfeuern. Auch in ihren Wohnungen. Als wären sie in ihren beschissenen Pueblos. Hab ich selbst gesehen. Und wenn es brennt, geben sie der Stadt die Schuld.«

»Halten Sie den Mund«, sagte der Anzugmann.

»Wie meinten Sie das?«, fragte Cynthia ihn. »Nacht der Brandstifter?«

»Ich arbeite bei der Versicherung. Da haben wir es laufend mit Brandschäden zu tun. Seit es mit der Wirtschaft den Bach runtergeht, fackeln einige Hausbesitzer nicht lange.« Nur er lachte über seinen Witz. »Oder ist Ihnen etwa noch nie aufgefallen, dass immer mehr Ruinen in der Stadt stehen? Und die leeren Schutthalden?«

Cynthia nickte. Natürlich kannte sie die Abbruchhäuser und Brachflächen, die manche Blocks aussehen ließen, als hätte ein Riesenzahnarzt der Gegend ein paar faulige Stumpen gezogen.

»Die Besitzer nennen das Grundsanierung. Sie kaufen ein Haus in einer Gegend, die auf dem absteigenden Ast sitzt. Dann versichern sie es gut, nehmen eine riesige Hypothek auf und geben sogar Schuldverschreibungen auf die Steuer heraus. Dann vergraulen sie die ersten Mieter, machen aus zehn Wohnungen vierzig Einzimmer-Karnickelställe, weil sie auf diese Weise mehr Miete kriegen. Plötzlich zündet irgendein Berufspyromane das Gebäude an. Meist geht vorher ein Anruf beim Fire Department ein, damit die Karnickel noch aus ihren Bauten huschen können. Manchmal vergessen sie es auch. Shit happens. Danach kommt die Junkie-Phase. Und am Ende ziehen die Obdachlosen in die verwüsteten Häuser ein. Drei Jahre später reißt die Stadt alles auf Kosten der Steuerzahler ab. Die alten Besitzer leben dann mit ihrer Million längst auf den Keys.«

Cynthia hörte gebannt zu. Sie hatte eher selten Kontakt zu Weißen. Betty Randerburgh und ihr Mann. Einige Nachbarn. Aber die weiße Mittelschicht gab sich mit ihresgleichen nur selten ab. Fragte man die Leute, dann waren sie natürlich alle gegen die *Segregation,* die Rassentrennung. Aber die Sache hatte sich eben über mehr als zwei Jahrhunderte in den Köpfen festgesetzt. Und dort fraß sie sich an den uralten Vorurteilen fett wie eine Made im Speck. So schnell änderten ein paar gute Vorsätze und auch die Reden von Reverend King nichts daran.

»Du kannst das Haus zwar anders streichen, aber es bleibt dasselbe Haus«, hatte ihr Vater gesagt, als die letzten diskriminierenden Jim-Crow-Gesetze offiziell abgeschafft wurden. Inoffiziell machten die Südstaatler einfach da weiter, wo ihre Vorurteile sie hingebracht hatten.

»Man wird alle Brandstiftungen von heute Nacht den Farbigen unterjubeln«, fuhr der Mann fort. »Sehen Sie sich den Idioten an«, flüsterte er Cynthia zu und deutete auf den Arbeiter, der eingenickt war. »Solche Leute glauben, was sie glauben wollen. Erspart ihnen das Denken. Und zum Schluss sind Menschen wie unsere Burrito-Dame auch noch selbst schuld daran, dass ihr Sohn aus dem Fenster gesprungen ist.«

Sie wollte ihre Welt nicht so sehen. Nicht auf diese zynische, desillusionierte Weise. Cynthia hatte sich als junge Frau, kurz vor ihrer Heirat, vorgenommen, nicht in Verbitterung und Rückzug zu enden wie ihre Eltern. Viele Schwarze gingen an ihrem Elend nicht nur zugrunde. Sie verloren dabei auch ihre Würde, ihr Menschsein. Womit sie paradoxerweise eben dort landeten, wo die weißen Master sie immer hatten sehen wollen. Cynthia hatte sich die Hoffnung bewahrt, dass es möglich war, aus eigener Kraft ein besseres Leben zu erschaffen. Sie würde nie an der Upper West Side wohnen, aber ihr Zuhause war sauber. Sie würde nie Kleider von Chanel tragen, aber sie achtete auf ihr Äußeres. Sie hatten immer wenig Geld besessen, aber die Familie hatte nie gehungert. Selbstachtung konnte man nicht kaufen. Sie gedieh in den Herzen der Menschen. Der Mann im Anzug war offenbar kein Rassist, aber er trug ein anderes Gift in sich, das ebenso verheerend wirkte wie die Vorurteile. Seine Weltsicht schmeckte bitter-gallig, ließ keine Hoffnung zu.

Allzu gern hätte sie seine Schilderungen einfach abgetan, aber die Äußerungen des Mannes irritierten sie. Da draußen gab es Einflüsse, die schlichtweg übel und böse waren. Was half es, wenn die Mexikanerin neben ihr einer ehrlichen Arbeit nachging, aber irgendein geldgieriger Besitzer sein Haus anzünden ließ? Der Mann hatte gerade die Dinge beschrieben, die ihre Eltern und viele Generationen der Black People in die Resignation getrieben hatten. Das Gefühl, immer nur ein Opfer zu sein. Nur ein unbedeutendes Steinchen auf einem riesigen Spielfeld, dessen Fehlen niemand bemerkte. Cynthia schloss die Augen und dachte an Martin Luther Kings Rede in Washington, die vor fast fünfzehn Jahren im Radio übertragen worden war. Sie hatte sich die Worte eingeprägt, und sie gaben ihr in schlimmen Zeiten Hoffnung.

Everyone has the blues. Jeder hat den Blues. Jeder sehnt sich nach einem Sinn im Leben. Jeder möchte lieben und geliebt werden. Jeder wünscht sich, in die Hände zu klatschen und glücklich zu sein. Jeder sehnt sich nach Glauben.

Cynthia lief ein Schauer über den Rücken. Sie ahnte, dass es in dieser Nacht ungemein schwer werden würde, den Blues in sich zu hören.

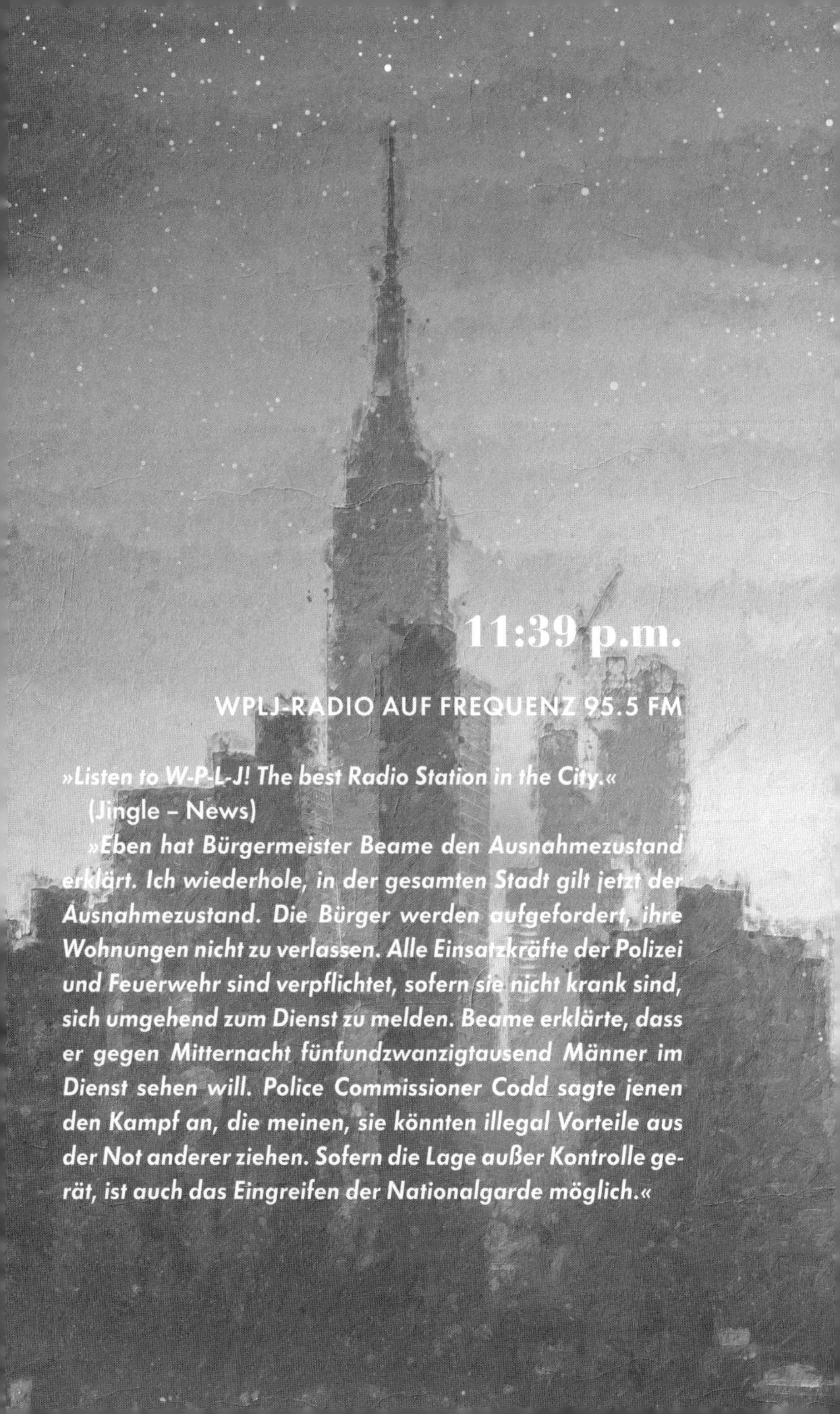

11:39 p.m.

WPLJ-RADIO AUF FREQUENZ 95.5 FM

»Listen to W-P-L-J! The best Radio Station in the City.«

(Jingle – News)

»Eben hat Bürgermeister Beame den Ausnahmezustand erklärt. Ich wiederhole, in der gesamten Stadt gilt jetzt der Ausnahmezustand. Die Bürger werden aufgefordert, ihre Wohnungen nicht zu verlassen. Alle Einsatzkräfte der Polizei und Feuerwehr sind verpflichtet, sofern sie nicht krank sind, sich umgehend zum Dienst zu melden. Beame erklärte, dass er gegen Mitternacht fünfundzwanzigtausend Männer im Dienst sehen will. Police Commissioner Codd sagte jenen den Kampf an, die meinen, sie könnten illegal Vorteile aus der Not anderer ziehen. Sofern die Lage außer Kontrolle gerät, ist auch das Eingreifen der Nationalgarde möglich.«

21

»Unsere Aggregate laufen«, meinte Pete zufrieden. Der Drache hatte alle Mitarbeiter zu einer Einsatzbesprechung zusammengerufen. Mittlerweile waren drei weitere Krankenschwestern und zwei Ärzte eingetroffen, sodass sich die Lage leicht entspannt hatte.

»Von allen gute Arbeit«, sagte Ludmilla Dragović mit ihrem typischen Akzent und wirkte ungewöhnlich milde. »Sechs Kritische, und wir haben keinen verloren. Bravo! *Călăresc moartea şi smulg din ea cât mai multe vieţi pot.* Die Worte eines berühmten rumänischen Arztes. *Ich reite den Tod und entreiße ihm so viele Leben, wie ich kann.*«

Pamela konnte sich ein Lächeln nicht verkneifen. Bei dieser Frau war immer alles tragend und pathetisch. Ständig sprach sie von der Last, den Pflichten und dem Schicksal. Freude war weder Teil ihres Vokabulars, noch schien sie dafür überhaupt Tasten auf ihrer Gefühlsklaviatur zu haben.

»Die Klinikleitung hat ihre Beziehungen spielen lassen. Und das Gebäudemanagement vom Chrysler Building stellt uns einen großen Stromgenerator zur Verfügung«, fuhr Pete fort, bevor die Stille nach Ludmillas kleiner Rede bedrückend oder peinlich werden konnte. Der Haustechniker sah auf seine Uhr. »Sollte jeden Moment hier sein.«

»Was sagen sie im Radio?« Pamela zeigte auf Petes Taschenradio, ein Geschenk der Klinikleitung zu einem runden Dienstjubiläum, das er seitdem ständig dabeihatte. »Wie sieht es aus in der Stadt?«

»Ihr sagt doch immer, dass eure Station hier unten die Welt im Kleinen ist. Dass hier alles zu finden ist, was es auch da draußen gibt.« Der Hausmeister zuckte resigniert mit den Schultern. »Heute Nacht trifft es wohl auf jeden Fall zu. Hier bei uns herrscht das Chaos.« Er zeigte in Richtung Straße. »Und in der Stadt ist ebenfalls der Teufel los. Die Bronx und Brooklyn sind wohl besonders schlimm dran.«

»Inwiefern?« Pamela war beunruhigt. Sie hatte kurz mit dem Kollegen des angeschossenen Polizisten gesprochen. In der Bronx hatte eine Gang versucht, das gesamte Warenlager einer Fabrik auszuplündern. Dabei war es offenbar zu einer Schießerei gekommen, und der junge Cop hatte sich die Kugel eingefangen. *The Bronx. The Home of Nodats.* Hier lebten die Niemands, der Bodensatz einer Gesellschaft, die keine war. Natürlich, in diesem Stadtteil war so etwas beinahe an der Tagesordnung. Die Leute dort hatten sich bereits daran gewöhnt, nicht mehr aus dem Fenster zu sehen. Denn dann war die Wahrscheinlichkeit groß, Zeuge irgendeiner Straftat zu werden, seien es Raubüberfälle, Drogendeals oder eine üble Messerstecherei. Aber Brooklyn? Pamela hatte gehofft, dass es dort ruhig bleiben könnte.

»Komm schon, Pete. Lass dir nicht alles aus der Nase ziehen«, drängte sie. »Was hast du gehört?«

»Williamsburg und Bedford-Stuyvesant sind offenbar besonders betroffen. Dort rotten sich wohl immer wieder Leute zusammen und gehen regelrecht auf Beutezug. Es wurden einige Passanten ausgeraubt und viele Geschäfte zerstört. Die Einsatzkräfte sind total überfordert.«

»Klar«, knurrte der Drache. »Seit Jahren streichen sie die Stellen im öffentlichen Dienst. Nicht nur bei uns. Überall. Müllabfuhr, Polizei, Verwaltung. Weniger Leute, mehr Arbeit. Außer in der City natürlich.«

Alle wussten, was sie damit meinte. Der Geldadel in Manhattan, die Nachfahren der wichtigen, alten Familien, tat alles, um sich selbst zu schützen. Gegen ein Handgeld ließen sich gut ausgebildete Polizisten aus den anderen Boroughs in die City versetzen. Oder heuerten bei privaten Wachdiensten an, die im Zentrum wie Pilze aus dem Boden schossen. Während die Polizeiführung gleichzeitig in der Bronx junge, unerfahrene Männer verheizte, die oft schon nach kurzer Zeit den Dienst quittierten oder aber korrupt und brutal wurden. Pam spürte, dass sich eine starke Anspannung in ihr aufbaute. Als ihre Tochter sie jetzt stark boxte und es gleichzeitig zu einer Kontraktion der Gebärmutter kam, griff sie sich mit schmerzverzerrtem Gesicht an den Bauch. Fast sofort war Teddie bei ihr.

»Alles in Ordnung, Schatz?«, fragte die Freundin.

»Mein Vater«, keuchte Pamela. »Er hat den neuen Laden in der Nähe vom Brooklyn Broadway. Du weißt doch, das Radiogeschäft. Wenn da etwas …« Ihr stiegen Tränen in die Augen.

»Hey, wird schon nicht so schlimm werden«, entgegnete Teddie und streichelte ihr über den Rücken. »Die Kerle haben es doch vor allem auf Drugstores abgesehen. Ein paar Bucks, Kippen und Alk. Die Leute ändern sich nie.«

Pamela blickte zu ihr auf und bemerkte den Zweifel in den Augen der Kollegin. Ihr Vater verkaufte Elektroartikel. Und wenn ein Gangkid auf etwas scharf war, dann auf einen Fernseher oder diese neuen tragbaren Kassettenspieler. Sein Laden hatte keine Schutzgitter. Besaß er eigentlich eine Waffe, mit der er sich notfalls verteidigen konnte? Sie schluchzte und verwarf diesen absurden Gedanken. Ihr Vater war ein lieber Kerl, der keiner Fliege etwas zuleide tun konnte. Und er war in praktischen Dingen ungeschickt, wenn es sich nicht um Elektroartikel handelte. Neulich erst hatte er sich fast den Daumen abgesägt beim Versuch, einen Ast vor dem Küchenfenster zu kappen. Vor Schreck wäre er dann fast noch aus dem Fenster gefallen. Nein, Ellington Simmons würde sich wahrscheinlich in den eigenen Fuß schießen, bevor er überhaupt an eine Waffe denken konnte.

»Ich muss nach Hause«, sagte sie und bekam von Rainbow einen weiteren Tritt.

»Du hast sie wohl nicht alle«, rief Teddie, und Pete nickte bekräftigend. »Du wirst nirgendwo hingehen, meine Liebe. Schon dass du mithilfst, ist kaum zu verantworten. Aber hier bist du wenigstens vor Ort, wenn es doch losgehen sollte. Nein, zur Not legen wir dich in Ketten.«

»Ist Mrs Simmons hier?«, fragte eine ältere Frau, die gerade den Kopf durch die Tür streckte. Ludmilla Dragović hatte zwei Aushilfen von den Stationen rekrutiert, die die einfachen Arbeiten erledigten. Pamela nickte ihr zu. *Mrs Simmons.* Die Anrede versetzte ihr wieder einen Stich.

»Vorn steht ein junger Mann, der Sie sprechen möchte«, sagte die Frau, und ihr Kopf verschwand aus der Tür, bevor Pamela etwas erwidern konnte.

»Soll ich gehen?«, fragte Teddie.

Aber Pamela erhob sich bereits schnaufend. Sie stützte sich dabei auf Tischplatte und Stuhllehne ab. Gegen Ende der Schwangerschaft hätte die Evolution auch gern vier Arme für werdende Mütter einplanen können.

Im Empfangsbereich stand Jeffrey und unterhielt sich wild

gestikulierend mit ihrer Mutter. Vor Erstaunen stieß Pamela einen weiteren Seufzer aus, der so laut war, dass er sie wie der Pfiff einer Dampflok bei Einfahrt in den Bahnhof ankündigte. Ihr ehemaliger Partner drehte sich zu ihr um, als hätte die Natur zukünftigen, besorgten Vätern diesen Instinkt eingegeben.

»Pam! Gott sei Dank«, rief er und eilte auf sie zu. Im letzten Moment hielt er inne, als er ihr gerade den Kuss auf die Nase geben wollte, der über viele Jahre Ritual in ihrer Beziehung gewesen war. »Was? Warum?« Er zeigte auf ihre Dienstkleidung. »Du arbeitest also wirklich? In deinem Zustand? Ich wollte es deiner Mutter nicht glauben.«

Pamela war unentschlossen, ob es sie freute oder ärgerte, ihn zu sehen. Nach einem kräftigen Tritt von Rainbow gab sie sich einen Ruck und entschied, dass es schön war, in dieser Situation einen weiteren vertrauten Menschen um sich zu haben.

»Geht es dem Baby gut?« Wieder brach Jeffrey mitten in der Bewegung ab, als er ihren Bauch berühren wollte. Fast schien es, als wollten seine Gefühle und Gesten noch nicht wahrhaben, dass beider Verstand vor einigen Wochen eine Trennung für das Beste gehalten hatte. In diesem Moment war es jedoch, als wäre er durch eine unsichtbare Nabelschnur mit seinem Kind verbunden.

Pamela nickte. Warum musste alles so kompliziert sein, fragte sie sich. Trotz allem blieb er der Vater. Berührte er also sie oder ihr Kind, wenn er den Bauch streichelte? Aber er entfernte sich bereits von ihnen. Er wusste nichts davon, dass der Ultraschall ziemlich eindeutig gezeigt hatte, dass es ein Mädchen war. Bevor sie jetzt allzu sentimental wurde, erinnerte sich Pamela an die Streitigkeiten der letzten vier Monate, die zur Trennung geführt hatten. An den ersten Anlass erinnerte sie sich schon gar nicht mehr. Jeffrey hatte ihr ein übertriebenes Sicherheitsdenken und einen ausgeprägten mütterlichen Nestbauinstinkt vorgeworfen.

»Ich bin kein Typ, der für ein beschissenes Haus in irgendeinem beschissenen Vorort dreißig Jahre an die beschissenen Banken zahlt«, hatte er gesagt. »Ich bin kein Rasenmäher und Wagenwäscher, der abends beim Barbecue vier Bierchen schluckt und grunzend seine Wampe streichelt, bevor er nach einem Tag, der wie Millionen andere Tage war, selbstzufrieden ins Bett fällt.«

Es war Angst. Nicht weniger. Nicht mehr. *Beschissen.* Ja, er fürchtete, betrogen zu werden um ein Leben, dass er sich erträumt hatte. Er fühlte sich eingeengt, zumal er seine Karriere als Musiker bedroht sah. Dabei hatte sie ihn lediglich gefragt, wie er seinen Teil zum gemeinsamen Einkommen beisteuern wollte. Er wohnte immer noch mit einem kiffenden Kumpel in einer schäbigen Absteige in Lower Manhattan. Die Bude hatte so viel Marihuanarauch gesehen, dass Besucher nach zehn Minuten von selbst high wurden. Pamela hätte sich gar nicht getraut, ihn dort mit ihrem Kind zu besuchen. Bei ihren Eltern in Bedford konnte sie allerdings nicht auf Dauer bleiben. Sie war ohnehin nur bei ihnen eingezogen, um die beiden mit der Miete etwas zu unterstützen. Eine Notlösung, die auch schon wieder ein Jahr anhielt. Immerhin hatte sie dadurch ein wenig zur Seite legen können. Warum musste alles derart kompliziert sein, fragte sie sich zum wiederholten Mal. *Sicherheitsdenken und Nestbauinstinkt.* Frechheit! Und sie wollte gar kein *beschissenes Haus in irgendeinem beschissenen Vorort.* Ein weiterer Tritt im Unterleib holte sie aus ihren Gedanken zurück.

»… Gage verzichtet. Dafür hat er mir seinen Wagen geliehen«, sagte Jeffrey.

»Wer?«, fragte Pamela.

»Steve, der Besitzer des 54. Habe ich doch gerade gesagt. Hörst du mir nicht zu?« Jeffrey mochte es – wie alle Künstler – überhaupt nicht, wenn er das Gefühl bekam, übersehen zu werden. »Ich könnte doch Cynthia nach Hause fahren. Dann bist du hier versorgt, und sie kann bei Ellington nach dem Rechten sehen.«

Er begann seine Hände zu kneten. Eine Geste der Verlegenheit, die Pamela nur allzu gut kannte. Sie zeigte ihr, dass es noch einen Haken bei der Sache gab. Wie immer, wenn Jeffrey eine glorreiche Idee hatte.

»Da ist doch noch etwas«, sagte sie tonlos.

»Ich muss vorher kurz zur Upper Side. Eine tolle Sache. Vielleicht lerne ich endlich Warhol kennen. Er wohnt an der 66th in der Nähe des Parks. Wusstest du das?«

Jeffrey war plötzlich aufgekratzt wie ein Kind, das ein Geschenk bekam. In seinem Inneren musste es zugehen wie auf einem Rummelplatz. Auf und Ab. Niete oder Hauptgewinn. Den letzten Half Dollar für Zuckerwatte ausgeben und kein Geld für den Bus zurück. Plötzlich brach sein Seelen-Luftschloss wieder in sich zusammen, und er wurde still.

»Und?«, drängte Pamela.

»Ich soll Maripol dort absetzen.«

Pamela stand da wie versteinert. Die Fingernägel gruben sich in ihre Handflächen. *Maripol.* Der Kerl kam hier an und wagte es von der Frau zu sprechen, die ihre Beziehung endgültig zerstört hatte. *Maripol.* Diese hagere Berberziege aus Nordafrika. Unverschämt und rücksichtslos. Aber dieser Wesenszug lag wohl allen Künstlern im Blut. *Maripol.* Die dürre

Hexe ohne Arsch in der Hose, noch dazu flach wie ein Bügelbrett. Nicht, dass Pamela andere Frauen generell nach solchen Kriterien beurteilte. Aber bei Maripol musste es sein. Kaum hatten sich Jeffrey und Pamela das erste Mal heftig gestritten, da hatte er sie kennengelernt. Und zwei Monate später zugegeben, dass er mit ihr ins Bett gestiegen war. Kam vor in diesen Zeiten. Alles easy, ese. Summer of love. Shit. Idiot.

»Nicht böse sein, Pam«, fügte Jeffrey hinzu. Als ob es irgendetwas am Schmerz, den Pamela empfand, ändern konnte.

»Es ist längst vorbei. Es war dumm. Ich war dumm. Es war nie etwas Ernstes. Bitte, du musst mir glauben.«

»Du willst jetzt nicht allen Ernstes in der Notaufnahme vor meiner Mutter mit mir über diese …« Pamela musste sich beherrschen. Sogar Rainbow schien mal die Luft anzuhalten, es war verdächtig still im Bauch. Eine bessere Soap lief auf keinem Sender.

»Hallo«, mischte sich Cynthia ein, die sich etwas abseits gehalten hatte. »Ihr seid hier nicht allein. Eure Wäsche wascht ihr gefälligst zu Hause.« Behutsam berührte sie ihre Tochter am Arm. So vorsichtig, als machte sie sich an eine Bombenentschärfung. »Es ist doch sehr nett von Jeffrey, dass er an mich gedacht hat.«

»Woher weiß er eigentlich, dass du hier bist?«, fragte ihre Tochter.

»Ich war mit der Kolonne im 54 und habe ihn dort getroffen. Er hat mit Ellington telefoniert und von der Sache mit dir gehört.«

»Ach, aber der Herr Vater hatte erst einmal einen Gig abzuliefern. Ja? Und anstatt den Mund zu halten, macht er auch noch meine Mutter verrückt, indem er ihr alles brühwarm erzählt.«

»Jetzt reicht es mir!«, fuhr Jeffrey sie an. »Mach doch, was du willst. Denk doch, was du willst. Wie immer.« Er drehte sich abrupt zu Pamelas Mutter um. »Cynthia, ich gehe draußen eine rauchen und warte fünf Minuten. Du kannst es dir überlegen, ob du mitfahren willst. Ich bringe Maripol zu Warhols Villa, danach können wir nach Bedford. Ich habe gehört, dass es über Randalls Island und die 285 ganz gut gehen soll. Ist zwar ein riesiger Umweg, aber die Brücken über den East River und die Tunnel sind völlig dicht.«

Ohne eine Antwort abzuwarten, wandte er sich zum Eingang und ließ die beiden Frauen stehen. Pamela wurde schwindlig, und sie steuerte auf den Empfangstresen zu, an dem sie sich festhielt, als würde der Boden unter ihr schwanken.

»Du kannst manchmal wirklich kratzbürstig sein, weißt du das?«, sagte Cynthia. »Er meint es doch nur gut. Im Club habe ich ihn ausgefragt. Soll er lügen? Er kann schließlich nichts dafür, dass alle in unserer Familie im Augenblick auf kleinste Kleinigkeiten anspringen.«

»Er kann nichts dafür?« Pamela wurde laut. »Dass er diese Maripol gebumst hat, ist also auch eine *kleinste Kleinigkeit,* ja?«

Cynthia blickte sich um und lächelte den zahlreichen aufmerksamen Beobachtern entschuldigend zu. Diese Szene hätte das Zeug gehabt, auf CBS für höchste Einschaltquoten zu sorgen.

»Sind sicherlich die Hormone«, meinte die Aushilfe am Empfang lapidar, zuckte mit den Schultern und verletzte damit die goldene Regel im Umgang mit werdenden Müttern. *Don't mess around with a pregnant woman. Never.* Leg dich niemals mit einer Schwangeren an.

»Halten Sie gefälligst die Klappe!«, wies Pamela sie prompt zurecht. »Die Sache ist privat und geht Sie gar nichts an!«

»Herzchen, wie du dich hier gerade aufführst, ist gar nichts mehr privat«, sagte Cynthia. Auch ihr Geduldsfaden schien nicht unendlich lang zu sein. »Offenbar bringt dein Zustand ein paar unschöne Gene in dir zum Vorschein, die ich nur zu gut von deinem Grandpa kenne. Jeder darf mal Dampf ablassen. Aber wir wollen aus der Ausnahme nicht die Regel machen. Mir scheint, dass zwischen dir und Jeffrey noch nicht alles geklärt ist. Daran müsst ihr arbeiten. Aber nicht hier und nicht in dieser Nacht. Du bist bei deinen Kollegen in guten Händen. Und du weißt selbst, dass vor allem *du* für das Kleine ...« Sie zeigte auf Pamelas Bauch. »... verantwortlich bist. Ich muss wissen, wie es deinem Vater geht. Und ich werde Jeffreys Angebot annehmen. Versprich mir, dass du auf euch aufpasst.«

Pamelas Zorn verrauchte langsam. Sie schämte sich für ihren Auftritt. Aber nur ein wenig. Sie arbeitete täglich mit den Menschen dieser Stadt, kannte ihre Sorgen und Nöte. Und sie wusste, dass jeder irgendwo eine Leiche im Keller hatte. Ledig und schwanger? Oder eine kaputte Beziehung? Zukunftsängste und Geldmangel? Ein verzweifelter Vater? Und eine Mutter, die immer versuchte, alle Teile zusammenzuhalten? Sicher, es hieß doch, dass man irgendwie alles durchstehen konnte. Und dass man nicht aus der Rolle fallen, sich keine Blöße geben sollte. Vor allem als Mädchen nicht. Und als schwarzes Mädchen erst recht nicht. Aber es gab eben auch Momente, da platzte einem der Kragen. Wer das nicht verstand, konnte ja gern mit ihr in den Ring steigen.

22

Ellington hatte mehrmals versucht, den Notruf zu wählen, aber die Leitungen waren besetzt. Schließlich gab er es auf. Er vermied es, die Taschenlampe im Laden anzuschalten, da er keine Aufmerksamkeit wecken wollte. Die Auslagen im Schaufenster hatte er notdürftig mit Decken verhüllt, aber der neongelbe Schriftzug Simmons Electronics, der an der Scheibe klebte, war sicherlich noch zwei Blocks weiter zu sehen. Er überlegte, ob er jemanden anrufen konnte. Er wollte jetzt nicht allein sein. Er hatte noch Kontakt zu drei ehemaligen Arbeitskollegen. Sein Schwager kam nicht infrage, denn er hatte Familie, um die er sich kümmern musste. Der Quälgeist Bobby Holt? Nein, entschied er. Sein Freund würde ihn jetzt nur noch nervöser machen, als er es ohnehin schon war. Er musste mit jemandem reden. Selbst der alte Knochen Jesse Papernik, der in letzter Zeit so oft im Laden herumlungerte, wäre ihm in diesem Augenblick willkommen gewesen.

»Sorry, Mann«, meinte wenig später ein Kumpel, den er tatsächlich erreichte. »Bin froh, zu Hause zu sein. Seltsame Stimmung da draußen, verstehst du? Paar Leute feiern, aber manche lassen die Sau raus. Keine Lust, mir Prügel einzufangen. Und dazu noch 'ne geklaute Brieftasche. Danke, Mann, nein.«

»Du hast doch eine Waffe?«, fragte sein Schwager, als er ihn kurz darauf doch anrief. »In solchen Nächten ist sich jeder selbst der Nächste. Musst ja keinen umlegen. Die meisten Streetkids hauen ab, wenn sie einen Revolver sehen. Zur Not ballerst du in die Luft. Aber nur draußen! Nicht im Laden! Und halt das Ding vom Ohr weg.«

»Soll ich besser drin bleiben oder vor dem Laden aufpassen? Was denkst du?« Ellington wollte nicht auf den Vorschlag seines Schwagers eingehen. Schusswaffen machten ihm Angst, und er verstand nicht, dass manche Leute ganz verrückt danach waren, welche zu besitzen. In Texas gab es angeblich sogar siebenmal mehr Waffen als Einwohner. Wenn er draußen mit einem Revolver herumfuchtelte, war die Wahrscheinlichkeit groß, dass ihn entweder ein Polizist oder ein zugedröhntes Gangmitglied abknallte.

»Geh besser raus. Du solltest dich zeigen«, antwortete sein Schwager. »Dann kannst du auch reagieren, bevor etwas passiert.«

Ellington befolgte den Ratschlag, kam sich jedoch schon nach einer Viertelstunde ziemlich dämlich vor, wie er da unschlüssig vor der Fensterscheibe seines Ladens auf und ab lief. In der Myrtle Avenue war es ruhig, nur wenige Autos bogen von der Bushwick Avenue hierher ab. Und ein paar verschreckte Gestalten strebten offenbar eilig nach Hause. Viele trugen noch ihre Werksklamotten und die Angestellten ihre Aktentasche. Es war fast Mitternacht, und diese Leute kamen – wahrscheinlich nach meilenweitem Fußmarsch – erst jetzt von der Arbeit. Von Neugier und furchtsamer Ahnung getrieben ging Ellington langsam die Straße hinab in Richtung U-Bahn und Broadway. Immer noch stiegen Rauchwolken von der Kreuzung auf, aber Feuerwehr – oder Anwohner – hatten zwei Hydranten geöffnet, deren Wasser den brennenden Müll gelöscht hatte und jetzt den gesamten Straßenbereich flutete. Ellington blieb stehen und wunderte sich, dass eine Schar Kinder, allesamt zwischen fünf und zehn Jahre alt, um diese Zeit das kostenlose Vergnügen genoss, durch die Fontänen zu laufen. Eigentlich sah alles eher nach einem nächtlichen Straßenfest aus. In alten Ölfässern brannten Lagerfeuer, über denen Marshmallows geröstet wurden. Pfiffige hatten sofort einen Ausschank in einer Hofzufahrt eröffnet. Miller Lite für einen Dollar. Ellington entspannte sich etwas, als er die Leute reden und lachen hörte. Und er entschied, dass er sich trotz des Wucherpreises eine Flasche Bier gönnen konnte. Wie es schien, war alles halb so wild. Wieder einmal spielten sich alle Katastrophen nur in seinem Kopf ab. Cynthia wäre jetzt sicher stolz auf ihn, weil er ohne ihr Zureden zu dieser Erkenntnis gelangt war. Ja, er machte sich eindeutig zu viele Sorgen. Er lächelte zufrieden und wippte sogar mit den Hüften zu einem Discoschlager, während er das kühle Miller genoss.

*

Er stand in der Nähe des Kosciuszko-Pools, als es geschah. Er war viel weiter gegangen, als er beabsichtigt hatte. Eigentlich hatte er sich nur ein wenig auf der Myrtle die Füße vertreten wollen, hatte vorgehabt, über den Garvey Boulevard und die Lafayette Avenue eine nette Runde zu drehen, die ihn wieder zu seinem Geschäft führte. Der öffentliche Pool mit Spielplatz war tagsüber ein beliebter Treffpunkt der Schulkinder. Eine Art Nachbarschaftshilfe, bestehend aus schlagkräftigen Arbeitslosen, hielt den Bereich frei von Gangs, Alkohol und Drogen. Abends gingen hier dann die Erwachsenen eine Runde relaxen. Kostenlos bedeutete in Brooklyn immer, dass es gut besucht war. Selbst um diese Zeit tummelten sich Menschen in der Brühe, die dem Geruch nach seit Tagen nicht gegen Frischwasser getauscht worden war. Ellington erinnerte sich an Bilder aus dem *Time Life Magazine.* Der Kosciuszko-Pool war eine Art Ganges von Bed-Stu. Nur dass die Hindus hier Schwarze waren. Und das Becken kein Fluss. Aber hier wurde Körperhygiene betrieben, Wäsche gewaschen und Abkühlung gesucht. Manche rühmten sich sogar, in dem Becken ihre Kinder gezeugt zu haben. Wenn Biografien so begannen, was konnte dann noch schiefgehen? Wahrscheinlich ging es hier sogar noch intimer zu als in den berüchtigten New Yorker One-Room-Shacks, in denen sechs oder acht Menschen auf fünfzehn Quadratmetern hausten. Erst hier wurde Ellington aus seiner Trance gerissen. Vielleicht war es ein ungewohntes Glücksgefühl gewesen, vielleicht nur das Bier, aber er war beinahe verträumt eine Dreiviertelmeile in Richtung Zentrum des Stadtteils gegangen. Plötzlich änderte sich die Stimmung. Aus Richtung King Park kamen die Rufe eines Mobs, der zu den Rhythmen von Trommeln seine Parolen skandierte.

»Pa-pa-party time! Shop-shop-shopping time.«

»Wanna ma money? Giv ya ma gunny!«

»Daddy's gonna have gooooood vibes!«

»Slash and carry, slash and carry!«

Irgendwo gingen Fensterscheiben zu Bruch. Die Menge johlte und verstummte dann. Jetzt konnte Ellington erkennen, dass in der Marcy Avenue eine Horde von vielleicht zwanzig oder dreißig Menschen stand. Sie drängten sich vor mehreren Geschäften wie beim Schlussverkauf. Dabei behinderten sie diejenigen, die wieder herauskamen. Neben ihm standen zwei Frauen, die dem Treiben ebenfalls fassungslos zusahen. Sie wurden zur Seite gestoßen von drei Heranwachsenden, die schnell in Richtung Straße liefen.

»Schnell, Mann. Sonst ist alles weg!«

»Quatsch keinen Unsinn, die Stadt ist groß.«

»Yeah, holen wir uns die Sachen!«

Teile der Menge stoben auseinander, andere kamen hinzu. Die Leute trugen Kleidung, Haushaltswaren und Lebensmittel davon. Manche banden sich aus Bettlaken riesige Säcke, in die sie die gestohlenen Dinge stopften und dann hinter sich herschleiften. Immer wieder kam es zu Streit und üblen Auseinandersetzungen, wenn Ladeninhaber die Diebe aufhalten wollten. Oftmals wechselten die Sachen nach ein paar Hieben oder Drohungen mit Messern und Knüppeln gleich mehrfach den Besitzer. An Ellington rannte ein Junge vorbei. Er war höchstens dreizehn und trug einen Karton vor dem Bauch, in dem mindestens hundert Badewannenstöpsel und Toilettenbürsten verstaut waren.

Der reine Wahnsinn, dachte Ellington. Die Menschenmenge glich jetzt eher einem Fliegenschwarm, der beständig größer wurde. Wenn zehn Leute vollbepackt abzogen, kamen zwanzig Neugierige hinzu, die dann ihrerseits schnell ihre Chance ergreifen wollten.

»Wo sind die Cops, wenn man sie braucht?«, meinte eine der Frauen neben ihm in hysterischem Tonfall.

»Komm, Meg, lass uns abhauen, bevor die Kerle noch auf andere dumme Gedanken kommen«, entgegnete ihre Begleiterin.

Ellington rannte los, vorbei an den Randalierern und Plünderern in Richtung Broadway. Überall traf er auf kleine Nester der Gewalt, die sich jedoch wie erste Tropfen auf einer

Scheibe zu Beginn eines Regenschauers nach und nach zu vereinen schienen. Als er die breite Geschäftsstraße, die am nordöstlichen Rand des Viertels lag, erreichte, war er umgeben von johlenden Menschen, die Sachen fortschleppten. Manche zogen nagelneue Matratzen über die dreckige Straße, andere trugen ganze Schränke auf dem Rücken, unter deren Last sie fast zusammenbrachen. Überall lagen Unmengen von Papier, Zeitungen und Magazinen, die offenbar wahllos aus den Regalen gerissen worden waren. Zertretene Bierdosen und zerschlagene Flaschen klapperten und knirschten unter den Schuhen. Ellington musste aufpassen, dass er in dem Dreck nicht stürzte. Er verlangsamte seinen Schritt, als er an die Ecke Myrtle und Broadway zurückkam, wo sein kleiner Rundgang beinahe idyllisch begonnen hatte. Auch hier hatte die Stimmung gedreht. Ein vielleicht Zwölfjähriger saß wie eine fette Kröte auf einem Haufen Süßigkeiten, der etwa halb so groß war wie er. Er grinste und zeigte dabei eine Zahnreihe, die schwärzer war als seine Hautfarbe. Fast so, als hätte er sich bereits seit Jahren durch die Twinkies, Oreos, Pop Tarts, Peanut Butter Cups und Jolly Rancher gefressen, auf denen er hockte. Und als wäre dieses Bild nicht bereits abstoßend genug, fuchtelte er mit einem Long-Colt-Revolver herum. Seine Kundschaft schien dabei sein Orchester, das er nach Belieben dirigierte. Kinder und Jugendliche riefen ihm ihren Warenwunsch zu und legten ihre Münzen und Scheine in eine Libby's-Blechdose, bevor er sie mit dem Lauf der Waffe anwies, sich zu bedienen. Kein Erwachsener griff ein, kein Cop war zu sehen. Jeden Moment konnte ein Unglück geschehen, aber offenbar amüsierten sich alle eher über den abgebrühten Geschäftssinn des kleinen Mobsters.

Ellington begriff in diesem Augenblick, dass er bereits alle

Hoffnung aufgegeben hatte. Er wollte nicht in die Straße einbiegen, in der sein eigenes Geschäft lag. Wie ein Schuljunge, der die Arbeit zurückbekam, für die er vorher nicht gelernt hatte. Ellington wollte der Wahrheit einfach nicht ins Auge blicken. Langsam, als bewegte er sich durch tiefen Morast, setzte er einen Fuß vor den anderen. In der Myrtle Avenue bot sich ihm das gleiche bizarre Bild. Eine aufgebrachte Meute tanzte und kreischte. Offenbar hatten die Gangs das Treiben für sich entdeckt, denn zwei Cadillac Cabrios in den typisch grellen Farben standen mit aufgeblendeten Scheinwerfern am Straßenrand. Auf und in den Wagen saßen die ebenso typisch gekleideten Mitglieder der lokal ansässigen Bachelors und Warlords. Beide Gangs waren auf Brooklyns Straßen eher als Nullnummern, Maulhelden und Angeber bekannt und nicht mit den ultrabrutalen Phantom Lords oder Satan Souls, die Williamsburg terrorisierten, zu vergleichen. Viele Schaulustige schüttelten nur die Köpfe. Manche fotografierten mit ihrer Kodak- oder Polaroidkamera, sodass die Blitzlichter Ellington immer wieder kurz blendeten, um sich dann als bunte Lichtpunkte auf seine Netzhaut zu brennen. Aber der Raubzug hatte offenbar wenige Meter vor seinem Laden ein vorläufiges Ende gefunden. Er konnte es nicht fassen. Simmons Electronics lag unversehrt im nächtlichen Dunkel, das jetzt – ohne die Feuertonnen und das Lichtkonzert der beiden Gangcars – noch bedrohlicher und tiefer wirkte. Er sah sich verstohlen um, als er vor dem Geschäft, direkt am Eingang, einen Mann stehen sah. Der Afroamerikaner trug einen lilafarbenen Anzug von Browns Chicago, wie er unter Schwarzen der Unterschicht, die zu Geld gekommen waren, schon vor zehn Jahren wieder aus der Mode gekommen war. Die sehr weite Schlaghose, die Halbschuhe in hellem Beige mit hohem Absatz und eine übergroße, runde, dunkle Sonnenbrille entsprachen ebenfalls nicht mehr ganz dem Trend. Gebannt betrachtete Ellington diese seltsame Verkörperung schlechten Geschmacks, deren krumme Silhouette sich aus der Finsternis schälte. Die Black Street Fashion übertraf sich jeden Tag mit neuen Scheußlichkeiten. Zu allem Überfluss hatte sich der Kerl noch ordentlich Haarpomade auf das ungewöhnlich glatte Haar geschmiert. Wahrscheinlich das Zeug von Duke, denn: *Women love that Duke-Look!*

»Hey, Mister, kann ich Ihnen helfen?«, fragte Ellington zögerlich, als er sah, dass der Mann interessiert durch die halb verglaste Ladentür spähte.

»Eine neue Glotze wäre prima«, erwiderte dieser, ohne sich zu Ellington umzudrehen. »Dreißig Zoll wäre gut. Was denken Sie? Vielleicht ein Fergy?«

»Ferguson bringt in zwei Monaten ein neues Color-TV-Set auf den Markt. Ich habe einen Prospekt im Laden. Sofern Sie Interesse ...« Ellington biss sich auf die Lippen. Es war beinahe Mitternacht, und er verfiel hier in den Wir-haben-da-ein-tolles-Angebot-Verkäufermodus. Mit Teilzahlungsmodell oder dem super Sofortbarpreis. Dreißig Meter weiter tanzten die Teufel auf der Straße, und er dachte daran, diesem Typen einen Fernseher anzudrehen. »Wir haben geschlossen«, fügte er überflüssigerweise hinzu. Und halbherzig.

»Schade. Scheint mir ein gut geführtes Geschäft zu sein. Keine Staubware.«

Staubware. Ellington musste schlucken. Klar, noch führte er keine Ladenhüter, da er gerade erst aufgemacht hatte und von den Vertretern mit der neuesten Ware überschüttet worden war. Alles auf Kredit. Nur drei Prozent Aufschlag und erst rückzahlbar nach jedem Verkauf. Wenn er das Zeug allerdings nicht loswurde, dann hatte er in spätestens einem Jahr da drin tatsächlich nur noch *Staubware.*

»Bei Interesse könnte ich eine Ausnahme machen …«, ruderte er vorsichtig zurück. Nur niemanden vergraulen, dachte er. Und trotz seines ungewöhnlichen Aufzugs sah der Mann aus, als wäre er flüssig.

Erst jetzt wandte sich der Unbekannte ihm direkt zu. Hinter der Sonnenbrille blieb die Hälfte seines Gesichts ein Geheimnis. Obwohl Ellington die Augen des Mannes nicht sehen konnte, hatte er den Eindruck, dass sie ihn förmlich durchbohrten. Zuletzt hatte er dieses unangenehme Gefühl gehabt, als er als Jugendlicher von einem Unteroffizier im Musterungsbüro der Army taxiert worden war. Der Typ hatte eine noch dunklere Brille getragen und ihn geschlagene zwei Minuten angesehen, ohne auch nur mit einem Muskel zu zucken. Ellington war derart eingeschüchtert gewesen, dass ihm schwindlig wurde, weil er vergessen hatte zu atmen. Dann hatte sich der Sergeant zum Militärarzt umgedreht und den Kopf geschüttelt.

»Limp and rebellious. We only need stupid and strong jigaboos.«

Schlaff? Vielleicht. Aber *rebellisch?* Ellington hatte die beiden Worte bis heute nicht vergessen können. Dass er körperlich nie ein Athlet gewesen war, hatte ihn nicht wirklich gestört. Ein paarmal hatte er in seinem Leben deswegen ordentlich einstecken müssen, aber meist gelang es ihm, Konflikte anders auszutragen. Und zu lösen. Jetzt und hier allerdings wünschte er sich, sein Auftreten und seine äußere Erscheinung wären imposanter. Vielleicht sollte er jetzt, so beschloss er, seine rebellische Seite zeigen und etwas wagen.

»Nigga-man, good man?«, fragte der Mann plötzlich.

»Wie bitte?« Das Rebellische in Ellington verzog sich, bevor es bei ihm auch nur ansatzweise einen Fuß in die Tür bekommen hatte.

»Bist du ein guter, kleiner Niggaman? Brav und leise? Der den Weißen die Steuern zahlt? Damit sie Polizisten anstellen, die dem Niggaman den Arsch versohlen?«

Ellington überlegte, welche Reaktion jetzt wohl angebracht wäre. Sollte er sich beherrschen? Und die wie auch immer gemeinte Bemerkung hinnehmen? Oder durfte er wütend werden, damit er sich nicht hinterher wie ein Schlappschwanz fühlte? Schlucken oder spucken, wie es so schön hieß. Er und Cynthia hatten ihre Tochter in dem festen Wissen erzogen, dass es keine Unterschiede zwischen Schwarzen und Weißen gab. Auch wenn der Alltag sich jede erdenkliche Mühe gab, sie vom Gegenteil zu überzeugen. Aber die bestehenden Ungleichheiten waren menschengemacht. Nicht gottgegeben. Und dieses Nigga- und Bro-Gefasel seiner angeblichen Brüder und Schwestern ging ihm gehörig auf den Geist.

»Hören Sie«, sagte er entschieden. »Kommen Sie morgen wieder, wenn Sie etwas kaufen wollen. Dann berate ich Sie gern.«

»Schade«, sagte der Mann, und es klang wie das Zischen einer Schlange.

Erst jetzt nahm Ellington den Grund für die krumme Statur des Unbekannten wahr. Er hielt einen Spazierstock in der Linken, auf den er sich stützte. Mit einer plötzlichen Bewegung warf er ihn jetzt in die Höhe, um ihn in der Mitte wieder aufzufangen. Ellington erschrak, aber der Mann klopfte nur mit dem silbernen Knauf an die Ladentür. Das Glas protestierte sirrend. Ein etwas festerer Schlag und es wäre sicherlich gesprungen.

»Wirklich schade«, wiederholte er.

Er ging in Richtung Bordsteinkante, und Ellington war erleichtert. Dann drehte der Mann den Kopf wieder zu ihm, und ein feines Lächeln huschte über sein Gesicht, bevor er das Halbrund seines Zeigefingers und Daumens an die Lippen führte und einen schrillen Pfiff ausstieß. Der Ton schnitt Ellington förmlich durchs Trommelfell und fand den Weg in sein Inneres wie ein Messer.

23

Wie hatte eigentlich alles angefangen, überlegte David, nachdem er sich etwas beruhigt hatte. Er stand auf der gegenüberliegenden Straßenseite in einen Hauseingang gedrängt und beobachtete den Supermarkt, aus dem er eben Hals über Kopf gestürmt war. Dieser Fisher musste glauben, er hätte etwas mitgehen lassen. Davids Atem ging immer noch schwer, er schwitzte mehr als zuvor. Die ganze Stadt stank nach Schweiß, da fiel er nicht auf. Er erkannte Lori, die durch eine Scheibe am Eingang des Safeway unsicher nach draußen spähte. Nein, er war kein Frauenhasser. Diese beschissenen Cops hatten die Presse angelogen, indem sie Dinge über ihn behaupteten, die nicht stimmten. Die Wahrheit war, dass er Frauen nicht verstand. Was er nicht verstand, verunsicherte ihn. Und Unsicherheit war das schrecklichste Gefühl von allen. Davon hatte er in seinen ersten zehn Lebensjahren genug gelöffelt. Wer war er? Wer war sein Vater? Seine Mutter? Seine Zieheltern hatten sich bemüht, aber damals musste er alles kaputt machen. Sie verstanden es nicht. Er *musste*. Es war eine Art Trieb in ihm, der es nicht zuließ, dass man ihn gernhatte. Wut und Hass kannte er, mit Schlägen und Erniedrigung kam er zurecht. Sie konnte er einordnen, konnte versuchen, sich dagegen zu wehren. Aber Zuneigung war Selbstaufgabe. In den wenigen Momenten, in denen er sie spürte, löste er sich auf wie ein Alka Seltzer in einem Glas Wasser.

Und der Tod war etwas Besonderes, etwas Faszinierendes. Denn er gab eine endgültige Sicherheit. Nicht nur, weil es irgendwann jeden traf. Nein, David hatte schon früh Menschen sterben sehen. Noch bevor er erwachsen wurde, war er Zeuge vieler Unfälle gewesen, bei denen immer wieder Menschen ums Leben gekommen waren. Vielleicht zogen ihn diese tragischen Ereignisse magisch an. Seltsam genug, dass manche Jungen in seinem Alter noch nie derartige Unglücksfälle erlebt hatten. In der Schule gab er damit an, beschrieb die Schreie, das Blut, die Verzweiflung der Opfer. Einmal – und das war besonders spannend gewesen – hatte er sogar jemandem beim Sterben zugesehen. Er hatte den Mann fragen wollen, wie das so ist, sich aber doch nicht getraut. Für Kinder war der Tod nur ein Begriff. Etwas, von dem Erwachsene behaupteten, dass es existierte. Und vor dem sie – David spürte es schon damals deutlich – Angst hatten. Wie aber konnte ein Ende überhaupt existieren? Und musste es denjenigen, für die es zu Ende ging, nicht egal sein, dass es existierte? Noch heute war der Tod für ihn eher ein ferner Ort, den man auf einer Karte entdecken konnte. Ein Punkt, an dem man – so hieß es – irgendwann ankam. Und wenn man dort war, konnte man niemandem mehr davon berichten. Diese Fragen hatten David früh beschäftigt. Und er hatte sich gewundert, weshalb sich die anderen von ihm abwandten, wenn er sie stellte. Weil er dieser Normalität des Endes ins Auge sah? Weil er mutig genug war, es nicht zu leugnen? Den Tod konnte er nicht fassen, ihm nicht auf die Schliche kommen. Das blieb bis zu seinem eigenen Ende ein letztes Geheimnis. Insofern war es unsäglicher Blödsinn, wenn in Filmen oder Büchern davon gesprochen wurde, dass es »um Leben und Tod« ging. Noch unsinniger, wenn es hieß, jemand wäre der »Herr über Leben und Tod«. Aber David war dicht dran. Denn das Sterben hatte mit dem Tod zu tun, schließlich waren sie so etwas wie siamesische Zwillinge. Und dem Sterben hatten er und der .44er sein Geheimnis entrissen. Es war ganz einfach, ein kleiner Fingerzeig nur, mit dem man andere auf die Reise schickte.

Herr über Leben und Sterben, dachte David zufrieden, und der Sturm in seinem Inneren legte sich endgültig. Er hätte diese Kellnerin einfach töten können. Ein Schuss, dann wäre er durch die Hintertür raus. Im danach folgenden Chaos wäre er seelenruhig zu seinem Wagen gegangen. Warum aber hatte er es nicht getan? David kannte den Grund. Er war aufsässig gewesen. Denn nicht er war der Herr. Er war nur der Arm, der Diener. Sam und Harvey würden ärgerlich werden. Sie würden ihm seine Ausreden nicht abkaufen.

Wie nur hatte alles begonnen? Er war beinahe so weit gewesen, alles aufzuschreiben. Ein *Tagebuch des Todes* hatte es werden sollen. Das *Tagebuch des Feuers* gab es bereits. 1488. So viele Feuer hatte er bisher in seinem Leben gelegt. Mehr durften es nicht sein, denn die Zahl hatte eine Bedeutung. Die Stimme in seinem Kopf hatte es ihm gesagt. Er wusste nur nicht, welche. 1488. Warum? Über die Gründe hatte sie geschwiegen. Stattdessen forderte sie seit über einem Jahr die Opfer. Ein letztes Mal hatte er damals versucht, sich zu wehren, war fortgelaufen, umgezogen, hatte sich betrunken, hatte versucht, diesen verdammten Hund in sich zu töten. Diese Stimme.

Verzeih mir, Master Harvey, dachte er, als er sich bei diesen Gedanken ertappte. Es sind diese Schlampen. Mandy, Loretta und wie sie alle heißen. Sie haben versucht, mich einzuwickeln. Sie gebären dich. Sie stillen dich. Und dann werfen sie dich weg. Mütter sind mächtig. Frauen sind immer Mütter. Verzeih mir, Master. Da war sie wieder. Die Stimme, der er nicht entkommen konnte.

Abaddon naht, mein untreuer Diener. Der Tag der Enthüllung, an dem alle Masken fallen, alle Lügen entlarvt und die Lügner bestraft werden.

Mein untreuer Diener. David zuckte zusammen. Diese Nacht war ein Buch der Offenbarung. In dieser Stadt der lebenden Toten, die sich Hoffnungen noch hingaben, obwohl sie innerlich bereits verwesten. So viele und doch allein. Jeder für sich, gemeinsam und vereint nur in ihrer Selbstsucht.

»Wie soll ich reine Seelen für dich finden, wenn Dunkelheit und Schmutz in den Straßen wüten?«, rief er viel zu laut in die Nacht.

»Hast 'nen halben Dollar für einen durstigen Mann, Prediger?«, lallte ein Betrunkener, der offenbar halb an der Wand gesessen, halb gelehnt hatte, sich jetzt mühsam unter Nutzung aller noch nicht zerstörten Nervenbahnen aufrichtete und dann schwankend vor ihm stand. Er sah aus, als wäre er bereits letzte Nacht und die Nächte davor hier gestrandet. David erkannte, dass der Obdachlose hier einen schmalen Mauerdurchbruch, der zu einer Art Höhle wurde, als Bleibe nutzte. Kurz vor Tagesanbruch stieg er wahrscheinlich jedes Mal wie ein Vampir – allerdings zahnlos – in diesen Sarg, um dann vor Mitternacht seiner Gruft zu entsteigen und neues Lebenselixier in sich aufzusaugen.

»Nur 'nen halben Dollar und ich bete mit dir in deiner Kirche, heiliger Mann«, bettelte er. Eine sauer alkoholische Fahne war dabei treuer Begleiter seiner Worte.

David stieß ihn wütend zur Seite. Wohin er sah, gab es nur

Unrat. Irgendwo in dieser Zeit, in dieser Stadt, in diesem Leben musste es doch Ruhe geben. Überall Gier und Unzucht. Harveys Kreuz war der Bulldog, den er wieder in die Hand nahm. Und an dieses Kreuz würde er alle Sünder nageln. Und wenn Gottes Sohn dabei war, war es ihm egal. Schließlich war er Jude, er durfte das. David trug den Revolver seitlich am Hosenbein wie diese Hosenscheißer, die das erste Mal unauffällig einen Drugstore überfallen wollten. Harveys Kreuz, das kalte Metall, das Errettung verhieß. Harvey, der Erlöser. Und er, David, war sein Täufer. Er bereitete den Weg für den Tag der Enthüllung.

»Is' gut, Mann«, rief der Penner und hob die Hände.

David beobachtete sich, wie er dem Mann die Waffe an die Stirn hielt. In letzter Zeit kam es öfter vor, dass ihn jemand aus sich selbst herausholte, aufs gegenüberliegende Dach oder in einen anderen Körper katapultierte, damit er sich von dort sehen konnte. Hatte er das gewollt? Er roch die Angst des Mannes. Nein, der Typ hatte sich schon selbst hingerichtet. Da brauchte es keinen Harvey, keinen David, keinen Bulldog.

»*You gonna draggin' it, man!*«, sagte der Obdachlose und grinste debil. »Hast mich überzeugt, ich nehm auch 'nen Quarter.«

Wann hatte es angefangen, überlegte David.

Der Streit. Sam Carr, ein Nachbar. David wusste ein paar Dinge über ihn. Obwohl es nicht viel gab, was sich zu wissen lohnte. Der alte Mann lebte wohl gut von seinen Einnahmen als Besitzer eines privaten Fernsprechdienstes. Er hatte ein Haus, zwei Autos, zwei Söhne und eine Tochter, das Übliche eben. Die typische amerikanische Geschichte aus einem typischen amerikanischen Vorort. David wohnte um die Ecke, in den Apartments an der Pine Street. Er war mit Carrs Sohn aneinandergeraten, als der Labrador der Familie an seinen Ford Galaxie gepinkelt hatte. Missachtung. Neben Unsicherheit eines der unerträglichsten Gefühle für David. Als wäre er nicht da. Als hätte er es nicht verdient, in einem Wagen zu sitzen, an den kein Köter gepisst hatte. Gleich nach dem Streit war David nach Philly gefahren und hatte sich dort den Bulldog besorgt. Ironie, dass der Latino in Fairhill nur diesen Revolver gehabt hatte. Selten und nicht registriert. Hundert waren eine Stange Geld, aber was waren hundert Mäuse gegen das Gefühl von Sicherheit und Respekt?

Die Bulldogge aus Metall hatte diesem verfluchten Labrador eigentlich zeigen sollen, wer härter zubeißen konnte. Dann aber war der alte Carr vorbeigekommen. Mit Harvey. Verdammt, David wusste bis heute nicht, was geschehen war. Sam hatte ihn zusammengestaucht. Auf Vaterart. Mit erhobener Hand und Stimme. Die Art, die nur Unterordnung zuließ. Oder diesen wunderschönen Wunsch, den Alten zu töten. Oder beides. David waren Bilder durch den Kopf geschossen. Er hatte danach wieder Kontakt zu seiner leiblichen Mutter aufgenommen. Eine abgehalfterte Schlampe, aber besser als nichts. Wer sich kein teures Auto leisten konnte, musste halt eine Karre mit hoher Laufleistung und heruntergerittenem Chassis nehmen. Sie hatte ihm Bilder von seinem Vater gezeigt.

»Ich glaube wenigstens, dass es dein Vater ist«, hatte sie gesagt, und durch ihre Zahnlücken war dieser Fuselgeruch zu ihm herübergeweht. »Bist wie er. Ja, er ist dein Vater, bin mir ziemlich sicher.«

Und dieses Arschloch Carr sah dem Mann auf den Fotos verdammt ähnlich. Mehr noch, er sah einem Mann ähnlich, den David in seinem Kopf gesehen hatte. Lange vorher.

»Dad!« David waren Tränen die Wange hinabgelaufen, als er ihn endlich erkannte.

»Wie hast du mich genannt, du dämlicher Hurensohn?«, war Carrs Antwort gewesen. »Bist du vollkommen verblödet? Hast du das bisschen Hirn durch deinen Schwengel geblasen, oder bist du so geboren worden?«

Er hob wieder den Arm, als wollte er David schlagen. Der Hund knurrte gefährlich. Der Labrador hieß Harvey.

»Mein Gott! Dad, ich bin es!«

»Ich zeige dir, welcher Gott ich bin, du vertrottelter Haufen …«

David war in einer Art Trance gewesen. Obwohl er in den letzten zwei Jahren kein Baseball mehr gespielt hatte, war er natürlich stärker als der alte, klapprige Kerl, der da vor ihm gestanden und sich in Tiraden ergangen hatte. Aber er war gar nicht fähig gewesen zu reagieren. Stattdessen hatte Carr ihn am Hemdkragen gepackt, nach hinten in den Garten gezerrt und dort in den Schuppen gesperrt. David hasste ihn. Liebte ihn. Der Bann war über ihn ausgesprochen. Er hatte Harvey in die Augen gesehen und die Weisung des Höheren empfangen. Er hatte zu gehorchen.

*

Irgendwie war er wieder zu seinem Wagen gekommen. Er saß hinter dem Steuer, umklammerte das Lenkrad und keuchte. Diese Anfälle hatte er bereits, seit er sich erinnern konnte. Früher hatten sie ihn einfach nur geängstigt. Das taten sie zwar immer noch, aber jetzt wusste er wenigstens, dass es in solchen Momenten Harvey war, der nach ihm rief. Er konnte sich nicht wehren, nicht fortlaufen.

David griff zum Handschuhfach. Neben dem alten Serviceheft von Ford lagen seine Notizen. Bis vor anderthalb Jahren hatte er ein ordentliches Tagebuch geführt. Die Vorstellung, dass er sich vielleicht irgendwann nicht mehr erinnern konnte, wann er wo welches Feuer gelegt hatte, war für ihn unerträglich gewesen. Aber seit er Diener war, fiel es ihm schwer, sich abends zu konzentrieren. Die Stimmen in seinem Kopf verwirrten ihn. Aber immerhin hatte er es geschafft, ein paar Notizen anzufertigen. Mit zitternden Händen wühlte er zwischen den losen Blättern, die er in eine kleine Mappe gestopft hatte. Dann endlich fand er die Stelle.

Vorletztes Jahr im Dezember hatte er begonnen, seinen Auftrag zu erfüllen. Der erste Versuch war fehlgeschlagen. Er hatte unterschätzt, welche enorme Kraft es kostete, einen Menschen zu töten. Nicht körperlich. Vor allem geistig. Er war ja kein Irrer, der wahllos auf Frauen einstach oder der um sich schoss. Er war kein Axeman of New Orleans, kein Zodiac-Killer oder Manson. Diese wahnsinnigen Serienmörder, die dieses kranke Land hervorgebracht hatte, waren ihm zuwider. Die Polizei hatte einen dummen Versuch unternommen, ihn zu provozieren. Über die Presse ließ man verlauten, der »Son of Sam« wäre ein gestörter Frauenhasser, der nur Aufmerksamkeit wollte. Sogar ein psychologisches Profil hatten sie in der *Times* veröffentlicht. Man vermutete, dass es ihn erregte, wenn er auf Frauen schoss. Dass es ihm um Kontrolle ging. Durchschaubar. Vor allem die Behauptung, er wäre ein Schizophrener, den man eher behandeln als bestrafen sollte. Auf solche Spielchen ließ sich David nicht ein. Oder doch. Aber nur zu seinen Bedingungen.

Keiner dieser Idioten konnte auch nur erahnen, was es bedeutete, unter einem Druck zu stehen wie er. Wie es war, wenn die Stimme nicht nur laut, sondern zu einem gefräßigen Monster wurde, das alles verschlang, was ihn ausmachte. Er hatte keinen Spaß mehr daran, Baseball zu schauen. Seine Kartensammlung hatte er verschenkt. Er las auch kaum noch. Im Kino war er das letzte Mal vor einem Jahr gewesen. Und er hatte den Galaxie lange nicht mehr waschen lassen. Sonst war es immer Handwäsche mit Glanzwachs gewesen. Er mochte es, neben dem Wagen zu stehen und in den Spiegelungen auf dem Lack die Welt aus zweiter Hand zu beobachten. Nein, diese Leute wussten nicht, wie sehr ihn dieser Druck in seinem Kopf quälte.

Es war Zeit. Er startete den Wagen, gab ein paarmal Gas, bevor er ihn anrollen ließ. Diese Nacht war einfach zu verwirrend. Zwei Blocks weiter brannten drei Geschäfte. Er fuhr langsamer, blickte in die Flammen. Feuer war Schöpfung und Ende zugleich. Es war Wärme. Leben. Und es verzehrte. Machte alles zu Asche. Er sah einem Wohnhaus beim Sterben zu. Sah, wie die Scheiben zersprangen. Rauch quoll aus den blinden Augen des Brownstone, dicht gefolgt von Zungen aus Flammen, die sich gierig nach der Welt hier draußen reckten. Wenig später platzten, von der Hitze gequält, die Wasserboiler im Inneren und ließen das Gebäude wie ein Reptil zischen. Herrlich! David beobachtete eine Gruppe weißer Kids, die einen kleinen Schrank aus einem Laden im Erdgeschoss schleppten, nur um ihn auf der Straße zu zerschlagen. Sie hätten ihn auch drin lassen können. Ein älterer Mann, vielleicht der Besitzer, saß am Bordstein und hielt sich den blutenden Kopf.

Wer ist in dieser Stadt irre, fragte sich David. Er empfand eine Mischung aus Freude und Bitterkeit. Der Alte tat ihm leid, aber warum hatte er sich auch für dieses Leben in dieser

Stadt entschieden? Die Schöpfung hatte gerufen, er hatte sich gemeldet. Jetzt musste er die Scheiße eben auslöffeln.

Er entschloss sich, Brooklyn den Rücken zu kehren und eine Spritztor in die City zu unternehmen. Er gab Gas. Aber als er Gairville erreichte, um über die Manhattan Bridge den East River zu überqueren, wurde der Verkehr immer dichter. Die Brücken waren völlig dicht, da einige tollkühne Autofahrer aus Manhattan einfach die Gegenfahrbahn benutzt hatten, um der endlosen Blechschlange ihrer Seite zu entkommen. Jetzt war von oben aus der Ferne ein kakofon dissonantes Hupkonzert zu vernehmen. Die Hörner der Apokalypse. David überlegte. Vielleicht konnte er den Battery Park Tunnel nehmen. Viele Leute waren zu geizig, die Maut zu bezahlen. Es gelang ihm, den Stau zu umfahren, indem er die kleinen Wohnstraßen in Brooklyn Heights nahm. Das Viertel stand für das bessere Brooklyn. Einige Straßenfronten mit ihren viktorianischen Häusern passten eher zu den kleinen beschaulichen Gemeinden in Maine, nicht in diesen Moloch. Hier wuchsen sogar Bäume außerhalb der Parkflächen. In den meisten Fenstern war das warme, flackernde Licht von Kerzen zu sehen. Kein Müll auf den Straßen. Alles wirkte gemütlich. Zum ersten Mal, seit der Blackout begonnen hatte, sah David auch Streifenwagen, und zwei Cops lungerten an der Clark Station herum. Einen Augenblick dachte David wieder an den Ladenbesitzer, dem die Kids zehn Blocks weiter gerade sein Inventar zerschlugen und anzündeten. Der arme Kerl hätte der Aufmerksamkeit dieser Ordnungshüter sicher eher bedurft, obwohl sie wenig motiviert schienen, sich für irgendetwas oder irgendwen ein Bein auszureißen.

David hatte Glück. Der Battery Tunnel war tatsächlich weitgehend frei. Und kurze Zeit später hatte er Downtown

Manhattan erreicht. Aus bloßer Neugier bog er in Richtung Finanzdistrikt ab. Hier war von dem Chaos, dass er nur drei Meilen östlich hatte beobachten können und von dem WABC in immer aufgeregteren Kurz-News berichtete, nichts zu spüren. Er parkte seinen Wagen an der Ecke Water Street und Wall Street. Kaum jemand wusste, dass hier der erste New Yorker Sklavenmarkt gestanden hatte. Dass der ganze Glanz und Reichtum dieser Straßen auf Blut, Tränen und Schweiß von Rechtlosen aufgebaut war. Er selbst hatte zwar nichts gegen die Sklaverei. Auch nichts gegen Rassentrennung. Oder Ausbeutung. Er hatte aber etwas gegen die Verlogenheit dieser herausgeputzten, arroganten New Yorker Society, die sich so weltoffen gewandt gab und doch nur ihr Goldenes Kalb anbetete. Die Nachkommen dieser Sklaventreiber waren in seinen Augen keinen Deut besser als ihre Vorfahren.

Die Gegend um die New Yorker Börse war jetzt ungewohnt lebendig. Eigentlich war diese Zeit den Putzkolonnen, den Zulieferern und Straßenkehrern vorbehalten. Vielleicht saßen noch einige ehrgeizige Banker in ihren Büros über den Kursanalysen oder telefonierten mit den Brokern an den Börsen von London, Hongkong und Tokio. Aber selbst an der Wall Street gab es in anderen Nächten diese magischen vier Stunden zwischen Mitternacht und dem Anklopfen einer ersten Dämmerung, die den Trinkern, Schlaflosen, Liebenden und Musikern vorbehalten waren. Allerdings nicht heute. In vielen Büroräumen der Banken, Versicherungen, des Komplexes der NY Stock Exchange und in einigen Geschäften brannte Licht. Auch der in der Ferne bereits sichtbare Broadway schien nicht gänzlich im Dunkeln zu liegen.

Manche stehen ihr Leben lang im Schatten, dachte David. Und bei manchen ging die Sonne eben nie unter. Wenn man jedoch genau hinsah, war selbst hier im Vorzeigeviertel des Mammons zu erkennen, dass es seit vier Jahren mit der Stadt bergab ging. Vor einer Viererreihe Telefonzellen, von denen zwei demoliert waren, stand eine Schlange Menschen. Die hinten Wartenden pöbelten die Glücklichen an, die vorn bei den winzigen halb offenen Kabinen angekommen waren. Es wurde geschoben, geschimpft, zur Eile gemahnt. Manhattan hatte hier seit dem Börsenboom der Sechziger eine seltsame Spezies hervorgebracht; hier lebte der *Homo celer,* der schnelle Mensch. Das Hasten gehörte bei ihm zum guten Ton, das Leben war wie eine Langspielplatte, die man auf 45 rpm abspielte, alles schriller und schneller. Stürmisch einem Ende entgegen, das es gar nicht gab. Denn am folgenden Morgen drückte eine unbekannte Kraft auf Repeat, und alles begann von vorn.

An den Wänden der halb verwitterten Sandsteinpaläste aus den Zwanzigern und den modernen Betonfratzen der Neubauten rekelten sich Graffiti aller Art. Das Zeug breitete sich in der Stadt aus wie Fußpilz im Schwimmbad. Einmal da, wurde man es nicht mehr los, und es vermehrte sich rasant. Wohin man sah, fanden sich Writings und Bilder. Zu Davids Erstaunen sah er auch viele der typischen Gang-Tags, die die Reviere der Banden markierten. Aber sicher waren die Dinger nur von ein paar Wichtigtuern oder reichen Langweilern kopiert worden. Da er in zehn Minuten beinahe ebenso viele Cops und doppelt so viele Wachleute privater Dienste in der Straße gezählt hatte, war es nicht sehr wahrscheinlich, dass sich Gangs wie die Dirty Ones, Ghetto Brothers oder Harlem Turks hierher verirrten.

Hier war nichts zu holen, entschied David, nachdem er dem unlustigen Treiben eine lange Weile zugesehen hatte.

Die Vorstellung, ein Opfer in der City zu finden, war für ihn verlockend gewesen. Aber hier würde er nur unnötig auffallen. Es war zu grell und zu laut. Fast schien es, als wäre es in Downtown Manhattan Tag geblieben. Und nach Davids Geschmack gab es entschieden zu viele blonde Frauen. Mit viel zu kurzen Haaren. Er mochte sie lang und dunkel. Seit aber die Presse – in diesem Fall völlig zu Recht – glaubte, sein »Beuteschema« erkannt zu haben, konnten sich die Friseure der Stadt kaum retten vor Kundinnen, die aussehen wollten wie Carol Wayne. Sie liefen nun als billige Kopien einer Frauenkopie umher. Vor zwei Monaten war aus diesem Grund sogar das Wasserstoffperoxid knapp geworden. Augenfällig war zudem, dass die Menschen jetzt gern zu dritt oder zu viert gingen. David bevorzugte es hingegen, Pärchen auszuwählen. Die in Sackgassen parkten. Sich dort in eine schönere Zukunft träumten. An Parks oder in der Nähe der Hafendocks konnte er sie beobachten, sich anschleichen. Aber seit die Zeitungen der Stadt den »Summer of Sam« ausgerufen hatten, waren alle Leute vorsichtiger geworden. Und dunkle Seitenstraßen gab es in Downtown Manhattan ohnehin nicht.

Zurück in die Bronx, dachte er. Mehr los und bessere Chancen. Auf dem Weg dorthin wollte er noch ein wenig mit dem Ford durch die Upper Side gleiten. Vielleicht würde man seine Geschichte später verfilmen. De Niro als Darsteller wäre gut. Der Kerl sah ihm ähnlich. Hatte es drauf. Und McCloud wäre ihm auf den Fersen. Vergeblich. Denn er war zu schlau für den alten Deputy Marshal. David fantasierte sich in Hochstimmung. Immer wieder scheuchte er mit dem illegal nachgerüsteten Truckhorn Passanten von der Straße, drehte am Times Square mehrere Runden, bis ihm erste Bierdosen gegen die Windschutzscheibe flogen. Kein Sinn für Kunst, diese Banausen. New York war sein Revier, und die Nacht hatte noch vier lange Stunden. Also kein Grund zur Eile.

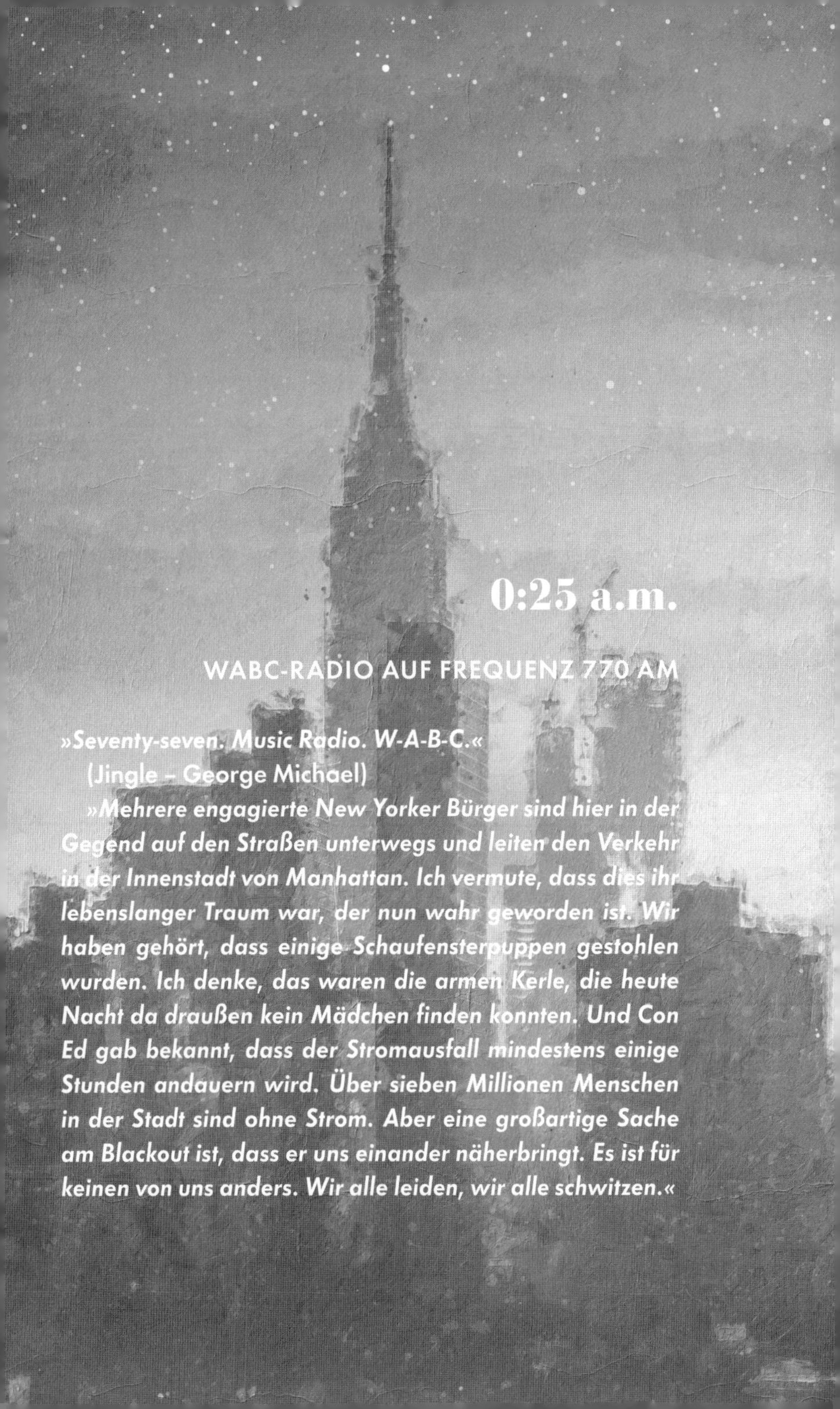

0:25 a.m.

WABC-RADIO AUF FREQUENZ 770 AM

»Seventy-seven. Music Radio. W-A-B-C.«

(Jingle – George Michael)

»Mehrere engagierte New Yorker Bürger sind hier in der Gegend auf den Straßen unterwegs und leiten den Verkehr in der Innenstadt von Manhattan. Ich vermute, dass dies ihr lebenslanger Traum war, der nun wahr geworden ist. Wir haben gehört, dass einige Schaufensterpuppen gestohlen wurden. Ich denke, das waren die armen Kerle, die heute Nacht da draußen kein Mädchen finden konnten. Und Con Ed gab bekannt, dass der Stromausfall mindestens einige Stunden andauern wird. Über sieben Millionen Menschen in der Stadt sind ohne Strom. Aber eine großartige Sache am Blackout ist, dass er uns einander näherbringt. Es ist für keinen von uns anders. Wir alle leiden, wir alle schwitzen.«

24

»Hi, je m'appelle Maripol«, sagte die hagere Schönheit auf dem Beifahrersitz, als Cynthia in den blauen Mustang stieg, den Jeffrey in der Haltverbotszone vor dem Bellevue Hospital geparkt hatte. Es war nicht schwer zu erraten, was die junge Frau meinte. Sie hatte riesige Augen, in denen ganze Welten Platz fanden. Ihr Lippenrot glänzte im Licht eines Feuerzeugs, als sie sich eine Zigarette anzündete. Auf ihrem Schoß lag eine Polaroidkamera. Cynthia nickte nur zur Begrüßung. Im Wagen roch es nach Gras. Sie und Jeffrey hatten eben vielleicht einen Joint durchgezogen. Oder der Mustang wurde ab Werk so ausgeliefert.

»Dann kann es ja losgehen«, meinte Jeffrey und ließ den Motor aufheulen. Es war offensichtlich, dass er sich mächtig freute, in diesem Männerspielzeug sitzen zu dürfen. Obwohl es nicht danach aussah, als würde der Verkehr auf der First Avenue einen standesgemäßen Bullitt-Auftritt zulassen. Der Steve McQueen in ihm musste also warten.

»Sie meint es nicht so«, sagte Cynthia. »Pamela ist im Moment durch den Wind.«

»Doch, sie meint es genau so, wie sie es sagt.« Jeffrey schlug aufs Lenkrad. »Sie denkt, dass ich nicht für eine Familie sorgen kann. Nur weil ich keine Lust habe, in einer beschissenen Fabrik zu arbeiten. Oder einem Abteilungsleiter in den Arsch zu kriechen. Dabei habe ich heute ihretwegen fünfzig Mäuse sausen lassen! Fünfzig! Weil ich mir Sorgen gemacht habe. Verdammt, okay, ich habe einen dämlichen Fehler gemacht, als ich …«

Er sah verlegen zu seiner Beifahrerin hinüber, die jedoch gedankenverloren an ihrer Kippe zog und den Rauch an die Wagendecke blies. Offenbar scherte es sie wenig, was der Kerl neben ihr über den gemeinsamen One-Night-Stand dachte, der ohnehin schon längst Geschichte war.

»Kein Fehler. Ich meine, nicht so. Die Sache war eine Riesendummheit. Versteh mich nicht falsch, Maripol. Mir sind die Sicherungen durchgebrannt.« Er ließ kurz das Lenkrad los und raufte sich die langen Haare. »Warum nur ist alles so kompliziert?«

»Vielleicht nennt sich dieser Zustand Erwachsenwerden? Schon mal drüber nachgedacht, dass deine Handlungen auch Konsequenzen haben? Dass du jemandem mit deinem Verhalten wehtun könntest?« Cynthia war klar, dass sie damit ein weiteres Reizthema anschnitt. Geld und Verantwortung. Wie viele junge Paare mochten mit ihrem Beziehungsboot an diesen Klippen schon gescheitert sein?

»Nicht wieder die Tour! Schon tausendmal gehört«, kam es prompt von Jeffrey zurück.

»Heißt das, es war tausendmal falsch? Oder könnte es bedeuten, dass du es nur nicht begriffen hast?«

Jeffrey schnaubte verächtlich, beugte sich vor und biss ins Lenkrad. Maripol hob blitzschnell die Kamera in seine Richtung, und ein Blitz schoss durch den Wagen, als sie abdrückte. Sie lachte rau. Kurz darauf schob der Apparat vorn ein Bild heraus. Es sah aus, als streckte das Ding den Insassen die Zunge heraus.

Cynthia wurde langsam wütend. Warum verstand er es nicht? Sie hatte diesen dämlichen Kerl ins Herz geschlossen. Und ihre Tochter liebte ihn. Immer noch, das spürte sie. Er gehörte zu dieser Sorte Mensch, die man einfach gernhaben musste. Aber seltsamerweise gab es unter ihnen viele, die alles daransetzten, sich wie der sprichwörtliche Elefant im Porzellanladen aufzuführen. Unbeholfen und wenig feinfühlig. Es schien fast, als müssten sie unbedingt den ersten Platz im Beauty-Contest *Who's the biggest asshole?* machen.

Der Straßenverkehr war mörderisch. Sie brauchten eine Viertelstunde für die halbe Meile bis Murray Hill und zur 37th. Schrittgeschwindigkeit. Dort oben schien sich alles zu stauen, was größer war als eine Billardkugel. Der Queens-Midtown-Tunnel war von der Polizei sogar gesperrt worden. Hunderte Passanten hatten sich nach Beginn des Chaos eigenmächtig zu Fuß auf den Weg hinüber nach Long Island City gemacht. Die Abgase konnten von den riesigen Notventilatoren jedoch kaum bewältigt werden, sodass viele Leute im Inneren mit Kopfschmerzen, Schwindel und Übelkeit zusammengebrochen waren. Im Radio hatten sie bereits davor gewarnt, die Unterführungen und Tunnel zu benutzen. Zumal die Stadt bei Hitze ohnehin ein einziges Smog-Loch war.

»Wir mogeln uns Block für Block durch«, sagte Jeffrey schließlich genervt und bog Richtung St. Patrick's Church ab.

Cynthia war in der folgenden halben Stunde mehrfach versucht auszusteigen. Es war wie in einem Film von Buster Keaton oder Charlie Chaplin. Ein Witz, über den im Moment jedoch niemand lachen konnte. Da die meisten Blocks über ein ausgeklügeltes Einbahnstraßen-System miteinander verbunden waren, kamen sie mit einer Viertelmeile Autofahrt gerade mal fünfzig Meter weiter. In Midtown Manhattan waren einige Gebäude weiterhin so hell erleuchtet, als wäre gar nichts geschehen. Einige Hotels ließen sogar ihre Werbetafeln, Neonlogos und Schriftzüge weiter anstrahlen. Die meisten Wohnhäuser lagen jedoch im Dunkeln. Ladenbesitzer hatten ihre Schaufenster und Eingänge verrammelt, einige sogar mit Matratzen und Schranktüren. Im Radio surften die Beach Boys gerade durch die USA, als plötzlich eine Sondermeldung durchgegeben wurde.

»Wie wir eben erfahren, hat Bürgermeister Beam den Ausnahmezustand verschärft. Randalierer und Plünderer werden mit aller Härte verfolgt, erklärte er.« Alison Steeles rauchige Stimme gab der Nachricht noch eine zusätzliche unheimliche Note. »Die Bewohner New Yorks werden dringend aufgefordert, ihre Häuser nicht zu verlassen. Wer an seinem Arbeitsplatz festsitzt, möge dort bleiben. Die Flughäfen wurden bis mindestens 6 Uhr geschlossen. Die Nutzung aller Straßentunnel ist untersagt. Die U-Bahn hat jetzt im gesamten Stadtgebiet ihren Betrieb eingestellt. Es wird empfohlen, sich nicht in den Stationen aufzuhalten. Leider hören wir, dass die Zahl der Gewalttaten rapide ansteigt. Mensch, Leute, was soll der Scheiß? Benehmt euch!«

Da wieder Musik gespielt wurde, suchte Cynthia einen anderen Sender.

»… sind Tiere. Harlem, Crown Heights, Bushwick, South Bronx. Trümmer, Brände, überall Chaos. Sie wüten dort wie brutale wilde Affen«, gab ein Officer, den man offenbar während des Einsatzes interviewte, zum Besten. »Wir wissen ja alle, wer dort wohnt. Vielleicht hat man diesen Leuten einfach zu viele Freiheiten gegeben. Darüber müssen wir alle später mal nachdenken. Ich denke, der Bürgermeister sollte die Nationalgarde anfordern und den Einsatz von Schusswaffen anordnen. Die guten Bürger brauchen Sicherheit.«

Die guten Bürger, dachte Cynthia. Sicherlich meinte dieser Lieutenant McLeary dabei vor allem die *weißen* Bürger. *Tiere. Brutale wilde Affen.* Es schien vollkommen klar, wen er damit meinte. *Wir wissen ja alle, wer dort wohnt.*

»Da werden die Pfandleihen aber demnächst jede Menge billiges Zeug anbieten«, meinte Maripol gelangweilt und musterte ihre schwarz lackierten Fingernägel. »Was will denn jemand mit fünf Schreibmaschinen oder dreißig Bettvorlegern?« Im Radio hatte ein Reporter berichtet, mit welcher Art von Diebesgut die Plünderer aufgegriffen wurden. Ein Greis war mit drei Kartons Damenhygiene-Artikeln von Kimberly Clark aufgegriffen worden. Und zwei Zehnjährige hatten aus einem Warenlager fünftausend Kondome entwendet.

»Armut«, entgegnete Cynthia. »Ich will die Diebstähle nicht verteidigen. Aber die Leute sind verzweifelt. Manchen Familien steht das Wasser bis zum Hals. Schwangere schlafen in Lagerhäusern, Fünfjährige wühlen in Mülltonnen. Und viele Kids sehen nur noch eine Chance für ihre Zukunft, wenn sie sich einer Gang anschließen. Aber davon haben Sie wahrscheinlich keine Ahnung, Lady.«

»Ach nein? Ich wurde in Marokko geboren«, erwiderte Maripol. »Und ich kenne die Slums nur zu gut, in denen die Landarbeiter und zur Sesshaftigkeit gezwungenen Nomaden hausen. Wenn es zu wenig Essen oder kein Wasser gab, dann ließ man dort seit Urzeiten zuerst die Mädchen verhungern oder verdursten. Danach waren die Alten dran. Wenn du in meiner Heimat in der Wüste Stellen mit ganz weißem Sand findest, dann ist das der Staub ihrer Knochen. Und es gibt Hunderte dieser Gräberfelder. Halt mir also keine Vorträge, *Schwester.*«

Gerade wollte Cynthia etwas erwidern, als erneut ein Blitzlicht das Wageninnere flutete. Und schon hatte Maripol auch sie fotografiert. Eigentlich nicht sie, sondern ihren Zorn. Nahm diese Frau ihre Umgebung überhaupt ernst? Cynthia stutzte und wunderte sich. Ihre Wut war plötzlich verraucht. Als wäre sie gebannt worden auf dem Bild wie ein Geist in der Flasche. Maripol wedelte den Abzug hin und her. Dann nahm sie einen Filzstift und kritzelte ihren Namen darauf. Schließlich reichte sie das Bild nach hinten.

»Kannst du mal aufhören mit dem Mist?«, fragte Jeffrey. »Wegen dir knall ich noch irgendwo gegen.«

»Halt mal an«, gab Maripol statt einer Antwort zurück.

Sie hatten gerade den südlichsten Ausläufer des Central Park erreicht, und Jeffrey brachte den Mustang neben dem Pulitzer-Brunnen zum Stehen. Zwanzig Meter weiter verlief der letzte Abschnitt der Fifth Avenue, auf der wie immer reges Treiben herrschte. Das Ganze ähnelte allerdings eher einem Volksfest. Jeffrey war westlich von New York in den ländlichen Pocono Mountains aufgewachsen, und er fühlte sich beim Anblick der provisorischen Buden ein wenig an die winzigen Rummelplätze in den noch winzigeren Städtchen der Gegend erinnert. Es gab natürlich Bierstände. Dazu Hotdogs, allerdings mit kalten Würstchen. Ein paar Großmütter der Gegend hatten offenbar ihre Kuchenbestände zusammengetragen, die sie jetzt – wahlweise mit Cold Brew – lukrativ an die Besucher brachten. An einem großen Tisch gab es eine Neighborhood-Tauschbörse, bei der man sich wichtige Dinge, die jetzt irgendwo fehlten, die andere jedoch besaßen, ausleihen konnte. Ein Steppke von etwa zehn oder elf Jahren hatte augenscheinlich den gesamten Kerzenvorrat seiner Eltern ausgehoben und verscherbelte das Zeug zu ambitionierten City-Preisen. Maripol kaufte ihm drei Stück ab und gab ihm zwei Dollar, damit er für ein Foto posierte. Der findige, kleine Geschäftsmann hielt sein selbst gemaltes Schild *Light is life is love is light* vor die Brust und ließ sich damit ablichten.

»Hier.« Die junge Künstlerin gab Jeffrey und Cynthia jeweils eine Kerze. »Ein Friedensangebot. *Life is love.* Vergesst das nicht.«

Sie lachte, als alle drei zum Wagen zurückgingen. Cynthia entschuldigte sich und verschwand kurz im Gebüsch hinter dem Pulitzer Kunstwerk. Nicht gerade patriotisch, auf den Grand Army Plaza zu pullern, der doch an die großartigen Armeen des Bürgerkriegs erinnern sollte. Aber manchmal waren menschliche Bedürfnisse eben wichtiger als Nationalstolz. Als sie zum Wagen zurückkehren wollte, sah sie einen Mann, der aus einem goldfarbenen Ford ausstieg, der etwa zwanzig Meter hinter dem Mustang stand. Er schien unschlüssig und beobachtete Jeffrey und Maripol, die in ihrem Wagen saßen. Cynthia hörte die Stimmen ihrer beiden Begleiter durch die offenen Scheiben. Jeffrey schien immer noch in Rage, sie hingegen zog ihn auf und goss mit ein paar spitzen Bemerkungen Öl ins Feuer.

Seltsame Frau, dachte Cynthia. Aber in Jeffreys Welt der Künstler waren irgendwie alle Leute komisch. Sie richtete ihre Aufmerksamkeit wieder auf den untersetzten Mann, der sich dem Mustang jetzt sehr langsam näherte. Es war, als pirschte er sich förmlich heran. Der Kerl war ihr unheimlich, aber was war in dieser Nacht nicht unheimlich? Vielleicht hatte er eine Panne. Oder ihm war der Sprit ausgegangen. Im Radio hatten sie gesagt, dass auch die meisten Tankstellen zurzeit außer Betrieb waren. Jedoch waren da auch die Berichte von Überfällen und Schlägereien. Cynthia war unschlüssig, wie sie reagieren sollte. Sie war zwar hilfsbereit, allerdings auch nicht leichtsinnig. Andererseits, was konnte hier in der Nähe der Fifth Avenue geschehen? *Life is love.* Sie hielt die Kerze, die Maripol ihr geschenkt hatte, noch in der Hand.

»Brauchen Sie Hilfe, Mister?«, fragte sie den Mann etwas unsicher, als sie näher kam. Ihre Zweifel hatten dazu geführt, dass ihre Stimme belegt und eher leise klang.

Er hatte etwas Schwammiges an sich. Seine Bewegungen wirkten träge, als er sich zu ihr umdrehte. Offenbar hatte er Schwierigkeiten, ihre Umrisse in der Dunkelheit zu erkennen, denn er kniff die Augen zusammen und legte den Kopf schief.

»Nein, alles okay«, sagte er schließlich und kam langsam auf sie zu.

Cynthia überlegte kurz, ob sie nach Jeffrey rufen sollte. Allerdings verspürte sie keine Lust, danach wegen ihrer Ängstlichkeit aufgezogen zu werden. Wahrscheinlich würde Maripol wieder ein Foto von ihr machen. Der Unbekannte war mittlerweile bis auf wenige Meter herangekommen. Ein winziger Lichtpunkt, der sich aus Richtung des Straßenfests zu ihnen verirrt hatte, traf auf etwas Metallisches in der Hand des Mannes. Cynthia erstarrte. Es gab keinen Zweifel. Der Kerl trug eine Waffe, die er wie die Seriendetectives im Fernsehen mit ausgestrecktem Arm am Hosenbein hielt.

»Sind Sie von der Polizei?« Sie fühlte sich hilflos und ahnte, dass sie sich diese Frage selbst beantworten konnte. Die Cops waren in dieser Stadt niemals allein unterwegs. Und sie durften die Waffe erst ziehen, nachdem sie sich zu erkennen gegeben hatten. Und weder Cynthia, die kurz im Gebüsch verschwunden war, noch der Ford Mustang und dessen Insassen konnten in der Nähe des Parks irgendeinen Verdacht erwecken.

»Ich wollte Sie nicht erschrecken, Ma'am«, sagte der Mann. »Ich ... Bisschen unsicher im Moment.« Er hatte erkannt, dass Cynthia die Waffe bemerkt hatte, und hob sie über seinen Kopf. »Ich bin vom Sicherheitsdienst. Wir haben in den Straßen der Umgebung ein paar Kunden. Objektschutz, Sie verstehen?«

»Und dann fuchteln Sie im Dunkeln mit einer Waffe herum?«, fuhr Cynthia ihn an. »Sie dachten wohl, dass diese Schwarze nichts Besseres zu tun hat, als den guten Bürgern an der Upper East Side die Fernseher zu klauen. Hab ich recht?«

»Sie sind ...?« Der Mann kam noch ein wenig näher und fixierte sie. Dann schien er etwas zu bemerken, was ihm vorher entgangen war. »Ach so, wusste ich nicht. Aber mir ist es egal, ob jemand schwarz, rot oder gelb ist. Bin nicht so einer.«

Cynthia hatte allerdings das Gefühl, dass er es anders meinte, als er es sagte. Seltsamerweise glaubte sie zu spüren, dass er das Interesse an ihr verlor. »Ich muss zu meinen Freunden zurück«, sagte sie und zeigte in Richtung Wagen.

»Verstehe, Sie gehören zu denen? Kleine schwarze Spritztour im Dunkeln, was?« Er freute sich offenbar über seinen Witz. Das Lachen des Mannes klang unangenehm. Als würde man mit einem Gummisauger eine Rohrverstopfung lösen. Erstaunlich behände wandte er sich ab und war mit einigen schnellen Schritten wieder bei seinem Wagen. In dem Moment, als Jeffrey ausstieg, brüllte der Big Block des goldgelben Galaxie auf, und mit quietschenden Reifen schoss er an Cynthia vorbei.

»Was war das denn?«, fragte Jeffrey.

Cynthia zuckte nur mit den Schultern. Diese Nacht würde sie so schnell nicht vergessen. Das Empire State Building, der Junge im Fahrstuhl, das Studio an der 54th, das Bellevue Hospital, ein Fest an der Fifth Avenue. Und jetzt der weiße Kasper mit dem Revolver. Sie sah auf die Uhr. Wenn das so weiterging, war sie vor Sonnenaufgang nicht zu Hause.

25

»Du rückst das Zeug freiwillig raus, oder wir holen es uns mit Gewalt«, meinte der Gangster.

Der Bursche war höchstens achtzehn, trug ein rotes Kopftuch, das er in der Art von Piraten gebunden hatte, und wirkte nervös. Ununterbrochen wippte er mit dem Oberkörper, tänzelte von einem Bein aufs andere und wedelte mit den Armen, als wollte er Wellen in der Luft schlagen. Wäre es im Augenblick nicht um Ellingtons Existenz gegangen, hätte er diesen typischen Vertreter der Yo-Bro-Szene vielleicht sogar komisch finden können. Die Kerle liefen nur in Gruppen herum, gaben sich selbstbewusst und waren allzu gern bereit, jemanden zu vermöbeln. Sofern sie in der Überzahl waren.

»Hört zu, Leute. Die Sachen gehören mir gar nicht.« Ellington bemühte sich, nicht zu verzweifelt zu klingen. Diese Kids rochen Angst auf hundert Meter. Und sie lebten von der Furcht der Leute, von deren Kleinsein und Wegducken. »Alles auf Kredit von den großen Zwischenhändlern. Ich bin doch einer von euch. Mich haben sie letztes Jahr bei RadioShack an die Luft gesetzt. Ich versuche nur, mir was aufzubauen.«

»Selbst schuld, Mann«, rief ein zweiter Kerl, der noch jünger war, von hinten. »Machst dich zum Nigger für die Weißärsche und bedankst dich noch für die Schläge.«

»Yo, Massa. Danke, Massa. Mann, wach auf!«, stimmte der Vordere zu und wippte noch stärker.

»Was ändert es denn, wenn ihr *mir* die Sachen wegnehmt? Geht doch in die City oder nach Heights zu den Weißärschen, wie ihr sie nennt. Aber da traut ihr euch nicht hin. Habe ich recht?«

Der Wipper hielt inne, und sein Gesicht versteinerte sich.

»Nennst du mich einen Feigling, Nigger?«

Er griff blitzschnell in die Hosentasche, und plötzlich erklang das Schnappen einer Klinge. Er zeigte mit dem silbern glänzenden Springmesser in Ellingtons Richtung. Jetzt trat der Kerl im lila Anzug von hinten an ihn heran.

»Hast du keine Manieren, O. T.?«, fragte er, griff dem Jungen in den Messerarm und drückte ihn nach unten. »Der nette Mann wollte dich sicherlich nicht beleidigen.« Er zeigte auf Ellington. »Oder wie siehst du das, Bruder? Du wolltest O. T. doch nicht beleidigen. Habe ich recht?«

»Nein.« Ellington strich sich über das Haar. Irgendwie machte ihm diese lila Schlaghosen-Witzfigur mit Sonnenbrille mehr Angst als O. T. und die anderen Kids. Er überlegte fieberhaft, wie er heil – oder wenigstens nur mit einem blauen Auge – aus der Nummer herauskam. »Ich mache euch einen Vorschlag. Ich gebe euch zwei Kassettenspieler, ein paar Bänder und zwei Radios. Geht quasi aufs Haus. Und ich leg noch zwanzig Mäuse dazu. Was sagt ihr?«

»Jetzt beleidigst du *mich*, Bruder.« Die Stimme des lila Mannes klang eiskalt. Schneidend. Wie O. T.'s Messer sich anfühlen musste. »Wir sind keine Schmalspur-Ganoven.«

»Yo, Bro, sind wir nicht, nigger shit man, yeah!«, gab O. T. seinen Senf dazu und begann wieder zu tänzeln.

Was folgte, waren Blitze vor Ellingtons Augen und ein

Donnern in seinem Schädel. Sekundenlang sah er nichts, hörte nichts. Er fiel in eine Schwärze, die endlos schien. Der Schmerz an seiner linken Schläfe war mörderisch. Als er wieder etwas zu sich kam, sah er die Hosenbeine des Anzugträgers. Und den Spazierstock, mit dem ihn der Mann offenbar niedergeschlagen hatte. Gerade wollte sich Ellington aufrichten, als ihn ein Tritt im Rücken traf. Er sackte wieder zusammen.

»Stopp, O. T.«, hörte er nur. »Wir benehmen uns doch wie zivilisierte Menschen.« Ein kaltes Lachen und eine kurze Stille folgten. »Räumt alles aus. Dann rüber zur Bushwick, da stehen die Pick-ups.«

Ellington sprang mit letzter Kraft auf und brüllte etwas Unverständliches. Ihm war schwindlig. Er krallte sich ans Revers des Mannes und wollte ihn schütteln, als die Übelkeit schließlich siegte. Der Kerl stieß ihn angewidert von sich.

»Ist das zu fassen? Das Schwein hat mich vollgekotzt!«, rief er und blickte fassungslos auf die gelbbraune Soße, die an ihm hinablief. »Dir bringe ich Manieren bei, Bruder!«

Ein mörderisches Feuer brannte sich eine Schneise durch Ellingtons Körper. Nachdem es Kopf und Wirbelsäule bereits verzehrt hatte, fraß es sich schließlich durch seine Rippen in die Eingeweide. Er verlor das Bewusstsein.

*

»Ellington? Mr Simmons?«

Die Stimme war unverkennbar. Als würde eine Holzsäge auf Metall treffen, heiser, kreischend. In Bed-Stu lebten nur wenige polnische Juden. Und dem Mann hatte vor bald vierzig Jahren der Kolben eines deutschen Karabiners den Kehlkopf zertrümmert. Kollateralschäden, die im Großen und Ganzen jener Teufelei fast zu vernachlässigen gewesen waren.

»Ellington, ich bin es, Jesse!«

Der Alte hatte den Akzent nie ganz ablegen können. Als klebte ihm dauerhaft ein Bubble Yum am Gaumen. Ellington schlug ein Auge auf. Er hatte einen furchtbaren Albtraum geträumt. In dem alles verloren war. In einer Welt aus Schmerzen. Er versuchte, sich zu bewegen. Aber als er den Arm aufstützte und sich leicht drehte, schoss glühende Lava durch sein Inneres. Es passte zu dem Traum. Er war in der Hölle. Seine Mutter hatte es ihm vorhergesagt. Sie war eine gläubige Frau gewesen. Bezahlte schwarze Prediger hatten überall um die Jahrhundertwende die weiße giftige Saat einer Verheißung in ihr gepflanzt, die Unterordnung und Gehorsam forderte. Eine Verheißung, die unerfüllt blieb. Amen. Nun also wurde Ellington bestraft für seine Halsstarrigkeit. Für seine Abkehr von Massa Gott.

»Bleiben Sie liegen, Ellington«, meldete sich die Stimme wieder. »Ich hole Hilfe.«

Ewigkeiten später, denn in der Hölle gab es keine Zeit, machte sich jemand an seinem Körper zu schaffen. Das Feuer verzehrte ihn, als man die Arme und Beine bewegte, ihn abtastete. Grelles Licht schoss ins Auge. Dann ein Stich am Arm. Fast wie eine Liebkosung angesichts der Qualen davor. Sekunden später eine Erleichterung. Man ließ ihn gehen.

»Es scheint nichts gebrochen zu sein.« Eine andere Stimme.

»Sie müssen ihn ins Krankenhaus bringen.« Jesse.

»Wahrscheinlich ist es nur eine Gehirnerschütterung.« Der andere Mann. »Die Ambulanzen sind dicht. Da liegen jede Menge Schwerverletzte. Verkehrsunfälle, Schießereien, Brandwunden. Dazu die ganz normalen Notfallpatienten.«

»Wir können ihn doch nicht hier liegen lassen.«

»Besorgen Sie ein Brett und vier Leute, die ihn in seine Wohnung tragen. Ich gebe Ihnen vier Oxy. Alle sechs Stunden eine davon. Wenn es nicht besser wird, bringen Sie ihn morgen ins Woodhull.«

Ellington sah den Engel davonschweben. Später hob ihn etwas an. Wahrscheinlich ein weiterer Engel. Es war wie Fliegen. Offenbar hatte er im letzten Moment doch noch ein Ticket nach oben lösen können. Dabei war er im Leben kein guter Mensch gewesen. Bei RadioShack hatte er zweimal eine Sicherung mitgehen lassen. Seinem Vater hatte er einen Vierteldollar aus der Tasche gestohlen, nachdem der ihn betrunken versohlt hatte. In letzter Zeit stritt er sich viel zu oft mit Cynthia. Und es hatte ihn mächtig angefressen, dass ein Weißbrot der Vater seines Enkels war. Warum hatte er Jeffrey nicht etwas freundlicher behandelt? Aber irgendwo im Himmel war trotz seiner Sünden anscheinend noch ein Hinterzimmer für ihn frei. Leerstand war in Hotels nie gern gesehen. Komisch nur, dass der Raum aussah wie sein kleines Büro hinten im Laden. Schreibtisch und Couch waren auch da. Man wollte, dass er sich zu Hause fühlte. Besser als die Hölle war es allemal.

26

Das Ziehen im Bauch kam immer öfter. Pamela wusste, dass sie jetzt etwas Ruhe brauchte. Sie saß im Pausenraum, trank Pfefferminztee und knabberte Mandeln. Ständig musste sie aufstoßen. Die Magensäure. Es war 1 Uhr nachts. Eine schöne Zeit. Anständige Menschen schliefen um diese Zeit. Nach dieser Logik wäre allerdings halb New York unanständig, sie selbst eingeschlossen. Nachtdienste machten ihr nichts aus. Das Oszillieren zwischen absoluter Stille und maximaler Spannung gab einen Kick. Fast wie eine Droge, vermutete sie. Sie nahm dann alles dichter, konzentrierter wahr. Die Nacht brachte Leben und Tod. Kinder wurden geboren, Alte oder Schwerverletzte starben. Am Tag war es ebenso, aber die Nacht schärfte sie Sinne, ließ keine Zweifel. Vielleicht hatte es mit einem uralten Instinkt zu tun. Der Mensch schlief zu dieser Zeit. Oder aber er musste sich – des Sehens beraubt – auch auf seine übrigen Sinne verlassen.

Vor der Schwangerschaft war Pamela immer wieder in den neuen Ambulanzwagen mitgefahren. Sie wollte wissen, wie es war, unter extremen Bedingungen arbeiten zu müssen. Natürlich machte es einen Unterschied, ob man in der Notaufnahme ein Team und alle Geräte zur Verfügung hatte. Oder ob man in einem engen Transporter mit dem Nötigsten auskommen musste. Wer jemals versucht hatte, auf einer

Achterbahnfahrt einen Faden durch ein Nadelöhr zu bekommen, konnte vielleicht erahnen, was es bedeutete, wenn man auf der Straße ohne Sicht und Instrumente um ein Leben kämpfte.

»Pam?«

Greta, eine ältere Kollegin, war in den Raum gekommen, ohne dass Pamela es bemerkt hatte. Vielleicht war sie auch für einen Moment eingenickt.

»Ich frage nur ungern. Aber kannst du dich zu den Leuten im Wartebereich setzen? Kelly wird am Empfang fast verrückt und kann ihre Arbeit nicht richtig machen. Ständig die Fragen nach Angehörigen. Viele wollen einfach nur reden, weil sie Angst haben. Dann die Nörgler. Es wäre toll, wenn du da für ein wenig Ruhe sorgst. Traust du dir das zu?«

»Sicher, kein Problem«, entgegnete Pamela. Allerdings machten ihr zwei Boxhiebe klar, dass jemand die Sache anders sah.

Sie erhob sich mühsam und ging langsam nach vorn. Das Chaos hatte sich etwas gelegt. Jeder Raum, jede Kabine war belegt. Aber sie hatten jetzt auch doppelt so viel Personal als in einer normalen Schicht. Die Sache war zu schaffen. Nur allzu gern hätte sie hinter den Vorhängen nach dem Rechten gesehen, gefragt, ob Hilfe gebraucht wurde. Aber sie musste aufpassen, dass sie sich nicht zu sehr einmischte. Schon machten erste Gerüchte die Runde, sie hätte vor, in zwei oder drei Jahren den Drachen als Leitende Schwester zu beerben. Gott bewahre.

Kelly vom Empfang würdigte sie keines Blicks. Nach Pamelas Ausraster vorhin kein Wunder. Später musste sie sich bei ihrer Kollegin entschuldigen. Die Bänke und Stühle im Wartebereich waren voll besetzt.

»Können Sie mir sagen, Schwester, ob …?«

»Wissen Sie etwas Neues von …?«

»Es ist unerhört, dass …«

»Wann kann ich damit rechnen, in die …«

Pamela wurde leicht schwindlig, als die vielen Fragen auf sie eindrangen. Angehörige konnten Monster sein. Und Patienten – vor allem die, die nicht wirklich etwas hatten – ebenfalls. Man musste in diesem Job aufpassen, nicht ganz schnell abzustumpfen. Sie kannte Kolleginnen, die innerlich vollkommen taub geworden waren.

»Es ist ganz einfach«, hatte ein älterer Assistenzarzt vor Jahren zu ihr gesagt. »Wenn sie schreien, weißt du, dass sie leben. Sorgen musst du dir um die Leute machen, die ganz still sind.«

Als hätte ihr der Instinkt durch diese Gedanken etwas mitteilen wollen, beschlich Pamela eine Ahnung. Sie schob die Fragenden und Murrenden zur Seite, bahnte sich einen Weg zu den Sitzbänken. In der Ecke am Fenster lag ein Kind. Sie beschleunigte ihren Schritt, so gut es ging.

»Zu wem gehört dieser Junge?«, fragte sie. Es war die Stimme, die kein Zögern und keine Widersprüche duldete. Aber es kam keine Antwort. »Hat jemand gesehen, wann er gekommen ist?«

»Vor zwei Stunden etwa«, sagte eine rundliche Frau in hellem Sari. »Er hat nichts gesagt und sich dort hingelegt. Ich dachte, er wäre nur müde. Und hier ist es sicher.«

Pamela stand vor dem Jungen. Sie konnte sich nicht bücken und musste sich seitlich abstützen, um ihm an die Stirn zu fassen. Seine Stirn glühte.

»Kelly!«, rief sie. »Eine Trage in den Wartebereich. Sofort!« Wieder ihre Stimme. Alle verstummten.

Pamela sah, dass die Aushilfe vom Empfang zum Eingang rannte und sich kurzerhand die Trage eines Ambulanzwagens schnappte. Wahrscheinlich musste das Teil noch desinfiziert werden, aber für so etwas war jetzt keine Zeit.

Als Kelly bei ihnen war, wies Pamela zwei kräftige Burschen an, den Jungen behutsam auf die Trage zu legen. Er war nicht ansprechbar, wimmerte kaum hörbar vor Schmerzen. Atem und Puls gingen schnell. Und der Bauch war steinhart. Entweder hatte ihn jemand getreten und Blutgefäße waren verletzt worden. Oder es war der Kinderklassiker, der Blinddarm. Beides konnte den Jungen umbringen, wenn nicht sofort etwas geschah.

»Kelly, schau nach, wo etwas frei ist. Zur Not wirf jemanden raus. Eine Platzwunde können wir auch auf dem Flur nähen.«

Ihre Kollegin rannte wieder los, während Pamela die Trage aus dem Wartebereich bugsierte. Aus der Vier wurde gerade ein Bett geschoben, als sie den Notaufnahmeflur erreichte. Darauf lag ein Junkie, den man mit Gurten fixiert hatte. Es roch nach Urin und Erbrochenem. Der Mann blickte sie aus hohlen Augen an, schien gar nicht zu wissen, wo er war. Seine Arme waren stark geschwollen und übersät mit dunklen Einstichstellen. Blutergüsse schimmerten in allen Farben unter der fahlen Haut hindurch.

»Was haben wir?«, fragte Gregory Belmore, der Assistenzarzt.

»Hartes Abdomen«, antwortete Pamela. »Bauchtrauma oder Peritonitis. Stark erhöhte Temperatur, aber Kreislauf und Atmung stabil. Bewusstsein ist eingetrübt.«

»Also am ehesten ein böser Wurm«, meinte Gregory und untersuchte den Jungen in weniger als zwei Minuten. »Zugang, Flüssigkeit, Antibiose. Das Übliche«, sagte er schließlich. »Ich sehe, dass er als Nächstes in den OP kann.«

Pamela mochte die Ruhe, die der Arzt ausstrahlte. Der Chefarzt, Dr. Miller, war immer hektisch. Er verbreitete oft Unruhe, obwohl er ein erfahrener Chirurg war. Dorson konnte man es als Anfänger noch verzeihen, denn er war einfach sehr unsicher. Aber Gregory Belmore wirkte immer abgeklärt, fast distanziert. Er hörte zu, untersuchte und stellte fest. Dann traf er eine Entscheidung und handelte danach.

»Ich denke in solchen Augenblicken nicht an mögliche Fehler«, hatte er Pamela vor einigen Wochen in irgendeiner Pause erklärt. »Ich will mir nicht auf die Schulter klopfen. Ich glaube auch nicht an diesen Unsinn von Gut und Böse, vom edlen Kampf eines Arztes gegen den Tod. Nein, ich mache einfach meine Arbeit. So gut ich es eben kann.«

Entzündungen des Blinddarms waren schon längst keine Herausforderung mehr für Ärzte und Pflegepersonal. Sie hatten jeden Tag mindestens ein Kind, das operiert werden musste, seltener auch Erwachsene. Noch vor dreißig Jahren waren viele Patienten an Komplikationen verstorben. Das Penicillin wirkte bei Entzündungen nach einer OP nicht gut. Heutzutage war die Entfernung des »Wurms« reine Routine, sodass sie gern jungen Assistenzärzten wie Chris Dorson als Übungsfall überlassen wurden. Dieser Junge war jedoch ein Notfall. Wenn Dr. Belmore recht hatte, dann hatte sich die Entzündung bereits im Bauchraum ausgebreitet.

»Wer lässt sein Kind in einer solchen Nacht allein?«, fragte Pamela unvermittelt. Sie kannte natürlich die Antwort. Mitten in einer Stadt des Überflusses gedieh die Armut. Viele Familien kamen nur über die Runden, indem beide Eltern arbeiteten, oftmals in anderthalb oder zwei Jobs. Selbst das reiche

Manhattan war zweigeteilt. Es gab das Geld in Downtown und die Not in Uptown. An der Upper Side zündeten manche Leute ihre Geburtstagskerzen mit brennenden Fünfdollarscheinen an. In Harlem konnte man für fünf Bucks abgestochen werden. Und längst hatte die Wirtschaftskrise auch die weißen Familien erreicht. Kinder, Alte, Kranke. Sie waren die Ersten, die leiden mussten. In dieser Hinsicht war Armut sogar grausam gerecht.

»Ich gebe mein Bestes«, sagte Gregory und legte ihr verständnisvoll den Arm auf die Schulter. Eine seltene Geste. Sie waren es gewohnt, einfach zu funktionieren.

Pamela nickte und bemühte sich zu lächeln. Dabei fühlte sie sich oft, als versuchte sie, ein Boot mit unzähligen Löchern vor dem Versinken zu retten. Das System war falsch. Die Träume der Menschen in dieser Stadt, in diesem Land zerschellten an ihren Lebensumständen. Drogen, Alkohol und Kriminalität stopften die Löcher nicht, die die Hoffnungslosigkeit jeden Tag in ihre Seelen riss. Unbewusst strich sie über ihren Bauch. Für einen Moment glaubte sie, eine ähnliche Bewegung in ihrem Inneren zu spüren.

»Du hast alles getan, Pam«, meinte der Assistenzarzt. Er war sich nicht zu schade, die Trage selbst aus der Kabine in Richtung OP zu schieben. »Wie immer«, fügte er hinzu, als er den Vorhang zur Seite schob. »Deshalb brauchen wir dich hier.«

Pamela blieb zurück. Er war einer der wenigen Menschen in ihrer Umgebung, die nicht dauernd die nervige Du-musst-dich-schonen-Leier spielten. Was für ihn galt, gestand er auch allen anderen zu. Jeder trug für sich selbst die Verantwortung. Gerade diese Einsicht, diese kleine Freiheit führte dazu, dass sich in Pamela nach vielen Stunden der Anspannung erstmals etwas löste. Merkwürdigerweise an einem Ort, an dem sie eben über das Leben eines schwer kranken Jungen entschieden hatten. Sie setzte sich auf einen der gelben schalenförmigen Plastikstühle, der jetzt etwas verloren in der ansonsten leeren Kabine stand. Sie lehnte den Kopf an die Wand und war mit dem nächsten Ausatmen bereits eingeschlafen.

27

An der Ecke 66th und Park Avenue stand eine Miniatur des Weißen Hauses. Klassischer Federal Empire Style, schlichter Redstone mit noch schlichterem Weiß, gemaltem Fries und zwei einfachen Pilastern, die den Eingang umfassten. Alles wirkte uramerikanisch, obwohl es ein holländischer Kaufmann gewesen war, der den Bau vor hundertfünfzig Jahren hatte errichten lassen. Uramerikanisch, weil es die Kopie einer Kopie war, die als echt und uramerikanisch ausgegeben wurde. Irgendwie nichts Halbes und nichts Ganzes. Behaupteten böse Zungen.

»Er soll da drin einen roten und grünen Raum haben.« Jeffrey war hin und weg. »Andy ist ein Gott in der Szene!«

»Er hat Mundgeruch«, sagte Maripol und sortierte ihre Bilder, bevor sie aus dem Wagen stieg.

»Kennst du den Mann näher?«, fragte Cynthia.

Maripol schüttelte nur den Kopf. Sie wusste nicht viel über die New Yorker Künstler, war selbst eher zufällig über ihren Lebensgefährten in diese Szene hineingestolpert. Seit zehn Jahren schossen überall Ateliers aus dem Boden, manche davon edel und teuer an der Fifth Avenue, andere als Baracke aus einem Abbruchhaus in der Bronx herausgemeißelt. Kunst brauchte offenbar Dreck und Unzufriedenheit, um gut zu gedeihen. Und beides bot die Stadt in verschwenderischem

Überfluss. Schlechte Zeiten waren inspirierend für Menschen wie Andy Warhol. Cynthia war hingegen der Ansicht, dass sich Kunst und Sorgen nicht vertrugen. Jedenfalls nicht bei denjenigen, die die Sorgen hatten. Dieser Warhol bekam angeblich zehntausend Dollar für ein Bild. Dafür musste sie ein Jahr lang arbeiten. Und Jeffrey flippte bereits aus, wenn er für einen Auftritt fünfzig Dollar bekam. Knurrende Mägen veränderten den Blick auf Werke, für die manche Leute Unsummen hinblätterten.

»Was meinst du, Maripol?«, fragte Jeffrey. »Kannst du mich vorstellen? Ein Gig in der Factory, das wäre es. Dann bin ich aus dem Schneider.«

»Was ist die Factory?«, wollte Cynthia wissen. »Ein Club? Wie das Studio 54?«

»Besser! Viel besser. Ein Tempel der Kreativität«, schwärmte Jeffrey, aber es klang ein wenig, als wüsste er selbst nicht genau, wovon er sprach. »Eine Kunstschmiede. Wer dort ein Eisen im Feuer hat, kommt groß raus.«

»Aha.«

»Eine Art Atelier«, erklärte Maripol. »Das erste seiner Art war in einer alten Fleischfabrik. Daher der Name. Jetzt können sich dort all jene austoben, die Gottes Gnaden für würdig hält. Und er selbst dreht dort Filme.«

»Und?«, drängte Jeffrey. »Kann ich kurz Hallo sagen?«

»Weiß nicht«, antwortete Maripol ausweichend. »Er ist ein komischer Kauz. Man muss ihn behandeln wie ein rohes Ei. Wenn ich dich anschleppe, fühlt er sich bedrängt und macht gleich dicht.«

Cynthia dachte kurz an den Jungen, den sie im Aufzug des Empire State Buildings getroffen hatte. Jean-Michel. Den Nachnamen hatte sie vergessen. Der Bursche hatte nicht so ausgesehen, als würde er in absehbarer Zeit von seinen Schmierereien leben können. Sie betrachtete das Haus, vor dem Jeffrey geparkt hatte. Warhol hingegen kam offenbar gut zurecht. Sie nahm sich vor, den Putzlappen, den Jean-Michel bekritzelt und ihr geschenkt hatte, später einzurahmen. Die dreizackige Krone auf der groben, grauen Baumwolle. Eine würdige Erinnerung an diese Nacht. Putzkunst. Von einem jungen Puerto Ricaner, dem Sklavenkönig der schwarzen Pflücker und Fabrikarbeiter.

»Du wirst mich hier doch nicht hängen lassen, Jeffrey«, protestierte sie, als sie mitbekam, dass er Maripol immer noch bedrängte, sie mit ins Haus zu nehmen. »Du hast vorhin versprochen, mich nach Bed-Stu zu fahren.«

»Klar. Aber diese Gelegenheit kann ich mir doch nicht entgehen lassen. Ich und Andy.« Jeffrey wandte sich an seine junge Begleiterin. »Und du machst ein Foto, okay?«

Als die drei sich dem Haus näherten, sahen sie einen Lichtkegel über dem hinteren Gartenbereich, und plötzlich flammten am Zaun Scheinwerfer auf.

»Er ist ein bisschen paranoid, seit sie ihm in den Kopf geschossen haben«, sagte Maripol in derart beiläufigem Tonfall, als wäre es das Normalste, was einem Künstler in New York passieren konnte.

Sie drückte auf einen Knopf auf einer Schalttafel, und über ihren Köpfen surrte eine Kamera. Nachdem sie sich eine Zeit lang mit einer schnarrenden Stimme auseinandergesetzt hatte, die aus dem bronzefarbenen Lautsprecher kam, gab ein Summen das Zeichen, dass ihnen offenbar eine Audienz gewährt wurde. Sie folgten dem gewundenen Weg neben der Zufahrt zum Eingangsportal. Dort stand ein hellhäutiger Afroamerikaner in Livree.

A white black, dachte Cynthia fasziniert und schämte sich im nächsten Moment dafür, dass sie den Mann angaffte wie die Glanznummer eines Broadway-Varietés.

»Herr Warhol ist nicht im Hause und bittet, ihn zu entschuldigen. Er bat mich, Frau Maripol zu empfangen und zum Gästezimmer zu geleiten.«

Der Mann verbeugte sich steif. Maripol zückte sofort ihre Polaroid und schoss zwei Fotos. Cynthia wusste, dass es auch unter Schwarzen Albinos gab. Es fiel ihr schwer, den Mann nicht anzustarren. Das rote Schimmern seiner Pupillen war mit einem wässrigen Blau unterlegt. Unterwasseraugen, dachte sie und erschauderte trotz der Hitze. Seine Haut wirkte, als wäre sie gekalkt, während die Gesichtszüge eindeutig auf afrikanische Vorfahren hinwiesen. Sie war derart abgelenkt, dass sie erst mit Verzögerung die seltsamen Klänge wahrnahm, die aus der kleinen Halle hinter dem Mann kamen. Dort lösten Stöhnen, Winseln und Kreischen einander ab.

»Vielleicht solltest du kurz im Wagen warten?«, schlug Jeffrey etwas verlegen vor.

Cynthia sah einen nackten Mann, der wild gestikulierend eine Treppe hinauflief. Ihm folgte im Erdgeschoss eine Art Rollwagen, auf dem ein weiterer Mann mit einem unförmigen Gerät saß, das er sich vor das Gesicht hielt.

»Im Kasten! Ton aus«, rief er, und im selben Moment wurde es still.

»Nur ein Film.« Jeffrey sah Cynthia erleichtert an. Die rote Färbung seines Gesichts ließ nach. »Andy dreht zwar nicht mehr selbst, aber er unterstützt jungen Nachwuchs.«

Cynthia fragte sich, ob sie in dieser Villa tatsächlich diese Schmuddelfilme drehten, die in einschlägigen Kinos gezeigt wurden. *Adults only.* In ihrer Kindheit hatte sie angewidert, aber auch fasziniert die größeren Jungs bei ihren Gesprächen belauscht, nachdem sie die Heftchen ihrer Väter aus Mülleimern gezogen hatten. Sie kannte die Gerüchte um das legendäre Tenderloin-Viertel im Herzen der City, das längst verschwunden war. Nur die 42nd war als Rotlichtviertel noch übrig geblieben, ein »Sündenpfuhl des weißen Mannes«, wie der Prediger ihrer Baptistengemeinde immer wieder betonte. Allerdings breiteten sich Pornografie und Prostitution ungeniert in der ganzen Stadt aus. Auf diese typische Weise. Bemerkt unbemerkt. Gewollt ungewollt. Alle anständigen Bürger waren entsetzt, und niemand gäbe je zu, eines dieser Etablissements zu besuchen, aber das eklige Geschäft blühte dennoch. Auf dem Brooklyn Broadway gab es mindestens fünf Kinos, die den Schweinkram zeigten. Neben einem Pornoschuppen verkaufte Sam Lockwood, Cynthias alter Schulfreund, sogar Spielwaren von Mattel. Während sich die Kinder an seinem Schaufenster die Nasen platt drückten, kamen nebenan Männer breitbeinig und mit glasigen Augen aus dem miefenden Souterrain gewankt. Die Freizügigkeit der Hippiejahre hatte sich in den Großstädten des ansonsten so überaus prüden Amerika zu einem Industriezweig entwickelt.

»Ich bleibe doch nicht hier, wenn Andy irgendwo auf einer Party ist«, meinte Maripol. »Ich will da hin.« Jetzt klang sie wie eine verzogene Göre, fand Cynthia.

»Im 54 war er nicht«, stellte Jeffrey unnötigerweise fest, da sie von dort gerade erst kamen. »Wo könnte er denn sein?«

»Vielleicht in der Factory? Wir könnten anrufen oder hinfahren.«

»Sorry, Maripol, aber nicht mit mir. Bis zum Union Square brauchen wir eine Stunde bei den ganzen Irren auf der Straße.«

»Also anrufen«, sagte Maripol und wandte sich an den Albino-Butler, der die ganze Zeit über regungslos am Eingang gestanden hatte.

Er erinnerte Cynthia verdächtig an die Wachsfigur eines Außerirdischen, die sie auf der Weltausstellung in Queens vor über zehn Jahren gesehen hatte. Fasziniert hatte sie sich damals nur gefragt, woher die NASA eigentlich wusste, wie die Kerle aussahen. Als Kind war sie überzeugt gewesen, sie wären grün. Nun gut, vielleicht doch weiß. Sie lächelte. Wenn man diesen Gedanken weiterdachte, käme man zu witzigen Schlussfolgerungen.

»Oder weißt du, wo Andy ist?«, fragte Maripol ihn.

»Ich möchte nicht indiskret sein«, erwiderte der Mann. »Aber Mr Warhol erhielt vor zwei Stunden einen Anruf von Mr Allen.« Er räusperte sich und verfiel wieder in seine Wachsstarre.

»Allen? Doch nicht Heywood? Der bebrillte Spargel?«, rief die Marokkanerin. »Wenn er in der Stadt ist, dann an der 72nd.«

»Dieser durchgeknallte Filmemacher, der gerade *Annie Hall* herausgebracht hat?«, fragte Jeffrey.

»Ich muss sie finden! Andy und Woody. Perfekt! Wenn ich in dieser Nacht keine Fotos von den beiden mache, dann werde ich es mein Leben lang bereuen.«

»Sorry«, wiederholte Jeffrey und sah erst Maripol, dann Cynthia an. »Da bin ich draußen. Ich habe versprochen …«

»Ihr müsst ohnehin auf den FDR Drive. Du setzt mich einfach an der Lexington, Ecke 72nd ab. Kein Ding.« Maripols Stimme schien keine Widerrede zuzulassen.

»Wie kommst du darauf?«, fragte Jeffrey. »Sie könnten doch überall sein.«

»Andy hat mir von dem Kerl erzählt. Er hat einen an der Waffel. Woody Allen hat Teile seines neuen Films in einem

Apartment an der 72nd gedreht und findet die Gegend wohl richtig *cosy*. Und wenn er sich irgendwo wohlfühlt, dann will er nirgendwo anders hin.« Maripol hatte sich bereits umgedreht, um zum Wagen zurückzugehen. »Nein, wenn die beiden zusammen abhängen, dann an der Lexington oder 72nd!«

»Seid ihr jetzt endlich fertig mit dem Quengeln, wer wann welches Spielzeug bekommt?«, fragte Cynthia. Sie war genervt. Sie verloren hier unnötig Zeit.

»Ist tatsächlich kein Umweg«, meinte Jeffrey klcinlaut.

Cynthia war klar, dass er im Umgang mit Maripol nicht der Spielverderber sein wollte. Schnell war man in seiner Welt als *Fuddy-duddy,* als Spießer, oder *Lemonhead* verrufen. Dabei ging es eigentlich nur darum, dass manche Leute ihren Willen durchsetzen wollten. Wie Maripol jetzt. Alle spielten mit den Erwartungen der anderen. Und Jeffrey hoffte darauf, in diesem Sandkasten mitmischen zu können, den sie in den Zeitungen schon die »Warholmania« genannt hatten. Eine schräge Parallelwelt brachte eben immer noch schrägere Künstler hervor. Cynthia ertappte sich bei dem unschönen Gedanken, dass es vielleicht ganz gut war, dass sich Pamela und er getrennt hatten. Hier prallte das Normale auf das Verrückte. Der Zwang des Notwendigen auf den Luxus des Entbehrlichen. In solchen Untiefen scheiterten Beziehungen seit Ewigkeiten.

»Okay«, sagte sie schließlich. Ihr war nicht danach zumute, die Sache auszudiskutieren. Beide Seiten konnten da nur verlieren.

*

Die kleineren Straßenfeste waren bereits skurril genug gewesen angesichts der Nachrichten, dass in der Bronx und in Harlem – also gar nicht allzu weit entfernt – die Menge randalierte und Dutzende mutwillig gelegte Feuer Häuser und ganze Blocks verwüsteten. Aber in Midtown Manhattan hatten die Anwohner auf Gartenstühlen gesessen, gegrillt und zu der Musik aus batteriebetriebenen Radios getanzt. Am Rockefeller Center, entlang der Fifth Avenue und an vielen anderen Orten, waren gesellige Nachbarschaftstreffs mit Ballwerfen, Tombola und Kuchenbuffet bestens besucht. Die Bewohner New Yorks liebten Happenings. Wenn etwas geschah, wollte man unbedingt dabei sein. Das Gefühl, etwas verpasst zu haben, war den meisten Städtern unerträglich. Bei Unfällen und Katastrophen war natürlich die Rolle als unbeteiligter, wohlig erschauernder Zaungast beliebter. Betroffenheit war als Gefühl wesentlich besser erträglich denn als Zustand.

Die drei waren langsam die Fifth Avenue hinaufgefahren. Da auch hier alle Ampeln ausgefallen waren, lief der Verkehr ohnehin nur schleppend. Links lag – noch dunkler als sonst – der Central Park, der um diese Zeit immer etwas Unheimliches hatte. Nur Junkies, Schwerbewaffnete und Lebensmüde wagten sich nach Einbruch der Nacht ins Innere des riesigen Areals. Üblen Gerüchten zufolge lagen hier mehr Menschen unter der Erde als auf dem Friedhof der Trinity Church. *Six feet under* für böse Jungs, die nicht spuren wollten. Eine Folge der Mafia-Streitigkeiten der Dreißiger- bis Sechzigerjahre. Das Grün an den Rändern des Parks war jedoch in den Sommerwochen von Tausenden bis spät in die Nacht bevölkert. Für Leute wie Andy Warhol, die westlich der Madison Avenue wohnten, war der Park ein gigantischer Vorgarten. Wahrscheinlich atmeten sie in dieser Gegend die sauberste Luft, die im Großraum New York zu haben war. Bei *Kerbs Boathouse* gegenüber der 74th hatte Maripol es dann entdeckt. Vielmehr hatte sie vor Entzücken derart laut gerufen, dass Jeffrey den Mustang beinahe vor Schreck gegen einen Hydranten gesetzt hätte.

»Da sind sie! Dort, dahinten. Halt an!«

Das *Boathouse* war Bootsverleih und Café zugleich und lag – wie konnte es anders sein – an einem kleinen See. Auf einer betonierten Fläche der Promenade standen hübsche Pavillons, überall brannten kleine Feuer. Cynthia vermutete, dass es sich um diese Gasfackeln handeln musste, von denen auch Ellington zwei für ihren winzigen Garten hinter dem Ladengeschäft gekauft hatte. Sie hatten gehofft, sich dort eine kleine Idylle einrichten zu können, um abends nach der Arbeit etwas zu entspannen. Leider hatten die freundlichen Nachbarn aus den Etagen über ihnen jedoch nicht aufgehört, Abfälle und brennende Zigaretten aus den Fenstern zu werfen. Gewohnheitstiere eben. Nach dem dritten vermüllten und mit Kippen garnierten Barbecue hatte Familie Simmons schließlich frustriert aufgegeben. Cynthia fragte sich gerade, woran die junge Frau erkannt haben mochte, dass ihr Gastgeber dort sein musste. Vielleicht waren es die elfenartigen, in rosa Tüll gehüllten Tänzer, die auf der nahen Wiese tollten? Oder das – sie konnte es nicht glauben – mannsgroße Kondomkostüm, das sich zwischen den Pavillons bewegte und für ausgelassene Stimmung unter den Gästen sorgte? Ein Kondom mit Armen, wie sie gebannt feststellte. Das offenbar die anwesenden Damen an den unmöglichsten Stellen kitzelte.

»Ich muss kurz rüber«, sagte Jeffrey und öffnete die Wagentür.

Maripol war bereits ausgestiegen und auf dem Weg, ohne

sich zu verabschieden. Cynthia musste sich erst von hinten, am Fahrersitz vorbei, nach vorn quälen. Sie fand, dass es nicht weiter tragisch war, die Marokkanerin als Mitreisende zu verlieren.

»Nicht schon wieder! Jeffrey, du hast versprochen, mich nach Hause zu fahren. Jetzt geisterst du wieder irgendwo herum.« Cynthia war knapp davor, laut zu werden, als sie sich den Kopf an der Türkante des Wagens stieß. Sie hielt sich zugute, sehr verständnisvoll zu sein. Aber irgendwann reichte es auch ihr.

»Nur ganz kurz.« Weg war er.

Unentschlossen stand sie vor dem Mustang, kam sich in dieser Gegend reichlich deplatziert vor. New York gehörte allen, klar. Und doch gab es Orte wie diesen, an denen sich Schwarze dabei ertappten, wie sie sich fragten, ob sie hier sein durften. Als hätten die Zeiten, in denen man im Bus nur die schlechten Plätze bekam und lediglich ausgewiesene Toiletten benutzen durfte, eine Art Fußabdruck im Wesen dieser Menschen hinterlassen. *Darf ich das?*, das war eine der häufigsten Fragen, die sich Cynthia stellte, wenn sie ihre gewohnte Umgebung verließ, wenn sie etwas Auffälliges und Ungewöhnliches tat.

Es war draußen immer noch heiß. Selbst die Klimaanlage im Ford hatte die stickige Luft nur wenig gekühlt. Jetzt schien es Cynthia, als müsste sie die Luft kauen statt atmen. Das Straßenfest unten an der Fifth Avenue hatte noch einige schwarze Besucher gehabt. Hier oben, an der Upper Side, wohnten nur noch sehr wenige Afroamerikaner. Das weiße Amerika nannte sie das »gute Zehntel«. Also jene Schwarzen, die nach Meinung der herrschenden Oberklasse »tatsächlich zu etwas zu gebrauchen« waren. Keine zahnlosen Baumwollpflücker oder stinkenden Arbeiter in ihren Fabriken, sondern Anwälte, Bankiers und Ärzte. Sie hatten zwar noch dunkle Haut, aber bereits ein weißes Herz, wie Reverend Parker neulich gesagt hatte. Letztes Jahr hatte es sogar eine öffentliche Erklärung dieses guten Zehntels gegeben. Darin hatten sich die Leute brav und artig von dem »üblen, kriminellen, arbeitsscheuen und drogensüchtigen Gesindel unter den Black People in dieser Stadt« abgegrenzt. Und der jüdische Bürgermeister hatte dazu applaudiert. In den Problemvierteln hatte man ihnen das mächtig übel genommen, und seither hatten es die dunkelhäutigen Anzugträger dort schwer. Aber solche Speichellecker hatte es schon zu allen Zeiten gegeben.

Cynthia gab sich endlich einen Ruck und folgte Jeffrey in Richtung des bunten Treibens am See. Sie gehörte zu jener ersten Generation von Schwarzen, für die sich wirklich etwas geändert hatte. Sie hielt den Kopf nicht mehr unten, wie es noch ihr Vater getan hatte, wenn er in die weißen Straßenzüge kam. Seit zwanzig Jahren gab es diese Geschichten aus dem Süden. Aus Georgia, South Carolina und Louisiana. Von unerschrockenen Männern und Frauen, die ihre Familien gegen die Schikanen des Clans verteidigten. Zur Not mit Waffen und Fäusten. Früher waren Schwarze nur Opfer gewesen. Opfer, die glaubten, was die weißen Herren sagten. Dass sie minderwertig wären. Faul, dumm. Falsch auf dieser Erde. Opfer, die froh darüber sein mussten, dass sie einen Platz im Stall bekamen. Dankbar für den Abfall, den man ihnen vorwarf. Gospel singend und auf eine Verheißung wartend, die nie kommen würde. Spätestens mit Reverend King hatten sie jedoch verstanden, dass sie Menschen waren, die sich für ihre Art und ihr Leben nicht schämen mussten. Die einen Platz auf dieser Welt für sich beanspruchen durften. In Cynthias Kopf spukten zwar noch die alten Zweifel und Fragen herum, aber je älter sie wurde, desto selbstbewusster wurde sie.

Als sie sich dem Bootshaus näherte, trat ihr ein vierschrötiger Bodyguard entgegen. Der Mann hätte in einem Gangsterfilm der Dreißiger problemlos neben James Cagney einen harten Kerl mimen können. Sie stellte sich bereits auf eine unhöfliche Zurechtweisung ein und legte sich eine passende Erwiderung zurecht.

»Verzeihung, Ma'am. Eine Privatveranstaltung. Zutritt nur für geladene Gäste.«

Der Mann zeigte plötzlich ein entwaffnendes Lächeln, das sich aus seiner berufsbedingten Grimmigkeit schälte. So konnte man sich irren, ging es Cynthia durch den Kopf. Vorurteile waren ebenfalls kein Privileg der Weißen mehr. Sie lächelte zurück.

»Ich bin mit Maripol hier«, sagte sie dann.

Erst als der Mann sie jetzt eingehender betrachtete, wurde ihr klar, dass sie immer noch in ihrer Arbeitskluft steckte. Wenigstens die Kittelschürze hatte sie abgelegt, als sie das Studio 54 verlassen hatte. Aber das Logo von ABC-Services prangte auf ihrem T-Shirt. Ihre Haare waren zurückgebunden, als käme sie zum Fensterputzen. Dazu trug sie die fleckige Hose, auf der neulich das Bleichmittel ein hübsches Hippie-Batik-Muster hinterlassen hatte. Und erst die tollen Gummischuhe! Eine Augenweide für die Verehrer von Funktionsmode. Aber ihre Füße kochten, und sie hatte es aus Rücksicht auf ihre Begleiter im Auto nicht gewagt, ihnen etwas Luft zu gönnen. Egal. Trotzig streckte sie sich und sah ihrem Gegenüber, der mehr als einen halben Kopf größer war, in die Augen.

»Maripol? Dann ist das wohl in Ordnung.« Er trat zur Seite und gab den Weg frei. »Cooles Outfit übrigens. Andy wird sicherlich vor Begeisterung ausflippen, wenn er dich sieht. Er liebt das Ausgefallene am Alltag. Diese ordinäre Extravaganz des Normalen. Vielleicht wirst du sein neuer Superstar.« Er zwinkerte ihr zu.

Cynthia hatte nicht ganz verstanden, was er meinte. Sie hatte ohnehin den Eindruck, dass Künstler ihre ganz eigene Sprache hatten. Jeffreys Gefasel über den Zusammenhang von No Wave, Synthiepop und Nihilismus schien ebenfalls nur ihm zugänglich. Sie konnte sich jetzt allerdings der Faszination nicht entziehen, die das offenbar spontane Treffen im Park auf sie ausübte. Jemand hatte ein Stoffbanner bemalt, das von dem alten Gebäude bis zu einem Pavillon gespannt war. *In the heart of darkness we dance* stand darauf. Sonderlich dunkel war es hier jedoch nicht, wie sie fand. Viele Kerzen, Gasfackeln und einige Feuerkörbe durchbrachen das Schwarz der Nacht. Und ein zentraler Bereich musste sogar über Strom verfügen, denn von dort kam Musik aus Lautsprechern, und es schien Cynthia, als flackerte dort auch ein Bildschirm. Davor stand eine Menschentraube und unterhielt sich angeregt. Sie bahnte sich auf ihrer Suche nach Jeffrey einen Weg durch die feiernde Menge. Mindestens hundert Leute tanzten, tranken und redeten ausgelassen. Ebenso viele saßen an den Tischen oder planschten im Wasserbecken. Das Drängeln und Schubsen nahm zu, je näher sie dem Epizentrum dieser verrückten Party kam. Sie konnte sich des Gedankens nicht erwehren, dass die Gäste zu anderer Zeit an einem anderen Ort schlicht in eine Nervenklinik verfrachtet worden wären. Sie war auf einer Irrenparty.

»Kriegst du kein besseres Bild, Al?«, fragte ein Schönling, der aussah, als wäre er aus Miami eingeflogen worden, wo er gerade eine Sitcom abdrehte.

»Versuch du es doch selbst, Cal. Schlaumeier sind immer beliebt«, antwortete der Mann, der an einem tragbaren Sony-Fernsehgerät herumfummelte.

Cynthia erkannte ihn sofort. Sie hatte sich endlich zum inneren Kreis der Feiernden vorgearbeitet. Und stand jetzt keine fünf Meter entfernt von ihrem Lieblingsschauspieler. Zumindest unter den weißen Schauspielern. Denn niemand würde Sidney Poitier jemals von seinem Thron stoßen, so viel stand für sie fest. Aber der schnoddrige Italiener war dicht dran. *Hundstage* war ein Epos der Ausgestoßenen und Verzweifelten dieser Stadt gewesen. Pacino. Unglaublich. Sie stand so dicht bei ihm, dass sie meinte, sein Aftershave riechen zu können.

»Wahrscheinlich kriegen wir nur den Sendemast drüben in New Jersey«, sagte er gerade und band einen Draht an die schmale Antenne des Fernsehers. Das Bild wurde wenigstens etwas besser. »Ruhe jetzt, sie bringen die Nachrichten auf NBC.«

»Bürgermeister Beame und Commissioner Codd erklärten eben, dass sich alle dienstfähigen Männer der Departments im Einsatz befinden. An die Adresse der Randalierer, Plünderer und Brandstifter gerichtet, betonten sie, dass ab jetzt mit voller Härte gegen Gewalttäter vorgegangen werde.«

Cynthia bekam nicht alles mit, da sie immer noch recht weit von dem kleinen Apparat entfernt stand. Aber die Aufnahmen waren erschreckend.

»In der South Bronx brennt ein Fabrikgebäude … Menschen mit Rauchvergiftung … wahrscheinlich um Brandstiftung.«

Die Bilder des Stadtteils hätten ohne Weiteres auch aus einem Kriegsgebiet stammen können.

»Einige große Hotels der Stadt erklärten sich derweil bereit, Menschen aufzunehmen, die keine Möglichkeit haben, nach Hause zu fahren oder in Büroräumen und bei Bekannten unterzukommen. In der Lobby des Waldorf Astoria wurden etwa fünfzig erschöpfte Frauen und Kinder versorgt. Bürgermeister Beame sprach von einer großartigen Geste des Zusammenhalts und forderte andere Eigentümer auf, ähnlich zu handeln.«

Die Aufnahmen zeigten Menschen, die auf den Sofas, den Sesseln oder dem Boden lagen. Im Foyer eines der edelsten Hotels der Stadt.

»In Bushwick kam es zu schweren Ausschreitungen. Geschäfte wurden rund um die Greene Avenue systematisch zerstört, die Waren geplündert. Etwa einhundert Stores wurden zudem in Brand gesetzt.«

Cynthia stand wie vom Blitz getroffen da. Es war eine Sache, die Bilder aus der Bronx oder Uptown Manhattan zu sehen. Eine andere, die Straßenzüge zu erkennen, in deren Nähe sie lebte. Die Bushwick Avenue trennte ihr Viertel Bedfort-Stuyvesant von Bushwick. Und die Myrtle Avenue, in der Ellingtons Laden und ihre Wohnung lagen, querte beide Gegenden. Bisher hatte ihre Sorge vor allem Ellington selbst gegolten, da er unter Belastung schon immer etwas kopflos gewesen war. Es war eher eine unbestimmte Ahnung gewesen, das durch die Bilder jedoch erschreckend konkret wurde. Jetzt hatte sie plötzlich furchtbare Angst. Was war geschehen? Wie hatten sich Teile der Stadt in eine Hölle verwandeln können? Nur weil der Strom ausgefallen war? Ein wenig Licht trennte die Menschen offenbar von einer viel schlimmeren Finsternis. Vielleicht hatte diese Wut, die Lust am Zerstören schon unterschwellig bestanden? Die meisten Leute, die sie kannte, jammerten und nörgelten ständig. Sicher, sie hatten auch Grund dazu. Wenn Stellen gestrichen oder die Etats für Straßenreinigung und Müllabfuhr gekürzt wurden, dann betraf es immer die Problemviertel zuerst. Aber trotz aller Gründe für eine tiefe Unzufriedenheit der Leute, hatte Cynthia keinerlei Verständnis dafür, dass sich jetzt wilde Horden einfach nahmen, was ihnen zwischen die Finger kam.

»Wo warst du denn?«, fragte eine männliche Stimme neben ihr und stieß sie an. Jeffrey. »Ich war beim Wagen. Mensch, ich dachte schon, du wärst zu Fuß los. Sorry, wirklich. Es ist unfassbar!« Er schien kurz davor zu sein, vor Stolz und Freude zu platzen. »Ich habe mit Andy gesprochen. Er hat gerade ein Mineralwasser mit diesem Regisseur getrunken. Alle Welt raucht, schnupft und spritzt irgendetwas. Und die beiden trinken Wasser.« Er drehte sich auf den Zehenspitzen einmal um seine Achse. Ganz klar ein Move, den er sich von den Streetkids auf den Spielplätzen in Bed-Stu abgeschaut hatte, die zu ihrer Musik immer neue Verrenkungen erfanden. Allerdings schaffte er nur ein Dreiviertelrund. Dabei auch etwas ungelenk. Für die Jackson Five würde es ganz sicher nicht reichen.

»Ich soll demnächst mal in der Factory vorbeischauen, Cynthia! Sie wollen ein Stück von mir hören! Damit könnte ich bekannt werden. Dann buchen mich die Clubs regelmäßig. Und Pam …«

Er unterbrach sich, zögerte und sah sie an, als müsste spätestens jetzt die Begeisterung überspringen. Oder als erwartete er brandenden Applaus. Beides blieb jedoch aus.

»Ich muss zu Ellington«, sagte sie nur. Mit einer Stimme, die keinen Widerspruch zuließ. Und auf Jeffrey wirken musste wie ein kalter Waschlappen im Gesicht eines Angetrunkenen. Ernüchternd.

28

Diese dämliche schwarze Schlampe hatte ihm die Tour vermasselt. Gerade als es aussah, als wäre in dieser Nacht doch noch etwas zu holen. Er war im Zickzack durch die Straßen von Midtown gefahren, war den wenigen Irrlichtern im Dunkel willig gefolgt. Hatte zwischen den Blocks Ausschau gehalten. Wollte bereits aufgeben. Eine Bestrafung war ihm sicher. Und dann, ausgerechnet am Central Park, hatte er die beiden in ihrem Mustang sitzen sehen. Schöner Wagen. Ein Paar, das hier ein wenig Ruhe gesucht hatte. Sie wäre nicht perfekt gewesen. Nicht das typische Amerika. Sie trug das Haar kurz, zu einem Chaos gesprayt, noch dazu auf einer Seite blond, auf der anderen pechschwarz. Er schien einer dieser ungepflegten Twentysomething-Freaks zu sein. Egal, der Typ wäre ohnehin nur Beigabe gewesen. David hatte diesen völlig unerwarteten herrlichen Augenblick genossen. Im Wagen sitzen. Beobachten. Zu wissen, dass zwei Menschen nicht wissen, dass sie gleich sterben werden. Dieses Gefühl war einfach unbeschreiblich. Erregend. Gott hatte den Menschen doch nach seinem Ebenbild erschaffen. Und Harvey verhöhnte diesen Gott, indem er ihn, David, zu seinem tödlichen Werkzeug machte. Er war der Auslöscher, der Vernichter, der Verschlinger. David hatte einen kurzen Moment einen Anflug von Panik verspürt, als dann, gerade als er zu dem

Wagen gegangen war, diese Frau auf ihn zugekommen war. Fast hätte er den Bulldog gezogen und auf sie geschossen. Aber er hatte es doch nur auf das Pärchen abgesehen. Er war schließlich nicht irgendein armer Irrer, der wahllos um sich schoss. Er hatte auch nichts gegen Schwarze. Aber er hätte auch sie umlegen müssen. Nein, die Sache hätte nach einem ungeplanten Chaos ausgesehen. So konnte er es nicht enden lassen.

Verdammt! David spürte, dass er Hunger bekam. Er hätte das Angebot dieser anderen Schlampe aus dem Safeway annehmen sollen. Bei dem Gedanken an einen Burger und ein paar Wings meldete sich sein Bauch mit einem verärgerten Grollen. David kroch in seinem Galaxie den Broadway hinauf. Immer noch quälten sich endlose Blechlawinen durch die City. Wer die Nerven behalten oder es nicht mehr allzu weit hatte, versuchte immer noch, nach Hause zu kommen. Hinzu kamen die Idioten, die nur als Schaulustige unterwegs waren. David fluchte und blickte missmutig auf die Fensterfronten, an denen er vorbeischlich. Der Teil des Broadway, der schnurgerade durch die Upper West Side verlief, war weitaus weniger infiziert durch den Glamour des Theatre District rund um den Times Square. Es ging ruhiger zu; würdige, hohe Altbauten säumten die Straßen. Hier wohnte das Geld. In Höhe der 109th lenkte David den Wagen in Richtung Harlem. Konnte spaßig werden, hoffte er. Die Gegend war in den letzten Jahrzehnten allzu oft ein sicherer Garant für Unruhen gewesen. Berüchtigt und legendär die Harlem Riot von 1964. Er war leider zu jung gewesen, kannte die Geschichten nur aus Artikeln. Nein, wenn irgendwo anders in der Stadt nur ein kleines Feuer brannte, konnte man sicher sein, dass rund um die 125th ein Inferno ausbrach. Wenn die Leute anderswo langsam wütend wurden, dann brachen in Harlem bereits alle Dämme des Zorns und fluteten die Straßen.

Eine Viertelstunde später war seine Euphorie bereits abgeklungen. In dem Viertel war es offenbar relativ ruhig geblieben. Vereinzelt gab es ein paar Gangmitglieder, die sich zusammengetan hatten, ihre Sixpacks kippten und große Reden schwangen. Ein paar Läden hatten etwas abgekriegt. Drei oder vier Musikgeschäfte waren komplett ausgeräumt worden. Aber es gab auch auffällig viele Cops in den Straßen. David hatte sich in den letzten Monaten eingehend mit der Struktur der New Yorker Polizei beschäftigt. Und anhand der Nummern auf den Streifenwagen vermutete er, dass man Einsatzkräfte aus anderen Vierteln hierher beordert hatte. Harlem war zu dicht dran an der Upper Side. Ein Funke genügte, und eine gierige Meute konnte aus der Uptown ein paar Straßen nach Süden ziehen. Die weißen Geldsäcke hatten eben aus den Fehlern der letzten Unruhen gelernt. Man sicherte sich ab, zog sich warm an, wenn es stürmisch wurde. Auch wenn es bedeutete, dass andere dann mit blankem Hintern im Wind standen.

*

Das Mädchen saß in einem Hauseingang an der Ecke 119th. Besser gesagt, es kauerte dort. David hatte sie im Dunkeln zunächst für einen Müllsack gehalten. Die Beine angezogen und mit den Armen umschlungen, saß sie regungslos auf dem Boden. Er fuhr rechts ran.

»Alles okay bei dir?«, fragte er und beugte sich zur Beifahrerseite hinüber.

Keine Antwort. David blickte sich um. Etwas entfernt standen Leute an der Kreuzung, unterhielten sich, lachten. Die 119th war eindeutig eine Straße, in der heute Nacht nicht die Musik spielte. Keine Geschäfte, die Bauten ziemlich heruntergekommen. Ein paar Kerzen flackerten in den oberen Fenstern. Vielleicht waren es auch Taschenlampen. Aus solchen Häusern kamen die, die anderswo randalierten und stahlen. Hier wohnte der letzte Bodensatz Manhattans.

»Alles okay?«

Er war verunsichert. Kinder waren ihm unheimlich. Aber sie hatten etwas, das ihn an etwas Verlorenes erinnerte. Er wusste nur nicht, an was. Jedenfalls mochte er es nicht, wenn man ihnen wehtat. Er konnte die Berichte über schwere Misshandlungen – die in der Stadt fast täglich vorkamen – nie zu Ende lesen, warf dann die Zeitung wütend fort. Er wusste, dass bereits zwölfjährige Latinas auf den Strich gingen, um ihre Familien zu ernähren. Es gab in der Bronx einen »Mädchenmarkt«, den Zuhälter nutzten, um an frische »Ware« zu kommen. Illegale verkauften manchmal ihre Kinder als Spielzeuge an reiche, meist alleinstehende oder verwitwete Greise, die sich an ihnen vergingen. Die Kloake des Hudson River spuckte ein paarmal im Jahr die Leichen dieser geschundenen Wesen an Land. Ohne dass irgendein Hahn groß danach krähte. Wenn aber der verfickte Sohnemann eines Upper Side Anwalts seinen Schuh verlor, dann gab es sofort ein Großaufgebot der Polizei. *All men are created equal.* Scheißdreck, manche waren eben gleicher.

Mütter müssen ihre Kinder beschützen, dachte David in diesem Moment, betrachtete die Kleine und wusste nicht, was er tun sollte. Er konnte ihr zwei Dollar in die Hand drücken, die ihr zwei Blocks weiter wahrscheinlich wieder weggenommen wurden. Er sah sich um. Gegenüber waren die Fassaden in ein Pechschwarz getaucht. Aber er war sicher, dass ihn jemand beobachtete. Diese Stadt hatte Millionen Augen, denen nichts verborgen blieb. Die wegsahen, wenn es unangenehm wurde.

»Du bist der Mann«, durchbrach eine Kinderstimme die Stille.

Das Bündel sprach. Und es bewegte sich. David erschrak, denn über seinen Gedanken hatte er das Mädchen beinahe schon wieder vergessen. Ihr Kleid raschelte und knisterte in polyacryl-billiger Weise. Er atmete erleichtert auf. Also lebte die Kleine. Er wunderte sich, dass er froh war. Dann besann er sich ihrer Worte. Hatte er sich verhört?

»Welcher Mann?«, fragte er.

»Der Mann von den komischen Zeichnungen. Die sie in der Zeitung gezeigt haben. Und Tante Lu hat einen Fernseher. Da haben sie sie auch gezeigt.«

Komische Zeichnungen. David begriff fast sofort, wovon sie sprach. Er hatte sich selbst köstlich amüsiert, als er die Phantomzeichnungen gesehen hatte, die die Polizei vom sogenannten .44-Kaliber-Killer hatte anfertigen lassen. Vom Son of Sam. Von ihm. Es gab viele Zeugen, die schworen, dass er dick, mager, groß und kleinwüchsig war. Dass er ein sehr rundes, schlankes Gesicht hatte und einen dichten Vollbart trug. Oder doch nicht. Er musste lächeln. Wenigstens hatten sie ihm keine Glatze angedichtet.

»Stimmt es, dass du Menschen erschossen hast?«, fragte das Kind und richtete sich etwas auf.

Davids Verwirrung nahm zu. War die Verrohung in diesen Vierteln bereits derart fortgeschritten, dass Kinder über solche Dinge sprachen, als ob sie von einem Ausflug nach Disneyland berichteten? Er stieg aus dem Wagen, behielt jedoch die Eingänge gegenüber genau im Auge. Vielleicht war es eine Falle, um einen gutmütigen Idioten auszurauben. Er näherte sich dem Mädchen vorsichtig und hockte sich auf eine Treppenstufe, keinen Meter weit von ihr entfernt. Sie hatte ein schmutziges Gesicht. Ihr Haar war strähnig und nach hinten zurückgebunden. Vorn trug sie es als kühne – jetzt allerdings von Staub und Schweiß ermattete – Föhnwelle wie Farah Fawcett. Vielleicht war sie sogar hübsch unter diesem Ghetto-Make-up. David vergrub seine Rechte in der Hosentasche. Irgendwo hatte er noch eine halbe Rolle PEZ-Drops. Schließlich fand er sie.

»Orange ist besser«, sagte die Kleine, nachdem sie sich drei Bonbons auf einmal in den Mund gesteckt hatte.

»Seltsame Nacht«, meinte David. Kaum hatte er die Worte ausgesprochen, als er sich bereits fragte, weshalb er mit dieser Göre überhaupt sprach. Eigentlich hätte er die Kurve kratzen müssen, als sie von den Phantomzeichnungen sprach. Mit Pech fing sie gleich an, Zeter und Mordio zu schreien und die Cops herzulocken, die zwei Straßen weiter standen.

»Mom und Dad sind einkaufen.«

»Und du? Weshalb sitzt du hier?«

»Ich wollte auch einkaufen. Im Radio sagten sie, dass heute alles umsonst ist.«

Welcher Sender war das denn, fragte sich David leicht amüsiert.

»Ich habe aber keinen Schlüssel. Und die Tür war zu. Macht aber nichts, denn ich habe mich sowieso verlaufen. Muss warten, bis ich wieder etwas sehen kann.«

»Hast du gar keine Angst?«

»Vor dir? Nein.«

Kaum hatte sie es gesagt, wusste David wieder, an wen das

Mädchen ihn erinnerte. Als Junge hatte er nicht viele Freunde gehabt. Eigentlich keine. Zwar hatte es damals drüben in der Bronx auch noch viele weiße Familien gegeben, aber er war lieber allein geblieben. Einen Tag lang hatte er mit einem Mädchen aus dem Nachbarhaus gespielt. Sie hieß Kim. Eigentlich Kimberley. Mit E. Viel zu lang für Kinder. Er mochte Kim. Dann waren plötzlich ein paar andere Kids gekommen und hatten sie beide aufgezogen.

»Hast du gar keine Angst?«, hatte damals ein riesiger Junge Kim gefragt, weil sie nicht weggelaufen war. Alle in der Umgebung nannten ihn nur *Crusher*, den Brecher. Seit er einen anderen Burschen mit einer Eisenstange bearbeitet hatte. Kim hatte stocksteif vor ihm gestanden und ihn nur angesehen.

»Vor dir? Nein«, hatte sie schließlich geantwortet. »Du willst, dass ich Angst vor dir habe. Aber ich lasse mir von dir nichts sagen.«

Dann hatten sich Crusher und David geprügelt. Erst ein Stein hatte den Fight zu Crushers Gunsten entschieden. David rieb die Narbe an seiner Schläfe und musterte die Kleine, die einen weiteren PEZ-Bonbon verdrückte.

»Wie heißt du?«, fragte er nach einer Weile.

»Christina, aber alle nennen mich Chrissy.«

Kim. Chrissy. David lehnte sich ans Treppengeländer. Da war sie wieder, diese bleierne Müdigkeit. Die Leute waren dumm. Hier saß eine Zehnjährige und gab die Antwort auf die wahrscheinlich wichtigste Frage im Leben eines Menschen. Kinder hatten die Einsicht, die man offenbar verlor, wenn man erwachsen wurde. *Hast du gar keine Angst?* Vor wem? Vor Gott? Oder seinen Teufeln? Vor den anderen Irren da draußen, die sich gegenseitig das Leben schwer machten? Wegen ein paar Dollars. Oder einer Beförderung. Einer Liebe.

Kim hatte die Antwort schon vor langer Zeit gekannt. *Ich lasse mir von dir nichts sagen.* Jeder entschied selbst.

»Vor dir? Nein«, murmelte er. »Du willst, dass ich Angst vor dir habe. Aber ich lasse mir von dir nichts sagen.«

»Du bist seltsam«, sagte sie. »Gibst Antwort auf eine Frage, die ich nicht gestellt habe.«

»Hast du dich schon einmal gefragt, ob alle Erwachsenen schlecht sind?«

»Schlecht? Wie alte Milch?«, antwortete sie.

»Sie tun Dinge, die schlecht sind.«

»Und deshalb sind sie schlecht?«, fragte das Mädchen. »Wenn meine Puppe rülpst, ist sie dann auch schlecht? Ich meine, weil ich es doch war, die gerülpst hat. Ich habe es ihr nur in die Schuhe geschoben.«

»Du meinst, jemand schiebt Menschen, die schlechte Dinge tun, die Sache auch nur in die Schuhe?« Interessanter Gedanke.

»Wenn Papa keinen Fernseher hat«, sagte sie. »Und alle anderen haben einen und lachen ihn aus. Und er geht los und besorgt einen, ohne zu bezahlen. Ist er dann ein schlechter Mensch?«

»Du hast recht.«

»Womit?«

»Ich bin es.« David spürte, dass es verdammt guttat, es endlich loszuwerden. Die Spannung in ihm war in den letzten Wochen fast unerträglich geworden. Alkohol und Barbiturate halfen nicht, die Pornohefte ebenso wenig. »Der Mann auf den Zeichnungen. Ich bin es.«

»Ich weiß.«

»Woher? Die Bilder sehen doch alle anders aus. Es könnten fünf verschiedene Männer sein.«

»Man muss dahinter gucken.«

Er sah sie verdutzt an. Die Kleine nahm ihn auf den Arm. Anders konnte es nicht sein. Vielleicht war sie nicht von hier, kam ihm plötzlich in den Sinn. Nicht von hier. Nicht nur nicht aus dieser Gegend. Nicht nur nicht aus NY. Nicht von dieser Welt. Sondern ein Bote. Sehr geschickt getarnt. Mit dreckigem Gesicht und Hals. Aß sogar seine PEZ. Und redete von Mommy und Daddy. Wer käme darauf, dass sie nicht von hier war? So unschuldig, wie sie wirkte. Aber ihn konnte man nicht einfach auf den Arm nehmen. Bei dem Versuch hatte sich schon mancher verhoben.

»Die Leute sehen nur die Striche«, fuhr sie fort. »Und machen in ihrem Kopf ein Gesicht daraus. Dann vergleichen sie es mit jemanden, den sie kennen. Dann sagen sie, er ist wie Onkel Joe oder wie der Gemüsemann unten an der 189th. So geht das nicht. Man muss das Wesen dahinter sehen. Mein Bruder sagt das auch.«

»Dein Bruder?«

»Er hat eine Gitarre und spielt in einer Band. Er sagt, man darf nicht nur spielen oder zuhören. Man muss das Wesen hinter der Musik verstehen.«

»Genau … das Wesen«, stammelte David. »Hinter meinen … Sie verstehen es nicht.«

»Sie sehen dich nicht. Sie werden dich niemals finden, weil sie dich nicht sehen.«

Es war verstörend. Da schien endlich ein Mensch zu sein, der ihn verstand. Aber er verstand sie nicht. Damals, als er Crushers Kaninchen bestraft hatte. Er hatte den Stall angezündet und zugesehen, wie sie verbrannten. Er hatte sich am nächsten Tag gefreut, als der Brecher bleich und verheult in die Schule gekommen war. Sein erstes Feuer. Es waren noch

1487 weitere hinzugekommen. Er hatte eine riesige Lichtspur gelegt, die zu ihm führen sollte. Die Welt sollte David endlich finden. Aber das Mädchen hatte recht. Sie sahen ihn einfach nicht. David schlug den Kopf ein paarmal gegen das Geländer. In der Schule hatten ihn zwei Lehrerinnen komplett ignoriert. Er war Luft für sie gewesen. Und als er seine Adoptivmutter gebeten hatte, ihm Schwimmen beizubringen, war sie mit dem Zwölfjährigen ins Schwimmbad gegangen. Er musste sich mit ihr in der Umkleide umziehen. Die anderen Frauen neckten ihn, lachten ihn aus, bis er rot wurde und fortlief.

»Du musst aus den Schatten heraus«, sagte das Mädchen.

David traf eine Entscheidung. Die Kleine hatte recht. Es gab Zeiten zu dienen. Und es gab Zeiten zu herrschen. Er musste sich befreien. Er würde sich nie wieder einsperren lassen, nie wieder wegducken, nie mehr verstecken. Die Leute würden nicht mehr wegsehen können. Und das Lachen würde ihnen im Hals stecken bleiben.

1:17 a.m.

WCBS-RADIO AUF FREQUENZ 880 AM

»Now, direct from CBS News, that special Radio Net Alert News Report.«

(Jingle – David Jackson)

»Uns erreichen erschütternde Berichte aus Brooklyn. Nach Angaben von Rettungssanitätern und Feuerwehrmännern hat es dort mindestens fünfzig Brände gegeben, mehrere Gebäude wurden dabei vollständig zerstört. Am Brooklyn Broadway sollen sogar zwei Blocks brennen. In Williamsburg, Bushwick und Bedford-Stuyvesant ist die Lage chaotisch. Menschen randalieren in den Straßen, während Plünderer bereits über hundert Geschäfte ausgeraubt haben. Die zentrale Rettungsstelle meldet mehr als dreihundert Verletzte durch Brände und Tätlichkeiten, während lediglich fünfzig, meist leicht verletzte Unfallopfer zu beklagen sind. Das NY Police Department spricht von der größten Massenverhaftung in der Geschichte New Yorks. Über dreitausend Brandstifter, Gewalttäter und Plünderer wurden bisher in Gewahrsam genommen.«

29

Die Wehen kamen jetzt regelmäßig. Pamela wusste, dass sie nichts mehr mit den bisherigen Senkwehen zu tun hatten. Denn nun schoss jedes Mal ein Pfeil durch ihr Kreuz, der irgendwo zwischen Gebärmutter und Rücken zu explodieren schien. Es war jetzt das fünfte Mal in einer Stunde. Gerade schnappte sie wieder hektisch nach Luft wie ein Fisch auf dem Trockenen.

»Wir würden dich gern nach oben bringen«, sagte Teddie eher leichtfertig dahin, als ginge es um einen gequetschten Daumen. »Aber die Notstromaggregate geben nicht genug her für den Fahrstuhl. Der diensthabende Gynäkologe meint, dass du keine Treppen mehr steigen darfst.« Sie zuckte mit den Schultern. »Machen wir es eben hier.«

»Machen. Was *machen?*« Pamela hatte sehr wohl bemerkt, dass sie zunehmend gereizter auf jedes Wort, jedes Geräusch, jede Bewegung reagierte.

»Komm schon, Pam«, erwiderte ihre Freundin. »Werd jetzt auf den letzten Meter nicht bitchig, okay?«

In ihrer Stimme lag keinerlei Besorgnis. Aber gerade dieser Umstand machte Pamela Angst. Sie hechelte jetzt die Schmerzen weg, versuchte, sich zu beruhigen. Natürlich war ihre Freundin Profi. Es war ihre Aufgabe, selbst Sterbenden Trost zu vermitteln. Sie musste Hoffnung geben, wo es keine gab. Gehörte eben zum Beruf. Sollte sie jetzt kopflos durch die Gegend rennen, weil eine Frau – wie unzählige andere Frauen vor ihr – ein Kind gebar?

Wenn diese Krämpfe erst der Anfang waren, dann aber herzlichen Dank, dachte Pamela und wischte sich ersten Schweiß von der Stirn. Sie lag wieder in einem Klinikbett. Der hintere Ambulanzbereich war für die stabilen Fälle eingerichtet worden und entsprechend ruhig. Mittlerweile gab es hier unten ausreichend Strom, da das Aggregat vom State Building eingetroffen war. Peter McNamara hatte wirklich ganze Arbeit geleistet. Pamela versuchte, sich auf die gewohnten Klänge zu konzentrieren, die durch den Vorhang in ihre Kabine drangen. Stöhnen und Schimpfen der Patienten. Piepen und Surren der Apparate. Das Quietschen der Gummischuhe auf dem Linoleum.

»Der Ultraschall gestern Abend hat bestätigt, dass wir uns am Anfang verrechnet haben«, sagte der Arzt, der sie wenig später untersuchte. »Sie sind über die sechsunddreißigste Woche hinaus. Es besteht also keine Gefahr für Ihr Kind. Oder Sie, Pamela.«

Er tätschelte ihre Hand. Wahrscheinlich meinte er es gut, aber sie hätte ihn am liebsten gebissen. Doch Rainbow drohte mittlerweile bei jeder Regung ihres Körpers mit Konsequenzen.

Verdammt, hier hatten der Herrgott und die Evolution einen groben Fehler gemacht, war Pamela sicher. Einen ungerechten Fehler noch dazu. Jeffrey fuhr mit dieser Schlampe munter durch die Gegend, während sie hier lag und zerrissen wurde!

»Der Gebärmutterhals verkürzt sich bereits«, sagte der Frauenarzt und tätschelte schon wieder. Jetzt nickte er auch noch wie diese Wackelhunde aus Plastik, die auf den Ablagen mancher Wagen standen.

Es gibt also keine Zweifel mehr, dachte Pamela. Es sind Geburtswehen. Ganz ruhig, ermahnte sie sich. Stärke zeigen. Du hast alles im Griff.

»Wir machen das schon, Rainbow, nicht wahr?« Pamela kam sich albern vor, aber es tat gut, einfach mal normal sein zu dürfen.

»Rainbow?«, fragte Teddie belustigt. »Dein Ernst?«

»Warum nicht?«, gab Pamela in etwas giftigem Tonfall zurück, hob aber sofort entschuldigend die Hand. »Sorry, bin gerade etwas angespannt. Nennen wir es einen Arbeitsnamen, ja? Wie die Arbeitstitel bei Schriftstellern.«

Beide lachten.

In dieser Nacht, dachte Pamela und horchte schon wieder in sich hinein. Ausgerechnet. Gute Wahl, Pam. Wirklich toll. Wenigstens bekam die Kleine gleich hautnah mit, wie es in ihrem Leben zuging. Überforderung war für Pflegekräfte die Regel, nicht die Ausnahme. Und hinter jeder liebevollen Zuwendung lauerte schon die Selbstaufgabe. Spätestens, wenn Rainbow da war, konnte sie ihr Ich wohl endgültig an den Nagel hängen. Wie war sie nur auf diese dämliche Idee gekommen, heute Nacht auszuhelfen? In ihrem Zustand. Sie schüttelte den Gedanken ab. Welcher Zustand? Im *Reader's Digest* hatte gestanden, dass Schwangere vier Wochen vor der Geburt nicht mehr arbeiten sollten. Pam lächelte säuerlich. Warum aber hatte ihre Grandma dann zwei ihrer Kinder in der Fabrik bekommen? Eins direkt neben dem Fließband. War es nun normal, schwanger zu sein? Oder etwas Besonderes? Beides? Rohe Eier, kam ihr in den Sinn. Man kaufte sie ganz normal ein. Und trotzdem musste man aufpassen, dass in der Tüte nicht die Konservendosen drauf lagen. Oder Gasgeben beim Einparken. Bremse und Gas gleichzeitig. Sanfter Druck aufs Pedal, hatte der Fahrlehrer erklärt. Genau, sie war nur ein rohes Ei, das Auto fuhr und einparkte. Ganz normal. Und jetzt hatte sie endlich eine Erklärung für ihren *Zustand*.

War das zu fassen? Sie raufte sich genervt die Haare. Sie wollte weder ein rohes Ei noch der Fuß auf dem Gaspedal sein. Sie spürte das Ziehen im Rücken. Verdammt! Schon gar nicht wollte sie an diesen zotteligen Fahrlehrer denken, der penetrant nach Minze gerochen und sich für einen schwarzen Rock Hudson gehalten hatte.

»Besuch für dich«, sagte Teddie plötzlich.

Hatte ihre Freundin die ganze Zeit über dort gestanden? Während sie diese idiotischen Gedanken gehabt hatte? Wieso Besuch? Jetzt? Gott sei Dank, der glühende Pfeil war in ihrem Inneren endlich explodiert, hatte einen Teil der Festung, die Pamela hieß, verwüstet, aber wenigstens ließ der Schmerz wieder nach.

»Wer?«, keuchte sie.

»Komm schon, Pam. Lass dich überraschen! Okay?«

Teddie verschwand hinter dem Vorhang. Kurz darauf erschien Jeffreys Gesicht. Pamela stöhnte.

»Statt Blumen.« Er hielt eine bunte Schachtel in die Höhe und schüttelte sie. *»Wonka Candy Magic«*, äffte er die Stimme der Fernsehwerbung nach. *»It's magic. It's Wonka!«*

Pamela wollte wütend sein. Aber es klappte nicht. Woher wusste der Kerl, dass sie gerade eben Lust auf Gobstopper bekommen hatte? Oder spielte ihr der verwirrte Verstand einer im Hormonsturm kenternden Schwangeren einen Streich? Sie begann zu lachen. Bis ihr die Tränen kamen. Die sie dann umgehend nutzen konnte, als die nächste Wehe einsetzte.

Frauen waren eben fähig zum Multitasking. Hatte sie auch im *Digest* gelesen.

»Hast du Schmerzen?«, fragte Jeffrey zu einem denkbar ungünstigen Zeitpunkt und brachte sich damit, ohne es zu ahnen, in akute Lebensgefahr.

Pamela nahm ihr Kissen, biss hinein, knurrte dann nur animalisch und warf es nach ihm. Zwanzig Sekunden später war alles vorbei. Er blickte sie an, als wäre Präsident Carter zu seinem Geburtstag vorbeigekommen, um Hallo zu sagen. Überrascht, überwältigt. Und hilflos.

»Meine Mutter ist zu Hause?«, fragte sie leicht außer Atem, aber ansonsten tat sie, als wäre nichts gewesen. »Bei Daddy alles in Ordnung? Im Radio sagten sie, dass Bed-Stu und Bushwick …«

Sie sah ihn an. Sie kannte ihn einfach zu gut. Er hatte begonnen, seinen Oberkörper zu umfassen, als wäre ihm kalt. Wahrscheinlich hatte er sich die Geste als Junge angewöhnt, nachdem er beim Klauen der Kekse erwischt worden war.

»Jeffrey! Was-hast-du-mit-meiner-Mutter-gemacht?« Sie betonte jedes Wort. »Sie geht doch nicht etwa zu Fuß?«

»Nein, um Gottes willen. So etwas würde ich nie tun.«

»O doch! Ich kenne dich.«

»Nein!« Sein Protest klang lahm. »Da war ein Kumpel, der sie fährt. Ich wollte unbedingt zu dir. Vor einer Stunde hatte ich so ein seltsames Gefühl. Da musste ich wissen, wie es dir geht.«

»Ich zeig dir gleich, was ein seltsames Gefühl ist«, erwiderte Pamela. »Wenn ich dir weiterhin jede Einzelheit aus der Nase ziehen muss.«

»Orfeo, ein Bekannter von Andy will in Bushwick filmen«, druckste Jeffrey herum. »Er braucht authentisches Material für ein Kunstprojekt. Orfeo ist Mexikaner, kennt NY City aber wie seine Westentasche.« Er sah Pamela an, und es schien, als wollte er abschätzen, ob seine Worte sie beruhigten. »Cynthia weiß, wie er hinkommt, und sagt ihm, wo er dann hinfahren muss. Er fährt sie bis vor die Haustür. Hat mir sein Wort gegeben.«

»Du gibst ihm einfach dein Auto?« Pamela konnte es nicht fassen. »Und überlässt meine Mutter ihrem Schicksal?«

»Ist nicht mein Auto. Und ich habe deine Mutter nicht ihrem Schicksal überlassen. Der Kerl fährt besser als ich.« Er versuchte offenbar, aus der Defensive herauszukommen. *Rumble in the Jungle.* Ali gegen Foreman. Raus aus der Ecke, Deckung hoch. »Was soll der spießige Kram überhaupt? Mein Auto, dein Auto. »Und Cynthia weiß auf sich selbst aufzupassen. Wenn ihr jemand krumm kommt, ist sie schlimmer als Ma Baker. Legt jeden um.« Er grinste schief und mimte einen Gangster, der aus der Hüfte eine Salve abschoss.

Rainbow boxte. Deckung hoch. Die Wehen nahten. Pamela stöhnte, winkte Jeffrey heran, griff nach seiner Hand und legte sie auf ihren Bauch.

»Ist das normal?«, fragte er verunsichert.

»Du bist unsretwegen gekommen?«, fragte sie.

»Weshalb denn sonst? Weil ihr es hier so kuschelig habt oder das Essen so toll ist? Natürlich euretwegen.«

Etwa vor einer Stunde war Pamela klar geworden, dass es losging. Und sie hatte plötzlich mächtig Angst bekommen, hatte sich gewünscht, jemand wäre da. Nicht nur Teddie. Jemand aus der Familie. Jeffrey.

Er hat es gespürt, dachte sie. Sie hielt nichts von diesem übersinnlichen Hokuspokus. Ulkige Geschichten aus der Geisterwelt, die immer mal wieder in die Klatschblätter schwappten wie Matsch in die Schuhe. Der längst Verstorbene, der die trauernden Hinterbliebenen warnte, ein Schiff zu besteigen, das später unterging. Unsinn. Aber dennoch. Jeffrey war hier. Folglich musste es wahr sein. Er hatte gespürt, das etwas mit ihr und Rainbow nicht stimmte.

»Danke«, sagte sie verlegen und riss ihm fast die Gobstopper aus der anderen Hand.

Bevor er »Darfst du die denn? Ich meine jetzt? In deinem Zustand?« sagen konnte, hatte sie schon zwei von den Dingern im Mund. Und sah plötzlich aus, als wäre sie an Mumps erkrankt. Aber Kinder liebten Süßigkeiten. Und sie war nun einmal bereit, alles für ihre Kleine zu tun. Es gab Mutterpflichten, denen sie sich nicht entziehen konnte. Und Gobstoppers waren ohnehin zehnmal besser als Rosen.

»Ich … Ich meine, wir …«, stotterte Jeffrey. »Denkst du, wir könnten es …?«

Sie ließ ihn zappeln, griff nach weiteren zwei Candys und sah ihn nur an. Die ersten beiden hatte sie noch gar nicht zermalmt. Grinsen mit einem Mumpsgesicht musste eine tolle Erfahrung für die Betrachter sein. Jeffrey war jetzt der Hauptdarsteller ihrer ganz eigenen Soap Opera. *The Pam & Jeff Show.* Mit einer brandneuen Episode: *A normal NY City night.* Sie genoss es.

»Sagen wir, die Tür ist noch einen Spalt weit offen«, war ihre Antwort auf seine Frage, die er in drei Anläufen nicht vollständig herausgebracht hatte.

*

Eine wundervolle Stunde verging. Es war fast wie in alten Zeiten. Als beide gemeinsam das letzte Aufblitzen einer jugendlichen Ungezwungenheit genossen hatten. Es war diese besondere magische Art von Schwerelosigkeit gewesen, die man erst zu schätzen lernt, wenn sie sich immer seltener einstellt. Nicht unbeschwert, denn vor allem Pamela hatte als Kind auch miese Zeiten durchgemacht. Obwohl ihre Eltern versucht hatten, sie abzuschirmen, waren ihr die Sorgen des Vaters und die Schwermut ihrer Mutter nicht entgangen. Aber schwerelos zu sein, bedeutete eben, dass selbst die größten Lasten zu ertragen waren.

»Wusstest du, dass Armstrong auf dem Mond dreißig Kilo Gewicht mit sich herumgeschleppt hat?«, gab Jeffrey immer mal wieder zum Besten. »Und er ist herumgesprungen wie ein junges Reh. Du hast die Fernsehbilder ja gesehen.«

Er hatte eine wunderbare Gabe. Er konnte ein Houdini des Lebens sein. Er befreite sich und andere von den Fesseln des Alltags. Und er zauberte für einen kurzen Augenblick die Leichtigkeit zurück. Pferde stehlen, auf Apfelbäumen sitzen und einen Sonnenuntergang genießen. Mit ihm ging so etwas auch mitten in New York. Der perfekte Kumpel.

Pamela hing ihren Gedanken nach. War er auch bereit, ein Vater zu sein? Das zentrale Thema, das sich seit Monaten in immer neuen Varianten zwischen sie gestellt hatte. Ganz langsam hatte es die Magie der Schwerelosigkeit getötet. Mal kam es verkleidet als Geldsorge, mal als Wohnungsproblem, dann wieder als Frage, in welchem Viertel sie in Zukunft leben sollten.

»Hauptsache, unser Kind sieht nicht aus wie diese neuen Brownies, in die sie weiße Schokostücke einbacken.« Jeffrey ging jovial mit der leidigen Schwarz-Weiß-Sache um. »Ein leckerer Milchkaffee wäre mir am liebsten.«

Nur so einfach, wie er es gern hätte, war es eben doch nicht.

Klar, New York war nicht Mississippi oder South Carolina und die Rassentrennung seit dreizehn Jahren Geschichte. Aber Gesetze kamen nicht an gegen die alten Dämonen in den Köpfen, die weiterhin das Denken vergifteten. Jüdische Männer flogen aus ihrer Gemeinde, wenn sie eine Katholikin heirateten. Italiener und Griechen bekamen Ärger mit ihrem Vater oder Padrone, wenn sie nicht spurten. Und Kinder wie Rainbow waren in der Upper Side immer noch als Nigger Bastards verschrien. In manchen Köpfen hatte sich derart viel Dreck angesammelt, dass es weitere hundert Jahre und jede Menge Chlorreiniger brauchen würde, um sie sauber zu bekommen. Natürlich hatte niemand, den man in New York fragte, irgendwelche Vorurteile. Man machte die Witze nur hinter vorgehaltener Hand, denn man wählte demokratisch.

»Ich wollte nur Bescheid geben, dass der Knirps die Appendektomie gut überstanden hat«, unterbrach eine Stimme ihr Grübeln. »Sein Blinddarm hat zwar mächtig Ärger gemacht, aber das Bauchfell war sauber. Und der kleine Mann ist zäh. Wird alles in Ordnung kommen.«

Gregory Belmore hatte den Vorhang des Behandlungsraums etwas zur Seite geschoben. Pamela nickte dem Arzt dankbar zu. Er hob nur den Daumen und verschwand wieder. Eine schöne Nachricht. Plötzlich schien es ihr jedoch, als legte sich ein Autoreifen um ihren Bauch.

»Gregory!«, rief sie fast im selben Moment mit lauter Stimme, die keinen Zweifel daran ließ, dass etwas nicht stimmte.

Der Schmerz nahm mit jedem Atemzug zu. Und Rainbow schien zu toben. Sie trat und boxte, mehrmals drückte ihr Kopf derart heftig gegen die Bauchwand, dass Pamela dachte, sie könnte jeden Moment platzen.

»Pammy, was ist denn los?« Jeffrey blickte sie hilflos an, versuchte ihre Hand zu greifen, die sie ihm jedoch sofort wieder entzog, um sich im Bett etwas abzustützen.

»Keine Wehen, Greg!«, keuchte sie, als der Arzt in den Raum zurückkam. »Ihr geht es nicht gut! Ich spüre es!«

Pamela wurde übel. Ihr Kreislauf spielte verrückt. Fast augenblicklich brach ihr am ganzen Körper der Schweiß aus. Sie fror, und gleichzeitig war ihr Schädel ein Hochofen, der zu explodieren schien.

»Treiben Sie Teddie auf«, wies Gregory den erstarrten Jeffrey an. »Hebamme und Gynäkologe sollen kommen, aber im Laufschritt, wenn ich bitten darf.«

Pamela war im nächsten Moment mit dem erfahrenen Arzt allein. Das Atmen fiel ihr schwer. Gott sei Dank hatte sich Rainbow beruhigt. Nur ein leichtes Klopfen war noch zu spüren. Dann traf sie unvermittelt ein Tsunami aus Schmerz und Angst, riss alles fort, was jemals wichtig gewesen war in ihrem Leben. Ihr Verstand trennte sich von ihrem Körper, schwebte kurz über ihm. Und sie musste mit ansehen, wie die Pamela Simmons, die sie gewesen war, in einer Flut aus Leid ertrank. Sie sah, wie sie nach einem kleinen Wesen greifen wollte, das kaum Mensch hatte sein dürfen. Als sie das Bündel mit letzter Kraft erreicht hatte, schien es sich aufzulösen. Ein Milchkaffee in einem unendlichen Ozean.

30

Cynthia war kurz nach halb zwei endlich im Zentrum Brooklyns angekommen. Die ganze Zeit hatte sie gebannt und mit banger Vorahnung die Radio-News auf WABC verfolgt. Wer gehofft hatte, dass die Leute sich nach Mitternacht beruhigen würden, lag falsch. In manchen Straßen tobte ein Hexenkessel.

»Wird schon nicht so schlimm sein«, meinte Orfeo, der sich bereit erklärt hatte, sie nach Hause zu fahren. »Die Gringos aus Manhattan haben doch nur Angst um ihr Geld. Sie hätten wahrscheinlich am liebsten die Nationalgarde hier.«

Der Mann hatte eine mexikanische Mutter und einen russischen Vater, aber die mütterlichen Gene waren offenbar eindeutig durchsetzungsfähiger gewesen. In Cynthias Viertel nannte man Männer wie ihn einen *Peacock,* einen Pfau. Er trug weite Hosen, die eher einem Rock ähnelten, dazu ein buntes Hemd. Eine Seite seiner Haare war lila gefärbt. Und wenn er sich bewegte, dann tat er es auf eine übertrieben weibliche Art. Ihr war es egal. Sie sprach es auf dem gemeinsamen Weg von der Upper East Side nach Brooklyn auch nicht an. Obwohl sie sich ausmalen konnte, dass ihr Begleiter sicherlich kein einfaches Leben hatte.

Von Manhattan hatten sie über die Interstate 278 eine Stunde gebraucht, bis sie endlich auf die Flushing Avenue eingebogen waren, die die Stadtviertel Bushwick und Bedford-Stuyvesant nach Norden begrenzte. Südlich von ihnen war der Lichtschein von Feuer zu sehen. Und es waren große Feuer. Trotz der Dunkelheit war dichter Rauch zu erkennen, dessen Wolken sich wie riesige drohende Fäuste vor dem Sternenhimmel abzeichneten. Ständig kamen ihnen Krankenwagen entgegen. Einsatzfahrzeuge des Fire Departments rauschten an ihnen vorbei, tauchten mit ihrem Licht die Umgebung kurz in ein gespenstisch flackerndes Rot.

»Dachte immer, Brooklyn wäre besser als die Bronx«, knurrte Cynthias Begleiter. »Aber auch hier rauben kleine Leute die noch kleineren Leute aus. Verdammter Scheiß. Könnten sich doch mal Rockefeller oder Trump vornehmen.«

Anscheinend gab es immer jemand, für den es sich lohnte, selbst die Ärmsten der Armen auszutricksen, zu beklauen oder einfach nur zu schikanieren. Denn jede Relation verlor sich, wenn Menschen erst begannen, einen Mob zu bilden. Anstand und Scham steckte man dann lieber den anderen in die Taschen, um die eigenen mit Dingen zu füllen, die einem gar nicht gehörten. Dass auf diese Weise die eine Verzweiflung umgehend eine neue gebar, war unwichtig.

»Sieh dir das an.« Der Halb-Hispanic zeigte auf eine Ladenzeile, die vollkommen zerstört war. Er musste jetzt Schritttempo fahren, weil überall Scherben, Holzstücke und sogar Ziegel herumlagen. Mehrere Autoreifen brannten, und der beißende Rauch behinderte die Sicht. Die gesamte Hauptstraße glich einem Schlachtfeld. Selbst die Unruhen in Harlem vor über zehn Jahren hatten nicht solche Schäden hinterlassen. Hier hatten die Leute nicht nur geplündert, was nicht niet- und nagelfest war. Sie hatten regelrecht gewütet. Alles schien derart unsystematisch verwüstet, dass in dem Chaos fast schon wieder ein System zu erkennen war. Teilweise glichen die Geschäftsfronten leeren Augenhöhlen, die jetzt blind und apathisch in die Dunkelheit starrten. Immer nur kurz warfen die Kegel der Autoscheinwerfer ihr Licht in die von Plünderern verursachten Krater. In die tiefen Wunden einer Großstadt.

»Was macht der Kerl? Ist der irre?«, meinte Orfeo plötzlich und wies auf einen Passanten, der vor einem Laden stand und einen Behälter entleerte.

Er steuerte den Mustang an den Straßenrand und stieg aus. Der Gestank nach verschmortem Plastik drang durch die offene Wagentür ins Innere und verursachte bei Cynthia sofort Übelkeit. Orfeo lief zu dem Mann und riss ihn wenig sanft an der Schulter herum. Sie war erstaunt, dass dieser Peacock derart energisch auftrat. So konnte man sich in einem Menschen täuschen. Beide Männer schrien sich zunächst an, beruhigten sich dann etwas und diskutierten miteinander. Schließlich zuckte Orfeo mit den Schultern und kam zum Wagen zurück. Er nahm die schwere Filmkamera, die er sich bei Andy Warhol ausgeliehen hatte, vom Rücksitz, wuchtete sie auf seine Schulter und begann, die gespenstische Szene aufzunehmen.

»Was war los?«, fragte Cynthia.

»Ihm gehört das Geschäft«, erwiderte Orfeo und keuchte unter der Last des Rekorders. »Oder vielmehr das, was davon übrig ist. Gegen Diebstahl, Raub und Vandalismus ist er nicht versichert.« Er sah sie an. »Gegen Feuerschäden schon.«

Beinahe wie aufs Stichwort sah Cynthia eine Flamme am Boden aufblitzen. Die brennende Benzinspur warf für einen kurzen Moment ihren blaugelben Schein auf die Straße. Dann griff das Feuer gierig nach allem, was es in dem zerstörten Laden noch fand. Zerschlagene Möbel, Farbe, Kunststoff, Vorhänge. Im Nu fraß es sich ins Innere der Höhle, die vor einigen Stunden noch der Stolz des Besitzers gewesen war.

»Er steckt seinen eigenen Laden an?«, flüsterte Cynthia und wischte sich erste Tränen von den Wangen. »Damit er den Schaden ersetzt bekommt, den andere Leute verursacht haben?«

»Fuck! Was für ein beschissenes Leben!«, rief Orfeo, beendete seine Aufnahme und legte das Gerät zurück.

Er hatte seine anfangs zur Schau getragene Lässigkeit nun völlig eingebüßt. Er trat aufs Gaspedal, setzte den Wagen halb auf den Bürgersteig und überholte hupend mehrere Fahrzeuge, indem er einfach rechts an ihnen vorbeifuhr. Offenbar war ein Pick-up an der Kreuzung vor ihnen liegen geblieben. Schon begannen Jugendliche, auf einer Seite die teuren Räder abzumontieren, während sich der Fahrer auf der anderen mit zwei Passanten herumstritt.

»Ich bringe Sie jetzt zu Ihrem Mann, Cynthia. Noch eine halbe Meile, dann sind wir da.«

*

Sie atmete erleichtert auf, als sie von der Bushwick Avenue rechts in die Myrtle einbogen. Der Straßenzug lag im Dunkeln und wirkte ruhig. Auf den Gehwegen waren nur sehr vereinzelt Passanten zu erkennen, keine Zusammenrottungen wie noch auf der Flushing. Zwar schien in der Ferne an der Kreuzung zum Brooklyn Broadway eines dieser typischen Lagerfeuer zu brennen, die die Meute an vielen Stellen der Stadt entfacht hatte. Autoreifen, Abfall, alte Matratzen, Möbelstücke, alles war wahllos aufgetürmt und in Brand gesetzt worden. Hinzu kamen die ohnehin schon traditionellen Feuertonnen, wie man sie seit Jahren in den verlassenen Hinterhöfen und aufgegebenen Fabriken sah. Und um die sich Obdachlose, Gangkids und – immer mehr – Junkies scharten. *Buschfeuer.* Natürlich hatten die News-Moderatoren im Radio gleich zu Beginn der Unruhen einen Begriff dafür gefunden. Wenig nett, aber an dieser archaischen Gewalt war auch nichts nett. Cynthia hatte gesehen, dass weinende Männer vor ihren zerstörten Geschäften am Straßenrand gesessen hatten. Leute hatten sogar die Schaufensterpuppen und längst geleerten Kassen gestohlen. In der Masse verlor der Mensch offenbar sein letztes bisschen Mitgefühl. Denn die Plünderer hatten höhnisch gelacht, getanzt und sich einen feuchten Dreck um das Leid geschert, das sie verursachten.

»Hier ist es«, meinte Cynthia, als sie den neongelben Schriftzug Simmons Electronics erkannte.

Wieder spürte sie, dass sich der Ring, der ihr Herz abzuschnüren schien, etwas löste. Die Fassadenfront und das Schaufenster lagen zwar im Dunkeln, wirkten jedoch intakt. Orfeo wollte sie zur Tür begleiten, aber sie winkte ab und verabschiedete sich von ihm. Er nickte und griff nach einer Zigarette.

Etwas stimmte nicht. Sie bemerkte es in dem Moment, als sie die Straße überquerte, den Blick auf die Fensterfront des Ladens gerichtet. Aus Erleichterung und Freude wurde eine Ahnung, als sie erkannte, dass die Auslagen leer waren. Hatte Ellington die Geräte vorsorglich nach hinten gestellt, um keine Begehrlichkeiten zu wecken? Aus der oszillierenden Spannung in ihr wurde Sorge, als sie auf der anderen Straßenseite einige Batterien bemerkte, die in den Rinnstein gerollt waren. Und die Sorge steigerte sich zur Angst, als sie vor der Tür die Verpackung eines Polymoog Synthesizers liegen sah. Sie sah zerfetzt aus, als hätten sich mehrere Leute um den Inhalt gestritten. Der natürlich fehlte. Ellington hatte erst kürzlich – durch Jeffreys lebhafte Schilderungen beeinflusst – die Idee gehabt, Musiker durch das Angebot der kleineren Geräte als Kunden zu gewinnen. Zehntausende mehr oder weniger Begabte sahen sich am Beginn einer verheißungsvollen Karriere und waren ganz scharf auf diese neue Elektronik aus Japan.

Die Tür war nur angelehnt. Jemand hatte die Jalousie abgerissen. Cynthia stolperte, rappelte sich wieder auf, glitt jedoch wieder aus. Dieses Mal auf einer Flasche, die am Boden lag. Mit jedem Herzschlag schoss mehr Adrenalin durch ihre Adern, Panik überflutete sie.

»El? Schatz, bist du da? Was ist passiert? Geht es dir gut? Ellington? Wo bist du?«

»Hier drüben, Mrs Simmons«, kam eine Stimme von hinten. »Kommen Sie, wir haben ihn in die Wohnung gebracht.«

In diesem Augenblick durchfuhr Cynthia ein Schmerz. Ein grelles Licht blendete sie nicht nur, es brannte sich einen Weg durch Augen und Sehnerven in ihren Schädel. Dort schien es nach einem Rest Verstand zu suchen. Denn sie war sicher, dass sie ihn in dem Chaos, das einmal das Geschäft ihres Mannes gewesen war, bereits verloren hatte. Sie begann zu schreien. Eine Hand griff nach ihren Schultern, als sie ein drittes Mal stürzte. Orfeos Stimme drang an ihr Ohr. Und dieser alte Pole war ebenfalls da. Er nervte Ellington seit der Eröffnung mit Ratschlägen und Weisheiten. Aber ihr Mann war ein viel zu freundlicher Mensch, um den Kerl einfach an die Luft zu setzen. Jesse hieß der Mann, erinnerte sie sich. Offenbar war er es, der jetzt mit einer riesigen Ranger-Flashlight-Lampe in ihrem Gehirn herumoperierte.

»Mann, Alter, nimm den Strahler runter!«, rief Orfeo. »Mit dem Ding könnten die Mets ohne Flutlicht spielen.«

»Armeeware«, sagte der Alte mit Stolz in der Stimme. »Ich habe Ellington dazu geraten, sie zu bestellen. Die Leute sind verrückt nach so etwas. Die Hersteller haben ihm ein Muster geschickt …« Offenbar sickerte jetzt langsam die Bedeutung von Orfeos Worten in seinen Verstand. »Ach so, ja. Natürlich.«

Endlich gab das lobotomierende Licht Cynthia frei, und sie fand die Reste wieder, die in dieser grellen Dunkelheit von ihr übrig geblieben waren. Lichtpunkte tanzten auf ihrer Netzhaut. Oder direkt in der Sehrinde. Rot, Gelb, Grün und Blau jagten sich die gestörte Sinnesleiter rauf und runter.

»Was ist mit meinem Mann?«, fragte sie keuchend und setzte ihren Weg in Richtung Wohnung mit Orfeos Hilfe fort.

»Es geht ihm …«, sagte Jesse. »Also, er ist hinten in der Küche, Mrs Simmons. Ich bringe Sie zu ihm.«

»Ich kenne den Weg«, gab sie scharf zurück. »Sagen Sie endlich, was passiert ist!«

»Ich weiß nicht genau. Ich kam gerade vorbei, wollte nach dem Rechten sehen. Ich musste ihm noch etwas erzählen und habe etwas Brot und eine Kerze mitgebracht. Ja, wichtig. In solchen Zeiten können sie einem das Leben retten. Damals habe ich mich mit Golda und Judith …«

»Halt jetzt mal die Luft an, Alterchen«, ging Orfeo dazwischen. »Die Frau möchte ihren Mann sehen, danach kannst du deine Geschichten erzählen. Klar?«

Er folgte Cynthia, die bereits in den hinteren Bereich des Radiogeschäfts hastete. Sie nahm dabei kaum wahr, dass rechts und links von ihr die Podeste und Regale leer waren. Alles sah aus wie an dem Tag, bevor die ersten Warenlieferungen gekommen waren. Nicht einmal die Putztücher mit dem

Werbeaufdruck, die Ellington bei Käufen über zwanzig Dollar gratis mitgab, waren noch an ihrem Platz neben der Kasse. Dabei wirkte alles auf teuflische Weise ordentlich, beinahe wie frisch gewischt. Die einzige echte Zerstörung war die abgerissene Jalousie an der Ladentür gewesen. Der einzige Abfall die Bierflasche, die dort am Boden lag. Sie versuchte, sich zu beruhigen. Vielleicht war dort nur jemand mit dem Gürtel oder einer Tasche hängen geblieben?

Als sie die Küche erreichte, sah sie Ellington. Zumindest hatte der zerschlagene Mann, der am Tisch saß und sich den Kopf hielt, entfernt Ähnlichkeit mit ihm. Sie schlug die Hände vor den Mund und schluchzte. Sein linkes Auge war fast vollständig zugeschwollen, die Unterlippe aufgerissen. Er hatte eine Platzwunde an der Stirn, die notdürftig versorgt worden war. Ein getrockneter Streifen Blut teilte seine rechte Wange scheinbar in zwei Hälften. Im Kerzenlicht wirkte diese Gestalt zerstört. Als wäre ihr mit einer Axt der Schädel gespalten worden. Und als hätte danach ein Güterzug den Rest des geschundenen Fleisches bearbeitet. Jetzt, da nicht mehr Ahnungen sie quälten, da vielmehr die Wirklichkeit ihr grausames Werk vor Cynthia ausbreitete, gewann sie seltsamerweise einen Teil ihrer Fassung zurück.

»Ich bin da, Schatz«, sagte sie nur und setzte sich neben ihren Mann, vorsichtig darauf bedacht, ihn nicht zu berühren. »Ich bin es, Cynthia.«

Er wandte leicht stöhnend den Kopf zu ihr und sah sie aus seinem gesunden Auge mit glasigem Blick an. Cynthia war sich nicht sicher, ob er sie erkannte.

»Ja«, krächzte er nach einer Weile, griff langsam nach ihrer Hand, verfehlte sie jedoch.

»Der Laden wurde ausgeraubt«, erklärte der alte Mann

Orfeo unnötigerweise. Beide Männer waren aus Respekt im Flur vor der Küche stehen geblieben. »Sicherlich haben ihn diese Burschen so zugerichtet.«

»Sieht übel aus«, meinte der Hispanic.

Cynthia war sicher, dass sie die beiden Kerle zu einer anderen Zeit einfach hinausgeworfen hätte. In diesem Moment gaben sie ihr jedoch auf eine ungewöhnliche Weise Halt. Als stellten sie die Verbindung zwischen zwei Welten dar. Als wären sie eine Art Anker, der ihr Schiff vor dem Abtreiben rettete.

»Er wollte nicht liegen«, fuhr der Alte entschuldigend fort. »Ich habe versucht, ihn zu überreden. Aber er sagt, dass er besser atmen kann, wenn er sitzt.«

»Warum habt ihr nicht den Rettungsdienst gerufen?«

»Haben wir doch«, gab er zurück. »Waren auch hier. Aber der Sanitäter meinte, die Verletzungen sehen schlimmer aus, als sie sind. Und die Krankenhäuser sind überlastet. Wir sollen am Vormittag ...«

Klar, dachte Cynthia mit einem Anflug von Bitterkeit. Die Sparmaßnahmen im Gesundheitswesen hatten vor allem die Problemviertel der Stadt betroffen. Die guten Krankenhäuser behandelten meist ohnehin nur gegen Cash. Und allgemein war bekannt, dass ein verstauchter weißer Knöchel wichtiger war als ein schwarzer Herzinfarkt. Menschen wie ihre Tochter versuchten zwar, das System gerechter zu machen. Aber sie rieben sich dabei auf. Denn dieses brutale Gefüge führte ein Eigenleben. Das bereits die Gründerväter ihm eingeschrieben hatten. Dabei ging es nicht einmal um Schwarz oder Weiß, wie Reverend King immer betont hatte. Vielmehr ging es um Reich und Arm. Denn Geld entschied in diesem Land darüber, wer ein Recht auf Glück hatte. Und oft genug auch darüber, wer überhaupt ein Recht auf Leben hatte.

»Der Rettungsassistent hat Tabletten dagelassen«, ergänzte Jesse. »Hat gesagt, er soll alle sechs Stunden eine nehmen. Aber Ellington wollte gleich zwei davon. Gegen den Schmerz scheint es zu helfen, aber jetzt sitzt er schon fast eine Stunde da herum und starrt nur vor sich hin.«

Er reichte Cynthia das typische Tablettenröhrchen aus gelbem Plastik. Sie kannte das Medikament Oxycodon nicht. Sie musste Pam anrufen. Wahrscheinlich konnte sie sagen, ob zwei Tabletten diese Apathie bei Ellington hervorriefen. Aber offenbar hatte er tatsächlich kaum Schmerzen. Was ein Wunder war angesichts der Prellungen allein am Kopf und im Gesicht.

»Wie geht es dir?«, fragte sie recht hilflos. Aber sie musste ja irgendwie zu ihm durchdringen.

»Bestens«, erwiderte er, und zu ihrem Erstaunen schwang kein Sarkasmus in der Antwort mit.

»Du musst ins Krankenhaus. Ins Bellevue zu Pam. Sie wird dafür sorgen, dass du behandelt wirst.«

Cynthia sah Orfeo an, der kurz verständnisvoll nickte. Ihr war klar, dass sie wahrscheinlich wieder über eine Stunde für den Weg zurück brauchen würden. Und sie fragte sich, ob sie Ellington dieser Strapaze aussetzen durfte.

»Ich werde versuchen, sie übers Telefon zu erreichen. Vielleicht sollte doch besser ein Ambulanzwagen kommen«, entschied sie dann.

»Nein.« Ihr Mann klang beim Sprechen, als hätte er ein ganzes Sandwich im Mund. »Ich muss noch aufräumen. Was sollen morgen die Kunden denken?«

Welche Kunden? Noch dazu ohne Waren, ging es Cynthia durch den Kopf, und erstmals wurde ihr das gesamte Ausmaß der materiellen Katastrophe annähernd bewusst. Der Laden war so eingerichtet, dass er gleichzeitig das Lager bildete. Für weitere Räume hatte die Kalkulation nicht gereicht. Und nun gab es nicht mal mehr eine einzige Schraube, die man noch hätte verkaufen können. Sie biss sich auf die Lippen und schwieg. Pamela hatte ihr erzählt, dass heftige Schläge auf den Kopf zu Verwirrung führen konnten. Auch lange danach. Oder war es dieses verdammte Medikament Oxycodon? Sie musste unbedingt versuchen, ihre Tochter zu erreichen.

»Du bleibst noch sitzen, mein Lieber«, sagte sie. »Ich mache das. Schließlich warst du die ganze Nacht über wach und hast aufgepasst.«

Nachdem sie Ellington einen Kaffee gemacht hatte und sicher war, dass er sitzen bleiben würde, ging sie zu Orfeo und Jesse, die sich im Flur unterhielten.

»Ich konnte nichts tun, Mrs Simmons«, sagte der alte Bekannte ihres Mannes. »Ich kam gerade vorbei, als eine Gruppe abzog, die alles in Richtung Bushwick Avenue wegschleppte. Meine Augen sind auch nicht mehr die besten, aber da war ein seltsamer Vogel …« Er sah Orfeo an und räusperte sich. »Ein Schwarzer mit Hut und Stock. Er schien den Leuten Anweisungen zu geben.«

»Also keine spontane Sache, sondern eher eine Bande, die das Chaos für sich ausnutzt«, meinte Orfeo.

»Im Ergebnis bleibt es gleich.« Cynthia hatte ihre Gefühle bisher verdrängt, nun erst spürte sie die Verzweiflung, die in ihr aufstieg. Sie zeigte mit zitternder Hand Richtung Verkaufsraum und brach in Tränen aus.

»Ist Ihr Mann versichert, Cynthia?«, fragte Orfeo.

Sie musste an den Besitzer oben an der Flushing Avenue denken, der sein eigenes Geschäft anzünden wollte. Zunächst war sie erschrocken, konnte es sich nicht erklären. Aber dann wurde ihr der Grund klar. In vielen Vierteln war eine Versicherung gegen Raub und Diebstahl nicht oder nur zu horrenden Prämien zu haben. Die meisten Leute hatten nur die Pflichtpolice.

»Nur gegen Feuer«, sagte sie beinahe tonlos. Wieder traten Tränen in ihre Augen. Konnte das Schicksal so brutal sein? So niederträchtig? »Denn Ellington hat die Vollversicherung gerade gekündigt. Die Prämie von über zweihundert Dollar im Monat konnten wir uns im Moment nicht leisten. Es fehlte nur noch eine zweite Erklärung, die er gestern oder vorgestern mit der Post abgeschickt hat. Damit endet die Versicherung rückwirkend zum Halbjahresende.« Sie raufte sich die Haare, schien kurz davor zusammenzubrechen. »Das kann doch nicht wahr sein. Wir haben nichts mehr!«

Dreizehn Tage entschieden also über den Untergang einer Familie, dachte sie. Durch die Unterschrift ihres Mannes erlosch die Versicherung offiziell Ende Juni. Zweihundert Mäuse und eine Unterschrift würden ihre Existenz ausradieren. Die Schulden, die die Schäden verursacht hatten, konnten sie in zwanzig Jahren nicht abbezahlen. Trotz Doppelschichten. Pamela würde ihrer Mutter in Zukunft hin und wieder fünfzig Dollar zustecken. Ganz verstohlen, damit es Ellington nicht merkte. Und niemals könnte Cynthia ihrem Enkelkind hübsche Kleider oder schönes Spielzeug kaufen.

»Ich wollte …« Der alte Mann wirkte verlegen. Er schien seinen Arm auf ihre Schulter legen zu wollen, zog sie dann jedoch wieder zurück. »Ich habe …«

»In knapp zwei Stunden wird es hell«, unterbrach ihn Orfeo, nachdem er auf die Uhr gesehen hatte. »Sie brauchen eine Lösung Ihres Problems, Cynthia.«

Er sah sie eindringlich an. Dann zog er sie in Richtung

Durchgang zum Verkaufsraum. Plötzlich begriff sie, was er meinte.

»Nein! Wir können doch kein Feuer legen! In dem Haus wohnen Leute. Familien mit Kindern!«

»Denken Sie nach, Cynthia. Die Policen decken auch den Inhalt, also den Wert der Waren ab. In Harlem hat vor zwei Jahren ein Hotel gebrannt. Ich kannte den Besitzer. Er hat seinen verwanzten Laden gegenüber der Versicherung als eine Art Hilton von Harlem beschrieben und abkassiert. Jetzt lebt er in Florida.«

»Inhalt? Welchen Inhalt? Sieht doch ein Blinder, dass hier nichts mehr ist.« Cynthia musste sich zusammennehmen, damit sie nicht allzu hysterisch klang. »Nein, hier wohnen Leute!«, wiederholte sie. »Was ist, wenn die Feuerwehr zu spät kommt? Wir reißen andere noch mit ins Unglück.«

»Mrs Simmons«, rief Jesse. Er war im Flur der Wohnung geblieben. Jetzt folgte er den beiden anderen. Er öffnete eine abgewetzte Aktentasche, mit der er förmlich verwachsen zu sein schien. Jedenfalls hatte Cynthia ihn noch nie ohne das Ding gesehen.

»Es tut mir leid«, fuhr er kleinlaut fort. »Ich konnte nicht schlafen wegen des Lärms. Da ist es mir eingefallen. Ich dachte, dass Ihr Mann sicherlich auch noch wach ist. Ich wollte es ihm erklären …?«

»Was denn, Mr Papernik?« Cynthia sprach den Namen offensichtlich falsch aus, auf amerikanische Weise, dass es wie *Paper Nick* klang. Denn der Alte schüttelte den Kopf und verbeugte sich höflich.

»Papernik«, sagte er mit einem Anflug bescheidenen Stolzes. »Polnisch. Das A wie in *Under,* nur etwas länger. Und das R …« Er suchte nach einem Vergleich, gab aber auf. »Ich wohne seit über dreißig Jahren drüben in der Jefferson Street. Jesse Papernik. Aber für Sie bitte nur Jesse, Mrs Simmons.«

Cynthia nickte nur. Dieser Mann hatte Ellington vielleicht das Leben gerettet. Nicht auszudenken, was geschehen wäre, hätte er keine Hilfe geholt und ihn dann hierhergebracht.

»Danke, Jesse«, meinte sie schließlich in sanftem Tonfall. »Aber was wollten Sie Ellington erklären, Jesse? Sagen Sie es einfach mir.«

»Wissen Sie, mit meinem Verstand ist es nicht mehr weit her. Ihr Mann hatte mich gebeten, ein paar Briefe beim Post Office abzugeben. Oben an der Bushwick, Sie kennen den Shop, der auch …«

»Bitte, Jesse!«

»Ich habe die hier gestern Abend entdeckt.« Er zog mindestens zehn Briefe aus seiner Aktentasche. »Ich habe sie in den letzten Tagen vergessen. Es tut mir sehr leid. Ich hoffe, dass Sie keinen Ärger …«

Er verstummte, als Cynthia ihm die Umschläge fast aus der Hand riss. Im Schein der Taschenlampe ging sie die Adressen durch. Sie stieß einen Jubelschrei aus, als sie das Schreiben an die AIG fand, American International Group, die größte Versicherung in den Staaten. Darin hatte Ellington abschließend bestätigen müssen, dass der Vertrag tatsächlich aufgelöst werden sollte. Die Versicherung hatte ausdrücklich darauf hingewiesen, dass er andernfalls bis Ende des Jahres weiterlaufen würde. Sie sah den verdutzten Mann an, der verlegen seine speckige Ledertasche walkte. Vielleicht gab es ja doch einen Gott. Und er hatte einen runzligen, leicht vertrottelten Engel zu den Simmons geschickt, damit er das Schlimmste verhinderte. Wenn es auch, dem Gesicht nach zu urteilen, so schien, als wäre dieser Engel bereits durch viele Höllen gegangen.

Aber nun war er hier. Cynthia umfasste seine Wangen und spürte die faltige, trockene Haut unter ihren Händen. Dann küsste sie ihn auf die Stirn.

»Gott segne Sie, Jesse!«

Sie wusste nicht, wann sie dies das letzte Mal zu jemandem gesagt hatte. Ob überhaupt. Sie hatte das Schreiben aus dem Umschlag genommen und zeigte es Orfeo.

»Wir sind versichert«, rief sie triumphierend.

»Ich will kein Spielverderber sein«, meinte der junge Mann, nachdem er das Schreiben kurz überflogen hatte. »Sehen Sie sich den Laden an. Nur die Jalousie an der Tür ist kaputt. Das Schloss ist nicht aufgebrochen, und das gesamte Inventar sieht aus, als wartete Ihr Mann auf seine erste Warenlieferung.«

»Ja, weil die Kerle alles mitgenommen haben«, erwiderte Cynthia. Sie verstand nicht, was er sagen wollte.

»Sie sind verpflichtet, eine solche Straftat umgehend zu melden. Es ist aber bereits ein oder zwei Stunden her. Ihr Mann ist im Moment etwas neben der Spur und wird es wohl noch eine Weile bleiben, fürchte ich. Was, wenn er sich in Widersprüche verwickelt? Nicht gerade günstige Umstände, wenn Sie mich fragen. Mr Papernik ist erst später gekommen und nicht gerade das, was man einen Musterzeugen nennt. Nichts für ungut, Mann.« Er hob die Hand in Richtung des Alten. »Mit Pech leitet dann irgendein irischer Detective die Ermittlung, der sich selbst für den Erben von George Washington und alle Schwarzen für arbeitsscheue Betrüger hält. Und er wird Fragen stellen. In seinem Bericht wird stehen, dass er vermutet, Ihr Mann hätte die Ware an eine Gang verscherbelt, um dann die Versicherung übers Ohr zu hauen.«

»Nein!«

Cynthia hätte diesem jungen Hispanic am liebsten eine

Ohrfeige verpasst. Sie ballte jedoch stattdessen die Hände zu Fäusten. Denn er hatte recht. Wie sollten sie der Polizei und Versicherung erklären, dass nichts zerstört war, während die Randalierer anderswo nur Verwüstung hinterlassen hatten? Was war hier überhaupt geschehen? Sie dachte an Ellington, der in der Küche saß und wahrscheinlich immer noch in seinem Kaffee rührte, als könnte er darin die Zukunft deuten. Er war in den nächsten Stunden sicherlich keine große Hilfe.

»Gehen Sie in die Wohnung zurück, und kümmern Sie sich um Ihren Mann, Cynthia«, sagte Orfeo. »Sie wollten doch Ihre Tochter anrufen. Und nehmen Sie Mr Papernik mit. Schließen Sie bitte die Durchgangstür.«

»Nein«, wiederholte sie mit matter Stimme. Aber es war nur noch der Anstand, der sie widersprechen ließ. Sie war erzogen worden, aufrecht durchs Leben zu gehen. Auch wenn es einem immer wieder Nackenhiebe verpasste. Sie wusste, was Unrecht war. In ihrer Kindheit durften Afroamerikaner noch straffrei geschlagen werden. Wehrten sie sich, verdonnerte sie ein Gericht zu dreißig Tagen Arrest. Und vor etwas mehr als zehn Jahren hatte ein weißer Cop einen schwarzen Schüler in Harlem erschossen. Er war davongekommen. Einfach so. Er hatte angeblich ein Lineal, das der Junge in seine Tasche steckte, für ein Messer gehalten. Also hatte das Gericht auf Notwehr entschieden. Es hatte noch nicht einmal eine Anklage gegeben. War es vielleicht Zeit, jetzt nur an ihre Familie zu denken? Ellington würde an dieser Sache zerbrechen, wenn er erfuhr, dass alles verloren war. Sie selbst war mit ihren Kräften bereits an Grenzen gestoßen. Pamela brauchte nach der Geburt ein sicheres Zuhause, damit sie sich etwas aufbauen konnte. Aber durfte Cynthia sich gegen eine ungerechte Welt zur Wehr setzen, indem sie selbst gegen die Spielregeln verstieß? Stieg sie dadurch nicht hinab in den Dreck, den sie von ihrer Familie doch unbedingt fernhalten wollte?

»Ich mache das. Und danach verschwinde ich. Sie kennen mich nicht. Wenn mich jemand gesehen hat, sagen Sie, dass ich die letzten zwei Radios mitgenommen habe.«

Orfeo schob sie förmlich aus dem Geschäft und schloss die kleine Zwischentür. Cynthia krallte ihre Finger in das Stück Papier, als könnte es ihr Halt geben.

»Kennen Sie ihn gut?«, fragte Jesse. »Ist er ein Freund von Mr Simmons?«

In diesem Augenblick hörten sie ein erstes Krachen. Das Glas einer Vitrine barst. Vielleicht war es auch die Scheibe der Eingangstür. Regale und die Podeste aus Pappmasche wurden zertrümmert. Es dauerte keine zwei Minuten, dann wurde es wieder still. Papernik sah Cynthia verwirrt an.

Wenn er ein Engel war, dann war Orfeo einer der vier Apokalyptischen Reiter. Er verwüstete die Welt, um sie zu reinigen. Damit ein Neuanfang überhaupt möglich war.

31

Pamela befand sich in einem Dämmerzustand. Um die Panikattacke und die damit verbundenen Spannungen etwas zu lösen, hatte der Gynäkologe ihr eine winzige Dosis eines Beruhigungsmittels gespritzt.

»Mein Kollege fordert eine Sectio.« Der Stationsarzt Gregory Belmore erklärte Jeffrey die Vorgehensweise. »Um das Kind möglichst stressfrei zu holen. Das Problem ist, dass unsere OP-Säle noch belegt sind. Und in ihrem Zustand können wir sie nicht weit transportieren.«

»Also machen Sie es hier? Bringen Sie das Kind hier zur Welt?«, fragte der Musiker und kaute seine Nägel nun endgültig blutig. Es schien, als hätte ihn die letzte halbe Stunde um Jahre altern lassen.

»Sectio bedeutet Kaiserschnitt«, sagte der Arzt. »Es handelt sich um eine Operation. Sie ist zwar Routine, aber es wäre unverantwortlich, direkt hier zu operieren. Bei der kleinsten Komplikation könnten wir nicht reagieren. Wir müssen einfach warten, bis ein OP-Saal frei wird.«

»Was ist denn überhaupt los? Es war doch alles okay. Sie hat doch sogar bis vor drei Stunden noch gearbeitet.«

»Wahrscheinlich ist die Nabelschnur eingeklemmt.«

»Heißt das, unser Kind erwürgt sich gerade? Und Sie stehen hier herum? Tun Sie doch was!«, rief Jeffrey.

»Nein, beruhigen Sie sich, bitte. Ein Ungeborenes kann sich nicht erwürgen. Jedenfalls nicht, wie wir es kennen. Es atmet quasi über die Nabelschnur. Manchmal kommt sie jedoch zwischen Kopf und Becken zu liegen, wird dann gequetscht. Wir können nicht riskieren, dass bei einer normalen Geburt das Kind zu lange ohne Versorgung ist. Bisher sieht aber alles gut aus.«

»Na, was haben wir denn hier?«, fragte eine Altstimme von hinten. Ein lebendes Fossil in klassischer Vierzigerjahre-Schwesterntracht schob sich durch den blauen Vorhang. Roberta Hill war die älteste Schwester am Bellevue. Zudem die dickste und kleinste. Sie hatte gerade erst ihr fünfzigstes Dienstjubiläum gefeiert und dachte wohl nicht ans Aufhören. Unglaublich. Gerüchten zufolge war sie in den späten Zwanzigern mehrmals bei der medizinischen Versorgung berühmter Mafiosi wie Meyer-Lansky und Bugsy Siegel dabei gewesen. In der Lobby gab es ein Bild, das sie Mitte der Dreißiger beim Besuch von Roosevelt zeigte. Sie lief noch in traditioneller Kleidung herum, da sie nichts von Zugeständnissen an neumodische Hippietendenzen, wie sie es nannte, hielt. Manche meinten, in ihrem Strumpfband trüge sie einen winzigen Lady Derringer. Einen Damenrevolver, um sich gegen unzüchtige Avancen auf Manhattans nächtlichen Straßen zur Wehr setzen zu können. Bei den Kolleginnen genoss sie ein gewisses Maß an Ansehen und Respekt. Sie war zwar langsam wie ein Model T, schnaufte auch ähnlich und schlug sich nicht gerade um die Arbeit. Aber was sie tat, hatte Hand und Fuß. Solange der Oldtimer fuhr, wurde er eingesetzt.

»Roberta, ich glaube, wir sollten Pamela nicht unnötig aufregen«, meinte Gregory Belmore.

»Sehe ich auch so«, knurrte die alte Frau ihn an. Jeder im

Haus wusste, dass nicht mit ihr zu spaßen war, wenn sie in dieser Stimmung war. Junge Ärzte hatten zu spuren, wobei nach ihrer Definition jeder unter fünfzig jung war. »Deshalb sollten die beiden Herren jetzt mal vors Tipi gehen und Mama Roberta machen lassen. Frauensache.«

Mama Roberta? Frauensache? Pamela tauchte immer wieder kurz aus ihrem somnambulen Zustand auf, schnupperte ein wenig an der Wirklichkeit und glitt wieder hinüber in eine Zwischenwelt. Mama Roberta nannte ihre Kollegin sich, wenn es um Kinder ging. Oder aber um Sterbende.

»Keine Sorge, Kindchen«, schien die alte Frau ihre dunklen Ahnungen vertreiben zu wollen. »Wir machen das schon. Lass mal sehen.«

Dr. Belmore war überrumpelt worden und tatsächlich in den Flur gegangen. Jetzt ärgerte er sich offenbar über diese Beschneidung seiner Autorität und trat wieder in die Kabine.

»Was tun Sie da, Roberta?«, fragte er.

»Waren wir uns nicht einig, die Patientin nicht weiter unnötig aufzuregen?«, gab sie zurück und tastete Pamelas Bauch ab. »Warten Sie bitte draußen, Dr. Belmore.«

»Na, hören Sie! Wie reden Sie mit mir?«

»Wie man mit einem Mann reden muss, wenn er von einer normalen Geburt keine Ahnung hat. Ich habe schon Kinder zur Welt gebracht, da waren Sie noch gar nicht in Planung, werter Herr Doktor. Wir alle mussten so etwas können. Damals bekamen Frauen ihre Kinder zu Hause, im Taxi, in der Fabrik, auf der Straße. Ich bin nämlich nicht nur Krankenschwester, sondern auch Hebamme. Und nun lassen Sie mich meine Arbeit tun.«

Pamela ließ ein Stöhnen vernehmen. Aber es glich eher einem rauen Schnurren. Robertas Hände auf ihrer Haut taten gut. Ihr Untersuchen war ein Streicheln, eine archaische Art von Verständigung, eine Sprache, die offenbar auch Rainbow erreichte. Die alte Frau legte das Ohr an Pamelas Bauch und horchte. Dann strich sie in langen, sanften, eher reibenden Bewegungen von links unten nach rechts. Schließlich legte sie ihren Mund an den Nabel und – Pamela musste träumen – sprach in einem merkwürdigen Kauderwelsch. Eher war es ein Singen, ein Rhythmus, der sich aus ihrer Kehle über die Lippen in Pamelas Unterleib fortsetzte. Sie hätte in diesem Moment schwören können, dass sie ihr Kind sah, wie es lächelte und die Arme ausstreckte. Sie war bereit, sich fallen zu lassen. Die Wehen kamen, aber jetzt waren sie Teil eines Ganzen. Dieser Schmerz wandelte sich in eine Freude, in eine Erwartung, in Glück.

Pamela nahm kaum wahr, dass Gregory erneut in den Raum gekommen war und jetzt darauf bestand, Kreislauf und Atmung zu überwachen. Der Arzt stellte keine Fragen, überließ die Initiative der alten Krankenschwester. Wie sie selbst. Mama Roberta war da. Mehr konnte sie nicht erwarten. Lava floss durch Pamela hindurch, aber es war in Ordnung. Sie konnte endlich loslassen. Ihre Eltern, ihren Beruf, die Sorgen, das Grübeln. Rainbow.

*

»The tears of my regret, all my sorrow, my grief
Just a breath between now and then
Becomin' the stars of our happiness in the end
Just one step into eternity, into our hearts.«

Jeffreys Singsang war kaum zu hören. Pamela hörte, dass er weinte. Teddie stand neben ihr. Auch sie schluchzte. Was war nur los? Sie erinnerte sich an einen Schmerz. Dann der Filmriss.

Die Tränen meines Bedauerns, all mein Leid, mein Trauern. Werden am Ende zu Sternen unseres Glücks. Ein schöner Text, dachte Pamela. Aber im Moment reichlich unpassend. Weshalb war er hier? Sie musste schließlich arbeiten. Wieder eine Nacht, in der die Hölle los war im Bellevue. Sie musste mit ihm sprechen. Er konnte nicht einfach vorbeikommen, wann es ihm passte.

»*My love will bring to bloom your mourning soul.*« Der Gesang brach in einem Schluchzen ab.

Pamela wollte etwas sagen, aber ihre Stimme gehorchte nicht. Sie wollte sich aufrichten, aber ihr Körper ließ kaum ein Drehen des Kopfes zu. Sie musste stark geschwitzt haben, ihr Unterleib fühlte sich an, als läge sie im Wasser.

Meine Liebe lässt deine trauernde Seele erblühen. Jetzt reicht es aber, dachte sie. Wollte Jeffrey sie zum Weinen bringen? Er hatte hier nichts zu suchen. Teddie und sie versorgten gerade eine Patientin. Sogar Roberta war da. Pamela erkannte die Instrumente auf dem Beistelltisch. Eine Zange. Blutig. Und dieses fürchterliche Ding, das sie das letzte Mal während ihrer Ausbildung gesehen hatte. Eine Saugglocke. *Geburtspümpel.* So hatten Teddie und sie diesen Vakuumextraktor damals genannt. Und sie waren sich sofort einig gewesen, dass die Gynäkologie für sie beide nicht infrage kam. Warum war sie dann überhaupt hier? Wo waren der Arzt und die Hebamme? Plötzlich erinnerte sie sich. Der Blackout. Natürlich. Diese Hitze. Eine fürchterliche Nachtschicht lag hinter ihr. Der Rücken schmerzte. Jemand zerrte an ihrem Arm.

»Sie ist stabil.« Gregory?

»Gott sei Dank!« Jeffrey?

Pamela spürte, dass etwas Unausgesprochenes im Raum war. Etwas Wichtiges, das sie betraf. Etwas fehlte. Mit äußerster Anstrengung gelang es ihr, den Kopf anzuheben. Ihre alte Kollegin und der Gynäkologe standen mit dem Rücken zu ihr. Sie hantierten an einem Bündel herum, das vor ihnen auf dem Tisch lag.

»Ich habe es gesagt! Eine Sectio hätte …« Der Arzt?

»Still!« Roberta?

Roberta. Zwischen Zeigefinger und Daumen hielt sie ein glitschiges, weiß-rotes Gebilde, das einer Wurst ähnelte. Sie schien daran zu tasten, dann hielt sie es vor die Lampe.

»Jetzt!«, rief sie plötzlich.

Der Arzt setzte eine Klammer und durchtrennte das Ding mit einer Schere.

Die Nabelschnur, durchfuhr es Pamela. In diesem Moment kehrten die Erinnerungen zurück. So mussten sich die Truppen des Pharaos im Roten Meer gefühlt haben, als die Fluten rechts und links über ihnen hereingebrochen waren.

»Was …?«, presste sie aus ihrem wunden Hals heraus. »Was ist mit ihr?«

In diesem Moment hob Roberta das Bündel an, beugte sich darüber und hauchte ihren Atem in ein winziges Gesicht. Sie berührte dabei weder Mund noch Nase.

»Wir müssen reanimieren!«, rief der Gynäkologe.

»Still!«

Die alte Schwester wiederholte den Vorgang, dieses Mal etwas energischer. Plötzlich regten sich feinste Muskeln im Gesicht des Neugeborenen. Eine Grimasse schien Missfallen über die rüde Behandlung auszudrücken. Ein hoher Schrei erfüllte den Raum, gefolgt von dem Boxhieb einer winzigen Faust gegen die Wange der alten Krankenschwester.

Rainbow, dachte Pamela.

»Mein Milchkaffee!«, flüsterte Jeffrey zwischen zwei kräftigen Schreien. Er brachte noch ein Lächeln zustande. Dann verdrehte er die Augen, und die Beine knickten unter ihm ein. Gregory Belmore konnte ihn gerade noch auffangen, als er zusammensank.

»Männer«, meinte Roberta. »Ihr könnt Kriege führen, mit einem Achselzucken Tausende Leben auslöschen, aber bei einer Geburt und ein wenig Stress kippt ihr aus den Latschen.« Sie lachte dabei herzlich, sodass ihr die beiden Ärzte die Äußerungen nicht krummnehmen konnten.

»Geht mal jemand in die Küche und holt dem jungen Vater einen Drink?«, schlug sie dann vor. »In der wuchtigen Kaffeedose, die wir nie benutzen, steckt ein halbwegs guter Bourbon. Für mich auch ein Glas.« Sie lachte. »Und jetzt alle raus hier! Die beiden müssen sich in dieser Welt erst einmal begrüßen.«

Sie legte Pamela das Kind auf die Brust. Und schon im nächsten Moment wurde das winzige Wesen ruhiger.

»Ich habe es dir versprochen«, sagte sie zu Pamela und verließ ebenfalls kurz den Raum.

Es war einer jener magischen Augenblicke im Leben eines Menschen, in denen sich das Wichtige der Welt in einem Punkt zu vereinen schien. Um dann alles zu umfassen. In dem Kind, dessen Atmen Pamela spürte, lösten sich Angst, Trauer und Wut einfach auf. Sie wurden zu dem Einen, für das es keinen wirklichen Namen gab. Wunder? Geheimnis? Schöpfung? Gott? Nein, alles viel zu eng. Rainbow – es war tatsächlich ein Mädchen – schlief ein. Und auch ihre Mutter war nur zu einem weiteren Gedanken fähig, bevor sie sich von zufriedener Erschöpfung forttragen ließ: Geben und Loslassen lösten die tiefsten Rätsel des Lebens. In ihnen lag wahres Glück.

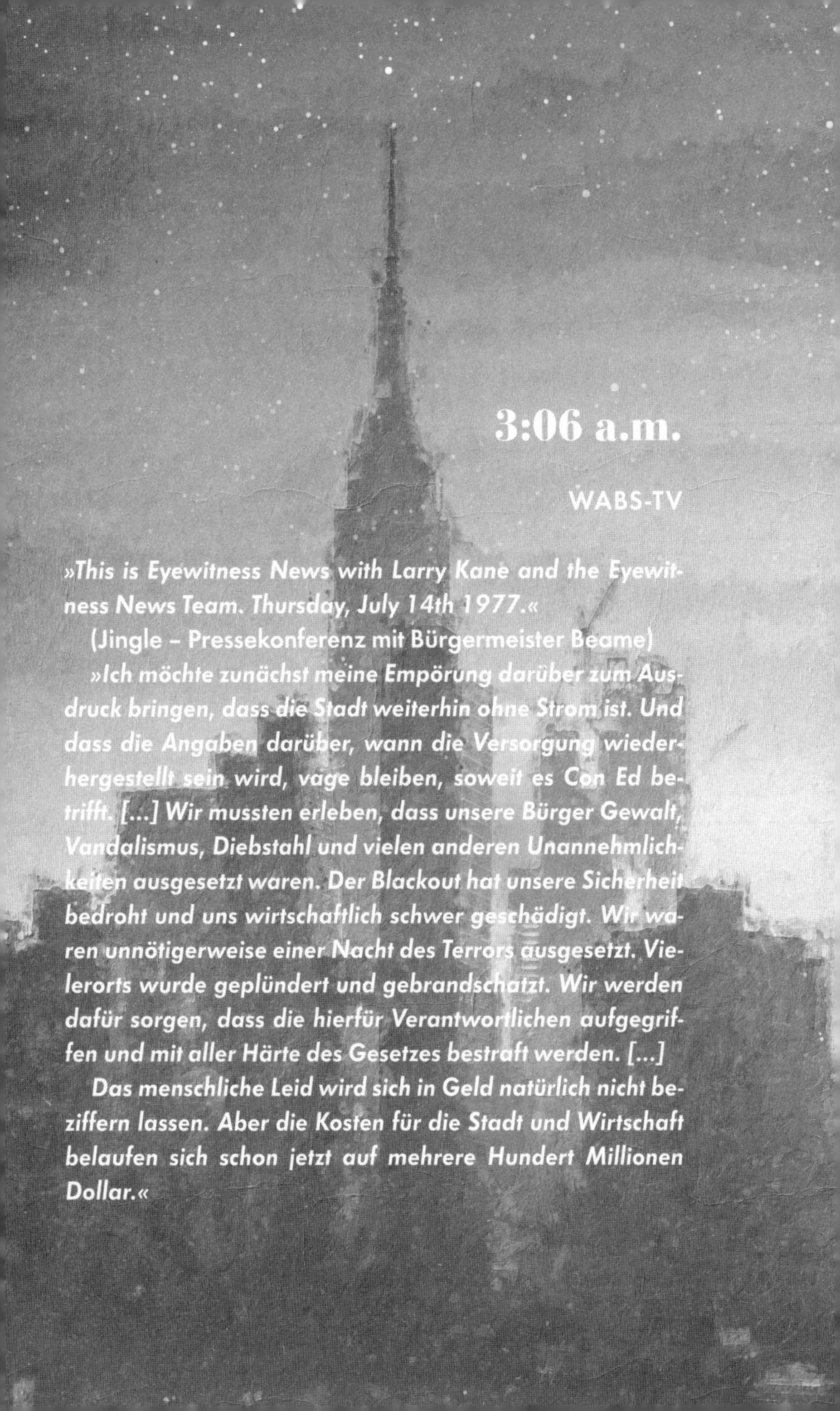

3:06 a.m.

WABS-TV

»This is Eyewitness News with Larry Kane and the Eyewitness News Team. Thursday, July 14th 1977.«

(Jingle – Pressekonferenz mit Bürgermeister Beame)

»Ich möchte zunächst meine Empörung darüber zum Ausdruck bringen, dass die Stadt weiterhin ohne Strom ist. Und dass die Angaben darüber, wann die Versorgung wiederhergestellt sein wird, vage bleiben, soweit es Con Ed betrifft. [...] Wir mussten erleben, dass unsere Bürger Gewalt, Vandalismus, Diebstahl und vielen anderen Unannehmlichkeiten ausgesetzt waren. Der Blackout hat unsere Sicherheit bedroht und uns wirtschaftlich schwer geschädigt. Wir waren unnötigerweise einer Nacht des Terrors ausgesetzt. Vielerorts wurde geplündert und gebrandschatzt. Wir werden dafür sorgen, dass die hierfür Verantwortlichen aufgegriffen und mit aller Härte des Gesetzes bestraft werden. [...]

Das menschliche Leid wird sich in Geld natürlich nicht beziffern lassen. Aber die Kosten für die Stadt und Wirtschaft belaufen sich schon jetzt auf mehrere Hundert Millionen Dollar.«

32

David war wieder dort angekommen, wo diese Nacht für ihn begonnen hatte. Er würde mit leeren Händen zu Sam und Harvey zurückkehren. Und er würde die Strafe gern auf sich nehmen. Er fühlte sich erleichtert. Er musste die Botschaft nicht länger verkünden. Der Blackout war das Zeichen, das ihn von dieser Last befreite. Die verlogenen Prediger sprachen von Liebe, ein Gott sollte allen Sündern vergeben? Dabei reichten ein paar Stunden Dunkelheit, um die Hölle zu gebären. Harvey würde seinen Diener nicht mehr brauchen. David hatte seinem Herrn für diese Nacht ein weiteres Opfer versprochen. Und er würde diese Schuld noch begleichen. Nur nicht heute, vielleicht morgen. Und danach konnte er sich zu erkennen geben, Frieden finden.

In die South Bronx hatte er sich nicht gewagt. Rund um die 149th lieferten sich Gangs mit der Polizei regelrechte Straßenschlachten. Traditionell warfen die Leute aus den oberen Stockwerken der Mietshäuser ihren Müll auf die Straße, sobald ein Streifenwagen anhielt. Jetzt wurden Knüppel geschwungen und Brandflaschen geworfen. Zwar hätte sich David mit seinem .44er sicherlich Respekt verschaffen können. Aber der Galaxie wäre schnell ruiniert gewesen. Und der Wagen bedeutete ihm viel. Weshalb das Risiko eingehen? Also war er den Grand Concourse nach Norden gefahren, hatte bei einem Stand ein kaltes Hotdog zum halben Preis erstanden und sich aus der Ferne ein paar üble Prügeleien zwischen Ladenbesitzern und Plünderern angesehen. Das Ringen amüsierte ihn. Erstere glaubten, ihren kleinen irdischen Besitz durch die Zeiten des Untergangs retten zu können. Und die anderen meinten, ein letzten Zusammenraffen würde ihnen den Weg durch die kommenden Qualen erleichtern. Nein, in der ewigen Schwärze gab es kein Fernsehen. Und über den Feuern würden Leiber brennen, nicht Marshmallows und Steaks. David seufzte. Ihn hielt hier nichts. Aber den Nightbird würde er vermissen. Alisons rauchig-laszive Stimme. Sie würde leider ebenfalls untergehen in der kakofonen Melodie der Hölle.

»Helfen Sie mir doch, Mann«, forderte ihn ein Mann an der Ogden Avenue auf.

Er war um die vierzig und zeigte die typischen groben Gesichtszüge der irischen Familien, die sich vor mehr als hundert Jahren um den Meatpacking District in der City angesiedelt hatten. Offenbar gehörte ihm der A&P-Supermarkt, durch dessen eingeschlagene Fenster gerade vier Gestalten auf den Gehweg zurückkletterten. In den Händen trugen sie prall gefüllte Beutel. David schüttelte nur den Kopf und lachte herzhaft. Im allgemeinen Chaos fanden die Menschen offenbar zu seltsamer Eintracht zusammen. Er hätte jetzt hundert Dollar für einen Fotoapparat gegeben, um die sich ihm bietende Szene auf Film zu bannen. Links sprang ein Weißer über ein Gitter. Er hatte sich eine Art Seesack auf den Rücken gebunden, aus dem mehrere Packungen Ruffles-Chips herausragten. Neben ihm stand ein Hispanic und rauchte eine Zigarette, unter dem Arm mehrere Stangen Marlboro, die er wahrscheinlich eben geklaut hatte. Die nächste Figur in diesem Danse macabre war ein Afro mit einer Lockenmähne, neben der Donna Summer wie ein gerade geschorenes Schaf aussehen musste. Und zum guten Abschluss des zynischen Theaters mühte sich ein alter Mann mit Schläfenlocken und Bart ab, beim Klettern nicht über sein Gewand zu stolpern. Er blickte beinahe vorwurfsvoll zu dem Besitzer, als wollte er sich darüber beschweren, dass ihm beim Plündern niemand zur Hand ging.

*

Als David die Interstate 95 erreichte, entschied er, nach rechts in Richtung East Bronx abzubiegen. Er hatte genug gesehen. In einer halben Stunde würde die Dämmerung einsetzen. Mit etwas Glück konnte er dann nördlich vom Pelham-Bay-Park den Sonnenaufgang über dem Wasser beobachten. Dort hatte er schon mehrfach Ruhe gefunden, wenn er nachts nicht schlafen konnte. Der Ausblick war zwar nicht ganz so grandios wie an der Spitze von Long Island, von der aus man über den Atlantik schaute. Aber im Hochsommer, mit der Sonne im Nordosten, hatte es ebenfalls seinen Reiz. Der Feuerball spähte dann vorsichtig über den wässrigen Horizont, noch unschuldig und nicht besudelt vom städtischen Smog, in den er erst gegen Vormittag eintauchte.

In Höhe der maroden Bauten von Co-op City bog David auf den Hutchinson River Parkway ab. Erwartungsgemäß stand niemandem um diese Zeit der Sinn nach Erholung im Grünen. Zudem hatte durch die Errichtung der Wohnghettos von Co-op auch hier die Kriminalität stark zugenommen, sodass der Bulldog-Revolver eine beruhigende Wirkung auf seinen Besitzer hatte. Ohne nachzudenken, setzte er den Blinker und nahm die nächste Abfahrt. Erst als er in die Bartow Avenue abbog, bemerkte er, dass er gerade seinen eigenen Plan sabotierte. Er hatte den Sonnenaufgang betrachten und etwas Ruhe finden wollen. Jetzt aber lagen die graubraunen Betonriesen eines vor zehn Jahren am Reißbrett geplanten Neubauviertels vor ihm. Co-op City war das, was herauskam, wenn Amerika versuchte, an jene Menschen zu denken, die Straßen fegten, Büros reinigten, Zeitungen verkauften oder in Burger-Läden schufteten. *The two-bucks-an-hour-people.* Der Bodensatz, der für zwei oder drei Dollar Stundenlohn die ganze Verachtung einer Gesellschaft zu spüren bekam, die andächtig ihr Goldenes Kalb anbetete. Co-op City war eine der letzten, noch halbwegs erträglichen Haltestellen auf der Subway des sozialen Abstiegs. Dahinter kamen nur noch die Stationen für Fixer und Obdachlose. Irgendwann starb man dann, ohne überhaupt gelebt zu haben.

Aber etwas zog David zurück an diesen kaputten Ort. Hier hatte er einen Teil seiner Jugend verbracht. Er hatte versucht, Freunde zu finden. Eine Liebe. Schließlich waren sie doch alle Entwurzelte in öder, verwundeter Erde gewesen. Gleichgesinnte der Trostlosigkeit. Aber die anderen Kids hatten nichts von ihm wissen wollen. Also hatte er zum Zeitvertreib Lurche im Hutchinson River gefangen, um ihnen die Beine auszureißen. Es hatte ihn amüsiert, sie zu beobachten, wie die verstümmelten Körper sich verzweifelt an ihr Leben geklammert hatten. Als diese Viecher langweilig wurden, hatte er sich auf Katzen und Hunde verlegt. Wenn er sich sehr einsam fühlte, durchstreifte er die damals noch unbebauten Areale. Co-op City hieß bei den Leuten von Anfang an *Dump-City,* die Müll-Stadt. Hier hatte man bis Mitte der Sechziger zwanzig Jahre lang abgekippt, was der amerikanische Konsumtraum ausgeschissen hatte. Viel geändert hatte sich durch die Neubauten nicht, jedenfalls nicht grundsätzlich. Vorher Müll, nachher Müll, nur dass er beim zweiten Mal menschlich war. Anfangs hatten viele Familien geglaubt, der Ort könnte stadtnah und umgeben von Grün tatsächlich zu einer Oase außerhalb des stickigen Molochs New York werden. Aber Baupfusch, eine schlechte Verkehrsanbindung und fehlende Freizeitangebote hatten schnell zu Frustration geführt. Nach Juden, Italienern und Iren waren die Afros und Hispanics gekommen. Dann waren die Juden, Italiener und Iren wieder gegangen. Wirtschaftskrise und die hohe Arbeitslosigkeit hatten dem Viertel endgültig den Hahn abgedreht. Wie Kaninchen, die man zu eng hielt, waren die Leute schließlich aufeinander losgegangen.

»Hier fangen wir neu an«, hatte sein Adoptivvater vor über zehn Jahren gesagt.

Seine Mutter – die andere – war eben erst an Krebs gestorben. Und der alte Bock hatte sich fast sofort etwas Frisches zugelegt. *Hier fangen wir neu an.* In vielerlei Hinsicht. Aber Davids Wut war geblieben. Er hasste Tracy, die zweite Frau seines Vaters. Er hasste dieses sinnlose Leben. Dreimal hatte er den Spiegel im Bad zerschlagen, als er sich darin sah. Er hasste sich.

Hier fangen wir neu an. David hatte 170 Dreiser Loop erreicht und den Wagen am Straßenrand geparkt. Fast mechanisch war er an den richtigen Stellen abgebogen. Ohne nachzudenken. Wie einer dieser Fahrroboter, die General Motors in den Sechzigern vorgestellt hatte. 170 Dreiser Loop. Hier war es, das Haus. Wohnten seine Eltern noch dort? Nein, sicher nicht. Denn er hatte keine Eltern mehr. Er war der einzige Sohn, der nie einen Vater gehabt hatte. Und die, die ihn geboren hatte, war nie seine Mutter gewesen. Pearl Berkowitz hatte später versucht zu ersetzen, was ihm fehlte. Und ein nicht existierender Gott mochte ihrer Seele gnädig sein.

Auf der Grünfläche gegenüber tobten einige Kinder. Ihre Gesichter zeigten alle Farben, die die Schöpfung möglich machte. Jung waren sie vereint. In ein paar Jahren würden sie sich einer Gang anschließen. Dann würde Pedro Leroy anspucken. Leroy würde ein Messer zücken und im Handgemenge Mateo abstechen. Alt waren sie getrennt. Und alt wurde man in diesen Vierteln schon mit zwanzig. Weiße Cops und weiße Richter würden ein paar Hispanics, Afros und Italos in den Knast schicken. Alles ganz normal.

Dreiser Loop. Loop, Schleife. Ganz Co-op City war ein unentwirrbares Knäuel aus Ringen, Schleifen, Sackgassen und Einbahnstraßen, in denen sich alle Ortsunkundigen sofort verfuhren. Als hätten die Architekten den Bewohnern damit eine Botschaft für ihr Dasein hinterlassen: *Hier kommst du nicht mehr raus!* Die Leute konnten sich drehen und wenden, sie konnten fortlaufen oder sich wehren. Alles Sträuben half nichts. In ihrem Labyrinth kamen sie immer wieder dort an, wo sie bereits gewesen waren. Fielen wie Flipperkugeln in die für sie vorgesehenen Löcher. Traten auf ausgelatschten Wegen in eine Spirale ein, die nur eine Richtung kannte – nach unten.

David musste bei diesem Gedanken lächeln. Heute konnte er sich erklären, was er damals gefühlt hatte. Vor zehn Jahren war alles verwirrend gewesen. Einige Mädchen hatten ihn verrückt gemacht. Sie wollten nichts von ihm wissen. Er hatte Jungs verprügelt, die sie ihm wegschnappten. Die sie küssten und befummelten. Er selbst hatte nur sich. Aber er war aus dem Labyrinth entkommen. *Dump-City.* Damals hatte er derart viel aufgestaute Energie in sich gehabt, dass er nach diesen gefährlichen Sumpflöchern gesucht hatte, aus denen Faulgase aufgestiegen waren. Die Drecksäcke aus der Chefetage der Mülldeponie hatten dort auch giftige Chemikalien entsorgen lassen. Wer in diese Brühe hineinfiel, kam mit Hautausschlag wieder heraus. Das Beste waren jedoch die Dämpfe gewesen. David hatte sie in Plastiksäcken aufgefangen, eine Lunte gelegt und dann die Verpuffung beobachtet. Einem Hund, den er dort festgebunden hatte, war das Fell versengt worden. Der Köter hatte damals ausgesehen wie später die Punks in Queens, die nur eine Seite ihres Schädels rasierten.

Er rief *sie* an. Er wusste, *sie* wohnte noch hier in der Gegend. Irgendwo am Casals Place. Seltsam, dachte er. Da ist alles so zerrissen, alles so weit auseinander. Und zum Schluss fügt es sich doch zusammen. Seine Adoptiveltern hier in der Dreiser Loop. Damals. Und seine – echte – Mutter keine Viertelmeile weiter am Casals Place. Heute. Müll damals. Müll heute. Das Münztelefon war äußerlich nur noch ein Trümmerhaufen, beschmiert, verbeult. Aber es schien zäh, klammerte sich an seine Existenz und Aufgabe. Dreimal musste er die Vermittlung anrufen, dann endlich hatte er eine Verbindung. Für 3 Uhr morgens war *sie* schnell dran.

»Wer is'n da?«, maulte eine zerstörte Stimme in die Leitung.

»Hi, Mom.« Das Wort schmeckte bitter. »Ich bin es, David. Dachte, wir könnten uns oben am Orchard Beach den Sonnenaufgang ansehen.«

*

Betty Broder war nie eine Schönheit gewesen. Schon mit dreißig hatte sie den letzten Rest Selbstachtung aufgegeben. Und mit vierzig dann hatte ihr Körper den Kampf gegen die Schwerkraft endgültig verloren. Jetzt, mit knapp über fünfzig, sah sie aus wie Ende sechzig, rauchte und trank eindeutig zu viel. Mit dem Schlaf war es nicht weit her, hatte sie David erklärt. Die Träume machten ihr Angst, sie blieb lange wach. Natürlich ahnten Kinder diese Geheimnisse ihrer Eltern nur. Für alle anderen war offensichtlich, dass hier ein Mensch zerfiel. Aber Kinder sahen ihre Eltern nur wie durch einen Vorhang. Oder eine vollkommen verdreckte Scheibe. Liebe machte blind, hieß es. Aber da war nicht viel. Eigentlich nichts. David saß mit Betty an der langen Promenade der Pelham Bay und sagte es ihr aufs Gesicht zu.

»Siehst scheiße aus, Mom.«

Sie reagierte eine Weile nicht, steckte sich bereits die dritte Kippe an, seit David sie vor einer halben Stunde abgeholt hatte. Ein sanftes Schimmern zeigte sich östlich am Horizont neben der Landzunge von Sands Point.

»Ich könnte dich belügen und sagen, dass es mir leidtut«, sagte sie schließlich zu ihm. »Aber die Zeiten waren beschissen damals in den Fünfzigern. Besonders für eine Frau mit Kind. Ohne Mann. Mein Leben war beschissen. Du …« Sie hielt inne. »Einfach alles war beschissen.«

Er konnte sich denken, was sie sagen wollte. *Fucked up.* Offenbar ihr Lieblingswort. Wenigstens tat sie nicht so, als könnte alles in Ordnung kommen.

»Es passte einfach nicht, Dave. Du musst das verstehen. Manchmal passt man einfach nicht in dieses Leben.«

Ihr Gesicht war regelrecht zerfurcht, besonders um die Mundwinkel herum, die ebenso wie die Wangen herabhingen. Es waren keine Lachfalten oder Spuren einer reichen Zeit, die von Erfahrung zeugten. Es war einfach eine alte Zeitung. Gewesenes, das niemanden mehr interessierte. Ihre Augen waren chronisch gereizt vom Rauch unzähliger Zigaretten, den sie formlos aus dem Mund nach oben quellen ließ. Und sie hatten das unruhige Flackern von Menschen, die Angst hatten, die Bar oder der Liquors Store um die Ecke könnten bereits geschlossen haben. David spannte seine Muskeln. Die alten Hemden waren ihm zu eng. Er hatte in der Army zugelegt, war kräftiger geworden. Südkorea hatte ihm zwar nicht gefallen, aber der geregelte Tagesablauf hatte Sicherheit und Ordnung vermittelt. Die ihm jetzt fehlten. Außerdem mochte er das Schießen. Gewehre lagen ihm nicht. Der Ruck in der Schulter gab keinen Kick. Eine kleine Waffe war etwas anderes. Als würde man mit dem Finger auf eine Sache zeigen und sie dann mit einer winzigen Bewegung auslöschen. Es war Schöpfung in ihrer umgekehrten Form. Eine Art Entschöpfung. Man entschuf etwas, indem man es auslöschte. Und wurde dadurch zu einem Anti-Gott. Endlich jemand, der dem Geschwafel einer kommenden Erlösung Paroli bot. Entschöpfung. Anti-Gott. Gedanken, die David seither nicht mehr losgelassen hatten. Jahrelang hatte er es sich nur vorgestellt. Spaßig – und erregend – war es gewesen, als er sich in Korea mit Kameraden ein paar Schlitzaugen aus Stoff und Pappe gebastelt hatte. Ein tolles Gefühl. Wenn ihn niemand beobachtete, zielte er oft auch auf die Rücken von Vorgesetzten oder irgendwelchen Idioten, mit denen er im Clinch lag. Dann hatte er sich unglaublich beherrschen müssen, nicht abzudrücken. Er hatte seinen Revolver im Wagen gelassen. Es war nur ein kleiner Fußmarsch vom Parkplatz bis zur langen Promenade, die jetzt vom ersten Tageslicht in ein seltsam tiefes Blau getaucht war.

»Ich mache dir keine Vorwürfe.«

Ich mache dir keine Vorwürfe, Ma, wiederholte er im Stillen. Er wusste, dass er log. Aber er hatte das Gefühl, dass ein starker Mann so etwas sagte. Er hatte den ganzen Scheiß überstanden. Das Verlassenwerden. Seine Adoptiveltern. Co-op City. Die Schule. Die Army. Da musste man so etwas sagen. *Scher dich zum Teufel, du verdammte Schlampe.* Hätte vielleicht besser gepasst. Aber er konnte sich vor seiner Mutter keine Blöße geben. Eine Beleidigung würde ihr nur zeigen, dass es ihn anfraß. Auffraß.

»Warum?«, fragte er stattdessen.

»Warum was?«

»Warum hast du mich weggegeben?«

»Passiert eben, wenn man verzweifelt ist. Und bei der Adoptionsstelle haben sie versprochen, dass es dir gut gehen wird. Weiße Kinder kommen in gute Familien.«

»Wer ist mein Vater? Heißt er auch Broder?«

David schluckte. Als er seine Mutter vor ein paar Jahren zum ersten Mal gesehen hatte, war er noch nicht so weit gewesen zu fragen.

»Nein, ist mein Mädchenname. Geboren wurdest du als Richard David Falco.«

In Davids Verstand schienen links und rechts gerade die Seiten zu tauschen. Er war verwirrt. Sein Name war Richard David? Warum aber hatten ihn seine Adoptiveltern dann David Richard genannt? Es verdrehte irgendwie alles. Er erlebte diese Welt in einem Spiegel. David war Richard. Richard war David. Vertauscht. War so etwas auch mit Gedanken möglich? Mit Gefühlen? War sein ganzer Hass auf die Menschen im Grunde genommen tiefe Liebe?

»Für mich bleibst du immer Richard«, fügte sie hinzu. Es klang wie diese Roboterstimmen, die sie bei *Space: 1999* verwendeten und die einem sprechenden Blecheimer ähnelten.

Oft schon hatte er das Gefühl gehabt, er wäre nach seiner Geburt ausgetauscht, ersetzt, verwechselt worden. Wie eine dieser fürchterlichen Kunstblumen aus Plastik, die man überall hinstellen konnte. Sie brauchten kein Wasser, keine Pflege, nicht einmal Licht. Seine Vermieterin in Yonkers hatte so ein Ding auf dem Klo gehabt.

»Also heißt er mit Nachnamen Falco?«

»Nein. Ist der Name meines ersten Mannes. Aber er ist nicht dein Vater.«

David biss sich auf die Unterlippe. Er wollte sie in diesem Moment schlagen. Mitten ins Gesicht. Wollte ihre Nase brechen hören. Wollte seine Faust in das schlaffe Gewebe graben, in den gelbgrauen Pudding, aus dem ein humorloses Schicksal ihr Gesicht modelliert hatte.

»Hör zu, Dave. Wir können die Vergangenheit hinter uns lassen und neu anfangen.« Bettys Stimme klang jetzt das erste Mal sanft. »Du weißt, du hast eine Schwester.«

Er nickte stumm. Sie hieß Roslyn. Seine Mutter hatte es ihm erzählt, als sie sich vor zwei Jahren das erste Mal getroffen hatten. Ihr Vorschlag klang verlockend. Süß wie Ahornsirup. Eine Mutter. Eine Schwester. Einer fehlte.

»Okay«, meinte David. Seine Verwirrung nahm zu. Er bereute seine Wut. Seine Gedanken. »Was meinst du?«

»Wir könnten uns öfter treffen«, erwiderte seine Mutter. »Zusammen was essen gehen. Oder ins Kino, in einen Club? Was denkst du?«

Sie nahm seine Hand. Er spürte die Schwielen auf ihrer Haut, die Putzmittel und Seifenlauge hinterlassen hatten. Sie hatte ihm bei ihren ersten Begegnungen erzählt, dass sie sich und Roslyn mit Hilfsarbeiten durchgebracht hatte. Warum hatte sie für seine Schwester die Kraft gehabt, aber nicht für ihn?

»Ich war jung. Und ich war dumm.«

Worte.

»Joseph war nett. Er hat versprochen, er würde seine Frau verlassen.«

Wie dumm konnte man sein?

»Als er erfuhr, dass ich schwanger bin, wollte er nichts mehr von mir wissen. Er hat mir fünfzig Dollar gegeben, damit ich dich wegmachen lasse.«

Wegmachen. Entschöpfen.

»Er ist schon lange tot. Gott hat ihn bestraft für seine Sünde. Es war ein Herzinfarkt.«

Alles war also nur ein Versehen gewesen. Ein böser Streich, den das Leben seiner Mutter gespielt hatte. Er, David, war nur zufällig hier. Unpassend. Unerwünscht.

»Glaub mir, ich habe dich geliebt«, sagte sie. Sie zog eine kleine Flasche Better Bitters Liquor hervor. Sie sah ihn an, bevor sie den Deckel abschraubte. »Ich trinke eigentlich nicht mehr. Ist nur für den Magen.«

Schon klar, um 4 Uhr morgens.

»Ein paar Wochen lang habe ich dich geliebt. Und vielleicht kriege ich es ja wieder hin. Wenn wir uns besser kennen.«

Sein Vater war tot. Das Wesen, das behauptete, seine Mutter zu sein, hatte kein Foto von ihm. Seine Schwester kannte er nicht wirklich. Was sollte er hier? David fühlte sich wie ein zugelaufener Hund, den eine Frau kurze Zeit in ihr Leben lassen wollte. Irgendwann würde der Besitzer auftauchen und ihn mitnehmen. Er hatte so viele Fragen an seinen Vater. Er würde nie Antworten erhalten.

Betty trank gierig mehrere Schlucke ihres Magenbitters, dann schüttelte sie sich. Bereits die Erwartung, dass gerade nachgetankt wurde, ließ offenbar ihren inneren Motor wieder anspringen.

*

David stand knietief im Wasser. Die Sonne war mittlerweile aufgegangen, und die gelbrote Scheibe stand vollständig über dem Horizont. Die künstlich angelegte Flaniermeile vor Co-op City wucherte langsam wieder zu, da sie nur schlecht gepflegt wurde. Die Natur holte sich zurück, was vor einem Jahrzehnt ohnehin noch ihr gehört hatte. Am Ufer wuchsen die ersten Büsche im Sand, auf dem Wasser schwammen Algenteppiche, und an seinen Beinen spürte David den Seetang, der ihn sanft zu streicheln schien. Er musste wieder einen Aussetzer gehabt haben, denn er erinnerte sich nicht, wie er ins Wasser gekommen war. Da war nur ein überwältigendes Gefühl gewesen. Der Therapeut hatte es ihm vor langer Zeit erklärt. Wenn es zu viel wurde für das Gehirn, dann konnte es sich kurz ausschalten. Früher hatte David solche Zustände oft gekannt, jedoch seltener, seit er erwachsen war. Er sah die Welt um sich herum verschwommen, Tränen liefen ihm über die Wangen. Vielleicht hatte er Sand in die Augen bekommen, oder er hatte sich Salzwasser hineingerieben.

Etwas schwamm vor ihm im Wasser. Er griff danach. Ein Schuh. Einer dieser billigen Treter, wie es sie bei Price Chopper gab. Seine Mutter war vorhin hineingeschlüpft, als er sie abgeholt hatte. David fischte auch eine Packung Chesterfield aus der Algenbrühe vor sich.

»Hey, wieso hast du deine Schuhe und Zigaretten ins Wasser geworfen?« Er drehte sich um, und seine Augen suchten verwirrt den leeren Strand ab.

Er hasste sie. Das Gefühl war nicht einmal übel. Es war allemal besser, als ignoriert zu werden. Eine Anti-Liebe war auch eine Form von Liebe. Mehr konnte er offenbar von diesem Leben nicht erwarten.

33

Teddie nahm alles in die Hand, nachdem Cynthia endlich über Notruf das Bellevue Hospital erreicht hatte. Ein Rettungswagen kam bereits eine Viertelstunde später, um Ellington abzuholen. Er faselte mittlerweile etwas über Sterne, Lichter und Farben. Dabei tanzte er, immer wieder von einem Stöhnen unterbrochen, wenn eine Prellung zu sehr schmerzte, und schien sogar recht vergnügt. Das Chaos, das Orfeo im Verkaufsraum hinterlassen hatte, schien er gar nicht wahrzunehmen. Im Gegenteil, sehr höflich bot er einem imaginären Kunden den neuesten Stereo-Farbfernseher an.

»Mit seitlicher Halterung für Getränke«, sagte er.

Niemand wusste, warum ein Fernseher an der Seite Getränkehalter brauchte.

»Sie arbeiten an einem Modell, das unten einen Kühlschrank hat«, fuhr er fort. »Man verpasst nichts mehr vom Spiel, wenn man sich ein Miller holt.«

Jesse Papernik stützte ihn auf dem Weg vor die Tür.

»Wir haben einen guten Teilzahlungsplan. Nur vier Prozent Zins, Laufzeit drei Jahre. Genuss sofort, Zahlen später.«

»Die Polizei kommt gleich, Mr Papernik«, meinte Cynthia und wies den alten Mann an, die Stellung zu halten.

»Zeigen Sie ihnen alles, nur hinten in der Wohnung haben die Cops nichts zu suchen. Achten Sie darauf, dass sie alle

Schäden notieren. Eine Liste der entwendeten Waren werde ich im Laufe des Tages zusammenstellen. Sie sollen Ihnen bestätigen, dass sie eine Anzeige aufnehmen, Jesse!«

»Klar«, meinte Papernik unsicher. Er streckte sich derart stark, dass seine Knochen einmal laut protestierten. »Weil nur dann die Versicherung zahlt. Habe verstanden, Mrs Simmons.«

*

Die Fahrt des Ambulanzwagens verlief reibungslos. Cynthia war es gestattet worden, hinten bei Ellington zu sitzen, der eingeschlafen war, nachdem er zwei Minuten auf der Trage gelegen hatte.

»Gut, dass Sie Bescheid gegeben haben«, meinte der Rettungsassistent. »Verwirrtheit kann ein Zeichen für Komplikationen sein. Aber wir kriegen das in den Griff.«

Cynthia nickte nur. Teddie hatte ihr am Telefon dazu geraten, die zwei Oxycodon-Tabletten, die ihr Mann nach dem Überfall eingeworfen hatte, lieber nicht zu erwähnen. Man konnte ihn sonst schnell für einen dieser Familienväter-Junkies halten, eine Großstadt-Spezies, die sich erst in den letzten Jahren entwickelt hatte. Es war eben billiger, sich mit Tabletten zuzudröhnen, als zu saufen.

Nach nur zwanzig Minuten erreichten sie das Krankenhaus in Kips Bay. Das Chaos der pilgernden Menschen und durch die Straßen mäandrierenden Blechlawinen war abgeebbt. Ein paar neugierige Nachtschwärmer und durch Adrenalin aufgeladene Schlafwandler drängten sich vor dem Haupteingang. Aber die Atmosphäre war friedlich. Jemand hielt auf einem Gasbrenner einen riesigen Topf Kaffee heiß.

Becher zu dreißig Cent. Auch die Preise normalisierten sich bereits. Katastrophen führten ein Eigenleben. Sie selbst waren oft nur Strohfeuer. Kurz, heftig, unübersehbar. Ihre Folgen waren dann jedoch das eigentlich Üble. Und die Narben erinnerten lang an das Geschehene.

»Wir bringen ihn in einen Überwachungsraum«, meinte Teddie, nachdem Ellington in den Emergency Room gebracht worden war. »Dr. Belmore wird ihn sich bei nächster Gelegenheit ansehen. Wir passen auf ihn auf. Versprochen, Cyn.« Sie legte einen Arm auf Cynthias Schulter. »Du solltest jetzt mitkommen. Ich muss dir etwas zeigen.«

»Geht es Pam gut?«

»Alles in Ordnung, Cyn. Wie ich schon sagte: Sie möchte dich sehen.«

Theodora hatte am Telefon nichts von der Geburt gesagt. Sie wusste nur zu gut, dass selbst die schönsten Nachrichten Angehörige verunsichern konnten und oft zu langen Nachfragen und unnötigen Verzögerungen führten. Jetzt und hier war die Zeit gekommen, das Glück zu genießen. Sie führte Cynthia zu einer der hinteren Kabinen. Auf der Notfallstation schien wieder alles seinen gewohnten Gang zu gehen. Die Geräusche von Geräten waren zu hören. Manchmal warfen die grellen Lampen, die für kleinere Eingriffe benötigt wurden, ihren Lichtkegel an die Decke. Peter McNamara hatte vorsorglich einen Teil der Beleuchtung vom Netz genommen, um die Leistung des Stromaggregats nicht ausreizen zu müssen. Die Krankenschwester führte Cynthia den Flur bis zum Ende entlang.

»Sie schläft doch sicher«, meinte Cynthia. »Vielleicht sollte ich sie nicht stören.«

Teddie schob sie durch den Vorhang und blieb draußen

stehen. Tatsächlich schliefen in diesem kleinen Raum alle. Zu ihrem Erstaunen erkannte Cynthia in dem Knäuel, das auf einem Stuhl am Fußende des Bettes zusammengesunken war und halb auf der Matratze lag, ihren Schwiegerfreund Jeffrey. Ihre Tochter lag da, lächelnd, mit geschlossenen Augen und atmete gleichmäßig. An ihre Brust war ein winziges Kind geschmiegt, ebenfalls schlafend, aber dabei zufrieden und leise schmatzend.

Cynthia hätte in diesem Moment die Welt umarmen können. Nichts könnte je beschreiben, was sie fühlte. Alles wäre zu klein, zu eng, zu bedeutungslos gewesen. In solchen Augenblicken berührten sich alle Gegensätze. Hell und Dunkel. Vergangenheit und Zukunft. Vergänglichkeit und Ewigkeit. Behutsam setzte sie einen Schritt vor den anderen, näherte sich diesem Wunder, besorgt, es könnte sich doch noch als Wunschbild ihres übermüdeten Verstands erweisen. Sie berührte dieses Kind. Nur mit einem Finger, sanft, nur ein Hauch.

»Rainbow«, murmelte Jeffrey im Halbschlaf. »Feinster Milchkaffee.«

13. Juli 1987

6 p.m.

WCBS-TV

»Channel 2 News – The 6 o'clock report. Here again is Jim Jensen.«

(Jingle)

»Über sechshundert Verletzte, beinahe viertausend Festnahmen, mehr als eintausend Brandstiftungen, zweitausend zerstörte oder geplünderte Geschäfte. Und eine halbe Milliarde US-Dollar Schaden. Die Bilanz dieser Nacht ist verheerend. Und viele Menschen fragen sich bis heute: Wie konnte so etwas geschehen? Und wird es wieder geschehen? […] Auf dem Höhepunkt der Ausschreitungen zogen Marodeure sogar zum Bushwick Community Health Center und konnten nur unter Androhung von Waffengewalt daran gehindert werden, in das Gebäude einzudringen. […] Vor allem kleine Geschäftsleute traf es hart, denn sie standen nach der Zerstörung ihrer Läden vor dem Nichts. […] Unser Reporter Vic Miles war mit dem Hubschrauber über der Stadt unterwegs und berichtete von Straßenzügen in Brooklyn, die einem Kriegsgebiet glichen.«

»Erinnerst du dich, Mom?«, fragte Pamela und streckte ihre Füße auf dem Couchtisch aus, der vor dem Fernseher stand. Vom Popcorn war wie immer nichts übrig geblieben, nachdem ihre Tochter Lydia die Tupperware-Schüssel entdeckt hatte.

»Natürlich. Wie könnte man diese Nacht jemals vergessen?«, meinte Cynthia und setzte sich zu ihr.

Gemeinsam folgten sie dem Bericht, den CBS gerade über den Blackout in New York zehn Jahre zuvor ausstrahlte. Der Sender zeigte einen geschickten Zusammenschnitt, der neben alten und neuen Fakten auch Teile der originalen TV-Sendung enthielt. Eben noch hatten die Frauen über den Zustand des Gartens gestritten und die letzten Vorbereitungen für Lydias Geburtstag besprochen. Jetzt saßen sie nur stumm da. Cynthia griff nach der Hand ihrer Tochter und hielt sie fest, als fürchtete sie, sie könnte in eine unbekannte Tiefe stürzen. Pamela legte den Kopf auf die Schulter ihrer Mutter. So saßen sie minutenlang und starrten gebannt auf die Bilder.

»Mein Gott, sie zeigen die Ecke an der Flushing Avenue«, flüsterte Cynthia. »Dort bin ich mit diesem Mexikaner vorbeigefahren, als wir aus der City kamen.« Sie schlug beide Hände vor den Mund und begann zu weinen. »Ein Besitzer hat dort seinen eigenen Laden angezündet, den die Kerle ihm vorher ausgeräumt hatten. Weil er hoffte, dass er dann wenigstens von der Feuerversicherung Geld bekommt.«

»Soll ich ausmachen, Mom?«

»Ist gut, Schatz. Die Bilder sind ohnehin da.« Cynthia deutete erst an die Schläfe, dann auf ihre linke Brustseite. »Hier. Und hier. Die verschwinden nicht mehr.«

Lydia kam ins Wohnzimmer und starrte sofort gebannt auf die Fernsehbilder. Zwar mochte sie lieber Zeichentrickserien, aber die magische Anziehungskraft der Flimmerkiste, wie ihr Großvater das TV-Gerät von Sony nannte, verfehlte bei ihr nie die übliche Wirkung. Gerade zeigte die Reportage Dutzende Menschen, die mit Knüppeln auf Autos und Fensterscheiben einschlugen, dann waren der Brooklyn Broadway und die Bushwick Avenue zu sehen, auf denen die Leute mit gestohlenen Sachen durch das fahle Licht von Scheinwerfern huschten.

»Warum machen die das?«, fragte Lydia. »Sind das böse Menschen?«

Pamela sah ihre Mutter an. Wie oft hatten sie sich nach jener Nacht dieselben Fragen gestellt? Wer waren die Menschen, die anderen Schaden zufügten? Warum bestahlen Arme Arme? Und wie sollte man mit diesem Wissen und diesen Gefühlen umgehen? Die Frauen wussten, dass sie seit Jahren mit Leuten aus der Nachbarschaft zu tun hatten, die vielleicht damals auch geplündert und randaliert hatten. Normale Leute, wie man so sagte. Polizei und Justiz waren vollkommen überfordert gewesen. Nur wenige Täter wurden überhaupt bestraft. Die Versicherungen hatten sich oft mit allerlei Tricks dagegen gewehrt, die Schäden zu bezahlen. Es hatte in der Nacht des Blackouts nur vier Tote gegeben, aber es waren weitaus mehr Leben zugrunde gerichtet worden.

»Nicht die Menschen sind böse, Kleines«, meinte Cynthia. »Aber sie haben manchmal böse Gedanken. Dann machen sie so etwas.«

»Wie geht es meinen A-Ladys?«, drang plötzlich eine männliche Stimme aus dem Flur, und sofort rannte Lydia hinaus.

Ihr Vater brachte immer eine kleine Überraschung mit, wenn er nach Hause kam. Keine Bonbons, Haarspangen oder anderes langweiliges Zeug. Nein, er hatte mal einen süßen Ohrring dabei, den jemand im Club verloren hatte. Mal war es eine kleine Perle. Oder auch ein Foto von Heather Thomas. Mit Unterschrift.

»Cool. Eddie Murphy«, hörte man die Stimme des Mädchens aus dem Durchgang.

Pamela schmunzelte. Für Lydia waren alle Jungs »doof«, aber Murphy war »echt supercool«. Ihre Mutter erhob sich mit einem leisen Stöhnen vom Sofa. Offenbar machten ihr die Knie wieder zu schaffen. Sie wurde bald sechzig. Und ihr Körper hatte in den Jahren schwerer körperlicher Arbeit über Gebühr gelitten. Die Zeiten der Maloche waren für sie zwar vorbei, denn sie war jetzt Geschäftsführerin bei ABC-Services. Aber die Knochen vergaßen nie, wie ihr eigener Vater immer gesagt hatte.

»Meine Triple-A's. Alle zusammen.«

Jeffrey kam ins Zimmer und küsste seine Frau. Cynthia, Pamela, Lydia. Erst ihm war aufgefallen, dass alle Namen auf A endeten. Wobei die Eltern ihre Tochter am liebsten Rainbow nannten. Aber das hatte ihnen die resolute Zehnjährige in letzter Zeit abgewöhnt.

»El ist noch nicht zu Hause?«, fragte er. »Ich habe einen Clubbesitzer, der eine neue Anlage braucht. Vielleicht kann Dad ihm etwas anbieten.«

Pamela fand, dass es immer wieder witzig klang, wenn ein Weißbrot wie er seinen Schwiegervater Dad nannte. Aber es hörte sich gut an. Irgendwie rund und perfekt.

»Du kennst ihn doch«, antwortete sie. »Er durchstöbert sicherlich wieder einen Katalog mit den Highlights der kommenden Saison.«

Ellington führte mittlerweile die neu gegründete Firma Simmons Best Electronics und hatte damit einigen Erfolg in der von Schwarzen geprägten Musikszene. Er hatte damals fast acht Wochen gebraucht, um sich von den Misshandlungen zu erholen. Seither war er stiller, aber auch ruhiger geworden. Er schien seine Umgebung aufmerksamer wahrzunehmen, er hörte geduldig zu und entwarf für sich Pläne, die keine Luftschlösser mehr waren. Zwar hatte die Versicherung auch ihm nur einen Teil des Schadens gezahlt, aber er hatte sich ein neues Konzept zurechtgelegt. Statt weiterhin die Ware einer sterbenden US-Industrie anzubieten, setzte er voll und ganz auf japanische Geräte. Schicker, kleiner, besser, billiger. Dann kam ihm eine weitere Geschäftsidee, als er die Nachrichten in der Zeit nach dem Blackout verfolgt hatte. Darin hieß es, dass die Streetkids ganz versessen auf Synthesizer gewesen waren und die Geräte, mit denen Musik elektronisch gemacht oder verändert werden konnte, massenhaft geklaut hatten. Ein kurzer Kontakt mit einem gewissen DJ Kool Herc brachte ihn schließlich mit der New Yorker Hip-Hop-Community zusammen. Und seither liefen die Geschäfte.

Pamela warf einen letzten Blick auf die Bilder jener Nacht vor zehn Jahren. Dann schaltete sie den Fernseher ab. In wenigen Stunden waren damals viele schlimme Dinge passiert. Und Wunder geschehen. Alles war so dicht miteinander verwoben, dass es ihr in der Erinnerung zunehmend schwererfiel, die Ereignisse auseinanderzuhalten. Der Drache, Teddie, Abigail, Mama Roberta. Jeffrey. Dann Rainbow.

»Ich habe gedacht, ich rahme es ein«, riss ihre Mutter sie aus den Gedanken. »Was meinst du?«

Sie war zum Schrank gegangen und hatte aus einer Schublade ein graues Stück Stoff hervorgeholt. Darauf befand sich eine wilde Malerei, ein buntes Gekritzel, das tanzende Figuren zeigte, über die sich eine dreizackige Krone spannte. SAMO stand darin in großen Lettern. Ein Putzlappen der besonderen Art, dachte Pamela und betrachtete das Bild, nachdem ihre Mutter es auf den Couchtisch gelegt und den Stoff glatt gestrichen hatte.

»Ich wollte das Ding schon so oft wegwerfen«, sagte sie. »Aber es ist doch eine ganz nette Erinnerung, findest du nicht? Vielleicht kommt es in den Durchgang zum Keller. Da fällt es nicht so auf. Der junge Mann, mit dem ich damals kurz im Fahrstuhl vom Empire State Building festgesessen habe, hat es gemalt. Ich habe dir von ihm erzählt. Er hatte da drinnen alle Wände verziert. Ich glaube, er hieß Jean-Michel. Ein netter Kerl, aber er wirkte damals so verloren. Was wohl aus dem Jungen geworden ist? Mit einem solchen Geschmiere verdient man sicher kein Geld. Wahrscheinlich zahlt er heute noch die Kosten ab, die die Reinigung des Fahrstuhls verursacht hat.«

Nachwort

Der Sommer des Jahres 1977 stand für New York unter keinem guten Stern. Die Wirtschaft steckte im vierten Jahr in Folge in einer schweren Krise, die Arbeitslosigkeit war hoch. Die Infrastruktur der Stadt war durch und durch marode, und die Ausgaben für öffentliche Dienstleistungen und Sicherheit wurden immer mehr gekürzt.

Wie wir heute wissen, war diese Zeit der Beginn eines zehn Jahre dauernden Niedergangs. Ganze Viertel trudelten in den sozialen Abstieg, die Kriminalität stieg rasant an. In den 1980er-Jahren wurden Touristen an einigen U-Bahn-Stationen mit Handzetteln gewarnt, dort auszusteigen. Die Wahrscheinlichkeit, nach Einsetzen der Dunkelheit in bestimmten Straßen ausgeraubt zu werden, lag bei hundert Prozent. Die personell ausgedünnte Polizei hatte manche Gegenden aufgegeben und den prosperierenden Gangs überlassen. Wer es sich leisten konnte, zog fort aus den innerstädtischen Bezirken.

Die historischen Hintergründe meiner Geschichte sind verbürgt. Am Abend des 13. Juli 1977 kam es zu einem Stromausfall in weiten Teilen New Yorks. Die Ursache war ein Blitzeinschlag in einem Umspannwerk, und die folgende Störung führte zu einer fatalen Kettenreaktion, auch weil die Anlagen teils stark in die Jahre gekommen waren. Die öffentlichen Akteure und das Rahmengeschehen der Nacht habe ich weitgehend unverändert übernommen. Fast alle (den Kapiteln vorangestellten) Radiobeiträge habe ich in akribischer Arbeit in Archiven entdeckt und dann übersetzt, um das Gefühl dieser Stunden erlebbar zu machen. Die erwähnten Moderatoren haben zum Teil hervorragende journalistische Arbeit geleistet und wurden zu Ikonen ihres Fachs bis in die 2000er-Jahre hinein.

Viele der beschriebenen Abläufe und Zustände sind in dieser oder ähnlicher Form bezeugt. Der Verkehr brach zusammen, Tunnel wurden gesperrt, die U-Bahn musste ihren Betrieb einstellen. Tausende New Yorker und Besucher verbrachten die Nacht auf der Straße, in Hauseingängen oder schnell organisierten Unterkünften. Einige Krankenhäuser hatten keine funktionsfähigen Notstromaggregate, und es kam zu tragischen Szenen. Besonders betroffen war das traditionsreiche Bellevue Hospital, das einer der Schauplätze meiner Handlung ist. Obwohl in Manhattan gelegen, war es vor allem für die Versorgung großer Teile Brooklyns zuständig. Der soziale Niedergang dort hatte dazu geführt, dass das Krankenhaus 1977 in einem erbärmlichen Zustand war. Ein weiteres erschreckendes Phänomen jener Nacht waren die gegen Mitternacht einsetzenden Plünderungen. In Harlem und Brooklyn zog ein marodierender Mob durch die Straßen und nahm sich alles, was nicht niet- und nagelfest war. Einige Szenen, die ich beschreibe, beruhen dabei auf Schilderungen von Augenzeugen. Neben den Plünderungen waren Brandstiftungen ein großes Problem. Leer stehende Gebäude wurden auf Veranlassung ihrer Besitzer »saniert«, indem man Feuer legen ließ und die Versicherungssumme kassierte. Ausgeraubte Ladenbesitzer steckten aus Verzweiflung ihr Geschäft in Brand, da sie nicht gegen Vandalismus, wohl aber gegen Feuerschäden versichert waren.

Die wohlhabenden Straßenzüge von Manhattan nahmen die Angelegenheit gelassener. Viele Hausbesitzer verfügten über Notstromaggregate, vor allem auch die noblen Geschäfte und Clubs. Am Times Square und auf dem Broadway wurde gefeiert. Und es gibt tatsächlich Berichte, dass viele Stars und Prominente (unter ihnen Donald Trump) sich prächtig amüsierten. Al Pacino und Woody Allen sollen dem Treiben von einem Restaurant an der Westside zugesehen haben. Die Ereignisse im Studio 54 und im Central Park entspringen meiner lebhaften Fantasie ebenso wie das Auftreten des blutjungen Malers Basquiat und der Designerin Maripol.

Eine weitere historische Person ist der mehrfache Mörder David Berkowitz. Der Sommer des Jahres 1977 war für New York der »Summer of Sam«. Berkowitz hatte seit 1976 mehrere Menschen erschossen, meist Pärchen, denen er nachts aufgelauert hatte. Es ist nichts darüber bekannt, wo sich Berkowitz in der Nacht vom 13. Juli 1977 aufhielt. Ich empfand es jedoch als spannend, mir vorzustellen, wie sein gestörter Verstand die Ereignisse wahrgenommen haben könnte. Es lag nahe, aus seiner Perspektive heraus zu beschreiben, dass er in der besagten Nacht eigentlich auf der Suche nach weiteren Opfern war und somit das Geschehen hautnah miterlebte. Somit tritt er (neben der zweiten Hauptfigur) als Zeuge der Ereignisse auf. Berkowitz war, wie ich es schildere, tatsächlich als Kind von seiner Mutter zur Adoption freigegeben worden. Sein Charakter und seine Kindheit werden als schwierig beschrieben. Offenbar lernte er später doch noch seine leibliche Mutter kennen. Die Beziehung zwischen beiden, wie ich sie gegen Ende meiner Geschichte schildere, ist jedoch ein Produkt meiner Vorstellungskraft.

Die Arbeit an diesem Roman hat mich stark fasziniert, aber auch mitgenommen. Das Geschehene wirft Grenzfragen der menschlichen Existenz auf und verdichtet das denkbar Mögliche (und Schlimmste) auf gerade einmal acht Stunden. Die Recherche hat mich teilweise erschüttert. Menschen sind gleichermaßen zu Erstaunlichem und Schrecklichem fähig, wenn sie auch nur einen Teil des zivilisatorischen Halts verlieren. Einer Großstadt den Strom zu nehmen (und ja nur für recht kurze Zeit), entfesselt offenbar Kräfte, die kaum zu kontrollieren sind und bedrohlich wirken. Die Leser:innen mögen vielleicht selbst Antworten erahnen auf die Fragen: Was hält eine Gesellschaft zusammen? Und wie schnell wird eine Grenze überschritten, die aus Menschen Unmenschen macht? Wie in all meinen Büchern versuche ich in dieser Hinsicht Stellung zu beziehen, indem ich vorwiegend die Gefühle meiner Figuren (der fiktiven und der von der Realität inspirierten) schildere. Es erstaunte und irritierte mich gleichermaßen, dass meine Fantasie im Fall dieser Blackout-Nacht die Schilderungen von Augenzeugen und die umfangreichen Bilddokumente oftmals nur um ein paar dramaturgische Kleinigkeiten ergänzen musste. Das Leben schreibt eben doch die spannendsten (Dreh-)Bücher. Und die tragischsten. Gewalt, Schrecken, Verzweiflung, Verbundenheit, Hoffnung und Zuneigung. Ein Panoptikum der Emotionen tat sich in dieser Nacht auf.

Der Regenbogen hat einen Anfang

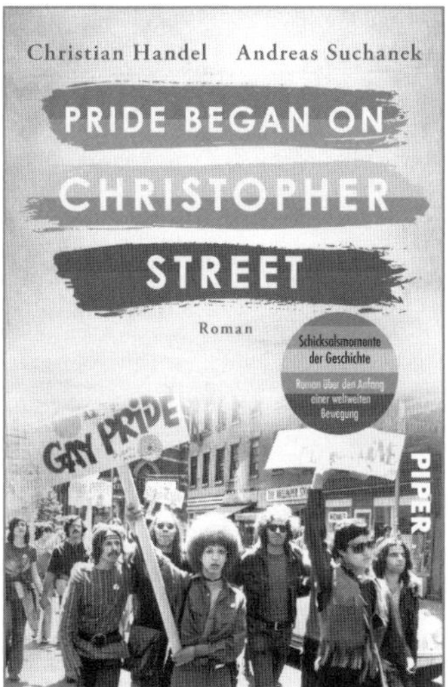

Coverabbildungen vorbehalten

Christian Handel
Andreas Suchanek
Pride began on Christopher Street
Roman

Piper Taschenbuch, 368 Seiten
ISBN 978-3-492-06490-3

New York 1969: Den Polizisten Jake Plummer und den Freigeist Finn trennen das Gesetz, ihre Herkunft und ihre Vorstellung davon, wen man lieben darf. Dennoch rettet Jake Finn vor einem Polizeiübergriff. Obwohl sie in ihren Vorurteilen über den anderen gefangen sind, nähern sie sich an. Als sich in der Nacht auf den 28. Juni 1969 die queere Community bei einer Razzia im »Stonewall Inn« in der Christopher Street erstmals gegen die Polizei zur Wehr setzt, müssen sie sich entscheiden, auf welcher Seite sie stehen …

PIPER

Leseproben, E-Books und mehr unter www.piper.de